CHIMAERA

Dit boek wil ik opdragen aan mijn man Mick,
als bedankje en erkenning voor de vijfentwintig jaar
die hij het met mij heeft uitgehouden (en ik met hem...).

Xenia Kasper

Chimaera

Vertaald uit het Duits door Corry van Bree

mistral

Van deze auteur verscheen eerder:
38 ½: 1 man & 2 minnaars
32 °C: 1 baby, 1 moord & 1 perfecte man
De countdown

mistral

ZIN OM TE LEZEN

Oorspronkelijke titel: *Chimäre*
Vertaling door: Corry van Bree

Omslagontwerp: Oranje Vormgevers
Auteursfoto: © Roy Beusker
Typografie en zetwerk: CeevanWee, Amsterdam

Mistral is een imprint van FMB uitgevers bv

ISBN 978 90 499 9833 2
NUR 305

www.uitgeverijmistral.nl
www.fmbuitgevers.nl
www.xeniakasper.nl
www.twitter.com/Mistral_boeken

Meer weten over onze boeken? Schrijf je in voor de nieuwsbrief op
www.uitgeverijmistral.nl.

Proloog

Hij was nog steeds boos, liep scheldend van de woonkamer naar de keuken. Ze klonk behoorlijk dronken aan de telefoon, maar dat was geen excuus voor haar scheldkanonnade, haar beledigingen, vond hij. Hij dronk snel van zijn cognac en keek uit over de donkere tuin. Terwijl hij een sigaret opstak, opende hij de tuindeur. Er stroomde koele lucht naar binnen. Bedachtzaam inhaleerde hij diep en stapte het terras op. Het liefst zou hij de tuin inlopen om het verlichte huis van een afstandje te bekijken. Maar dan zou hij de bel niet horen, dus bleef hij staan. Hij grinnikte toen hij terugdacht aan het diner dat net had plaatsgevonden. Met een beetje geluk zou alles binnenkort zijn opgelost. De bel onderbrak zijn gedachten. Hij liep naar het huis, leunde tegen de terrasdeur, zette zijn cognacglas naast de asbak en drukte zijn sigaret erin uit.

Maandag 19 oktober

Zijn hete en vochtige tong raakte me aan, kietelde me en vloog in een zinnenprikkelend spel van de ene plek op mijn lichaam naar de andere. Hij dreef me langzaam tot waanzin. Alex' pupillen waren groot, zijn ogen gloeiden van opwinding en zijn gezicht was bezaaid met duizenden zweetdruppeltjes. Ik kromde mijn rug van genot. Alex wachtte nog een paar seconden, hij wist precies hoe lang, pakte het glas drank dat op het nachtkastje stond, maakte de sjaals los en spreidde mijn benen. Langzaam druppelde hij wat van de vloeistof op mijn huid. De romige scroppino liet me huiveren en ik voelde elke porie waar de koude cocktail in drong. Terwijl ik genoot, zocht ik Alex' ogen. Vol afkeer staarde hij naar iets achter me; ik probeerde zijn blik te volgen maar kon niet zien waar hij naar keek.

'Alex,' smeekte ik hees.

Met een schok werd ik wakker. Er werd ongeduldig aangebeld. Alsjeblieft niet, dacht ik slaperig terwijl ik in een reflex een klap op de wekkerradio gaf. De bel ging weer. Moeizaam duwde ik het dekbed weg, woelde door mijn haar en probeerde helder te denken. Ik ging langzaam rechtop zitten en keek naar het raam. Een paar lichtstralen vielen door een kier tussen de gordijnen naar binnen. Buiten was het grijs en ongezellig, maar het was inmiddels dag. Mijn keel brandde alsof ik een wandeling door de Sahara had gemaakt. Ik stond wankel op, schoof de kledingstukken die op de grond lagen met mijn voet weg en schudde mijn hoofd. Ik had weer eens gedroomd, zoals zo vaak de afgelopen weken. Er werd opnieuw gebeld.

'Ja ja, ik kom al,' riep ik knorrig.

Terwijl ik naar de voordeur liep, zag ik de chaos om me heen. Op de eettafel stonden twee lege wijnflessen, de asbak was boordevol en de kamer stonk als een kroeg. Ik vertrok mijn gezicht. Wat ik zag in de spiegel die naast de voordeur hing, was schokkend. Mijn lange, blonde haar stond recht overeind, ik had zwarte mascarastrepen op mijn gezicht en de boxershort die ik droeg was te klein, waardoor het vet op mijn heupen naar boven werd geperst. Ik had me wel laten gaan. Er werd opnieuw gebeld.

'Jahaa, ik kom al,' mompelde ik geïrriteerd, waarna ik met tegenzin de deur opendeed.

'Goedemorgen.' Er stonden twee ernstig kijkende mannen voor me. Ze hadden het duidelijk koud; hun handen waren diep in hun zakken begraven. 'Bent u Anne van Veld?' vroeg een van hen.

'Ja, hoezo?' Ik gaapte en hield mijn hand voor mijn mond om hun mijn stinkende adem te besparen. Ik had de smaak van rotte eieren in mijn mond.

'Mogen we binnenkomen?' wilde de ander weten. Hij was van gemiddelde lengte, slank en aanzienlijk ouder dan zijn collega, die me onderzoekend opnam.

Ze zochten tegelijkertijd in hun jaszak en hielden me hun identiteitskaart voor. 'Recherche.'

'O,' zei ik verward en ik deed een stap opzij. 'Het is nogal een rommel... Ik trek even iets aan, dan ben ik zo weer terug. Ga maar vast zitten.' Jezus, wat voelde ik me beroerd. Ik was kotsmisselijk en mijn hoofd bonkte alsof een bouwvakker met een moker muren aan het slopen was.

Ik deed de slaapkamerdeur, die wagenwijd openstond, achter me dicht. Ik schaamde me dood. Lingerie lag verspreid over de vloer, gebruikt en schoon; naast mijn bed stond een halfvol glas wijn; niet bij elkaar passende schoenen en een verdorde plant maakten het stilleven compleet. Ik zocht een gemakkelijke broek en een vest in een van de geopende verhuisdozen, vond geen van beide en trok mijn spijkerbroek van de vorige dag weer aan. Snel deed ik het raam open, want ook hier stonk het verschrikkelijk. Beverig nam ik een slok mondwater, gorgelde en slikte het per ongeluk door. Er ging een rilling door me heen.

'Willen jullie koffie?' vroeg ik terwijl ik in de zitkamer over een schoen struikelde. Mijn coördinatie was vandaag gewoon een ramp. Ik had het gevoel alsof mijn benen en armen niet door mijn hoofd aangestuurd werden. Waarschijnlijk was dat ook zo, omdat mijn hersenen nog in een wijnbad zwommen. Ik zette de lege wijnflessen en de volle asbak op de buffetkast en keek de twee mannen vragend aan.

De oudste leunde nonchalant tegen de vensterbank tussen de verhuisdozen, die deels opengemaakt naast elkaar tegen de muur stonden, en bestudeerde de chaos spottend. Hij bukte zich naar een doos boeken en haalde er één uit, bladerde het door en legde het weer weg. Daarna zei hij dat hij geen koffie wilde. De jongere rechercheur schudde afwezig zijn hoofd terwijl hij geconcentreerd keek naar iets wat net nog tussen de flessen en de asbak had gelegen.

'Sorry dat het zo'n troep is, maar ik ben hier drie weken geleden pas komen wonen. Mijn man heeft me voor een jonger exemplaar ingeruild en gisteren heb ik geprobeerd mijn verdriet weg te drinken,' legde ik ongevraagd uit. Ik ging zitten, pakte een sigaret en liet de aansteker opvlammen. De geur van brandende tabak vermengde zich met de muffe lucht in de kamer.

'Wat is dit?' wilde de jonge rechercheur weten.

'Dat is een soort voodoopop. Een vriendin dacht dat ik mijn woede en vertwijfeling misschien de baas zou worden als ik naalden in zo'n pop zou prikken in plaats van dat bij mijn echtgenoot te doen. Het is vergelijkbaar met een foto op een boksbal waarop je naar hartenlust kunt stompen. Maar waarom zijn jullie eigenlijk hier? Jullie zijn vast niet benieuwd naar de manier waarop ik mijn liefdesverdriet overwin.'

'Dat is een flinke naald.' Hij wees naar de breipen, die tot de helft in het midden van het popje stak.

Opgelaten pakte ik de spullen uit zijn hand en legde ze in een la.

Hij keek me ernstig aan. 'We zijn hier omdat uw echtgenoot vannacht om het leven is gekomen.'

'Wat? Dat kan niet! Ik heb hem gisteren nog gesproken,' riep ik ontzet. Ik doofde de sigaret met trillende vingers, stak meteen een nieuwe op en voelde mijn hart bonken.

De rechercheurs keken me zwijgend aan.

'Wat is er gebeurd? Heeft hij weer eens te hard in zijn Porsche gereden? Hij is een heel goede chauffeur, ook al rijdt hij als een krankzinnige,' ratelde ik. De tranen schoten in mijn ogen. Alex dood, dat kon niet waar zijn.

'Nee, het was geen ongeluk. Uw man is vanochtend door zijn huishoudster in de tuin gevonden,' zei de jongere rechercheur, waarna hij bedachtzaam door de kamer begon te lopen, zonder zijn blik van me af te wenden. Zijn collega stond nog steeds bij het raam en krabde aan zijn oor.

'Heeft hij een hartinfarct gehad? Natuurlijk, dat voortdurende roken en alle alcohol sinds hij met die slet is! Zij heeft hem de dood in gedreven.' Ik inhaleerde de rook van de sigaret tot onder mijn donkerrood gelakte teennagels, blies hem in kringen weer naar buiten, haalde mijn neus op, stond op om een glas water te halen en zocht naar zakdoekjes. In plaats daarvan vond ik een stuk keukenrol en snoot luidruchtig mijn neus.

'Dat zal bij de lijkschouwing duidelijk worden. We kunnen op dit moment niets uitsluiten,' zei hij formeel terwijl hij me een vreemde blik toewierp.

'Wat willen jullie daarmee zeggen?' Iets rustiger vervolgde ik: 'Gaan jullie ervan uit dat hij vermoord is? Anders wordt er toch geen lijkschouwing gedaan?' Ik veegde een paar tranen van mijn wangen en zocht vertwijfeld naar de Kleenex. Mijn hart ging nog steeds wild tekeer.

'Hier,' zei de oudere rechercheur. Hij hield me een zakdoek voor. 'We doen altijd een lijkschouwing als de doodsoorzaak onduidelijk is, en dat is bij uw man het geval.' Hij zette zich af van de vensterbank en keek me afwachtend aan.

'Op het moment kunnen we helaas niet meer informatie geven. We willen u echter vragen om beschikbaar te zijn voor eventuele nieuwe vragen,' zei de jongste rechercheur.

'Waarom ik? Hij heeft me de deur uitgezet. Ik kan jullie echt niet helpen. Jullie moeten die eh... zijn nieuwe vriendin ondervragen,' snoof ik.

'Dat doen we ook. Weet u toevallig waar we haar kunnen bereiken?' vroeg zijn oudere collega.

'Nee, natuurlijk niet. Was ze dan niet in ons huis?'

'Zouden we het anders vragen? Uw man was blijkbaar alleen.' Hij wachtte even. 'Goed, dat was het voorlopig. Als u nog iets te binnen schiet, of als u vragen hebt...' voegde hij eraan toe terwijl hij zijn visitekaartje op tafel legde.

Ik staarde ernaar. De oudere politieagent heette Joop Rietmeier.

'Ik heb trouwens nog twee vragen,' ging hij verder. 'Wanneer hebt u met uw man gebeld en waar was u gisteravond en afgelopen nacht?'

'Dat was om een uur of negen, tien, ik weet het niet meer, en ik was hier. Hoezo?'

'Bent u de hele tijd alleen geweest? Had u visite of hebt u iemand gebeld?'

'Ik ben de hele tijd alleen geweest. Waarom wilt u dat weten?'

'We kennen de omstandigheden van zijn dood nog niet precies,' zei de jongere rechercheur. 'We vragen iedereen naar zijn of haar alibi en stellen in alle richtingen een onderzoek in. Het is dus belangrijk dat u zich de afgelopen nacht zo gedetailleerd mogelijk herinnert. Als u nog iets te binnen schiet, belt u ons dan.' Hij legde zijn visitekaartje naast dat van zijn collega.

'Jullie denken toch niet dat ik mijn man heb vermoord omdat hij me de laan uit gestuurd heeft?'

De twee keken me kalm aan, maar waren blijkbaar niet van plan antwoord op mijn vraag te geven.

'Mijn vriendin heeft tegen acht uur nog gebeld en we hebben een tijd gekletst, daarna was ik zoals ik al zei alleen en ben ik dronken geworden. Het laatste wat ik me herinner, is dat ik de tweede fles wijn ontkurkte.'

'Bedankt voor uw tijd,' zei Rietmeier terwijl hij zijn hand uitstak.

Ik stond op, liep met hen mee naar de deur en deed die achter hen dicht. Langzaam zakte ik op de grond. Alex dood, het was onvoorstelbaar. Gewoon absurd.

Ik staarde naar de stapel tijdschriften die ik gisteren eigenlijk had willen weggooien. In plaats daarvan had ik, gekweld door liefdesverdriet, een fles wijn geopend en had langer dan een uur tegen Emma gezeurd. En nu wilden die twee agenten van me weten met wie ik had gepraat. Voor zover ik wist alleen met Emma en daarna tegen mezelf. Die gewoonte had ik wel vaker als mijn alcoholpromillage omhoogschoot. Had ik gisteren nog iemand anders gebeld? Ik moest opstaan en mijn mobiel zoeken, maar het leek wel of ik verlamd was.

We hadden elkaar acht jaar geleden leren kennen op het kerstfeest van de televisiezender in Hilversum waarvoor hij destijds werkte. Ik was er samen met mijn beste vriendin Emma, die voor dezelfde zender werkte. Alex had 's ochtends zijn ontslag ingediend omdat hij in het nieuwe jaar als zelfstandig producent aan de slag wilde. Hij had gedurende de jaren voldoende ervaring opgedaan en veel successen geboekt. Het zou hem al snel lukken om de eerste grote opdracht binnen te halen, zodat hij het zich kon permitteren zijn bedrijf volkomen ontspannen op te bouwen. Maar dat wist ik toen allemaal nog niet. Alex stond nonchalant en enigszins verveeld met een glas rode wijn in zijn hand tegen een van de pilaren geleund. Ik was diep onder de indruk van zijn brede schouders, het blonde haar dat zijn gezicht warrig omlijstte en zijn grijsgroene ogen. Hij droeg een spijkerbroek, grijze schoenen, een grijs overhemd en natuurlijk een grijs colbertje. Opgelucht stelde ik vast dat hij geen ketting of ring droeg en zelfs geen horloge om had. Mannen met sieraden vond ik verschrikkelijk.

'Ik haal iets te drinken voor ons. Wijn?' Emma had een collega enthousiast begroet en richtte haar aandacht nu weer op mij.

'Rood, graag.'

Ik keek haar na terwijl ze zich een weg door de menigte baande. Emma was een heel aantrekkelijke vrouw, die vaak bewondering oogstte van mannen en jaloerse blikken van vrouwen kreeg. Ze was altijd modieus klassiek-correct gekleed.

Terwijl ik wachtte, keek ik om me heen. De kantine van de zender was feestelijk versierd, 'Last Christmas' van Wham! werd op een aangenaam volume gespeeld en de binnenstromende werknemers waren allemaal feestelijk gekleed en goed gehumeurd.

'Heb je honger?' vroeg Emma toen ze met onze wijn terug was.

'Heel erg, waarom?'

'Het buffet wordt zo geopend en ik heb uit betrouwbare bron vernomen dat de directie heel royaal is geweest.'

Ik lachte. Natuurlijk wist ze dat. Tenslotte was ze de rechterhand en het adviserende, juridische geweten van de directie en daarnaast een nieuwsgierige fijnproever.

Emma glimlachte en nipte aan haar glas. Ze zou na het tweede glas overgaan op cola light. Een van haar gouden regels luidde: nooit dronken worden in aanwezigheid van de baas.

Ik kende haar al van de middelbare school en wist maar al te goed dat mijn vriendin enorm kon zuipen. Emma en ik waren op dezelfde dag geboren, op 14 maart in hetzelfde jaar, en woonden vlak bij elkaar. We hadden samen de inspanningen voor het gymnasiumdiploma geleverd, maar verschillende studierichtingen gekozen. Zij studeerde rechten, ik journalistiek en mediawetenschappen. Ik vond het na een aantal semesters echter saai worden en stapte over naar politiek en geschiedenis. Die studies maakte ik ook niet af. In plaats daarvan ging ik fulltime werken bij de radiozender waar ik een studentenbaan had. Ik presenteerde een programma en ik was ervan overtuigd dat ik de luisteraars op de hoogte hield van de echt belangrijke dingen in het leven.

Emma was er voor me toen mijn ouders bij een auto-ongeluk in Afrika om het leven kwamen en ik in één klap geen familie meer had. Ze was als een zus voor me.

Zodra ik mijn bord vol had geschept en aan een tafeltje was gaan zitten, kwam Alex erbij. Hij had een paar garnalen, een beetje salade en een stukje brood op zijn bord liggen, keek jaloers naar mijn bord en grijnsde brutaal. 'Jij moet uitgehongerd zijn,' zei hij spottend.

'Ja, dat klopt. Maar ik kon vooral niet beslissen wat ik zou nemen en omdat ik het haat om in de rij te staan, was er maar één mogelijkheid: alles in één keer op mijn bord laden.' Ik lachte naar hem.

'Zo heb ik het nog nooit bekeken.'

Tien minuten later waren we in een gesprek verdiept, na een uur vroeg hij mijn telefoonnummer en vier uur later, toen ik net onderweg was naar huis, kreeg ik een superlief sms'je en had ik ongelofelijk veel vlinders in mijn buik. We spraken af om de volgende middag te gaan wandelen en iets te gaan eten. We flirtten en kusten elkaar. Het was alsof de bliksem bij ons allebei was ingeslagen. Na Nieuwjaar trok ik bij hem in en op 16 juni, de dag waarop Alex vijfendertig werd, trouwden we.

En nu, acht jaar, vier maanden en drie dagen later, was hij dood en was ik een weduwe van vierenveertig.

'Emma? Met mij.'

'Wat is er aan de hand? Je klinkt afschuwelijk,' vroeg ze.

'Alex is dood.' Terwijl ik de woorden hardop uitsprak barstte ik opnieuw in tranen uit.

'Wát zeg je?' vroeg Emma geschokt. Ze kon het niet geloven en bestookte me met vragen waarop ik geen antwoord kon geven. Ik wist zelf niet veel.

Ineens werd ze zakelijk en probeerde me te kalmeren. 'Vind je het niet vreemd dat Alex alleen thuis was? Hij kan er toch niet tegen om alleen te zijn? En zijn nieuwe vriendin woont toch bij hem?'

'Voor zover ik weet wel. Daarom moest ik ook meteen met al mijn spullen vertrekken.' Ik veegde de tranen met de mouw van mijn T-shirt van mijn gezicht en dacht na. Ze had volkomen gelijk, Alex wilde nooit alleen thuis zijn. De afgelopen acht jaar sprak hij altijd met iemand af als ik iets met Emma ging doen. Waarom was hij uitgerekend gisteravond alleen geweest? Ik snapte er niets van.

'Ik kom naar je toe,' zei Emma, waarna ze ophing.

Ik bleef verdoofd in de zitkamer zitten, staarde voor me uit en terwijl de tranen over mijn wangen stroomden, dacht ik terug aan de tijd waarin Alex en ik elkaar hadden leren kennen.

'Anne? Ik ben het!' riep Emma; ze bonkte op de deur. Blijkbaar was ik zo in gedachten verzonken geweest dat ik de bel niet had gehoord.

Ik was nog steeds niet gewend aan mijn nieuwe leven en vond het verschrikkelijk dat ik drie weken geleden uit de mooie, luxueuze villa in Amsterdam Oud-Zuid hiernaartoe had moeten verhuizen. Ik had halsoverkop deze tweekamerflat gehuurd en bij IKEA gekocht wat ik nodig had omdat Alex had geweigerd me meubels mee te geven. Hij vond dat alles in ons huis van hem was. Ik had mijn hoofd in mijn nek gegooid en was trots vertrokken.

Zwijgend deed ik open. Op hetzelfde moment hing Emma om mijn nek. 'Arme schat!' riep ze troostend.

Ik begon weer te huilen en klampte me als een klein kind aan haar vast.

Ze streelde mijn haar. 'Vertel eens, wat is hier gebeurd? Een bom had geen grotere chaos kunnen veroorzaken. Heb je bezoek gehad?' Hoofdschuddend keek ze me aan, liet me los en liep de zitkamer in.

'Nee, ik heb alleen nog geen tijd gehad om alles uit te pakken en in te ruimen; en ik heb gisteren tijdens ons telefoongesprek een fles wijn gedronken, en nadat ik had opgehangen heb ik er nog een opengemaakt.'

'Hm, je moet eerst maar eens gaan douchen. Intussen ruim ik het ergste op en zet de ramen open. Sinds wanneer rook jij weer?'

'Sinds gisteren kwart voor acht, om precies te zijn. Toen heb ik twee pakjes sigaretten gekocht. Het maakt absoluut niet uit of mijn huid grauw en vaal wordt. Als je voorbij de veertig bent, word je gewoon ingeruild voor een jonger exemplaar,' verkondigde ik gefrustreerd.

'Anne, ga douchen. Ik zet thee voor ons en maak iets te eten voor je.'

Ik liep naar mijn piepkleine badkamer, zette de douche aan, keek in de spiegel en staarde een ogenblik naar mijn gezwollen, betraande gezicht. Toen draaide ik me om en trok langzaam mijn kleren uit. De douche was aangenaam, het hete water kletterde op mijn gespannen spieren. Ik zeepte me in, waste mijn haar en dacht na.

Wat was er van mijn leven geworden? Tot een paar weken geleden was alles fantastisch geweest. Ik woonde met de man van wie ik hield in ons droomhuis in de buurt van het Vondelpark. Het ging heel goed met ons. Ons bedrijf draaide met flinke winst, we hadden plezier in het werk, waren gezond en leefden precies zoals we altijd hadden gehoopt. Ik had een nieuwe, heerlijk onconventionele vriendenkring, een inloopkast met alles wat mijn hartje begeerde en een huishoudster.

De meeste designerkleren lagen nog in de vele verhuisdozen. Dragen kon ik ze toch niet omdat ik sinds de scheiding voortdurend vreetbuien had. Andere vrouwen vielen af door liefdesverdriet, ik kwam aan. In plaats van spijkerbroekmaat 29 moest ik me nu in maat 31 persen.

Ik douchte koud na.

'Ga zitten, eet en vertel,' beval Emma. Ze schoof een bord met twee gebakken eieren en een groot glas melk naar me toe.

Ik rapporteerde dat ik gisteravond oude foto's had bekeken. Ik had Alex er eerst uit geknipt en daarna alles weer ingeplakt. Ik had de voodoopop bewerkt en gehuild van wanhoop, maar ook van woede. Ik begon meteen weer. Emma probeerde Alex' naam en zijn plotselinge dood niet te noemen en luisterde geduldig naar mijn chaotische verslag. Helaas had ik een flinke black-out.

'Je hebt Alex toch niet gebeld?'

'Hoezo?'

'Nou ja, voor zover ik je ken, heb je hem in je woede op z'n minst een beledigende sms gestuurd. Waar is je mobiel?' Ze keek zoekend om zich heen.

Ik gaf hem aan haar.

'O nee,' riep ze. 'Je hebt hem niet alleen meerdere keren gebeld, maar ook met vreselijke sms'jes gebombardeerd.'

Ik voelde me misselijk worden.

Onze bruiloft was precies zoals ik altijd had gewild. Met een paar intieme vrienden stonden we op een woensdagmiddag bij de burgerlijke stand. Als je Alex mocht geloven, zag ik er verrukkelijk uit.

Ik droeg een eenvoudige, vanillekleurige jurk die mijn lichaam omsloot als een tweede huid en een decolleté had dat niet veel liet zien, maar wel veel beloofde. Alex vond het prachtig en kuste me bijna de hele taxirit. De plechtigheid duurde niet lang, daarna gingen we met zijn allen heerlijk Italiaans eten. We bleven tot vroeg in de avond in het restaurant hangen. Onze wittebroodsweken stelden we uit omdat Alex een opdracht voor het ontwikkelen van een zomershow voor zijn oude werkgever had aangenomen. Ik stopte met mijn werk voor de radiozender en ging voor Alex' bedrijf werken. We waren een goed team en zaten vol ideeën. Binnen een jaar namen we freelancers aan, huurden meer kantoorruimte en kregen opdrachten van allerlei televisiezenders. Ons succes duurde voort en ook privé waren we nog even gek op elkaar. We gingen regelmatig winkelen in Londen of New York, een weekend skiën in het Zwitserse mondaine Zermatt of op vakantie naar Kaapstad: het was allemaal geen probleem.

Terwijl ik me steeds verder ontwikkelde, een privéleraar voor bedrijfskunde aannam en flink studeerde, bleef Alex op hetzelfde niveau hangen. Daardoor veranderde er iets tussen ons. De laatste tijd was ik niet alleen degene die de meeste opdrachten binnenhaalde en uitwerkte, maar ik zorgde er ook voor dat het bedrijf bleef groeien. Werkdagen van zestien uur waren geen uitzondering. Intussen begon Alex meer tijd op de golfbaan dan op kantoor door te brengen. Hij noemde het netwerken en praatte hoogdravend over alle belangrijke mensen met wie hij de kleine, witte bal in het gat probeerde te krijgen. Ik vond golf ook leuk, alleen kreeg ik van mijn werk meer energie. Ik was helemaal in mijn element als ik kon beginnen met een leeg vel papier, waarop na de eerste vergadering een paar ideeën voor televisieprogramma's stonden. Die ideeën werden in een later stadium verworpen of verder uitgewerkt, en in het gunstigste geval werd het programma een paar weken later in de studio opgenomen. Emma had er gedurende de jaren steeds op gehamerd dat Alex en ik onze financiën moesten regelen, maar ik vertrouwde hem en vond het vreemd en zelfs achterbaks om alles te willen veranderen. Ik had een huwelijkscontract getekend waarin stond dat alles wat we in het huwelijk hadden meegebracht, bij een eventuele scheiding van de oorspronkelijke eigenaar zou blijven; de rest werd gedeeld. Stom genoeg stond het bedrijf destijds al op naam van Alex.

Toen Alex op een avond verbazingwekkend laat thuis kwam en me vroeg om de volgende dag mijn koffers te pakken, werd ik met mijn neus op de feiten gedrukt. Aan de bedrijfsconstructie was al die jaren niets veranderd en ondanks mijn leidende positie was ik op papier een gewone werkneemster.

'Waarom? Gaan we op reis?'

'Nee, ik wil scheiden en heb een suite in het Hilton voor je geboekt, zodat je tijd hebt om ergens een appartement te zoeken.'

Ik keek hem verbijsterd aan.

'Anne, ik meen het. Het is voorbij. Ik ben verliefd op iemand anders en wil mijn leven met haar delen. Ik wil je ook vragen om zo snel mogelijk een nieuwe baan te zoeken. Ik denk niet dat we nog kunnen samenwerken. Morgenavond worden de sloten vervangen, tenslotte is dit mijn huis.' Hij draaide zich om, pakte zijn autosleutel en deed de voordeur zachtjes achter zich dicht.

Ik bleef in de keuken staan met het gevoel dat ik verlamd was. Emma, die ik probeerde te bellen, nam niet op. Logisch, dacht ik nadat ik haar voicemail drie keer had gekregen, ze zat in het vliegtuig naar Australië en was twintig uur lang niet bereikbaar.

In plaats van te vechten en me te verweren pakte ik berustend mijn spullen in en vertrok de volgende ochtend. Ik logeerde in het Hilton tot ik mijn miniappartement had gevonden.

'Probeer je te herinneren wat er de afgelopen nacht is gebeurd, Anne. Dat is heel belangrijk,' drong Emma aan nadat ze de sms'jes die ik gisteravond naar Alex had gestuurd hardop had voorgelezen. 'Als Alex geen natuurlijke dood is gestorven, waarvan ik uitga, staat de politie binnen de kortste keren met een huiszoekingsbevel voor je deur.' Ze keek me doordringend aan.

'Denk jij soms dat Alex is vermoord?'

'Ik weet niet bij welke zaken hij allemaal betrokken was, maar het heeft me altijd verbaasd dat hij ook vroeger al meer geld had dan zijn salaris rechtvaardigde. Ik weet niet of hij inderdaad is vermoord, maar als de recherche je sms'jes leest, kun je maar beter een antwoord klaar hebben.'

'Zijn ouders hadden geld,' antwoordde ik zachtjes. Ik ging bewust niet op de sms'jes in, dat was te pijnlijk.

'Dat heeft hij gezegd, maar je hebt ze nooit ontmoet.'

'Dat kon ook niet. Ze wonen ergens in Midden-Amerika en hebben het contact met Alex verbroken.'

'Dat kan me niet schelen. Ik maak me alleen zorgen om jou. Heb je al contact gehad met jullie advocaat?'

'Ik zal Rob bellen. Alex heeft iemand anders in de arm genomen. Hij wilde me met een fooi afschepen. Ik kon fluiten naar het vermogen dat we de afgelopen jaren samen hebben opgebouwd. Ik zou een halfjaar salaris en een naar verhouding belachelijke afkoopsom krijgen, en mocht alleen nog onder toezicht van onze secretaresse het bedrijf in om mijn persoonlijke spullen te halen. Hij dreigde met een aanklacht wegens huisvredebreuk als ik me daarna nog op kantoor zou laten zien. En dat is een ongelofelijke brutaliteit, tenslotte heb ik het bedrijf samen met hem opgebouwd.'

'Eén ding is zeker, hij heeft het al een tijd geleden voorbereid. Je moet dringend contact opnemen met Rob,' zei Emma terwijl ze me doordringend aankeek.

'Waarom? Ik heb geen advocaat meer nodig, ik erf nu toch alles? We hebben nooit een testament opgesteld en als echtgenote ben ik degene die alles krijgt, of niet soms?'

'Dat is waar.'

Ik reed met Emma naar het bedrijf, riep alle werknemers bij elkaar en vertelde over de plotselinge dood van Alex. Ik wilde de recherche voor zijn, wat me ook lukte. Die was nog bezig met het veiligstellen van sporen in ons huis. Ook droeg ik de werknemers op niets mee te nemen uit het kantoor, omdat de recherche wellicht spullen in beslag zou nemen voor het onderzoek. Ik zat in mijn kantoor, dat naast Alex' kantoor lag, en probeerde een helder hoofd te krijgen toen de twee rechercheurs van vanmorgen in de deuropening stonden.

'O, mevrouw Van Veld, we hadden niet verwacht u zo snel hier te zien,' zei Rietmeier.

'Ik moest onze werknemers inlichten. Zoiets mogen ze niet via het journaal horen,' legde ik uit en ik vroeg hun te gaan zitten.

'U hebt er toch niets op tegen als we wat vragen stellen?'

'Niet als u dat met gepaste tact doet. De meeste werknemers hebben het bedrijf samen met mijn man en mij opgebouwd. Weet u inmiddels waar de vriendin van mijn man is?' Het was me nog niet gelukt veel informatie over haar los te krijgen. Ik wist alleen dat ze Monique heette en een jonge, Franse zangeres was. Ze had donker haar, een adembenemend figuur en lachte vrolijk op de foto's die ik op internet had gevonden.

'Nog niet, maar we weten waar ze zich naar alle waarschijnlijkheid ophoudt. We willen graag nog een keer met u praten. Wacht alstublieft op ons,' zei de jongere rechercheur tegen me.

Ik beloofde het en keek ze na toen ze mijn kantoor uit liepen. De jongere rechercheur ging naar Alex' kantoor, Rietmeier verdween uit het zicht.

'Ik heb de pers op lijn 1, 2 en 3. Ze hebben gehoord wat er is gebeurd en willen een bevestiging en een verklaring van je.' Barbara, onze gemeenschappelijke secretaresse, stond doodsbleek voor me. Ze was erg over haar toeren. Haar blauwe ogen waren zo groot als knikkers.

'Nu niet,' antwoordde ik bits. Ik liep om haar heen naar Alex' kantoor.

'Uw naam was...?' zei ik tegen de rechercheur.

'Thomas Koch.'

'Ah ja. De media hebben lucht van het verhaal gekregen en willen een verklaring. Wat moet ik doen?'

'Wilt u met ze praten?'

Ik keek hem aan, draaide me om en liep het kantoor uit. 'Ik ben niet bereikbaar, ook niet voor de pers,' instrueerde ik Barbara, die achter haar bureau zat te huilen.

'Bel je advocaat,' zei Emma nadrukkelijk. Ze zat aan de vergadertafel in mijn kantoor en schreef alles op wat ik volgens haar moest regelen.

'Ik heb dringend hulp nodig,' riep Barbara nadat ze haar neus had gesnoten. Ze zat kaarsrecht achter haar bureau, had haar bril in het lange, blonde haar geschoven en keek me onderzoekend aan.

'Brand maar los,' sommeerde ik, leunend tegen mijn bureau.

'Alex zou morgen een belangrijke bespreking hebben, de informatie daarvoor heb ik allemaal hier. Wat moet ik doen? De bespreking afzeggen?' Terwijl ze praatte kwam ze mijn kantoor in lopen.

'Geef me de papieren maar, dan verschuif ik de afspraak. Ik moet me eerst inlezen. En wil je ervoor zorgen dat alle werknemers vanmiddag om drie uur in mijn kantoor zijn?'

Ze knikte, legde de map op het bureau en liep zonder nog iets te zeggen mijn kantoor weer uit.

'Wil je echt doorgaan?' Emma keek me verbaasd aan.

'Ik kan moeilijk aan struisvogelpolitiek gaan doen en de komende dagen niets anders doen dan huilen. Weet je hoeveel geld we dan verliezen?' vroeg ik. Ik had besloten om alles koel en beheerst te regelen. Hoe minder emoties ik toeliet, hoe groter de kans was dat ik niet huilend instortte.

'Mevrouw Van Veld, kunnen we met u praten? We hebben nog een paar vragen.' Koch stond samen met zijn collega in de deuropening. Hoeveel hadden ze opgevangen van het gesprek?

'Natuurlijk, ga zitten.'

'We willen u vragen om uw boekhoudafdeling en de accountant opdracht te geven ons alle documenten ter beschikking te stellen die een bijdrage kunnen leveren aan de oplossing van de situatie.'

'Van welke situatie gaan jullie uit?' vroeg ik.

'Dat betekent dat ze uitgaan van een misdrijf,' merkte Emma op. Ze kwam overeind en ging tegenover de rechercheurs staan.

'Op het moment gaan we overal van uit, hoewel een natuurlijke dood met grote waarschijnlijkheid uitgesloten kan worden. Morgen is de lijkschouwing, daarna weten we meer.' Rietmeier keek nieuwsgierig naar Emma.

'Goed, zodra jullie het resultaat hebben en blijkt dat het inderdaad om een misdrijf gaat, zal Anne vanzelfsprekend de gewenste documenten overhandigen. Maar niet eerder. Ik zie geen reden om dat nu al te doen, of hebben jullie toestemming voor huiszoeking en inbeslagname?' Emma keek hen zelfverzekerd aan.

'Wie bent u, als ik vragen mag?' vroeg Rietmeier enigszins geïrriteerd.

'Ik ben Emma Wolf, een vriendin van Anne.'

'Ze is juriste,' voegde ik eraan toe.

'Hm. Nog één vraag. Is er een testament en weet u wie daarin vermeld staan?' vroeg Koch aan me.

'Nee, dat is er niet.'

'Dat betekent dat u als echtgenote de enige erfgename bent,' stelde Rietmeier vast.

'Daar ga ik inderdaad van uit,' antwoordde ik met een vaste stem. 'En nu we het er toch over hebben, wanneer kan ik mijn huis in?'

'Zodra de technische recherche daar klaar is.'

'Was dat het?' vroeg Emma.

'Voor dit moment wel, maar zoals gezegd, blijf alstublieft tot onze beschikking,' besloot Rietmeier. Hij draaide zich om en liep het kantoor uit. Koch volgde hem. Ik keek de rechercheurs na. Hoe was Alex gestorven en waar had Karin hem gevonden? Moest ik haar bellen om het te vragen?

'Wil je daar weer gaan wonen?' Emma onderbrak mijn gedachten.

'Natuurlijk, wat denk jij? Het zal een genoegen zijn, een genot zelfs. En ik doneer alle spullen die er van die Franse slet in huis liggen aan het Leger des Heils.'

Emma keek me aan en schonk een glas water in. 'Anne, dat lijkt me niet verstandig. Je komt op buitenstaanders heel kil over, alsof de dood van Alex je niets kan schelen. Begrijp me niet verkeerd, ik weet dat je woedend bent, maar op het moment zou ik het prettiger vinden als je wat meer de rouwende weduwe dan de zakenvrouw zou zijn. Anders komen ze misschien nog op de gedachte dat je iets met Alex' dood te maken hebt, vooral als ze zijn mobiel vinden en je sms'jes lezen.'

'Ik heb hem niets gedaan. En die sms'jes... Jezus, ik had net de brief van zijn advocaat gekregen en was dronken. Logisch toch dat ik zo reageer?'

'Ik weet het, maar je moet erop voorbereid zijn dat ze je onaangename vragen gaan stellen. Bel alsjeblieft je advocaat.'

Een paar minuten later had ik een afspraak gemaakt voor de volgende dag met Rob. Daarna belde ik een begrafenisonderneming en maakte daar ook een afspraak mee.

'Ik ga nu naar mijn werk. Vind je het fijn om vanavond langs te komen? Je mag natuurlijk ook bij me blijven slapen,' zei Emma kalm.

Ik knikte, pakte mijn mobiel en belde Karin; zij zou meer informatie hebben. Maar Karin nam niet op en haar voicemail was uitgeschakeld.

Ik liep naar Alex' domein, dat heel anders was ingericht dan mijn kantoor. Zijn bureau bestond uit een enorme glazen plaat die werd gedragen door een chromen constructie. De planken aan de muur en de vergadertafel waren in dezelfde moderne stijl. Ik ging op zijn zwartleren bureaustoel zitten en staarde naar de foto die op zijn bureau stond. Hij was een paar jaar geleden gemaakt tijdens een zeiltochtje op de Middellandse Zee. We lachten verliefd en gelukkig naar de camera. Waarom had hij die foto laten staan?

'Wil je misschien een broodje?' vroeg Barbara. Ze was pas achtentwintig, maar was voor haar leeftijd heel zorgzaam, bijna moederlijk.

'Nee, dank je. Ik krijg geen hap door mijn keel,' antwoordde ik.

Ik belde Karin nog een keer en had eindelijk geluk. Helaas wist zij ook bijna niets. 'Ik weet niet of hij doodgeschoten of -gestoken is, Anne. Er lag overal bloed en nadat ik hem in de tuin had gevonden, heb ik meteen de politie gebeld. Ik ben daarna niet meer naar buiten gegaan, het was een afschuwelijk gezicht. Zijn hoofd lag zo vreemd gedraaid,' zei ze zachtjes. Haar stem trilde toen ze ophing.

Ik probeerde me op de papieren op zijn bureau te concentreren. Waar moest ik beginnen? Ik pakte een stapel, bladerde hem door, las een paar mails en de opmerkingen die Alex erbij had geschreven, steunde met mijn hoofd in mijn handen en had het gevoel dat ik er niet meer tegen kon. Ik stond op. Alex zou hier nooit meer zitten, nooit meer zijn buien op iedereen botvieren, nooit meer naar mijn kantoor schreeuwen, maar ook nooit meer samen met mij een format bedenken en uitwerken en me nooit meer omhelzen. Ik leunde tegen de vensterbank, keek om me heen en was verschrikkelijk verdrietig. Wat was er de afgelopen nacht gebeurd? En waarom was hij, tegen zijn gewoonte in, alleen thuis geweest? Toen ik hem gisteravond dronken belde, was hij kortaf geweest. Hij had gezegd dat hij geen tijd en zin had om naar mijn gekrijs te luisteren en dat hij bezoek verwachtte. Verdomme, waarom had ik hem niet gevraagd wie er zou komen? Nadat hij het gesprek bot had beëindigd, belde ik nog een paar keer zonder succes naar al zijn nummers. Daarna dronk ik uit woede en frustratie nog een glas wijn en begon hem te bombarderen met sms'jes waarin ik mijn gevoelens de vrije loop liet. Het laatste wat ik me kon herinneren, was het moment dat ik een nieuwe fles ontkurkte.

Ik liep heen en weer en keek naar de foto's die aan de muur achter de vergadertafel hingen: Alex met acteurs, actrices, presentatoren en presentatrices bij prijsuitreikingen en feesten die een bijzondere betekenis voor hem hadden. In een kast ernaast stonden de prijzen die we de afgelopen jaren met onze televisieprogramma's en -series hadden gewonnen. Alex was bijzonder trots op de publieksprijs. 'De kijkers moeten de programma's die we produceren waarderen, niet het management van de zenders,' zei hij altijd. Hij had de unieke gave om mensen te boeien en ze enthousiast te maken voor zijn ideeën, ook al was hij af en toe driftig. Ik had hem daar de eerste jaren om bewonderd, tot ik erachter kwam dat hij altijd hetzelfde spel speelde, altijd hetzelfde masker opzette. Was dat het moment waarop onze relatie begon af te brokkelen? Het was me vreemd genoeg nooit opgevallen. Ik had de leiding van het bedrijf steeds meer naar me toe getrokken en had weinig, of eigenlijk helemaal niet over onze relatie nagedacht.

'Ik ben er weer,' hoorde ik Barbara terneergeslagen zeggen.

'Fijn!' Ik schraapte mijn keel en veegde de tranen van mijn gezicht.

‘Gaat het?’ Ze keek het kantoor in. Haar mascara was uitgelopen en ze had een pakje zakdoeken in haar hand.

‘Niet echt.’ Ik had moeite me te beheersen.

‘Ik weet het,’ zei ze zachtjes terwijl ze de zakdoekjes in haar handtas stopte. ‘Zo meteen komen de anderen. Voor de bespreking om drie uur.’

‘O ja, dank je.’ Ik liep terug naar mijn eigen kantoor.

‘Hoe was het?’ wilde Emma weten toen ik even na acht uur rechtstreeks van kantoor bij haar thuis aankwam.

‘Afschuwelijk! Dat is het juiste woord. De bespreking duurde drie keer zo lang als ik had verwacht. Iedereen was geschokt en onzeker over hoe het verder zou gaan. En omdat het natuurlijk bij steeds meer mensen bekend werd, stond mijn telefoon roodgloeiend. Het was verschrikkelijk, en dat zal zo blijven tot ze de moordenaar te pakken hebben.’

Dinsdag 20 oktober

Ik was al om acht uur op de zaak, ging weer naar Alex' kantoor en probeerde me een beeld te vormen van alles wat er de afgelopen drie weken was gebeurd. Gelukkig had ik naast de bespreking geen andere belangrijke afspraken. Ik las zijn uitgeprinte mails, onder meer over een format over het thema 'het leven waarvoor onze ouders ons hebben gewaarschuwd'. Het oorspronkelijke idee was om ouders van studenten in het leven van hun kinderen te laten duiken. Ze moesten een paar weken naar de universiteit gaan, tentamens afleggen, feesten bezoeken tot hun lever in opstand kwam, uitslapen, maar ook in een studentenwoning leven zonder hulpmiddelen zoals een afwas- of wasmachine. We waren een paar weken geleden met zes volwassenen met de opnamen begonnen en het was geniaal. Het gedragspatroon van de ouders was hilarisch. Ik maakte een paar aantekeningen en zocht verder, maar vond alleen de gebruikelijke correspondentie. Verder was er niets. Ergens had ik gehoopt een aanwijzing te vinden met wie hij de avond van zijn dood had afgesproken.

Teleurgesteld begon ik de laden van zijn bureau te doorzoeken. Alex haatte rommel en raakte altijd geïrriteerd als hij iets moest zoeken tussen de papieren op mijn bureau. Hij snapte er niets van dat ik ondanks de chaos precies wist waar alles was. Ik pakte een stapel papieren, bladerde hem door en legde hem zorgvuldig terug. De andere la zag er hetzelfde uit.

'Goedemorgen,' riep Barbara terwijl ze haar hoofd om de deur stak. 'Jij bent vroeg,' voegde ze er nog aan toe. Ze trok haar jas uit en schold op het weer.

Ik was van plan om de zendermanager te bellen en wilde net

mijn kantoor in gaan toen Koch en Rietmeier binnenkwamen.

'Alweer jullie...'

'Inderdaad, ook goedemorgen. We willen u graag spreken.' Rietmeier had zijn handen in zijn jaszakken verborgen en keek me chagrijnig aan. Hij leek niet uitgeslapen en zijn grijs gemêleerde haar zat alsof hij net uit bed kwam. Zijn huid zag er ook grijs uit en paste bij de kleur van zijn jas. Koch zag er daarentegen fris en blozend uit.

'Het spijt me. Goedemorgen,' mompelde ik. 'Kom binnen.'

'Koffie?' riep Barbara naar hen.

Dat wilden ze graag en ze gingen aan mijn vergadertafel zitten.

'Zijn jullie al verder gekomen?'

'Een beetje. We weten zeker dat het geen natuurlijke dood was. Uw man is vermoord. In het huis en in de tuin, op de plek waar uw man lag, zijn diverse sporen gevonden. Bovendien werden bij de lijkschouwing meerdere verwondingen op zijn lichaam aangetroffen.'

'Wat verschrikkelijk,' zei ik geschokt. Ik wreef met mijn hand over mijn gezicht. 'Hoe is hij vermoord?' vroeg ik.

'Daar kunnen we op dit moment geen concrete mededelingen over doen,' zei Koch.

'Maar ik ben zijn vrouw!'

'Over ongeveer een week weten we meer. Er zijn aanwijzingen dat er een gevecht heeft plaatsgevonden.' Rietmeier roerde in zijn koffie en nam me op.

'Hoe ziet ons huis eruit?'

'Passend bij de situatie,' antwoordde hij kortaf.

'O, en wanneer kan ik er weer gaan wonen? Ik wil eigenlijk vandaag, op zijn laatst morgen terug.'

'De technische recherche is nog niet klaar met het zoeken en veiligstellen van sporen. Het duurt langer dan we aanvankelijk hadden gedacht, doordat we ons niet tot de tuin beperken, maar ook het huis onderzoeken. Zodra dat achter de rug is, geven we het vrij. We raden u echter wel aan om een gespecialiseerd schoonmaakbedrijf in te schakelen. Het huis is op dit moment niet bewoonbaar.'

'Wat is er in vredesnaam gebeurd? Jullie hebben het over een gevecht, over verwondingen op Alex' lichaam, en nu hoor ik ook nog dat het huis niet bewoonbaar is. Zijn er meubels stuk?'

'Er ligt bloed,' antwoordde hij behoedzaam. 'Onze mensen zijn nog twee tot drie dagen bezig, daarna moet het huis gereinigd worden. Ik schat dat het in totaal vier tot vijf dagen duurt voordat u er weer kunt wonen. Zolang we nog niet klaar zijn met ons onderzoek, mag u er trouwens niet komen. Het huis is verzegeld.'

'Ik heb niet eens een sleutel. Mijn man heeft de sloten laten vervangen nadat hij me eruit had gegooid,' antwoordde ik kattig.

'Dat hebt u tot nu toe verzwegen,' merkte Koch op.

'Jullie hebben het me niet gevraagd. Is er verder nog iets? Ik heb het nogal druk.' Ik was geïrriteerd. Waarom vertelde niemand me iets?

'Ja, we hebben de mobiel van uw man gevonden en daaruit blijkt dat u hem in de bewuste nacht meerdere keren hebt gebeld.' Rietmeier observeerde me.

'Dat klopt, ik was woedend en wilde met hem praten. Alex weigerde dat, zoals steeds de afgelopen weken. Hij zei dat hij geen tijd en geen zin had om met me te praten en iemand verwachtte. Ik heb hem daarna op alle lijnen geprobeerd te bereiken, maar zonder resultaat.'

'Weet u toevallig met wie uw man een afspraak had?' wilde Koch weten.

'Nee, dat heeft hij niet verteld. Zoals ik al zei, hij wilde niet met me praten, maar heeft opgehangen.'

'En toen hebt u hem een aantal sms'jes gestuurd,' stelde Rietmeier vast terwijl hij dreigend naar me keek.

'Dat klopt,' zei ik. 'De inhoud was niet bepaald vriendelijk.'

'We hebben ze gelezen, mevrouw Van Veld. U hebt uw man bedreigd.' Koch keek me scherp aan.

'Weten jullie hoe het is om van de ene op de andere dag afgedankt te worden? Ik had net een brief van zijn advocaat gekregen. Ik was heel boos en heel dronken en...'

'Wat voor brief?' onderbrak Koch me.

Ik gaf de inhoud zo kort mogelijk weer, maar wist meteen dat ze de brief wilden hebben. Ik beloofde humeurig een kopie te maken.

'Mevrouw Van Veld, kunt u zich nog iets herinneren wat u tot nu toe niet hebt verteld?'

'Nee, ik geloof dat ik alles heb verteld. Ik ben op een bepaald moment erg dronken op bed gevallen, jullie hebben me de volgende ochtend zelf gewekt. Ik kan me echt niets meer herinneren.'

'Misschien met wie uw man een afspraak...?'

'Nee,' viel ik Rietmeier in de rede. 'Dat heb ik toch gezegd, ik weet het niet.' Jezus, wat een stommeling. 'Hebben jullie zijn vriendin al gevonden?'

'Ja, dat hebben we. We hebben met haar gepraat en zullen haar verklaring natrekken.'

'En?'

'We willen graag inzicht in de bedrijfsadministratie en de financiële situatie van uw man hebben. En nee, we hebben nog geen huiszoekingsbevel, maar dat krijgen we zonder meer. Het zou ons werk een stuk gemakkelijker maken als u ons meteen geeft wat we nodig hebben.'

'Ik weet het niet,' zei ik aarzelend. 'Mijn advocaat is over bijna een uur hier. Ik zal het met hem bespreken.'

'Zoals u wilt,' zei Rietmeier. Hij stond op en liep naar de deur.

'Ik heb nog een vraag.'

'Ja?' Rietmeier bleef staan en keek me afwachtend aan.

'Wanneer kan de rouwplechtigheid gehouden worden?'

'Ik ga ervan uit dat de officier van justitie het lichaam van uw man in de loop van de dag vrijgeeft. Wat had u in gedachten? Een begrafenis of een crematie?'

'Daar heb ik nog niet over nagedacht. Ik denk eigenlijk dat Alex de voorkeur aan een crematie zou geven. Hij wilde vast niet in de aarde wegrotten.'

'Het kan zijn dat de officier van justitie daar geen toestemming voor geeft, maar ik zal het vragen.'

'Waarom niet?'

'Nou, hoewel de patholoog-anatoom weefselmonsters van alle belangrijke organen heeft genomen en deze nu histologisch en toxicologisch onderzoekt, kan het altijd gebeuren dat we op een later tijdstip het lichaam nog een keer moeten onderzoeken. Ik zal het u vandaag laten weten.'

'Wat? Betekent dat...?' vroeg ik geschokt. Wilden ze Alex opgraven?

'Inderdaad, dat wil zeggen dat we het lichaam onder bepaalde omstandigheden moeten opgraven, maar in de praktijk gebeurt dat niet zo vaak,' verzekerde Koch me, waarna ze vertrokken.

Ik keek hen ontzet na.

Zodra ze weg waren, kwam Barbara naar mijn kantoor. Ze wilde natuurlijk weten wat er aan de hand was.

'Vermoord? Wie kan dat gedaan hebben?' Ze keek me verbijsterd aan. Haar mondhoeken trilden en ze strengelde haar handen in elkaar terwijl ze praatte.

'Monique,' zei ik weifelend terwijl ik naar haar keek.

'Ik kan het me nog voorstellen ook, ze is zo driftig en extravert. Maar als ik me niet vergis zat Monique gisteravond in het vliegtuig naar Singapore. Ze ging er optreden.'

'En als ze niet is gegaan?' De gedachte dat zij Alex had vermoord beviel me veel te goed.

'Dat geloof ik niet. Ze had een contract.' Barbara schudde haar hoofd.

Voordat we verder voor detective konden spelen, was mijn advocaat er. Rob de Winter was een knappe veertiger met licht grijzende slapen en een slank, afgetraind lichaam. Zoals altijd droeg hij een maatkostuum, vandaag een donkerblauw, met bijpassende das en schoenen. Rob en Alex waren voor zover ik dat wist in hun studietijd bevriend geraakt. Ik kon echter niet zo goed met hem overweg, omdat ik hem altijd wat stijfjes had gevonden, maar hij was goed en ik wist niet zo snel iemand anders. We hadden elkaar al langer dan een jaar niet gezien en ik merkte dat hij schrok. Kwam dat door mijn rode ogen of door de kilo's die ik door liefdesverdriet gewonnen had?

'Anne, fijn om je te zien, ook al zijn de omstandigheden afschuwelijk,' zei hij emotieloos. Hij omhelsde me halfslachtig.

Een halfuur later wist ik in grote lijnen wat er de afgelopen weken allemaal was gebeurd. Toen ik hem van de relatiebreuk vertelde, fronste Rob verrast zijn voorhoofd.

'Je moet de recherche de documenten ter beschikking stellen, ze krijgen ze anders toch binnenkort. Onder deze omstandigheden is het geen probleem om een huiszoekingsbevel te krijgen. Waar ik me zorgen over maak, is dat je geen alibi hebt,' zei hij zakelijk.

'Hoezo? Begin jij nu ook al? Ze zullen er toch niet echt van uitgaan dat ik Alex heb vermoord?'

'Je zou niet de eerste in de steek gelaten vrouw zijn die haar lieve echtgenoot naar het hiernamaals helpt. Echt, Anne, als ik je niet zo goed zou kennen... Er zijn voldoende gangbare motieven: jaloezie en hebzucht, de erfenis, wraak om het verdriet dat hij je heeft gedaan, woede en vertwijfeling. Er zijn moorden voor minder gepleegd, Anne. Begrijp me niet verkeerd, ik ga er niet van uit dat je Alex om het leven hebt gebracht, maar de recherche is ongetwijfeld op dat idee gekomen,' zei hij kalm, waarna hij verwaand achterover leunde.

'Daar hebben ze het met geen woord over gehad,' antwoordde ik angstig.

'Natuurlijk niet, op dit moment verzamelen ze bewijsmateriaal en vormen zich een beeld. Maar de verdenking zal waarschijnlijk niet lang meer op zich laten wachten, behalve als ze de dader snel vinden – en misschien kan jij daar zelfs bij helpen. Denk na, Anne! Wat is er allemaal gebeurd? Ben je misschien toch naar hem toe gereden?'

'Je klinkt alsof je me verdenkt,' mopperde ik.

'Dat gaat de politie ook vragen.'

'Ik weet niet meer wat ik die avond wel of niet gedaan heb! Hoe vaak moet ik dat nog zeggen?' riep ik vertwijfeld uit.

'Denk er dan over na of Alex misschien vijanden had. Waren er financiële of contractuele problemen? Iemand moet zo woedend op hem zijn geweest en hem zo hebben gehaat, dat hij of zij hem heeft vermoord.'

Ik haalde mijn schouders op, liet mijn hoofd in mijn handen

zakken en voelde me verschrikkelijk verlaten, alleen en hulpeloos. ‘En als me niets te binnen schiet?’ vroeg ik zachtjes.

‘Daarvoor heb je mij, maar alsjeblieft...’ lachte hij zelfverzekerd.

‘Ja, ja, ik heb het begrepen.’

‘Ik zal contact opnemen met Rietmeier en Koch,’ beloofde hij, waarna hij me opnieuw kort omhelsde en vertrok.

Zodra de deur achter hem was dichtgevallen, begon ik ongecontroleerd te trillen. Ik was verschrikkelijk bang. Wat ging er nu gebeuren? Stel dat ze de dader niet konden pakken en alles tegen mij sprak? Wás ik in staat om iemand te vermoorden? Om Alex te vermoorden? Waren mijn woede, vertwijfeling en alles wat Rob had genoemd groot genoeg om zo’n daad te begaan? Was ik in staat een mens van het leven te beroven?

Ik ijsbeerde door mijn kantoor. Mijn mond werd kurkdroog en ik kreeg jeuk op mijn armen, zoals altijd als ik onder grote psychische stress stond. Het had geen zin. Hoe ik ook piekerde, na het openen van de tweede fles wijn had ik een complete black-out gekregen. Ik vond het doodeng dat ik me verder niets kon herinneren, dat was me nog nooit overkomen. Leed ik onder het tijdelijke geheugenverlies dat je na een traumatische ervaring kon hebben? Ik werd steeds onrustiger, pakte met trillende hand het waterglas dat op mijn bureau stond en dronk het haastig leeg.

‘Barbara, ik stop voor vandaag. Ik kan niet meer,’ zei ik terwijl ik krampachtig probeerde kalm te lijken.

‘Ja, maar...’

‘Er zijn toch geen belangrijke afspraken meer?’ Ik had mijn jack al aan en wilde alleen nog maar weg.

‘De begrafenisondernemer komt om vier uur langs.’

‘Wil je hem opbellen en zeggen dat ik naar hem toe kom? En sms me alsjeblieft het adres. De rest moet wachten,’ zei ik.

Ik haastte me naar mijn auto, stapte in en scheurde weg, maar ik ging al snel rustiger rijden. Alex had de zwarte Audi A5 voor mijn laatste verjaardag gekocht. Hij wist hoe gek ik op auto’s was.

Ik reed door Amsterdam, kocht verse lasagne, tomatensalade met mozzarella, sardientjes, ciabatta en wijn. Emma zou vanavond langskomen om me met inpakken te helpen, omdat ik zo snel mogelijk naar mijn oude huis terug wilde. Met twee volle plastic tassen en inmiddels weer wat gekalmeerd kwam ik uit de winkel op het moment dat een parkeerwachter mijn auto naderde. Ik had helemaal geen behoefte aan een boete van vijftig euro omdat ik vijf minuten onbetaald had geparkeerd, stapte snel in en voegde me tussen het verkeer.

In de PC werd zoals gewoonlijk stapvoets gereden omdat de helft van de mensen hun auto dubbel parkeerde om iets af te leveren of in te laden. Ik reed in een sloom tempo naar het stoplicht toen mijn mobiel ging. Het was Barbara, die me vertelde dat Rietmeier had gebeld en had gevraagd of ik terug wilde bellen, dat de begrafenisondernemer me verwachtte en dat ik ook eerder langs kon komen, dat Emma pas om acht uur bij me zou zijn en dat ik contact moest opnemen met Edwin, onze accountant. Hemel, dacht ik, waarom belden al die mensen me niet rechtstreeks op mijn mobiel? Ik had absoluut geen zin in al die gesprekken; goed nieuws was op dit moment zeldzaam. Ik concentreerde me op het verkeer, vroeg me af wat Rietmeier van me wilde en belde hem op.

'Uw advocaat, meneer De Winter, heeft ons geïnformeerd dat u de documenten aan ons ter beschikking stelt. Ik wil graag weten wanneer we iemand langs kunnen sturen.' Zijn toon was vriendelijker dan tijdens ons laatste gesprek.

'In principe kan dat op elk moment, maar ik wil jullie vragen om alles bij ons te bekijken en tegen mijn medewerker te zeggen van welke papieren jullie kopieën willen hebben. Ik geef niet graag zakelijke originelen mee.'

Rietmeier stemde daarmee in en beloofde met Barbara een afspraak voor de volgende dag te maken. Ik hing op en keek verwonderd om me heen. Was ik hier automatisch naartoe gereden?

Het hek van onze villa was open en op de plek waar Alex en ik altijd onze auto's parkeerden, stonden vreemde auto's. Twee mannen in witte pakken kwamen diep in gesprek door de voordeur naar buiten en liepen naar het smeedijzeren hek in de tuin. Iemand toeterde achter me en de twee mannen draaiden zich nieuwsgierig om.

Het was Koch, die me meteen herkende. Terwijl hij naar me toe kwam, parkeerde ik de auto op de stoep en stapte uit.

'Mag ik het huis in?' vroeg ik.

'Dat gaat helaas niet, de technische recherche is nog bezig. Bovendien zou ik het niet aanraden. De aanblik is nogal...' Hij aarzelde even. '... schokkend.'

'Wilt u me de plek aanwijzen waar mijn man is gevonden?'

'Goed dan. Ga maar mee, maar blijf bij me. Nergens alleen naartoe gaan, afgesproken?'

Ik knikte.

We liepen door het hek over het grindpad dat naar het terras leidde. De houten ligstoelen, die normaal gesproken voor de witte schuifdeuren stonden, waren opzijgeschoven, net als de zware houten tafel met zes stoelen, waaraan we gedurende de zomermaanden vaak zaten om met vrienden te barbecueën en eindeloze gesprekken tot diep in de nacht te voeren. De ficussen in potten, die ik in het voorjaar op meerdere plekken had laten neerzetten, hadden bruine bladeren. Ook de andere planten in de potten waren verwelkt. Ik streek met mijn vinger over de stoelleuning en probeerde een blik in de zitkamer te werpen. Dat lukte niet omdat politieagenten het zicht versperden.

Ik liep verder achter Koch aan over het terras, dat zich over de totale lengte van het huis uitstrekte. Ter hoogte van de keuken struikelde Koch, hij liep daarna de drie treden naar het gazon af en bleef twee meter verder staan. Een zwart bordje waarop een witte één stond was in het gras gestoken.

'Hier heeft mevrouw Weide uw man gevonden,' zei Koch zachtjes terwijl hij naar het bordje wees.

'O,' fluisterde ik. Ik keek ingespannen naar het stuk gras. Zouden er nog bloedsporen te zien zijn?

'De meeste sporen zijn door de regen weggespoeld,' legde Koch uit, die mijn gedachten blijkbaar had geraden. Of dacht iedereen in zo'n situatie hetzelfde? 'Na een regenbui zijn bloedsporen voor het blote oog nauwelijks nog zichtbaar. Soms kunnen ze echter opgespoord worden door onze experts.'

Ik kon geen woord uitbrengen. Het was een huiveringwekkend idee dat Alex hier was gestorven. Ik draaide me abrupt om. 'Ik geloof dat ik genoeg heb gezien.'

'Wilt u een glas water? U ziet nogal bleek.'

'Nee, of toch wel, en een sigaret als u die hebt. Mag ik gaan zitten?' Misschien ging hij naar binnen om een glas water te halen, dan kon ik een kijkje in het huis nemen. Koch liet deze taak echter aan een collega over en ging naast me zitten.

'Wat voor iemand was uw man?' wilde hij weten terwijl hij met een kiezelsteen speelde.

'Privé of zakelijk?'

'Het liefst allebei.'

'Alex was nogal direct, heel koppig maar ook ontzettend creatief. Hij had zijn buien, kon driftig en onredelijk zijn en dan was het niet raadzaam om hem voor de voeten te lopen. Maar hij luisterde altijd naar zijn werknemers, die hem volgens mij allemaal respecteerden. Of misschien waren ze alleen bang voor hem. Alex was deels introvert en deels extrovert. Dat lijkt onmogelijk, maar zo was hij echt. Afhankelijk van de situatie vertelde hij zijn hele levensgeschiedenis. Maar om op de vraag terug te komen: Alex is – nee, was – een heel interessante maar ongelofelijk moeilijke man. Zowel privé als beroepsmatig.'

'Gelooft u dat u alles van hem wist en hem door en door kende?'

Ik keek naar Koch. Hij had lichtbruine ogen die waren omringd door zwarte wimpers. Zijn neus stond een beetje scheef, misschien had hij er als jongen een voetbal op gekregen. Hij had de kiezelsteen weggegooid en speelde nu met zijn sigaretten.

'Mag ik?' vroeg ik terwijl ik naar het pakje wees.

'Natuurlijk, het spijt me.' Hij haalde zijn aansteker uit zijn zak en gaf hem aan me. We zaten een tijdje zwijgend naast elkaar te roken.

'Ik denk dat ik een bepaald deel van Alex kende, maar zeker niet alles. Acht jaar is daar een te korte tijd voor. Ik had het nooit voor mogelijk gehouden dat hij me van de ene op de andere dag ijskoud uit huis zou gooien en een scheiding zou aanvragen. Ik had er echt geen idee van. De avond ervoor hadden we nog gegeten, uitgebreid gepraat en... hadden we seks met elkaar gehad. De volgende dag smeet hij me uit huis. Nee, ik kende maar een deel van hem.'

'Had hij vijanden?'

'Zoals ik al zei had hij een complex karakter, maar wie heeft dat niet? Er zijn vast mensen die hem niet konden uitstaan. Maar vijanden, iemand die hem voldoende haatte om hem te vermoorden? Ik zou niemand weten. En geloof me, daar heb ik ook al over gepiekerd.' Ik stond op, het was tijd om weg te gaan.

'Iemand moet het toch geweest zijn,' zei Koch droog terwijl hij me volgde. We liepen terug over het terras. Ik drukte mijn sigaret in de eerste de beste plantenpot uit en ging sneller lopen.

'Weet u zeker dat u hier weer wilt wonen?'

'Natuurlijk, waarom niet? Het is mijn huis en ik hoef niet bang te zijn, de moordenaar had het op mijn man voorzien.'

'Blijkbaar,' mompelde Koch.

'Ik wilde u nog vragen om het telefoonnummer van een schoonmaakbedrijf. Deze klus wil ik niet aan Karin overlaten.'

'Geen probleem, ik zorg dat u een nummer krijgt.'

Zonder antwoord te geven stapte ik in mijn auto, zette de navigator aan en keek naar mijn huis. Wilde ik hier echt weer wonen?

Ja, dacht ik vastbesloten. Ik had me hier altijd prettig en veilig gevoeld en bovendien was het niet het juiste moment om het huis te verkopen. Ik toetste het adres van de begrafenisondernemer in en reed weg.

Een jongeman deed open en liet me binnen. Terwijl ik achter hem aan liep, kon ik een blik in de showroom werpen, waar verschillende kisten en urnen stonden.

'Wilt u iets drinken?' vroeg hij beleefd.

'Nee, kunnen we zo snel mogelijk beginnen?' Ik vroeg me af waarom ik hier in hemelsnaam alleen naartoe was gegaan. Het was gewoon een nachtmerrie.

Het uur erna kreeg ik alle mogelijkheden voor de uitvaart te horen. Ik zocht verdrietig een kist uit, bestelde bloemen voor de kerk en de teraardebestelling, gaf de namen op van mensen die een toespraak wilden houden en belde Jan, omdat ik het gevoel had dat ik er niet meer tegen kon. Jan was de beste producent die ik in al die jaren had leren kennen; hij werkte voor ons bedrijf.

'Kun je alsjeblieft meteen een taxi nemen en hiernaartoe komen? Dit is net zo omvangrijk als de productie van een liveshow en ik merk dat het me te veel wordt,' zei ik wanhopig.

Twintig minuten later was Jan er. Ik leunde achterover, knikte af en toe alleen nog instemmend of afwijzend en kon me enigszins ontspannen. Toen we na nog twee uur eindelijk vertrokken, leek de begrafenisondernemer onzeker, omdat Jan het meeste zou regelen.

'Maak je geen zorgen, ik vraag twee productieassistentes om me te helpen. Vrijdag zal Alex op meer dan waardige wijze zijn laatste rustplaats krijgen. Je moet alleen het financiële kader nog schetsen.'

Het geld maakte me niet uit. Ik wilde een mooie begrafenis. Gerustgesteld reed ik naar mijn appartement.

'Heb je echt geen honger?' vroeg Emma ongelovig.

'Nee, ik krijg geen hap naar binnen en eerlijk gezegd is dat goed, tenslotte heb ik er de afgelopen weken een paar kilo heupspek aan gegeten. Het is allemaal voor jou, liefje,' zei ik glimlachend terwijl ik de heerlijk geurende lasagne met tomaten-mozzarellasalade naar haar toe schoof.

Emma smulde, dronk net als ik wijn en stortte zich op het gerecht. Ik nam af en toe voor de vorm een hapje lasagne en vertelde over mijn middag.

'Wacht eerst gewoon af tot je weet in welke staat het huis zich bevindt. Ik ga ervan uit dat je het opnieuw wilt laten schilderen; en misschien moet dat ook wel. Heb je ooit een plek gezien waar een misdrijf is gepleegd?' Ze stopte nog een hap in haar mond en kauwde nadenkend.

'Alleen op de televisie. Maar ik heb geen zin om hier te blijven,' zei ik koppig. Ik schoof op mijn stoel heen en weer.

'Wacht tot na de begrafenis. Wat zeggen je vrienden van de recherche trouwens? Is er nog nieuws?'

Ik vertelde over het gesprek met Koch en mijn advocaat en uitte mijn vermoeden dat ik aan geheugenverlies leed. Emma trok een gezicht, maar at onverstoorbaar verder.

'Maar nu over jou, hoe staat het met jouw leven?' vroeg ik nieuwsgierig. Ik wilde ineens ergens anders over praten.

Emma was niet alleen een heel succesvolle vrouw, ze was ook beeldschoon. Haar voorouders kwamen uit alle windstreken. Haar oma was een Russin die met een rijke Italiaan was getrouwd. Hun dochter, Emma's moeder, werd verliefd op een Zweed, die op zijn beurt een Griekse oma had. Emma's ogen waren blauw, ze had een olijfkleurige huid en kort donker haar, een mooie kleine neus, volle lippen en het temperament van haar zuidelijke grootouders. Met haar bijna een meter zeventig was ze maar drie centimeter kleiner dan ik. We hadden normaal gesproken hetzelfde figuur: vrouwelijk maar strak. Helaas was ik op dit moment een heel eind verwijderd van strak.

'Ach, niets bijzonders. Ik heb me weer eens met André verzoend.'

'Waarom? Je wilde toch helemaal met hem stoppen?'

Emma had André iets meer dan twee jaar geleden leren kennen. Het was liefde op het eerste gezicht en had het liefdesverhaal van de eeuw kunnen worden, als hij niet al meer dan vijfentwintig jaar eerder met Pascale was getrouwd. Hij had drie volwassen kinderen met haar, die studeerden en zelfstandig woonden. André was eind veertig, eigenaar van een bouwbedrijf, zwom in het geld en woonde in Aerdenhout. Pascale was een succesvolle chirurg en was de laatste jaren veel weg naar seminars. Daardoor kon André regelmatig bij Emma slapen, alleen had ze steeds minder zin om zich naar de agenda van zijn vrouw te moeten richten. Emma kon gewoon niet begrijpen waarom hij niet ging scheiden. Altijd was er een verjaardag, een feest of iets anders wat zogenaamd zo belangrijk was dat André zich niet los kon maken van zijn huwelijk. Ze geloofde zijn smoesjes allang niet meer, maar het lukte haar ook niet hem te dumpen. Het was ongelofelijk als je bedacht dat ze een heel sterk karakter had en nog nooit was teruggedeinsd voor beslissingen en de consequenties daarvan. Alleen bij André leken andere wetten te gelden. Twee weken geleden was ze weer eens razend op hem geworden en had ze een vaas op het dak van zijn Jaguar gesmeten, waardoor het achterraam kapot was gegaan en er een deuk in het dak zat.

'Ach, weet je, hij heeft een week Malediven voor ons geboekt en dit kleinigheidje voor me meegebracht,' zei ze stralend, terwijl ze haar ringvinger voor me hield, waar een enorme diamant aan prijkte.

'Die is beslist...'

'Drie karaat. Dat kon ik toch niet laten lopen,' zei ze gekscherend. Emma deed graag alsof ze koel en berekenend was, maar dat was ze helemaal niet. Ik wist maar al te goed dat André haar met die week vakantie had teruggekregen. Diamanten kon ze zelf wel kopen.

Ik glimlachte, schonk nog een ijskoude Pinot voor ons in en keek haar verwachtingsvol aan.

'Het is echt jammer dat je met je partner heel zelden dezelfde intensiteit aan gevoelens beleeft. Behalve natuurlijk in de eerste weken van de verliefdheid. Dan worden onze hersenen namelijk overheerst door het hormoon oxytocine, dat die gevoelens veroorzaakt, dan ben je gewoon niet toerekeningsvatbaar.' Emma nam nadenkend een slok wijn.

Ik wilde net vragen wat ze daarmee bedoelde, maar kwam niet aan het woord.

'Weet je, het is eigenlijk net een wip,' ging ze verder. 'Die is onderhevig aan natuurkundige wetten. Het moment van absoluut evenwicht duurt maar een fractie van een seconde. Zo is het ook met partners. Of je bent boven en loopt over van liefde, of je bent onder en dan is je liefde voor de ander ernstig bekoeld.'

'Dat zou kunnen,' zei ik terwijl ik lachte en een zachte boer liet. Mijn maag reageerde nog steeds verkeerd op wijn. 'Bij mij is Alex van de wip gesprongen en ben ik keihard naar beneden geschoten.'

We lachten.

'Maar gelukkig zijn vriendschappen stabiel en kun je altijd met je beste vriendin over de mannenwereld roddelen. Laten we daarop proosten,' verkondigde ze.

'Ja, en jij moet eindelijk het heft weer in eigen hand nemen en op zoek gaan naar een nieuwe man. Als je eerlijk bent moet je toch toegeven dat het nooit iets wordt.'

'Eerst de Malediven. En als er dan niets verandert, is het over. Voor jou wordt het echter op een dag ook tijd om weer onder de mensen te komen. Je weet nooit wie je tegenkomt.'

'Niet zo snel, alsjeblieft. Ik moet eerst alles verwerken, dat gaat niet zo gemakkelijk,' zei ik afwerend. Ik voelde me verscheurd. De woede die ik aan mijn verbijsterende scheiding had overgehouden, was weg. Het was echter vreemd dat ik ook geen verdriet of ontzetting voelde. Ik was eigenlijk nogal opgelucht en had behoefte aan actie. Kwam dat doordat ik de draagwijdte nog niet besefte? Omdat ik me niet kon voorstellen dat Alex nooit meer terugkwam?

Emma bleef tot vlak voor middernacht en ging lichtelijk aangeschoten naar huis. We hadden niets ingepakt of opgeruimd. Toen ze weg was, begon ik schoon te maken, op te ruimen en mijn bestaan te ordenen. Intussen piekerde ik over de wip. Het klopte wat Emma beweerde: twee mensen hielden nooit tegelijkertijd met dezelfde intensiteit van elkaar. Ik was bij Alex de laatste tijd duidelijk een hoop te kort gekomen.

Toen ik even na drieën klaar was, stonden er twee boodschappentassen vol lege wijnflessen naast de voordeur, klaar om weg te gooien. Bloemen en een verdorde plant stonden ernaast. De woning was schoon; de afwas- en wasmachine stonden zachtjes aan. Ik ging onder de douche en probeerde daarna te slapen. Alleen lukte dat niet. De gedachten tolden door mijn hoofd. Wie haatte Alex zo erg? En waren er naast Monique nog andere vrouwen geweest? Ik had geen idee wat ik ervan moest denken.

Woensdag 21 oktober

'Anne, jij bent vroeg,' zei Rob verbaasd.

'Het spijt me, ik heb de hele nacht geen oog dichtgedaan en ik heb iets bedacht wat ik graag met je wil bespreken.' Ik duwde mijn mobiel steviger tegen mijn oor en praatte iets zachter, om zeker te weten dat er niemand meeluisterde. Het was pas halfacht, maar ik zat al een hele tijd in het kantoor van Alex om de inhoud van de laden nog eens nauwkeurig te bekijken.

'Ik wil dat je een privédetective in de arm neemt. Hoe langer ik over Alex nadenk, hoe minder ik over hem lijk te weten... en daar wil ik iets aan doen. Een detective is veel sneller in zijn onderzoek. Ken jij iemand die goed is en niet meteen een vermogen kost?'

'Natuurlijk. Ik vind het een goed idee, Anne, en ik ken iemand met wie ik vaker werk, Bart Kroon. Alleen is hij op het moment op vakantie en hij is over tweeënhalve week pas terug. Ik werk niet graag met iemand anders. Het zou goed zijn als je zo lang geduld kunt hebben. Dat geeft je de tijd om te bedenken wat je allemaal wilt weten. Je kunt het best een lijst maken en die aanvullen met de informatie die je al hebt. Trouwens, vanmiddag komt er iemand van de recherche langs om de papieren te bekijken.'

'Goed, ik zal een lijst maken. Heb jij het adres of een telefoonnummer van Alex' ouders? Misschien willen zij ook naar de begrafenis komen.'

'Dat zal niet gaan. Ze zijn dertien jaar geleden bij een vliegtuigongeluk om het leven gekomen. Wist je dat niet?'

'Nee, en ik weet inmiddels vrij zeker dat er nog veel meer is wat ik niet weet,' antwoordde ik geïrriteerd. Waarom had Alex me niet over de dood van zijn ouders verteld? En hoeveel andere geheimen had hij voor me gehad?

'Ja, dat zou kunnen,' beaamde hij.

Ergens had ik ineens het onaangename gevoel dat Rob heel veel meer wist. Zodra ik mijn huis in kon, moest ik alles doorzoeken. Misschien had ik geluk en vond ik iets. Alex had beslist herinneringen, foto's en papieren bewaard; er waren genoeg mogelijkheden om in ons huis iets te verbergen. Het liefst was ik er meteen naartoe gereden om te gaan zoeken.

'Heb je papieren, documenten of zoiets die je voor Alex moest bewaren?' vroeg ik rechtstreeks.

'Sorry, ik moet het gesprek nu beëindigen, ik word bij een rechtszitting verwacht. Ik bel je later,' zei hij, waarna hij me wegdrukte.

'Mooi is dat,' mompelde ik. Ik liep een beetje heen en weer, ging weer achter het bureau zitten, trok alle laden nog een keer open, doorzocht de inhoud en keek achter de foto's op zoek naar een kluis. Toen Alex veertig werd, had ik een Donkersloot voor hem gekocht, die sindsdien aan de muur tegenover zijn bureau hing. Ik stond er een tijdje naar te kijken, tilde hem een stukje op en keek erachter, maar ook hier vond ik geen kluis. Toen ik het schilderij losliet, ontdekte ik een klein stuk tape aan de achterkant. Ik haalde het schilderij voorzichtig van de muur, legde het op de vergadertafel en trok het stuk tape eraf. Er kleefde een sleutel van een normaal formaat aan, maar met een merkwaardige baard. Ik hing het schilderij terug, keek ook nog achter de andere kunstvoorwerpen en ging daarna achter het bureau zitten. Het was halfnegen. Over ongeveer een halfuur zou Barbara er zijn. Zij kende Alex langer dan ik, misschien wist zij iets. Mijn vingers trommelden onrustig op de glazen plaat van het bureau.

Om vijf voor negen kwam ze het kantoor binnen. Ze schrok toen ze me zag.

'Wil je koffie?' vroeg ik haar.

'Ja, graag,' stamelde Barbara. Het was duidelijk dat ze het niet prettig vond dat ik er eerder was dan zij.

'Barbara, is er een kluis in het kantoor? Ik heb op de achterkant van de Donkersloot een sleutel gevonden die ik nog nooit heb gezien.' Ik liet hem aan haar zien.

'Ehm, die is niet van een kluis hier,' stamelde ze terwijl ze begon te blozen.

'Waar is hij dan van?'

'Dat is de sleutel van een bankkluisje.'

'Ook goed. Barbara, ik heb geen zin om alles uit je te moeten trekken, welke bank en waar?'

'Ik weet alleen dat het bij een Rabobank is. Alex heeft me verder niets verteld. Ik heb toevallig een keer een factuur gezien die ik niet kon plaatsen,' zei ze. Ze ging langzaam op haar stoel achter het bureau zitten en keek me afwachtend aan.

'Mooi, heb je die voor me?'

'Officieel niet.'

'Wat bedoel je met "officieel niet"?'

'Ik heb een kopie gemaakt omdat je man alle facturen kwijtraakte...'

'Mag ik hem zien?' vroeg ik verbaasd. Alex die facturen kwijtraakte?

Ze zocht in haar bureau, vond de factuur tussen een stapel papieren en gaf hem aan me. Het nummer op de sleutel kwam overeen met dat op de brief. Ik ging naar mijn kantoor om te bellen.

Twintig minuten later stopte mijn taxi voor de Rabobank. Opgewonden liep ik de treden naar de ingang op, meldde me aan, moest me identificeren en mijn bewijs van erfgenaamschap laten zien. Daarop werd ik naar de kluisjes gebracht en alleen gelaten. Hoewel ik niet anders had verwacht, ademde ik opgelucht uit toen de sleutel van kluisje 3254 inderdaad paste.

Uit de holte kwam een smal, chroomkleurig kistje tevoorschijn. Ik trok het voorzichtig naar me toe, zette het op tafel en haalde er twee identieke bruine enveloppen uit. Ze hadden geen opschrift en waren dichtgeplakt. Ik pakte er een, maakte hem voorzichtig open en hield een stapel papieren in mijn hand. Het waren aandelen die ik nog nooit had gezien en waarvan ik de waarde niet kende. Nieuwsgierig bekeek ik ze, stopte ze in mijn tas en maakte de tweede envelop open. Mijn adem stokte toen ik de inhoud zag. Het was een trouwfoto. Maar naast Alex stond een andere vrouw.

'Wie is dat?' vroeg Emma, terwijl ze met een gefronst voorhoofd de vrouw op de foto bekeek.

'Dat moet ik nog uitzoeken,' antwoordde ik terwijl ik het eten op mijn bord lusteloos heen en weer schoof.

Nadat ik verontrust bij de bank was vertrokken, had ik Emma gebeld. Gelukkig was ze vanwege een afspraak niet op haar werk in Hilversum, maar in Amsterdam. We spraken af om samen te gaan lunchen. Ik wilde mijn vondst met haar bespreken.

'Jij kent Alex langer,' begon ik hoopvol.

'Kennen is het verkeerde woord. Toen ik destijds bij de zender begon was hij er al, maar ik weet echt niet hoe lang.'

'Wie zou er iets meer over hem kunnen weten?'

'Anne, je idee om een privédetective in te schakelen is goed, laat hem het uitzoeken. Als je zelf vragen begint te stellen bij de zender wordt er alleen maar gekletst en dat kun je niet gebruiken. Heb gewoon nog twee weken geduld, tot die vent er weer is. Of vraag het aan Rob. Misschien weet hij iets.'

Ik knikte nadenkend, legde mijn eetstokjes neer en bekeek de foto nog een keer. Schoudervullingen, pastelkleuren, bandplooibroeken en een Ray-Ban Wayfarer – duidelijk de stijl van de jaren tachtig.

'Wat je wel meteen moet uitzoeken, is de waarde van de aandelen. Iets zegt me dat de fiscus hier niets van weet, dus controleer het onopvallend.'

'Mag ik nog een glas water?' vroeg ik de ober, waarna ik het gesprek met Emma geïrriteerd weer oppakte. 'En hoe moet ik dat in vredesnaam doen?'

'Bel een beursmakelaar en laat je telefonisch informeren. Eet je dat niet?' Ze pakte een stukje tempura van mijn bord, doopte het in de saus en kauwde vergenoegd. 'Je moet het proeven, het is heerlijk,' drong ze aan.

'Zo meteen.' Ik pakte een document uit de envelop en vouwde dat open. 'Kijk, dat zat er ook nog in.'

Emma pakte het van me aan en begon vluchtig te lezen. 'Dat is Spaans. Helaas is mijn kennis van die taal niet zo goed dat ik elk woord begrijp.' Ze legde het document op tafel, maar pakte het vrijwel meteen weer op en bekeek het aandachtig. 'Volgens mij gaat het om een soort plantage, die waarschijnlijk in Belize ligt, waarvan het eigendom is overgegaan op ene Benjamin van Veld. Vreemd...' Ze stopte, las weer en keek me geschrokken aan. 'Zeg, kan het zijn dat Alex een kind heeft? Hier staat dat Benjamin de plantage van zijn grootouders erft, maar dat Alex het vermogen moet beheren tot hij meerderjarig is. Weet je daar iets van?'

'Nee! Ik wist tot vanochtend niet eens dat Alex' ouders verongelukt zijn. Ik dacht dat ze in Midden-Amerika woonden. En nu zou hij ook nog een zoon hebben? En is dit de moeder?' Ik keek naar de vrouw op de foto.

'Dat zou betekenen dat je zijn tweede echtgenote bent. Maar hoe kun je dat níét weten? Zoiets wordt toch in het trouwboekje bijgehouden?'

'Ik heb niet het idee dat deze bruiloft in Nederland was. De omgeving ziet er anders uit,' mompelde ik terwijl ik de foto bekeek.

'Het is zo langzamerhand wel heel geheimzinnig. Staat er niet ergens een naam bij?' Emma draaide de foto tevergeefs om.

'Nee, dat moet ik proberen uit te zoeken. Misschien willen ze naar de begrafenis komen.'

'Doe niet zo stom. Als Alex dat had gewild, had hij dat tegen je gezegd en had hij duidelijke aanwijzingen achtergelaten. Dit was goed verstopt, om ervoor te zorgen dat je het niet zou vinden. Het is allemaal heel vreemd. Bovendien kan het niemand ontgaan zijn dat Alex is vermoord: het is op het nieuws geweest. Als ze willen komen, dan doen ze dat. Het wordt een heel spannende begrafenis. Bel Rob en vraag hem of we na de lunch langs kunnen komen. En geen woord over de aandelen. Stel je voor dat je de erfenis moet delen.'

Ik lachte gekweld, nam een slok water, pakte mijn mobiel uit mijn tas en belde Rob.

'Hij heeft om halfdrie tijd,' zei ik nadat ik had opgehangen.

'Mooi, ik ga mee. Dit is superspannend. Wat zou Alex verder nog allemaal voor je verborgen hebben gehouden?'

'Ja,' antwoordde ik verdrietig. 'Daar zullen we de komende dagen misschien stukje bij beetje achter komen.'

'Ik moet je nog iets vertellen,' zei Emma stralend. Ze liet zich helemaal niet beïnvloeden door mijn neerslachtigheid.

Ik keek haar even aan en stopte alle papieren weer in de envelop.

'Vertel, ik kan wel een leuk verhaal gebruiken.'

'Ik heb je raad van gisteravond opgevolgd. Wacht, ik begin verkeerd. Vanochtend had ik een belangrijke bespreking met een productiebedrijf dat ons te veel heeft gefactureerd omdat het moeilijkheden met de studio had. Dat is nu een strijdpunt. Maar goed, hun advocaat was ook aanwezig. We zijn elkaar behoorlijk in de haren gevlogen en ik had echt een bloedhekel aan hem, want hij haalde er voorbeeldsituaties bij die niets met ons probleem te maken hadden. Weet je, het gaat...'

'Emma,' onderbrak ik haar. Als ik dat niet deed, zou ze het volgende halfuur de zaak tot in detail uitleggen.

'Sorry, daar gaat het natuurlijk niet om. Na de bespreking ben ik nog even naar het toilet gegaan en toen ik naar buiten kwam, gingen de liftdeuren net dicht. Ik riep: "Kan ik nog mee?" waarop degene die in de lift stond zijn voet tussen de deuren zette. Uiteraard was hij het. Hij grinnikte en zei: "Mooi, ik dacht dat je al weg was." Ik heb geen antwoord gegeven, maar heb hem van top tot teen opgenomen. Zodra de deuren dicht waren en de lift naar de ondergrondse garage daalde, keek hij me aan en drukte op de noodknop.'

'Echt?'

'Ja, en dat was niet alles. Hij zei: "Het spijt me als ik opdringerig lijk, maar ik heb me al de hele tijd ingehouden en volgens mij heeft het lot ons samen in deze lift gebracht." Daarna zoende hij me zo dat ik er duizelig van werd.'

'En dat heb je toegelaten zonder hem een knal te geven?'

'Ja, grappig, vind je niet, maar hij zoende gewoon heel goed. Toen hij me losliet en op de knop drukte zodat de lift verderging, heb ik hetzelfde gedaan.'

'Wat?'

'Ja, maar dan zonder de lift te stoppen. Ik heb hem zo gezoend dat hij zijn aktetas liet vallen en knikkende knieën kreeg. In de garage ben ik zonder een woord te zeggen naar mijn auto gegaan. Die heeft opgekeken.'

'Flinke meid. En nu?' vroeg ik lachend.

'Nu heb ik al tien sms'jes van hem gehad, maar ik heb nog niet gereageerd. Dat doe ik misschien vanavond pas, of niet.'

'Wanneer vertrek je met André naar de Malediven?'

'Over een week, waarom?'

'Zomaar,' glimlachte ik veelbetekenend.

Emma beviel me zo veel beter, al dat gejammer over André paste helemaal niet bij haar. Het was me alleen een raadsel wat ze met die andere vent wilde zo vlak voor haar langverwachte vakantie met André. Ik luisterde naar de uitweidingen over zijn onweerstaanbare uiterlijk, at een paar happen tot mijn maag weer samentrok en weigerde nog langer mee te werken. Om twee uur betaalden we en reden in mijn auto naar Rob.

Robs advocatenkantoor was gevestigd in een mooi, oud gebouw in de buurt van het Museumplein. We parkeerden in de ondergrondse garage en staken het plein over. Donkere wolken doken op achter het Rijksmuseum, schoven langzaam voor de zon en kondigden regen aan. Tot overmaat van ramp begon het te waaien. Ik had geen paraplu meegenomen en keek bezorgd omhoog.

Emma volgde mijn blik. 'Als die bui losbarst, helpt een paraplu ook niet meer,' zei ze en ze gaf me een arm.

We begonnen sneller te lopen en waren net voor de eerste donderslag bij het advocatenkantoor. Robs secretaresse bediende de deur vanaf haar bureau en vroeg me via de intercom om naar de spreekkamer op de tweede verdieping te gaan, omdat Rob daar al op me wachtte. Terwijl we de houten trappen op liepen, drukte ik mijn tas stevig tegen me aan. Ik was zenuwachtig. Zou Rob me antwoord op mijn vragen geven?

Hij deed de deur open, glimlachte en begroette Emma vriendelijk. Hij leek helemaal niet verrast haar te zien. 'Willen jullie iets drinken?'

'Nee, op het moment niet, straks misschien,' antwoordde ik. 'Kunnen we alsjeblieft meteen beginnen?'

'Natuurlijk, laat me maar zien wat je hebt,' zei hij.

'Nee,' sprak Emma hem tegen. 'Vertel ons gewoon wat je over Alex weet.'

Rob ging zitten, schonk water voor ons in en ademde hoorbaar uit. 'Het is echt beter als je me eerst vertelt wat je weet en wat je hebt ontdekt. Je hebt toch iets gevonden?'

'Hm,' zei ik. Ik haalde de envelop met de foto uit mijn tas en legde hem op tafel.

Rob keek naar de foto en zuchtte. 'Waar heb je die vandaan?'

'Dat is niet belangrijk,' antwoordde Emma snibbig.

'Rustig maar,' zei ik tegen Emma en ik richtte me daarna weer tot Rob. 'Ik heb hem in een bankkluisje gevonden, waarvan ik het bestaan toevallig heb ontdekt. Wie is dat? En wat heeft het te betekenen, Rob?' Ik ging op de rand van de stoel zitten, sloeg mijn benen over elkaar en voelde hoe elke spier van mijn lichaam zich spande.

'Het is een lang verhaal,' zei hij. 'Dit is een foto van zijn huwelijk met Angela, Alex' eerste grote liefde. Ze hebben elkaar op Curaçao op school leren kennen. Je weet dat Alex in Amsterdam is geboren, maar vanaf zijn zesde met zijn ouders op de Antillen woonde. Toen ze een jaar of zestien waren, werden Angela en Alex verliefd op elkaar en de eerste tijd waren ze net een Siamese tweeling. Daarna kregen ze problemen. Ze gingen uit elkaar, kwamen weer bij elkaar en gingen opnieuw uit elkaar. Dat is zeker vijf of zes keer gebeurd. Alex begon aan zijn studie aan de filmacademie in Miami. Angela bleef op het eiland en ging in het hotel van haar vader werken, dat ze later zou overnemen. En toen raakte Angela zwanger. Alex was er niet bepaald enthousiast over, maar voelde zich verplicht met haar te trouwen voordat de zwangerschap zichtbaar werd.' Rob gaf me de foto terug, die hij de hele tijd in zijn hand had gehouden.

'Ze deden hun best en maakten een tijdlang een heel gelukkige indruk. Angela's vader gaf hun een mooie, kleine villa aan het strand. Alex studeerde verder. Minstens een keer per maand kwam hij een week naar zijn vrouw en kind toe. Hij kon echter niet aan zijn nieuwe leven wennen. Ze kregen steeds vaker ruzie en uiteindelijk gingen ze scheiden. Angela en de kleine Benjamin bleven op Curaçao. Alex stopte met zijn studie in Miami en ging naar Amsterdam, om daar verder te studeren.'

'Hoe oud was Alex toen?' vroeg Emma.

'Toen Angela en hij trouwden, was hij net eenentwintig, toen ze gingen scheiden vierentwintig.'

'Heeft hij zijn zoon vaak gezien?' vroeg ze verder.

'Nee, daarvoor was de afstand te groot. In Amsterdam kon hij helemaal niets met de jongen beginnen, dus vloog hij een of twee keer per jaar naar Curaçao om Benjamin te bezoeken. In de loop der jaren ontstond er langzaam een soort vriendschap tussen hen in plaats van een echte vader-zoonrelatie. Angela hertrouwde, leidde het hotel en kreeg nog twee kinderen. Haar nieuwe man, Patrick, was een hartstochtelijk diepzeevisser. Hij verhuurde boten aan toeristen en organiseerde tochten. Benjamin hielp mee zodra de school het toeliet. Op een dag in juli voeren ze uit om een boot te testen en kwamen ze in een verschrikkelijke storm terecht. De boot is nooit gevonden, hoewel de marine twee weken lang met alle mogelijke apparatuur de zeebodem heeft afgezocht. Ze zijn gewoon verdwenen en inmiddels ook dood verklaard.'

'Mijn god,' stamelde ik. Nu begreep ik waarom Alex meteen op onze eerste dag over kinderen was begonnen. Hij klonk destijds verschrikkelijk kil en zei meteen dat hij absoluut geen kinderen wilde en zich jaren geleden had laten steriliseren. 'Als je kinderen wilt, moet je een andere man zoeken. Je kunt met mij over alles praten, behalve daarover.' Ik was verbaasd over de heftigheid waarmee hij dat zei, maar probeerde de reden ervoor niet te achterhalen omdat kinderen voor mij geen optie waren.

'Ik begrijp het niet. Er zijn weersvoorspellingen, waarschuwingen... Hoe kon dat gebeuren?' Emma boog zich naar voren en steunde met haar hoofd op haar hand.

'Patrick was heel ervaren, maar de storm die hem fataal werd, was gemeld als windkracht 8 tot 9 en dan ook nog verder naar het westen. Toch was het een raadsel, want met deze boot had Patrick het ook moeten redden. Tot vandaag weet niemand wat er die dag is gebeurd.'

Ik schraapte mijn keel. 'Hoe oud was zijn zoon toen het gebeurde?'

'Net tien. Het was vlak na Alex' tweeëndertigste verjaardag. Ik herinner het me alsof het gisteren is gebeurd. We waren bij een vriend in de tuin aan het barbecueën, dronken bier, het was een heerlijke zomerdag in Amsterdam. Alex vertelde net trots dat hij heel erg genoot van de tijd die hij met Benjamin doorbracht en dat hij zich op de komende vakantie verheugde. Hij zou een paar dagen later naar Curaçao vliegen, waar hij een huis voor Benjamin en hem had gehuurd. Ze hadden al allerlei plannen gemaakt. Alex en zijn zoon hadden veel overeenkomsten. In de herfstvakantie zou Benjamin voor het eerst naar Nederland komen. Toen kreeg Alex een telefoontje. Hij werd doodsbleek, zei helemaal niets en verdween met de telefoon. Het was verschrikkelijk. Alex nam het volgende vliegtuig en hielp zo veel mogelijk bij de zoekacties. Na een maand kwam hij terug. Hij is nooit meer de oude geworden.'

'Wat afschuwelijk,' zei Emma.

Ik had tranen in mijn ogen.

'Ja, het was echt heel erg. Vooral omdat niemand meer tot hem door kon dringen. Hij sloot zich helemaal af en wilde niemand meer toelaten. In die periode zag ik hem maar zelden. Als we elkaar spraken, zei hij bijna niets, dronk zo veel dat ik me ernstige zorgen maakte en was zo koud en in zichzelf gekeerd dat ik bijna onze vriendschap had opgezegd. Je kunt me geloven, het waren echt moeilijke tijden. Dat veranderde pas toen hij jou leerde kennen. Ik ging ervan uit dat je het verhaal kende. We hebben er nooit meer over gesproken en hij is voor zover ik weet ook niet meer naar Curaçao geweest.'

'Hoe heeft Angela het verwerkt?' wilde Emma weten.

'Slecht. Ze viel in een diep gat, was een tijdlang onder psychiatrische behandeling en is nooit meer de oude geworden. Je moet weten dat Angela een enorm positief mens was. Ze lachte altijd, wist iedereen op te vrolijken en gaf de indruk dat niets haar uit haar evenwicht kon brengen. Een paar maanden na het ongeluk werd ze heel ziek. Ze is niet meer in het hotel teruggekeerd. Haar ouders hebben haar twee andere kinderen opgevoed, die ooit het hotel zullen overnemen.'

'Ik wil ook graag weten hoe en wanneer hij ruzie met zijn ouders heeft gekregen,' zei ik zachtjes terwijl ik aan mijn armen krabde. Ik had weer jeuk.

'O, dat is lang daarvoor gebeurd. Alex' ouders konden niet met de familie van Angela overweg. Zijn ouders waren intellectuele hippies met veel geld. Zijn vader was een uiterst intelligente man. Pure commercie, zoals Angela's ouders die bedreven, stuitte hem tegen de borst. Er hing een bijzonder explosieve sfeer als de families elkaar troffen op feestjes. Je wist nooit wanneer de boel ontplofte.' Rob glimlachte.

'Hm, en tot wie voelde Alex zich meer aangetrokken?'

'Tot niemand, dat was zijn probleem. Ik weet ook niet precies waarom het tot een definitieve breuk kwam tussen hem en zijn ouders. Alex praatte daar niet over,' zei hij nadenkend.

Rob had inmiddels rode vlekken in zijn hals. Hij schonk een nieuw glas water in en sloeg dat achterover. Het was duidelijk dat het gesprek hem niet in de koude kleren ging zitten.

'En dan start hij een productiebedrijf dat een enorm succes wordt?'

'Ja, dat is ook zoiets. Hij vond het heerlijk om een belangrijk radertje in een grote, machtige machine te zijn. Toen hij de behoefte kreeg zich meer op zijn creativiteit te richten, besloot hij zelfstandig te gaan werken.'

Ik lachte cynisch. 'Alsof we zelf beslissingen kunnen nemen. We worden steeds afhankelijker van wat onze opdrachtgevers willen. Zij dicteren wat er geproduceerd en uitgezonden wordt. Mooie zelfstandigheid is dat!'

'Dat gevoel had Alex ook. Hij was op zoek naar iets anders. Hij wilde series met meer inhoud maken, met een boodschap. Hij dacht alleen dat jij dat niet wilde omdat je het geld te belangrijk vindt.'

'Wat een onzin,' liet ik me ontvallen. 'Alsof je dat niet kunt combineren. Natuurlijk moet er geld verdiend worden, anders kunnen we onze werknemers niet betalen. Hij had erover moeten praten, maar in plaats daarvan ging hij liever naar de golfbaan. Nee, Rob, zo eenvoudig is het niet. Je beschrijft Alex alsof hij door iets heiligs bezield was, maar hij wilde absoluut zijn Porsche, het luxe leven en al het andere niet kwijt. Als ik dit allemaal hoor krijg ik het gevoel dat Alex midden in een enorme midlifecrisis zat.'

Emma knikte instemmend.

'Je hebt natuurlijk voor een deel gelijk,' gaf Rob toe.

'En wat kun je ons hierover vertellen?' Emma schoof het document over de tafel naar hem toe.

'Dat... Dat is een plantage ten zuiden van Belize-Stad. Zijn ouders verbouwden daar biologische citrusvruchten en bananen. Ze probeerden in de regio bekendheid voor hun producten te krijgen. Ik weet echter niet of dat is gelukt, want de plantage heeft al jarenlang een beheerder. Alex heeft zich er nauwelijks om bekommerd; hij kreeg zijn geld om de zoveel tijd en vond het verder niet interessant. De plantage is na Benjamins ongeluk trouwens eigendom van Alex geworden en dus onderdeel van de erfenis en is daardoor van jou. Je moet er eens gaan kijken.'

'Ja, ooit misschien,' antwoordde ik zachtjes.

'Heb je nog vragen?'

'Nee, op het moment niet, mijn behoefte aan nieuwtjes is bevredigd. Maar zijn er nog meer dingen die ik moet weten?'

'Ja, maar dat wil ik graag onder vier ogen bespreken.'

'Je kunt Emma vertrouwen.'

'Nee, laat maar. Ik ga al,' zei ze snel. Ze stond op en liep de kamer uit. 'Ik moet toch naar het toilet,' riep ze nog.

'Er moet ergens een aanzienlijk aandelenpakket zijn, dat had eigenlijk ook in de bankkluis moeten liggen. En je man heeft geld op een rekening in Vaduz in Liechtenstein. De fiscus weet nergens van, dus je moet voorzichtig zijn.'

'En wat bedoel je daarmee?'

‘Tja, je moet de aandelen in geen geval hier verkopen en voorlopig niet naar Vaduz gaan. Koop maar onroerend goed, het liefst in een niet-Europees land, de VS, Canada of Zuid-Afrika bijvoorbeeld. Wacht nog een tijdje voordat je er iets mee doet. Als het fiscale deel van de erfenis is geregeld, kun je gaan bedenken wat je ermee wilt.’

‘Over welk bedrag hebben we het?’

‘De aandelen en de rekening samen hebben een waarde die tussen de twintig en vijfentwintig miljoen ligt.’

Ik slikte. ‘Wat? Hoe kwam Alex aan zo veel geld?’ liet ik me verbijsterd ontvallen.

‘Hij heeft in de jaren negentig lucratieve zaken gedaan,’ zei Rob snel.

‘Rob, met wat voor zaken kun je zo veel geld verdienen?’

‘Dat weet ik ook niet, hij heeft me niet alles verteld.’

‘Hm,’ zei ik nadenkend. Was dat alles of hield Rob nog dingen voor me achter?

We namen afscheid. Emma stond in de gang op me te wachten. Ze vergezelde me zwijgend naar de auto. Ik besloot de informatie over de bankrekening in Liechtenstein voorlopig voor me te houden.

Het was inmiddels vijf uur en ik reed naar kantoor om de laatste details over de begrafenis met Jan te bespreken. Emma wilde winkelen.

‘Fijn dat je er bent,’ begroette Jan me.

‘Ja, ik heb me gehaast. Kunnen we meteen beginnen?’

We gingen naar zijn kantoor, waar hij samen met Liz en Jessy alles had voorbereid. Aan het grote magneetbord hingen foto’s van Alex, een foto van de rouwzaal, een van de auto en de volgauto’s, een schets van de stoelschikking, de route naar het graf, een beschrijving van de wagen die de kist van de rouwzaal naar het graf zou brengen en nog veel meer.

Ik bekeek alles, ging zitten en dronk afwezig van het glas water dat Liz me gaf.

‘Zullen we beginnen?’ vroeg Jan terwijl hij naast het bord ging staan. Hij legde uit, vertelde, liet de muziek die hij had uitgezocht horen en had zelfs de weervoorspelling gecheckt. Die was behoorlijk slecht: mistig, met zeventig procent kans op motregen bij een temperatuur van hoogstens acht graden. Met andere woorden: een miezerige oktoberdag. 'We kunnen vierhonderd witte, bijna neutrale paraplu's gesponsord krijgen als we die in een van de volgende opnames kunnen gebruiken,' zei hij terwijl hij me afwachtend aankeek.

'Nee, ik wil niet dat er bij de begrafenis iets gesponsord wordt. Ik ga ervan uit dat iedereen met dat weer zijn eigen paraplu meeneemt.'

'Goed. Wat wil je na de begrafenis doen? Naast de rouwzaal is een paviljoen dat we voor het begrafenismaal kunnen gebruiken.'

'Begrafenismaal – wat verschrikkelijk! Het woord alleen al!' riep ik harder dan noodzakelijk.

'Maar zo heet het,' antwoordde Liz.

'Ik weet het, maar toch. De foto's die in de rouwzaal en in het paviljoen hangen moeten vrolijk zijn. De begrafenis begint om elf uur, dat betekent dat we rond halfeen in het paviljoen aankomen. Ik wil dat er wijn, koffie, thee, water, fris en bier is, en we moeten lekkere hapjes hebben. Tenslotte is het lunchtijd en zal iedereen honger hebben. Bel Wimmy van The Red Sun en laat het aan haar over wat ze wil maken. Ze heeft er verstand van en maakt heerlijk eten. Bespreek ook met haar of zij de bediening regelt of dat wij daar iemand voor moeten inhuren.'

'Doe ik,' antwoordde hij. 'Hoe lang moet dat deel duren?'

'Ik vind dat het om twee uur afgelopen moet zijn. Heb je geïnformeerd wie de toespraken houden? Ik geloof namelijk dat de lijst die ik heb niet actueel is.'

'Ja, er zijn vijf mensen die iets willen zeggen. Rob, drie andere vrienden uit Alex' studietijd en zijn vroegere chef. Wil jij ook?'

'Nee, absoluut niet. Dat zou raar zijn. Wat moet ik volgens jou dan zeggen? Dat ik van hem hield maar dat hij me ijskoud heeft ingeruild voor een ander en me buiten de deur heeft gezet? Dat hij me financieel wilde uitkleden, maar helaas is vermoord voordat hij daar de kans voor kreeg?'

Iedereen staarde me aan.

'Eh, ja, nee, daar had ik niet aan gedacht,' stamelde Jan, die als eerste iets zei.

'Jullie zijn natuurlijk vrij op die dag, dat betekent dat niemand na de begrafenis nog naar kantoor hoeft te komen,' zei ik kalmer dan ik me voelde terwijl ik een lok haar uit mijn gezicht streek.

'Dank je.' Jan keek me nog steeds geschrokken aan en legde de foto's die hij had uitgezocht voor me neer.

'Deze worden vergroot tot tachtig bij honderdvijftig. Ik wil deze aan de zijkanten van de rouwzaal hangen en deze recht achter de kist, als je dat goed vindt.'

Ik keek heel lang naar de laatste foto. Het was een prachtige opname van Alex, genomen tijdens onze laatste vakantie op Sardinië. Zijn blonde haar was gebleekt door de zon, de grijsgroene ogen fonkelden. Ik kon me het moment nog goed herinneren: we waren net terug van een tweedaagse zeiltocht en zaten hongerig en dorstig in een bar op het strand, toen Rob met zijn vrouw langskwam. Hij had de foto gemaakt.

'Ja, dat is goed. Hij is heel mooi. Moeten we verder nog iets bespreken?' vroeg ik, in de hoop dat we klaar waren.

'Nee, dat was het. Kom je morgen naar kantoor?'

'Nee, ik ben vanaf nu tot morgen niet te bereiken. Je kunt me sms'en als er iets is.' Met mijn jas in mijn hand liep ik het kantoor uit.

Ik moest me haasten, omdat ik over iets meer dan een uur in Rotterdam moest zijn. Emma had een vlucht naar Londen voor ons geboekt. Ze had mijn tegenwerpingen van tafel geveegd en Koch ingelicht – een typische Emma-actie. Ik stapte in mijn auto, gaf gas en had het geluk dat het niet druk was op de snelweg.

Emma stond al in de vertrekhal toen ik arriveerde. Op vliegveld Zestienhoven in Rotterdam leek de tijd stil te hebben gestaan: een persoonlijke check-in, een klein gebouw, vriendelijk en rustig personeel. Net als twintig jaar geleden, liepen we over de taxibaan naar het vliegtuig. Elke keer als ik hier vertrok, dacht ik aan Humphrey Bogart en Ingrid Bergman en kwam er een gevoel van nostalgie in me op.

'We hebben een vol programma,' verkondigde Emma toen het vliegtuig opsteeg. 'Ik heb een suite in het Hilton geboekt.'

'Het Hilton? Waarom? Er zijn zoveel schattige hotelletjes in Londen.' Ik keek haar vragend aan.

'Maar het Hilton ligt naast Nobu. Ik wil daar gaan eten en nog een afzakkertje in de hotelbar nemen. Dan gaan we vroeg slapen, en morgen na het ontbijt gaan we naar Harrods en laten onze creditcards roken. Mee eens?'

'Ja.' Ik lachte. Tegen Emma kon ik gewoon niet op. 'Wanneer vliegen we terug?'

'Om zes uur. Dat betekent dat we om acht uur in Rotterdam landen en om een uur of negen, halftien bij mij zijn. Ik heb bedacht dat je het best bij mij kunt slapen en dat we de volgende dag samen naar de begrafenis gaan.'

'Goed,' zei ik. Ik was blij dat zij het heft in handen nam.

'En nu gaan we gewoon genieten van de komende vierentwintig uur, daarna wordt het een hel.'

'Dank je,' zei ik slapjes. Ik dronk mijn cola in één keer op en leunde achterover. Ze had gelijk, vrijdag werd spitsroeden lopen. Als ik eerlijk was, was ik er het liefst niet naartoe gegaan. Dan had ik helemaal alleen afscheid van Alex genomen en alles tegen hem gezegd wat er nog op mijn hart lag. Dit circus stond me tegen.

'Wat trek je aan?'

'Geen idee, iets denk ik... omdat ik niet van plan ben naakt te gaan,' zei ik bokkig.

'Anne, ik weet dat het je niet echt interesseert, maar er zullen heel veel fotografen aanwezig zijn.'

'Het kan me niet schelen. Als je wilt, kunnen we morgen iets kopen. Maar nu wil ik er niet meer over praten. Ik kan me gewoon nog altijd niet voorstellen dat hij dood is. En weet je,' ik draaide me naar haar toe, 'ondanks al mijn woede op die klootzak vind ik het verschrikkelijk dat de laatste herinnering die ik aan hem heb het moment is dat hij vertelde dat hij wilde scheiden.'

Emma gaf geen antwoord, maar streelde kort over mijn hand. De rest van de vlucht dacht ik terug; het ene moment verschrikkelijk verdrietig en dan weer razend van woede.

In de hotellobby was het gelukkig niet druk. We hadden al snel ingecheckt en namen onze handbagage zelf mee naar de suite.

'Kom, laten we gaan. Ik heb om negen uur een tafel gereserveerd en het is al kwart over negen,' haastte Emma me zodra we onze tassen hadden neergezet en ons hadden opgefrist.

In Londen was het droog en met bijna vijftien graden verrassend zacht. We hoefden maar een kort stukje te lopen naar Nobu. Toen we uren later het restaurant uit kwamen, voelde ik me zeldzaam voldaan en misschien ook rustiger. Ik was nu al blij dat ik naar Emma had geluisterd, douchte als eerste, dook weg in mijn badjas, ging in bed liggen en sliep al toen Emma uit de badkamer kwam.

Donderdag 22 oktober

’s Middags slenterden we zonder iets te kopen door winkelparadijs Harrods. Ik kon niets leuks vinden.

‘Je had gelijk. Het uitje heeft me echt goed gedaan,’ zei ik nadat ik me uitgeput op de vliegtuigstoel had laten vallen. De stewardess deed de deur al dicht.

‘Dat heb ik toch gezegd,’ giechelde Emma tevreden. ‘En morgen overleven we ook, op de een of andere manier.’ Ze sloeg haar arm om mijn schouders.

Ja, morgen zou ik Alex op zijn laatste weg begeleiden. Ik knikte en moest tegen de opwellende tranen vechten.

Vrijdag 23 oktober

Ik werd met lichte maagpijn en gezwollen oogleden wakker, was trillerig en zenuwachtig en had er alles voor over gehad om deze dag te kunnen overslaan.

Om tien uur vertrokken we uit Emma's woning. We reden naar de rouwzaal. Ik wilde absoluut nog even met Alex alleen zijn. Ook Emma bleef buiten. Ik huiverde en voelde me ellendig nu ik helemaal alleen was. Langzaam liep ik over het gangpad naar de kist en ik ging ernaast staan. Ik was blij dat ik voor een gesloten kist had gekozen. Ik had het niet aangekund als ik Alex nu had moeten zien. Ik had er geen flauw idee van hoe ik daarmee omgegaan zou zijn, waarschijnlijk had ik hem plotseling een draai om zijn oren gegeven en me daarna heel beroerd gevoeld. Mijn woede op hem werd met de dag groter. Ik streelde over de mat glanzende, zwarte, mahoniehouten kist, keek naar de bloemenkransen en de foto's die aan het plafond hingen. Mijn blik bleef een hele tijd hangen op het portret dat achter zijn kist stond.

'Anne?' Emma deed voorzichtig de deur open.

Ik draaide me abrupt om.

'We moeten beginnen. Ben je zover?'

'Ja, het is goed zo,' antwoordde ik zachtjes en ik liep naar mijn plek. Emma gaf Jan een teken en kwam naar me toe. Daarna hoorde ik zacht geroezemoes en veel voetstappen. Na een hele tijd werd het stil en begonnen de toespraken.

Ik nam alles als door een mistflard waar, zag de vele bekende gezichten, de grote hoeveelheid bloemen en kransen die als een laatste groet voor de kist waren gelegd. Het viel me op dat een van de bossen bloemen heel sterk rook terwijl ik luisterde naar de woorden van zijn vrienden. Ze vertelden verhalen over hun gemeenschappelijke jaren en beschreven zijn karakter op een grappige manier. Zelfs zijn driftige gedrag werd gepresenteerd als een excentrieke, milde bevlieging. Na een eeuwigheid kwam de hele stoet in beweging. Alex' kist werd door acht sterke mannen op de schouders genomen en naar buiten gedragen. Het was gelukkig gestopt met motregenen, zelfs de zon stuurde een paar stralen tussen de dikke herfstwolken door.

Ik zag dat Koch en Rietmeier de aanwezigen observeerden en ik volgde Kochs blik even. Die bleef hangen op een niet bij elkaar passend stel, dat me eerder nog niet opgevallen was. De man had lang, donker haar dat met gel op zijn hoofd was geplakt en in een dunne paardenstaart eindigde. Zijn gezicht was gezwollen, hij had een dubbele kin en zijn neus glansde vettig. Hij droeg een witte, lange wollen jas, een lichte spijkerbroek met een wit hemd. Aan zijn voeten had hij beige enkellaarzen. De vrouw naast hem droeg een pruik of had een visueel gehandicapte kapper. Aan de rechterkant van haar gezicht hing de pony van haar bruine haar half over haar wenkbrauw, waardoor ze de hele tijd merkwaardige bewegingen met haar ooglid maakte. Zij droeg ook een witte jas en een witte jurk. Aan haar voeten had ze rode schoenen, die leken op het paar uit de 'Let's dance'-video van David Bowie. Ze stonden naast elkaar en raakten elkaar nauwelijks aan.

De pastoor zei iets waardoor ik mijn blik van hen afwendde. Alex' kist daalde in het graf, de geestelijke zei een paar woorden, zegende Alex en de kist nog een keer en ging aan de linkerkant staan. Hij knikte kort in mijn richting, waarmee hij wilde aangeven dat ik de eerste was die een roos op Alex' kist mocht gooien.

Ik liet de rode roos vallen en wachtte tot alle genodigden en niet-genodigden mijn voorbeeld hadden gevolgd. Sommige gasten hadden witte rozen. Ze schudden met een begrafenisgezicht mijn hand of klopten me opbeurend op mijn schouder en liepen daarna naar het paviljoen om iets te eten en vooral te drinken. Het vreemde stel was verdwenen. Ik keek een paar mensen na, draaide me om en geloofde mijn ogen niet.

'Hoewel we nooit aan elkaar zijn voorgesteld, wil ik je condoleren. Ik weet wat een fantastische man Alex was. Gelukkig heb ik zijn laatste maanden met hem kunnen delen. Ik ben ontroostbaar en mis hem zo,' snikte Monique met theatrale aanstellerij, waarna ze probeerde me te omhelzen.

Ik deed een stap in haar richting en siste nauwelijks hoorbaar: 'Verdwijn, en heel snel, anders laat ik je verwijderen.'

Monique stootte een hartverscheurend geluid uit, deinsde achteruit en viel bijna in het open graf.

Jammer, dacht ik kattig.

'Wie was dat?' fluisterde Emma, die met Rob stond te praten.

'Wie denk je,' blies ik. 'En ze hadden waarschijnlijk al langer iets met elkaar!'

'Wat?'

'Zo meteen,' mompelde ik gespannen en ik richtte mijn aandacht op een van Alex' vroegere collega's, die me als laatste wilde condoleren.

Ik liet iedereen vooruitgaan en bleef even treuzelen bij Alex' graf alsof ik hem nog iets wilde zeggen. In werkelijkheid wilde ik het liefst in het gat springen om hem een knal te verkopen.

'Laten we gaan,' drong Emma aan. Ze raakte voorzichtig mijn schouder aan.

'Dat is toch het toppunt, dat dat mens het lef heeft om hiernaartoe te komen!' Ik was woedend.

'Ja, wat een brutaliteit. Dat ze dat doet! Maar aan de andere kant natuurlijk ook begrijpelijk als ze echt van hem hield.'

'Emma!'

'Dat is toch zo. Ik begrijp haar, als André dood zou zijn, zouden ze me er met geen tien paarden vanaf kunnen houden om bij zijn begrafenis te verschijnen en hem de laatste eer te bewijzen.'

'Ja, natuurlijk, maar waarom komt ze naar me toe om aan mijn hoofd te zeuren!' viel ik uit.

'Dat was inderdaad provocerend en gemeen, maar ze lijkt geen stijl te hebben en ziet er ook niet zo geweldig uit. Een beetje smoezelig. Kajal draag je niet meer. Dat is uit, en uitgelopen kajal helemaal.'

Ik keek Emma verbaasd aan. Monique was niet smoezelig. Ze hield haar donkerbruine haar met een haarband uit haar gezicht, had nauwelijks make-up op, leek schaamteloos jong en droeg een chocoladekleurig winterpakje met pumps met rode, dure zolen. Ze was ondanks de halsbrekend hoge hakken nog steeds kleiner dan ik.

'Wat doe ik als ze naar het paviljoen gaat?' Ik werd misselijk bij de gedachte dat ze zich aan onze vrienden en kennissen zou voorstellen als zijn nieuwe vriendin. Of had Alex dat misschien al gedaan?

'Als ze de brutaliteit heeft om zo meteen op te duiken, ga ik wel even een babbeltje maken. Maak je daar alsjeblieft geen zorgen over.'

'Denk je dat Alex echt van haar hield? En stel dat hij haar aan iedereen heeft voorgesteld en zij niet degene is die zich belachelijk maakt, maar ik? Als iedereen zich heeft afgevraagd waarom ik achter de kist liep? Dat zou zó pijnlijk zijn. Wat moet ik nu doen?'

Emma keek een tijdje naar me met een gefronst voorhoofd. Het was duidelijk dat haar hersenen overuren maakten. 'Ik heb geen idee wie dat weet. Tenslotte zijn jullie net uit elkaar. Laat het op je af komen; en bovendien, je bent nog steeds zijn vrouw,' kalmeerde ze me. 'Je hebt toch niets getekend?'

'Nee. De brief met bijlagen die ik moest tekenen heb ik pas een dag voor Alex' dood gekregen. Maar ik had nooit getekend. Ik laat me niet afzetten.'

We waren inmiddels vlak bij het paviljoen. Ik hoorde het geroezemoes van de gasten en was het liefst naar de auto gerend. 'Laten we de zijingang nemen, of die waardoor we daarstraks naar buiten zijn gegaan.'

Gelukkig was de deur open. Emma en ik liepen de zaal in, die leeg was, afgezien van een paar kransen en de foto's van Alex aan het plafond. Ik kon het niet laten om mijn middelvinger naar hem op te steken. Wat was ik woedend op hem!

'Anne, wat is er met je aan de hand? Draai je door?' giechelde Emma. 'Je kunt je middelvinger toch niet naar hem opsteken?'

'Natuurlijk kan ik dat. Ik heb het net toch gedaan?' Ik lachte. 'En bovendien is het maar een foto.'

Toen we de deur naar het paviljoen open duwden, stonden we achter een bar. Twee jonge meisjes keken ons verbluft aan.

'Sorry,' zei ik zachtjes. Ik trok Emma mee.

Nauwelijks twee meter verder stonden Koch en Rietmeier ineens voor ons. 'We willen u condoleren,' zei Koch.

'O ja?' Ik was verrast dat de rechercheurs nog steeds aanwezig waren.

'Soms gaan we bij een moordzaak naar de begrafenis en omdat u ons hebt gezien, wilden we niet onbeleefd zijn,' legde Rietmeier uit.

'Op die manier. Hoe ver zijn jullie met het onderzoek?'

'Dat loopt. Is het mogelijk dat u morgen naar het bureau komt? We hebben nog een paar vragen.'

'Waar gaat het over?'

'We willen nog een keer over de nacht praten waarin uw man is vermoord. Zijn u achteraf nog dingen opgevallen?'

'Nee, meneer Koch, ik zou echt niets kunnen bedenken. Maar hebben we daar niet genoeg over gepraat?'

'Ja, maar uw alibi... Laten we het er morgen over hebben.'

'Morgen is het zaterdag.'

'Dat hindert niet, in dringende gevallen werken we ook in het weekend,' antwoordde Rietmeier. Hij draaide zich om en verdween samen met Koch tussen de mensen.

Ik bleef als aan de grond genageld staan.

'Wat wilden die twee? Heb je honger? Ik hoor van iedereen dat je hapjes heerlijk zijn,' babbelde Emma terwijl ze verlangend het dienblad nakeek en me een glas water gaf.

'Waar is Rob?'

'Geen idee. Wat is er? Je bent lijkbleek.'

'Ze verdenken me echt,' zei ik ontzet. Op de een of andere manier had ik dat niet voor mogelijk gehouden.

Emma draaide zich om en zocht Rob. Ik schudde handen, hoorde hoe prachtig de begrafenis was geweest en gaf beleefd antwoord op vragen, hoewel ik er met mijn gedachten niet bij was.

Een paar maanden na onze bruiloft waren we naar de Malediven gevlogen. Alex had me de oren van het hoofd gekletst over hoe uniek de eilanden waren en me net zo lang bewerkt tot ik bereid was me op te geven voor een duikcursus. Samen met hem stapte ik op een grijze novembermiddag in het vliegtuig.

Dertien uur later landden we in een paradijs van kleine eilanden, die als groene erwten omringd door witte stranden midden in de turkooizen Indische Oceaan lagen. We landden op Malé en werden met een helikopter naar het eiland Huvafenfushi in de noordelijke atollen gebracht. Ik was sprakeloos toen ik onze bungalow zag. Het was een wit gebouw met drie puntdaken, waaronder de bad-, slaap- en zitkamer lagen. Aan de linkerkant hadden we een privéopgang naar het strand en aan de rechterkant een privézwembad. Overal stonden heerlijke vruchten en prachtige bloemen. Ik kon er niet genoeg van krijgen.

'En, bevalt het je?' Alex, die met zijn armen achter zijn hoofd gevouwen op bed was gaan liggen, keek me fijntjes lachend aan.

'Ik heb er geen woorden voor. Zo veel schoonheid heb ik nog nooit gezien.'

'Kom eens bij je echtgenoot voordat je verliefd wordt op de een of andere prachtige vis. Die verlangt namelijk heel erg naar je.'

Dat liet ik me geen twee keer zeggen.

'Denk je dat we hier naakt kunnen zwemmen?' vroeg ik een hele tijd later.

'Natuurlijk.'

'En kunnen we het eten op de kamer laten komen? Ik wil namelijk de hele tijd naakt blijven.'

Alex grinnikte, pakte de telefoon en bestelde allerlei lekkernijen en nog meer champagne.

Later lagen we naakt op het witte zand, warme golven streelden onze lichamen en er was niemand te zien. Alex schonk nog een glas ijskoude champagne in, die we hadden meegenomen naar het strand. 'Het je het al eens in zee gedaan?'

'Nee, dat heb ik nooit gedurfd,' giechelde ik zogenaamd verlegen. Ik zei niet dat de gepeperde boete het enige was dat me had tegengehouden. Zo moest je in Spanje 75.000 euro betalen als je werd betrapt. Dat vond ik zo indrukwekkend, dat ik seksen in het openbaar uit mijn repertoire had geschrapt.

'Het is ons privéstrand en we liggen in het water, dus wie kan ons iets maken? We doen het gewoon,' fluisterde Alex terwijl hij me naar zich toe trok en in me drong.

Het was heerlijk.

Na de vele condoleances in ontvangst genomen te hebben liep ik op Rob af, die even verderop met kennissen stond te praten.

'Ga je morgen mee naar het politiebureau?' fluisterde ik angstig.

'Waarom? Wat is er aan de hand?' vroeg Rob geschrokken.

Ik trok hem naar buiten, weg van alle anderen, en vertelde ademloos over het korte gesprek met de rechercheurs.

'Ik weet het nog steeds niet! Wat moet ik nu doen?' Langzaam kwam de angst in me omhoog.

'We gaan er morgen ontspannen naartoe en horen rustig wat ze te vertellen hebben. De rest zien we daarna,' zei Rob kalmerend.

'Kun je Bart niet vragen om eerder terug te komen?'

'Je hebt geluk, hij heeft zijn vakantie afgebroken. Er is iets gebeurd, maar hij wilde me aan de telefoon niet vertellen wat dat was. We hebben maandag een afspraak. Misschien moet je daarbij zijn, maar laten we nu weer naar binnen gaan.' Hij legde zijn hand op mijn arm.

Ik volgde hem aarzelend, praatte met voormalige collega's van Alex, verbaasde me over het betraande gezicht van Barbara, die volkomen kapot aan de arm hing van Aviva, de eindredactrice, en nog steeds snikte. Opgelucht stelde ik vast dat Monique niet in het paviljoen was.

'Wat ga je nu doen?' vroeg Emma toen ik mijn jas aantrok.

'Ik ga naar kantoor om het bureau van Alex voor de tiende keer te doorzoeken. Iets zal me toch wel te binnen schieten? Er moet toch een aanwijzing zijn?' antwoordde ik hulpeloos.

Emma knikte, haalde haar jas en ging met me mee.

Normaal gesproken nam ik altijd de trap om in ons kantoor op de tweede verdieping te komen, maar omdat ik stemmen in het trappenhuis hoorde en geen zin had iemand van de andere bedrijven die hier gevestigd waren tegen te komen, deed ik dat vandaag niet en namen we de lift. Ik deed de deur open, zette het alarm af en deed het licht aan.

'Doe de deur weer op slot, dan horen we het als er iemand binnenkomt,' drong Emma aan.

'Waarom?'

'Nou ja, ik denk dat dat beter is als we op onderzoek uitgaan.'

'O, daar heb ik helemaal niet aan gedacht. Denk je dat we in de andere bureaus moeten zoeken?'

'In elk geval in dat van Barbara. Ik was heel verbaasd dat ze een kopie van de bankkluisrekening in haar bureau had. Wie weet wat we nog meer vinden.'

'Ja, dat vond ik ook vreemd. We kunnen het best met haar bureau beginnen,' zei ik terwijl ik de deur dicht deed. Ik dacht eraan hoe verdrietig ze was geweest bij de begrafenis. Hadden Alex en zij een relatie gehad? Nee, ze had een lieve vriend en aan haar verhalen ze horen was ze heel gelukkig met hem. Ik verwierp de gedachte en liep naar Emma toe.

'Verdomme, de laden aan de linkerkant zijn afgesloten,' schold ze terwijl ze aan de rechterladen begon.

'Ja, dat is altijd zo. Daar bewaart ze belangrijke papieren. Ik weet dat Alex de sleutel heeft, maar waar? Hij heeft het me verteld.' Met een gefronst voorhoofd liep ik naar zijn bureau en begon te zoeken.

'Ik vind niets bijzonders. Alleen balpennen, punaises en dat soort dingen. We hebben de sleutel nodig!' riep Emma.

Ik legde de ene na de andere stapel papieren op het bureau en zocht tussen potloden en markers, maar kon hem niet vinden. Zou hij de sleutel in zijn schrijfmap of aktetas hebben?

'Waarom heeft ze dat allemaal bewaard?' mompelde Emma.

'Wat zeg je?'

'Je secretaresse heeft een hele stapel kaartjes, die blijkbaar allemaal van Alex zijn.' Ze kwam naar me toe lopen, gaf me er een paar, hield een stapel in haar hand en begon ze stuk voor stuk te lezen.

'Waarvoor heeft hij haar bedankt? Hier staat "bedankt voor de moeite", en "zonder jou was het me niet gelukt", en "je bent de beste". Ik vind het maar raar.'

'Barbara is heel goed; als het nodig was werkte ze over, en daarvoor kreeg ze dan een cadeautje,' legde ik haar uit en ik begon zelf te lezen.

'Ja, maar hier staat: "Dank je! De oorbellen zullen je prachtige ogen nog meer laten stralen." Dat gaat toch te ver, Anne. Denk je dat die twee iets met elkaar hadden?'

'Hallo, is hier iemand!' hoorden we een mannenstem roepen.

'Opbergen,' zei ik gejaagd, waarna ik het kantoor uit rende.

Het was Jan, die doodmoe terugkwam van het begrafenismaal. Ik ving hem bij de receptie op en begon met hem te praten, zodat Emma voldoende tijd had om alles weer op zijn plek te leggen.

Jan vertelde dat sommige aanwezigen grappen over Alex begonnen te vertellen, eerst grappige en daarna pijnlijke. Hij was blij dat ik daar geen getuige van was geweest.

'Ben je niet alleen?' vroeg hij nadat Emma had gehoest.

'Dat klopt, Emma en ik doorzoeken Alex' kantoor. Er moet toch iets te vinden zijn wat me een beetje verder helpt.'

'Waar zoeken jullie naar?'

Tja, dat was een goede vraag, maar ik moest het antwoord schuldig blijven. Ik haalde mijn schouders op en liep naar Alex' kantoor terug. Jan volgde me, begroette Emma en probeerde een gesprek met haar aan te knopen. Ik wist dat hij al een hele tijd gek op haar was, wat hij me op een feest lichtelijk aangeschoten had toevertrouwd.

Jan was een fijne vent. Hij was een fantastische producent en heel aantrekkelijk. Met zijn donkere haar, blauwe ogen, getrainde lichaam en markante gelaatstrekken, die me altijd een beetje aan Sean Connery in zijn jonge jaren deden denken, waren er al heel wat vrouwelijke medewerkers voor hem gevallen. Dat leek Jan echter nauwelijks te interesseren. Hij was inmiddels drie jaar gescheiden en was vader van een vijfjarig dochtertje. Zoals gezegd, de enige persoon op wie hij een oogje had was Emma. Alleen stond zij daar niet voor open. Ze reageerde helemaal niet, en dat terwijl ik hem bij elke gelegenheid uitgebreid aanprees. Dan lachte ze en liet me weten dat mijn koppelpogingen niet zouden werken.

'Ik moet nog wat dingen afmaken die door de begrafenis zijn blijven liggen, anders red ik het volgende week niet,' legde hij uit. Hij liep naar de deur, bleef plotseling staan en draaide zich om. 'Hebben jullie ook honger? Ik kon daarstraks geen hap door mijn keel krijgen, maar ik moet nu echt iets eten.'

'Dat vind ik een goed idee,' zei Emma terwijl ze op haar horloge keek. 'Bij het woord "eten" maakt mijn maag een sprongetje, wat ook geen wonder is, omdat het al halfvier is en ik behalve de grapefruit van vanochtend niets heb gegeten. Wat zullen we bestellen?' Ze wreef over haar maag.

'Geen idee, ik zal eens in het bureau van de productieassistente kijken. Zij bewaart de menukaarten van allerlei bezorgrestaurants,' antwoordde Jan. Hij liep het bureau uit.

'Kijk hier eens naar,' zei Emma tegen me. 'Ik heb zijn reiskostenafrekening van de afgelopen drie maanden gevonden.' Ze schoof wat papieren naar me toe. 'Waar is zijn agenda eigenlijk?'

'Zijn afspraken staan allemaal in zijn BlackBerry en die is waarschijnlijk thuis of bij de politie.'

'Ja, maar ze staan natuurlijk ook op Barbara's desktop, wat wil zeggen dat we ze ook zonder Alex' mobiel kunnen bekijken. Waar is zijn laptop?' Ze keek zoekend om zich heen.

'Waarschijnlijk thuis of bij de recherche.'

'Goed, dan moeten we in Barbara's computer kijken. Als jij de afrekeningen controleert, doorzoek ik haar pc. Ik heb alleen de inloggegevens nodig.'

'Ik hoop dat niemand die de afgelopen weken heeft veranderd,' zei ik terwijl ik ze op een papiertje schreef en naar Emma keek, die weer achter Barbara's bureau ging zitten.

Zodra hij aanstond, typte ze de gegevens in. 'Gelukt!'

'Goed, we hebben de keus uit... Wat doe je achter Barbara's computer?' wilde Jan weten, die binnenkwam met de menukaarten.

'Ik zoek iets voor Anne en ze heeft haar laptop thuis laten liggen. Heb je daar een probleem mee?' vroeg ze brutaal.

'Nee, natuurlijk niet. Goed, er is...'

'O, ik weet het al. Ik wil pizza en een salade van de Italiaan,' zei ze enthousiast. Ze wees nog voordat Jan met zijn opsomming was begonnen naar de onderste menukaart.

'Ik ook,' riep ik uit Alex' kantoor. Eigenlijk maakte het me niet uit, ik had geen trek en was weer eens misselijk.

'Willen jullie er een fles wijn bij?'

'Wat mij betreft wel,' mompelde Emma, die haar aandacht weer op de computer richtte.

Ik knikte instemmend.

Een halfuur later werden de pizza's, de salades en de dampende pasta bezorgd. We gingen in de keuken zitten, die Alex en ik destijds samen hadden uitgezocht. We hadden het belangrijk gevonden om een gezellige ruimte te hebben waar we met z'n allen konden eten. De keuken was van teakhout met donkere aanrechtbladen en er stond een grote, brede houten tafel, waaraan met gemak tien personen konden zitten. Toen we de bedrijfsruimte kochten, stond er alleen een bureau. De andere meubels, lampen en schilderijen zochten we in de eerste weken van onze relatie samen uit. Vaak zaten we 's avonds in een van de lege kantoren, stelden ons voor hoe het zou zijn als de telefoons voortdurend rinkelden en er een gezonde bedrijvigheid heerste. En we hadden in elk kantoor minstens één keer seks.

Ik nam een hap pizza en moest onwillekeurig glimlachen. Zo was Alex ook geweest.

'Wil je iets van mijn spaghetti quattro formaggi?' vroeg Jan, waarmee hij me naar het heden terughaalde.

'Wat? Nee, dank je. Misschien zo meteen,' zei ik snel, waarna ik een slok wijn nam.

We praatten over de lopende projecten. Jan wilde weten wanneer hij me moest inlichten over de actuele stand van zaken en vanaf welk moment ik weer volledig inzetbaar was.

Tja, dacht ik, dat hangt een beetje af van het gesprek met de recherche. Dat zei ik echter niet. 'Snel, ik probeer vanaf maandag weer hele dagen hier te zijn.'

'Dat is mooi. De rust moet terugkeren,' merkte hij droog op.

Emma trok bijna ongemerkt haar wenkbrauwen op en wilde commentaar geven, maar hield zich in.

De wijn steeg vrij snel naar mijn hoofd, ik voelde me opgevrolijkt en was vol dadendrang.

Emma ging weer achter Barbara's bureau zitten en mompelde onbegrijpelijke dingen. Jan liep naar zijn bureau en ik boog me weer over de reiskostenafrekeningen. Ik wist dat de namen die Alex op de bonnen had geschreven niet van de mensen hoefden te zijn met wie hij uit eten was geweest. Hij nam het niet zo nauw. Ik schrok toen ik de rekeningen van een hotel en restaurants in Brussel vond. Ze waren van het weekend voordat hij me had gezegd dat hij wilde scheiden. Hij had gezegd dat hij met Rob naar München ging voor de vrijgezellenavond van een oude studievriend. Wat een klootzak!

'Ik heb het!' riep Emma.

'Wat?'

'Zijn agenda met alle gegevens, telefoonnummers en notities. Ik print de laatste maanden uit. Als ik in jouw schoenen stond, zou ik dat morgen aan die twee rechercheurs geven, dan kunnen ze doelgericht onderzoek doen en hoeven ze zich niet op jou te concentreren.'

'Fantastisch. Ik heb drie kopieën nodig. Een voor mij, zodat ik zijn agenda met de afrekeningen kan vergelijken, een voor de recherche en een voor de privédetective.'

Emma knikte en drukte op 'PRINTEN'. Een paar seconden later begon de printer te ratelen en werden de bladzijden uitgespuugd. Ik zocht verder tussen Alex' papieren en vond op een bepaald moment de correspondentie tussen Alex en zijn scheidingsadvocaat. Ik kon niet vatten wat ik las.

'Wat is er? Je bent lijkbleek.' Emma stond voor het bureau. Ze keek bezorgd naar me en legde de kopieën neer.

'Lees dat eens.'

Alex had onze vermogensverhoudingen blijkbaar al aan het begin van onze relatie aan zijn nieuwe advocaat opgegeven. Hij had haar kort en krachtig gevraagd om mijn schadeloosstelling op die basis te berekenen. Letterlijk stond er: 'Een huwelijk is voor mij geen samenlevingsverband dat tot verrijking van een van de partners moet leiden. Daarom verzoek ik u een en ander in overeenstemming met het huwelijkscontract te regelen. Eventueel later ingebrachte prestaties van mijn ex-vrouw wil ik hierbij buiten beschouwing laten.' Ik schudde mijn hoofd. Wat was er in vredesnaam met Alex aan de hand?

Emma begon staand te lezen en ging tussendoor zitten. Toen ze klaar was, staarde ze me aan. 'Wat een lef. Ik had nooit voor mogelijk gehouden dat hij zo met je zou omgaan. Hij was altijd al erg op zijn eigen voordeel uit, maar zonder jou had het bedrijf niet zo goed gedraaid, en dat wist hij ook. Het was hem natuurlijk niet gelukt, tenslotte kan jouw rol in het bedrijf aangetoond worden.' Ze pakte de papieren weer, las een paar zinnen en schudde niet-begrijpend haar hoofd. 'Als Koch en die andere vent deze brief in handen krijgen, heb je een probleem.'

'Waarom? Ik wist toch niet precies wat Alex van plan was?' zei ik bijna beledigd.

'Maar je hebt de eerste brief van zijn nieuwe advocaat wel op de dag van de moord ontvangen. Begrijp me niet verkeerd, ik geloof niet dat jij het hebt gedaan, maar de vraag is of zij dat denken. Je moet ze deze gedetailleerde brief misschien zelf geven, dat zwakt het geheel een beetje af.'

'Hou op, je maakt me bang.'

'Bel Rob en vertel het hem. Ik ben benieuwd wat hij je adviseert,' zei ze terwijl ze opstond. 'Rookt Jan eigenlijk? Ik heb een sigaret nodig.'

'Ja,' antwoordde ik verbaasd. Emma had nicotine jaren geleden afgezworen. Seconden later stond ze met een pakje voor me, stak er meteen twee op en gaf mij er een van.

'Hij heeft nog een pakje. Trouwens, waarom mag er bij jullie gerookt worden?'

'Dat mag niet. Jan heeft een eigen kantoor en zolang hij niet betrapt wordt...' Ik inhaleerde diep en belde Rob.

'Hij komt langs,' zei ik een beetje rustiger toen ik een paar minuten later het gesprek had beëindigd.

Twintig minuten later belde Rob aan. Hij zag er heel bedrukt uit, waardoor ik meteen weer bang werd. In gedachten zag ik me al achter de tralies zitten.

Hij las alles rustig door en stelde voor dat we afwachtten wat de recherche te vertellen had; na afloop van het gesprek zouden we de briefwisseling overdragen. Ik vertelde hem over de kaartjes die Barbara had bewaard, over de oorbellen, de reiskostenafrekeningen en de geprinte agenda.

'Ik neem alles mee. Het is beter als ik het geef, maar je moet goed beseffen dat een alibi het beste zou zijn.'

'Ik zeg gewoon dat we met elkaar hebben gebeld,' flapte Emma eruit.

'Emma, dat kunnen ze controleren. Laten we nou maar afwachten. Over vierentwintig uur zijn we vast een hoop wijzer,' zei Rob terwijl hij de papieren pakte.

'Ik kan ook beweren dat ik bij Anne was,' stelde Emma voor. Ze bleef zoeken naar een alibi voor mij.

'Je denkt toch niet echt dat ze dat geloven? Waarom heb je dan zo lang met deze onthulling gewacht? Nee, als je dat nu beweert, maakt dat Anne nog verdachter. We moeten het anders aanpakken en ik hoop dat Bart ons daarbij kan helpen. Maar zoeken jullie vooral verder, wie weet wat er allemaal nog boven water komt.' Hij liep het kantoor uit en bleef in de deuropening staan. 'Anne, zal ik je morgen om tien uur ophalen?'

Ik knikte en zocht daarna verder naar de naald in de hooiberg. Emma en ik bleven de hele avond op kantoor en doorzochten alles, maar vonden niets meer.

Enigszins overstuur deed ik de deur op slot en liep achter Emma aan.

'Ga je naar huis of wil je liever bij mij slapen?' vroeg ze toen we op straat stonden. Het regende en waaide hard. Bladeren wervelden door de lucht om even later op de straatstenen te dwarrelen.

'Ik weet het niet,' zei ik besluiteloos terwijl ik in mijn tas naar mijn mobieltje zocht.

'Luister, we gaan naar jouw flat, drinken nog iets en dan bel ik een taxi. Als je wilt, kun je morgen na je afspraak bij mij langskomen, dan gaan we samen eten.'

'Ik weet niet of ik daar zin in heb,' zei ik moedeloos.

We gingen lopen. Een beetje frisse lucht na de kantoorlucht van de afgelopen uren zou ons goed doen. Ik voelde me energieloos en verslagen. Het leek alsof de begrafenis lichtjaren geleden had plaatsgevonden.

'Hé, gaat het een beetje?' onderbrak Emma mijn gedachten. Ze gaf me een arm.

'Ik dacht er net aan dat Alex een week geleden nog leefde. Het is verschrikkelijk dat het zo snel voorbij kan zijn. Ik ga me steeds beroerder voelen. Maar laten we alsjeblieft ergens anders over praten.' Ik sloeg de kraag van mijn jas omhoog en ontweek een plas. 'Heb je eigenlijk op de sms'jes van die vent gereageerd?' vroeg ik zo achteloos mogelijk.

'Wie bedoel je?'

'Wie denk je? Die van de lift natuurlijk, of zijn er meer mannen?'

'Nee.' Emma lachte. 'En ik heb inderdaad gereageerd. Hij wilde vandaag met me uit eten gaan. Ik heb tegen hem gezegd dat ik over een week contact opneem. Ik weet niet goed wat ik moet doen.' Emma duwde wat bladeren met de punt van haar laars van de stoep.

'Maar je vliegt volgende week toch naar de Malediven?'

'In principe wel, maar met André weet je het nooit. Het zou me niet verbazen als er kort voor ons vertrek nog iets heel dringends tussen komt.' Emma trok een gezicht.

'Denk je dat hij niet heeft geboekt?'

'Nee, dat is het niet. Hij heeft geboekt. Maar geld is niet belangrijk voor hem. Hij zegt net zo gemakkelijk af of stuurt een vriend, dat weet je nooit bij hem. Ik geloof het pas als ik naast hem in het vliegtuig naar huis zit en een heerlijke week met hem heb gehad.

Voor die tijd zul je mij niet horen juichen.'

'Maar je verheugt je er toch op?'

'Nee, ook dat heb ik afgeleerd bij André. Hij heeft me te vaak teleurgesteld. Hoe jammer het ook is, het gaat nu eenmaal niet anders. Ik heb genoeg tranen vergoten omdat hij zijn beloftes niet hield. Maar kunnen we ergens anders over praten, ik word hier nogal depri van.'

We slenterden een tijdje zwijgend naast elkaar. Het regende niet meer en ik klapte mijn paraplu dicht. 'Denk jij dat Alex een relatie met Barbara had?' vroeg ik plotseling.

'Moeilijk te zeggen. In eerste instantie dacht ik van wel, maar voor zover ik hem ken, twijfel ik eraan. Hij viel niet op dat type vrouw,' analyseerde Emma.

'Wat bedoel je met "dat type vrouw"?'

'Ze is aardig, onschuldig en knap, maar ze heeft geen charisma en is daardoor niet aantrekkelijk. Alex hield van vrouwen met karakter die veel sexappeal hebben. Barbara is braaf en saai en heeft het sexappeal van een oude ribbroek,' beweerde Emma.

Ik lachte.

'Maar toch wil ik dolgraag weten hoe het zit met die oorbellen. Misschien moet je het haar gewoon vragen.'

'Dat laat ik over aan de recherche en de privédetective, tegen mij zou ze daar vast over liegen.' Ik deed de voordeur van mijn appartement van het slot. Het zag er inmiddels veel minder chaotisch uit, want ik had een deel van de verhuisdozen weer dichtgeplakt en netjes op elkaar gestapeld. Ik legde mijn jas over een stoel, liep naar de keuken en haalde ijskoud water en cola uit de koelkast. Emma stond in de zitkamer te sms'en.

'Ik heb het toch gezegd?' pruilde ze. 'André krabbelt terug. Hij schrijft dat zijn vrouw ziek is en dat hij niet weet of ze voor ons vertrek weer fit is. Ik krijg er zo langzamerhand genoeg van.'

'Wat heb je geantwoord?'

'Ik ben er niet op ingegaan, maar heb geschreven dat jij morgen naar de recherche moet en ik sinds de begrafenis bij jou ben. Dat irriteert hem verschrikkelijk, omdat alles altijd om hem moet draaien. Hij weet dat de begrafenis vandaag was, maar denk je dat hij me vraagt hoe het was?' snauwde ze.

'Wil je nog wel met hem weg? Ik heb de indruk dat je er helemaal geen zin in hebt.'

'Laten we een lijst opstellen met vragen die je morgen voor de politie hebt,' stelde ze voor zonder antwoord op mijn vraag te geven.

Ik keek haar verbaasd aan. Was ze André en zijn wispelturige gedrag echt zat? Of toonde ze opnieuw woede die geen consequenties had?

'Dat kunnen we doen. Wil je iets eten?' Ik draaide me hoofdschuddend om, wat Emma niet zag doordat ze naar haar mobiel staarde, en liep naar de keuken. Het enige dat ik in de koelkast vond, waren een pot zure augurken, een aangebroken tube mayonaise en een verschrompelde tomaat. Ik knalde de deur dicht.

'Nee, dank je,' antwoordde ze, waarna ze haar mobiel humeurig op tafel legde. We dronken cola, werkten aan de lijst en waren allebei terneergeslagen.

Vlak voor middernacht ging Emma naar huis. Ik ging met een glas water en de lijst op de bank zitten, keek naar het late nieuws en merkte dat mijn ademhaling oppervlakkiger werd. Alsjeblieft niet hyperventileren!

Voordat ik naar bed ging, deed ik een paar ontspanningsoefeningen, verwisselde mijn glas voor een wijntje en merkte dat ik langzamerhand kalmer werd. Ik viel in een onrustige slaap en droomde over Alex, Koch en Rietmeier, die tegen me schreeuwden en voortdurend wilden weten wat ik die nacht had gedaan.

Zaterdag 24 oktober

'Kom je naar beneden?' riep Rob door de intercom.

Ik riep 'ja', smeet de voordeur in het slot en rende de trap af. Ik was om acht uur opgestaan, had uitgebreid gedoucht, eeuwen voor de kledingkast gestaan en van alles aangepast. Wat kon je het best dragen als je moest opdraven voor een verhoor bij de recherche? Mijn keus was gevallen op een zwarte spijkerbroek, een grijs T-shirt en een zwart colbertje. Ik had me opgemaakt en mijn blonde haar een beetje wild geföhnd. Ik wilde er ook niet overdreven braaf uitzien.

Rob begroette me en hield de deur van zijn BMW voor me open.

'Shit, ik heb mijn lijst laten liggen!' riep ik.

'Wat voor lijst?'

'Ik heb allerlei vragen opgeschreven waar ik een antwoord op wil van Koch en Rietmeier.'

Rob lachte. 'Zoals?'

'Wanneer ik weer in mijn huis kan, en of ik het meteen kan renoveren, dat soort dingen.'

'Laat het praten maar aan mij over,' zei hij grinnikend.

We reden zwijgend door Amsterdam, tot hij voor een groot hek stopte en onze namen in de intercom noemde. Het hek schoof geluidloos open en Rob reed dwars over het parkeerterrein naar een bakstenen gebouw met grote ramen.

'Weet je waar ze zitten?'

'Ja, ik heb met Rietmeier gesproken. Tweede etage, kamer 245.'

'Mogen we gewoon naar binnen?'

'Nee, hij kan elk moment naar buiten komen,' zei hij en hij wees naar een glazen deur, die prompt openging. Rietmeier kwam naar ons toe lopen.

'Fijn dat het gelukt is om hier vandaag naartoe te komen,' zei hij vriendelijk terwijl hij zijn hand uitstak.

Ik mompelde iets en verbaasde me over de kracht van zijn handdruk. Zijn hand was warm en droog. Op de een of andere manier had ik verwacht dat de ervaring onaangenamer zou zijn.

'Mijn collega haalt koffie voor ons. Jullie drinken toch koffie?' vroeg hij terwijl hij zijn politiepasje voor de scanner hield. De deur ging automatisch open.

'Eigenlijk niet. Ik heb liever thee of water.' Ik volgde hem naar binnen en merkte dat mijn armen weer begonnen te jeuken.

'Geen probleem, dat zal ongetwijfeld lukken,' antwoordde hij. Hij wachtte tot de deur achter hem in het slot was gevallen, passeerde ons en liep met snelle stappen de trappen naar de tweede verdieping op. Bij de volgende glazen deur moest hij zijn pasje weer pakken; er klonk een doordringende piep en na een paar seconden ging ook deze deur open. Rietmeier wachtte weer tot hij dicht was. 'Dat zijn de instructies,' legde hij uit terwijl hij naar de camera wees die in de rechterhoek aan het plafond hing.

Ik had het gevoel in een zwaar beveiligde gevangenis te zijn. We liepen door de met linoleum gestoffeerde gang langs gesloten deuren. Ongeveer op de helft stond er een open. Daglicht viel in de gang en vermengde zich met het licht van de tl-buizen. Kamer 245 was onverwacht groot, had drie ramen en een uitnodigende vergadertafel die betere tijden had gekend. Op de tafel stonden naast de koffiepot en de schaaltjes met per portie verpakte melk en suiker zelfs biscuitjes. Rietmeier zag me kijken en glimlachte. 'We zijn geen bruten. Ga zitten.'

Ik glimlachte terug, maar gaf geen antwoord. In de hoek boven het rechterraam hing een camera. Boven het linkerraam ontbrak die en het was duidelijk te zien dat hij verwijderd was. Rob ging naast me zitten, Koch tegenover me. Rietmeier was plotseling verdwenen.

'Zo, laten we dan maar beginnen,' zei Koch. Hij sloeg een dossier open waarop met hoofdletters 'MISDRIJF MET DODELIJKE AFLOOP ALEX VAN VELD' stond.

'Ik begrijp dat u uw advocaat hebt meegenomen. Is daar een bijzondere reden voor?' vroeg hij bars.

'Nee, dat niet. Het geeft me alleen een prettiger gevoel en het kalmeert me. Jullie zijn tenslotte ook met zijn tweeën,' antwoordde ik. Rietmeier kwam binnen en bracht water voor mij mee. Hij zette het voor me neer en liep om de tafel heen naar het raam. Hij leunde nonchalant tegen de vensterbank, sloeg zijn armen over elkaar en keek me aan.

'Is u nog iets ingevallen met betrekking tot de nacht waarin uw man is vermoord?' Koch keek even op van het dossier.

'Nee, ik kan me echt niets meer herinneren. Ik weet nog dat ik minstens een uur lang met Emma heb gebeld. Later op de avond heb ik de tweede fles wijn opengemaakt en daarna heb ik een black-out gekregen. Dat heb ik al meerdere keren verteld.' Ik streek zenuwachtig een haarlok uit mijn gezicht.

'Dat klopt, maar dit is een officieel verhoor waarvan we een verslag maken,' bracht Rietmeier in het midden.

'Wat heeft de lijkschouwing opgeleverd?' vroeg Rob.

'Over de details hebben we het later, maar het gaat in elk geval om een geweldsmisdrijf. Het tijdstip van de moord ligt tussen elf uur 's avonds en een uur 's nachts. Uw cliënte heeft van kwart voor negen tot precies zes minuten over tien via de vaste telefoon gebeld met Emma Wolf. We hebben echter van onze collega's een foto gekregen, waarop te zien is dat mevrouw Van Veld om 23.48 door een mobiele snelheidscontrole is betrapt op te hard rijden, twee straten van het huis van haar echtgenoot verwijderd. Kunt u ons dat uitleggen?' Koch keek me scherp aan.

Ik kreeg het bloedheet, slikte, duwde mijn nagels in de armleuningen van mijn stoel en kon geen geluid uitbrengen.

'Mijn cliënte heeft toch net al verteld dat ze zich niets meer kan herinneren van de bewuste nacht? Is mijn cliënte nu verdacht?'

'Wat denkt u?' vroeg Rietmeier. 'Het antwoord is ja. U wordt ervan verdacht dat u uw man Alex van Veld hebt vermoord. Ik zal u nu volgens de voorschriften informeren en u dan vragen me te zeggen of u alles hebt begrepen.'

'We kennen de informatie. Ik kan u zeggen dat mijn cliënte geen verdere uitspraken over de zaak zal doen,' zei Rob, waarna hij een vel papier uit zijn tas haalde en dat voor me neerlegde. 'Kun je deze volmacht tekenen?' drong hij aan. Ik deed het.

'Zo, heren, hier is de volmacht van mijn cliënte en ik wil u verzoeken me het dossiernummer te noemen, zodat ik bij de officier van justitie een verzoek kan indienen om inzicht in het dossier te krijgen. Bovendien wil ik u verzoeken om voortaan geen rechtstreeks contact met mevrouw Van Veld op te nemen, maar met mij. U moet ook weten dat we maandag een privédetective opdracht zullen geven een onderzoek te starten. Het zou prettig zijn als we kunnen samenwerken,' besloot Rob. Hij ging staan.

'We zullen erover nadenken,' antwoordde Rietmeier.

'Dat was het dan,' zei Rob nadat hij van Koch een vel papier met het dossiernummer en de naam en het telefoonnummer van de officier van justitie had gekregen. Hij draaide zich om en keek me aan. 'Kom, we gaan.'

Mijn knieën trilden. Ik gaf hem een arm en liep zo met hem door de gang. Koch ging met ons mee om de deuren met zijn pasje te openen.

'Kom ik in voorlopige hechtenis?' vroeg ik angstig toen we weer in zijn auto zaten.

'Nee, dat gebeurt alleen bij vlucht- of verduisteringsgevaar of bij extreem zware misdaden. Ze moeten je na die foto officieel als verdachte behandelen, je hebt tenslotte geen alibi en voldoende motieven. Dat is niet erg, want het geeft ons de tijd uit te zoeken wat er echt is gebeurd en het dossier te bestuderen. Voor zover ik weet heeft er een gevecht plaatsgevonden, dus moeten ze ook sporen en vooral DNA hebben gevonden, dat ze nu onderzoeken zodat ze een daderprofiel kunnen opstellen. Bovendien zullen ze nog andere mensen ondervragen en verhoren. Heb je geen schaafwonden of zo?'

'Nee, wat denk je wel niet?'

'Anne, je bent aantoonbaar met je auto twee straten bij jullie huis vandaan geweest en daar heb je me niets van verteld. Je moet je er bewust van zijn dat ik je het best kan verdedigen als ik de waarheid weet.'

'Ik heb hem niet vermoord!' Dat dacht ik tenminste.

'Al goed,' zei Rob kalmerend.

Ik leunde achterover, keek naar buiten en deed mijn best rustig in en uit te ademen.

'Ik wil weten hoe Alex is vermoord. Waarom zwijgen ze daarover?'

'Dat is daderinformatie en die geven ze ons niet. We weten echter dat er sporen van een gevecht zijn, bloedspatten op de muren, een bloedplas in de zitkamer en buiten natuurlijk... Dat wijst allemaal op een mes, en dan zal de dader zeker ook gewond zijn,' mompelde hij nadenkend.

'Wanneer denk je dat ik het huis in mag en wanneer krijgen we het mobieltje en de aktetas van Alex terug?' wilde ik na een paar minuten weten.

'Ik neem aan dat de officier van justitie maandag alles vrijgeeft. Waarom? Wil je er meteen weer gaan wonen?'

'Ja, zo snel mogelijk. In die flat word ik stapelgek.' Ik vroeg me zelf intussen wel af waarom ik er zo gebrand op was om naar het huis terug te gaan. Verbeeldde ik me misschien dat alles dan automatisch weer net als vroeger zou worden?

'En je denkt niet dat je overal met je herinneringen wordt geconfronteerd en dat je het gevoel zult hebben Alex te zien?'

'Nee. Ik laat alles renoveren, maar daarvoor moet ik mijn huis in,' zei ik koppig.

'Ik verbaas me een beetje over je.'

'Ik moet verder met mijn leven; en hoe sneller dat gebeurt, hoe beter het is. Het enige waarover ik me echt zorgen maak, is dat de recherche me als de hoofdverdachte beschouwt. Wat gebeurt er als ze alle sporen hebben onderzocht? Natuurlijk vinden ze heel veel vingerafdrukken en haar van mij in huis, tenslotte heb ik daar tot drie, nee, inmiddels vier weken geleden nog gewoond,' zei ik nadrukkelijk kalm.

'Dat wel, maar Karin komt toch een paar keer per week? Ik ga er niet van uit dat ze verse sporen van jou vinden. Of ben je tussendoor nog een keer in het huis geweest?'

'Nee, Alex heeft me eruit gegooid en de sloten laten vervangen. Ben je dat vergeten? Ik kon niet meer naar binnen, en dat terwijl er nog steeds spullen van me staan. Hij was zo gemeen, zo kende ik hem helemaal niet.' Ik slikte en deed mijn best de opkomende tranen te onderdrukken.

Ik keek naar een vrouw die probeerde haar boodschappen in een fietstas te proppen. 'Waarom heb je die twee niet over de correspondentie verteld? Zou dat niet ontlastend voor me zijn geweest?' vroeg ik.

'Het was niet het juiste moment. Alles spreekt tegen je en voordat ik het dossier heb ingezien, kan ik niet zeggen welke andere sporen ze nog hebben en of ze echt geloven dat jij de dader bent. Vaak speelt ook de persoonlijke inschatting van de onderzoekende rechercheurs een rol. Je hebt trouwens tegen me gezegd dat je hun de eerste brief al hebt gegeven. Dat betekent dat ze in grote lijnen weten dat Alex je wilde afschepen.'

'Ik kan me niets herinneren. Op de een of andere manier moeten we erachter zien te komen wat er is gebeurd,' fluisterde ik vertwijfeld.

'Bart brengt hopelijk licht in de duisternis. Hij is om tien uur bij mij op kantoor. Het is fijn als jij er dan ook bent. En neem alles mee wat je kunt vinden.'

'Ja, dat lukt wel,' antwoordde ik, waarna ik bij Emma voor de deur uit de auto stapte.

Emma had een paar jaar geleden de twee onderste etages van een oude villa in een zijstraat van de Cornelius Schuytstraat gekocht en ze megagezellig laten inrichten. Zoals in de meeste van dergelijke huizen deelden twee eigenaars het pand. Peter, een succesvolle binnenhuisarchitect, bewoonde de twee bovenste verdiepingen. Bij Emma's eerste bezichtiging met een aannemer had Peter zich voorgesteld en zich er meteen mee bemoeid.

De eerste keer zag ik hem voor Emma's voordeur. We schuilden samen onder de overkapping om niet nat te worden. Emma had ons uitgenodigd om te komen eten. Die avond praatten we voortdurend met elkaar. Voornamelijk Peter, die me vertelde over zijn baan, over een ongelukkige liefde en hoe moeilijk het was om als homoseksuele man in de beste jaren van je leven een geschikte partner te vinden. 'En dan moet je weten dat de beste jaren van de meeste mensen tussen de dertig en vijftig liggen, maar dat de grens voor de beste jaren bij homoseksuelen op vijfendertig jaar ligt. En ik heb de magische grens van veertig jaar vorig jaar overschreden,' zei hij veelbetekenend terwijl hij met zijn hand door zijn haar ging.

Ik keek hem aan en moest lachen. Jammer dat zo'n prachtexemplaar niet beschikbaar was vrouwen.

Destijds was ik nog volmaakt gelukkig met Alex en kon ik me helemaal niet voorstellen dat dat ooit zou veranderen. Ik vertelde over ons bloeiende productiebedrijf en kwam met het idee een huisstylingprogramma te maken. Peter was meteen enthousiast. Een paar weken laten gingen we om de tafel zitten om het idee te verfijnen tot een volwaardig televisieformat. Sindsdien vermaakt Peter de televisiekijkers met zijn kennis.

'Wat is hier aan de hand?' vroeg ik verbaasd toen ik in Emma's woning midden in de chaos stond.

'Ik zal je vertellen wat er aan de hand is. Peter heeft bedacht dat het nodig is om de meubels voor de wintermaanden anders neer te zetten en daar is hij nu mee bezig,' zei ze terwijl ze voor me uit liep naar de keuken. Ik keek om me heen, maar zag hem nergens.

'Hij moest naar een klant, waar iets enorm dramatisch is gebeurd. Er is een vaas omgevallen!' zei ze lachend. 'Maar vertel, hoe was het?'

Ik trok een gezicht, ging zitten en begon te vertellen. Emma onderbrak me niet, maar luisterde en knikte af en toe.

'Het is goed dat jullie een privédetective in de arm nemen. Rob heeft gelijk, de aanwijzingen spreken tegen je. Het is heel belangrijk om die twee rechercheurs er met keiharde bewijzen van te overtuigen dat je onschuldig bent. Maar iets is me niet duidelijk: waarom ben je midden in de nacht en dan ook nog dronken in je auto gaan zitten en ben je naar Alex gereden?'

'Hoe vaak moet ik nog zeggen dat ik het niet weet? Ik zou er heel veel voor over hebben om me alles te herinneren. Ik vind het behoorlijk eng.'

'Waarom laat je je niet hypnotiseren? Misschien helpt dat,' stelde ze voor.

'Denk je dat mijn herinnering daarmee terugkomt?' vroeg ik hoopvol.

'Ik maakte maar een grapje. Wel meer mensen krijgen een blackout als ze heel dronken zijn, Anne. Zal ik eten koken? En vertel intussen verder.' Ze stond op, liep de twee treden naar de keuken op en zocht wat spullen bij elkaar.

'Ik vind het helemaal niet erg als je helpt,' drong ze aan. 'We eten spaghetti met verse truffel.'

Klinkt goed, dacht ik, en ik zette water op voor de spaghetti. 'Morgen wil ik weer naar kantoor om verder te snuffelen,' zei ik net toen de bel ging.

'Wil jij de deur even opendoen?' vroeg Emma terwijl ze eigeel met warme room vermengde. 'Dat zal Peter zijn.'

'Hm, wat ruikt het hier verrukkelijk. Weten jullie dat ik sterf van de honger?' riep Peter opgetogen. Hij omhelsde me stevig. 'Het is verschrikkelijk wat er is gebeurd, maar eerlijk gezegd had je man straf verdiend nadat hij je zo schandalig had behandeld. Alleen hadden ze hem niet hoeven te vermoorden.' Hij gaf een kus op mijn wang en trok me mee.

'Komen jullie nog helpen? Het water kookt!' riep Emma.

Peter begon de tafel te dekken, ik deed de spaghetti in het water. Emma was bijna klaar. Een paar minuten later zaten we aan tafel.

'Als je ooit je baan kwijtraakt, moet je onmiddellijk een restaurant openen,' complimenteerde Peter haar. Hij schoof een nieuwe hap spaghetti in zijn mond.

Ik knikte instemmend en kauwde.

Natuurlijk moest ik de details van het verhoor nog een keer vertellen. Peter was al uitstekend geïnformeerd, wat ik aan de hand van zijn gerichte vragen kon vaststellen.

'Iets zegt me dat dit niet alles is. Ik ben benieuwd wat er allemaal nog aan het licht komt,' zei Peter.

'Laten we nu over iets gezelligs praten, ik heb er voor vandaag genoeg van. Ik heb André vanochtend verteld dat hij kan opdonderen en daar voel ik me heel rot over,' zei Emma.

'Wat? Hoezo? Definitief?' riepen we in koor. We moesten lachen om onze eensgezindheid.

Emma wierp ons een vernietigende blik toe en begon te vertellen. 'Ik hou het kort: hij wilde de week naar de Malediven voor onbepaalde tijd uitstellen. Er is weer eens iets met zijn vrouw. Tja, en toen was mijn geduld op. Ik heb de sleutel van mijn huis teruggevraagd, heb hem verboden me ooit nog te bellen en heb hem eruit geschopt. Dat was om elf uur vanochtend. Sindsdien heb ik niets meer van hem gehoord.'

'Maar dat is toch wat je wilde?' vroeg Peter verbaasd.

'Hij had het op zijn minst kunnen proberen,' klaagde Emma. Ze keek naar haar mobieltje en schonk het laatste restje wijn in.

'Vrouwen! Daar begrijpt geen heteroman toch iets van? Eerst zeg je dat hij geen contact met je mag opnemen en dan verwacht je dat hij dat toch doet.'

'Precies. Maar dat verandert niets aan de zaak,' glimlachte Emma.

'En dat moet iemand begrijpen? Wat ben ik blij dat ik geen hetero ben!' verkondigde Peter. 'En maak nog maar een fles open, de dag is sowieso al verknald. We kunnen hem het best een beetje aangeschoten afsluiten.'

We aten, dronken en praatten de uren daarna over van alles, alleen niet meer over André en de moord.

'Wanneer krijg je de sleutel van het huis?' wilde Emma plotseling weten.

'Maandag waarschijnlijk, waarom?'

'Nou, dan kun je Peter je huis opnieuw laten inrichten. We kunnen 's avonds bij jou thuis afspreken om alles te bekijken en plannen te maken. Ik neem trouwens aan dat je niet graag alleen thuis bent.'

'Hm, ik weet niet hoe het zal zijn om er weer te zijn. Ik wil het absoluut opnieuw laten inrichten en misschien schilderen of verbouwen, maar ik weet niet of ik dat meteen wil. Ik heb sinds de begrafenis heel gemengde gevoelens. Ik ben veel verdrietiger en het is alsof ik eerst rust moet krijgen en langzaam afscheid moet nemen van Alex en onze tijd samen. Ik hecht ineens aan bepaalde spullen, en dat terwijl ik nog niet eens in het huis ben geweest.'

'Dat begrijp ik,' begon Peter. 'Als je meteen alles verandert en vernieuwt, raak je misschien herinneringen kwijt en dat zou heel jammer zijn. Misschien heb je er na een paar weken spijt van. Je merkt vanzelf wanneer het moment gekomen is.' Hij nam een slok wijn. 'En, *darling*, je hebt alle tijd van de wereld. Maar vertel eens, kan Monique eigenlijk nog het huis in?'

Ik schrok. Daar had ik nog helemaal niet aan gedacht. Zou Alex haar een sleutel hebben gegeven? Waarschijnlijk wel. Haastig pakte ik mijn handtas, zocht mijn mobieltje en belde Rob thuis op. Misschien wist hij meer.

'Is je geheugen eindelijk terug?' vroeg hij nadat hij de telefoon had opgenomen.

'Nee, dat niet, maar weet jij of Monique een sleutel van mijn huis heeft?' vroeg ik gespannen.

'Wie is Monique ook alweer?' vroeg hij geïrriteerd. Op de achtergrond hoorde ik zijn vrouw en kinderen praten.

'De vrouw met wie Alex me bedrogen heeft.'

'O, die. Nee, zij kan ook niet in het huis. Ze heeft me een avontuurlijk verhaal over een vergeten sleutel verteld en wilde dat ik haar het huis in liet omdat ze er nog spullen heeft liggen. Ik heb haar verteld dat jij degene bent die de sleutel krijgt en dat ze contact met jou moet opnemen. Anne, regel dat alsjeblieft goed, ook al wil je haar spullen het liefst in de vuilnisbak kieperen. Pas op, want als je je daartoe laat verleiden, doet zij aangifte van moedwillige vernieling, en dat kun je op dit moment echt niet gebruiken. Je kunt het best alles samen met Emma inpakken, zodat je een getuige hebt. Dan laat je Monique buiten wachten.'

'Is ze weer in het land?'

'Daar ga ik wel van uit, anders was ze nooit over die sleutel begonnen.'

'Ja, natuurlijk.' Ik voelde me verward. Robs reactie was vreemd.

'En als ze toch het huis in wil?' ging ik verder.

'Het is jouw huis, je hoeft haar niet binnen te laten. Overigens moeten we dat binnenkort ook aan het kadaster melden,' zei hij kalm.

'Goed. Maandag krijg ik de sleutel toch?'

'Daar ga ik wel van uit. De recherche heeft me een mail gestuurd met het verzoek morgen om acht uur alles op te halen. Dat ga ik doen. Ik kan je alles geven als je om tien uur komt.'

'Is het niet beter als je Monique vraagt om je een lijst te geven van de spullen die ze in het huis heeft liggen? We kunnen ze na onze bespreking samen inpakken, en dan kan zij alles in je kantoor ophalen,' stelde ik voor.

'Dat kan, maar dan moet je het met iemand anders doen. Ik heb 's middags een afspraak, dus ik kan niet. Maar ik zal haar meteen bellen,' beloofde hij, waarna hij ophing.

Ik vertelde bijna letterlijk wat Rob had gezegd.

'Waarom heeft hij haar telefoonnummer terwijl hij daarnet nog niet wist wie Monique was?' vroeg Emma achterdochtig.

'Geen idee, maar dat is inderdaad vreemd,' antwoordde ik.

'Waarschijnlijk dacht hij er op dat moment niet aan. Om op het inpakken terug te komen... Mag ik me ermee bemoeien?' vroeg Peter, die het hele gesprek nieuwsgierig had gevolgd.

Ik glimlachte, maar gaf geen antwoord en staarde naar mijn glas. Ineens was morgen dichterbij dan me lief was. Ik voelde me duizelig en was blij dat ik zat. Hoe zou het zijn om voor het eerst weer door de kamers te lopen? En had Alex de afgelopen vier weken iets veranderd? Hij had een voorliefde voor spontane acties. Hingen Moniques kleren in mijn kast? Had ze haar spullen in mijn laden gelegd en overal haar geur achtergelaten? Hoe zou het zijn om Alex' kleren in mijn handen te houden? Moest ik Peter vragen om Alex' spullen in te pakken? En was het misschien toch beter om meteen te renoveren? Ik bedacht dat ik het briefje met het nummer van de schoonmaakservice nog in mijn jaszak had. Ik stond op en liep naar de hal. Peter en Emma praatten verder. Ik voelde echter dat Emma me nakeek. Met het briefje in mijn hand kwam ik terug, pakte mijn mobieltje en toetste het nummer in. Peter en Emma luisterden gespannen.

'En?' wilde Emma nieuwsgierig weten.

'Morgenmiddag om halftwee komen ze langs. Met een beetje geluk zijn ze 's avonds klaar. Die man dacht dat het zou meevallen.'

'Zijn ze al in het huis geweest?' vroeg Peter verbaasd.

'Ze hebben foto's gezien. Hij zei dat er bloedvlekken op de muren en meubels en gordijnen zitten, een grote bloedvlek op het tapijt en...' Ik rende naar het toilet, rukte de deur open en redde het nog net om de spaghetti in het toilet te deponeren. Ik hurkte voor het toilet, begon ongecontroleerd te huilen en trilde als een espenblad.

'Anne?' Emma stond voor de deur en klopte zachtjes.

Ik deed open en keek haar met betraande ogen aan.

Ze ging bij me op de grond zitten en hield me stevig vast.

Maandag 26 oktober

Het verkeer was een chaos. Het was inmiddels al bijna tien uur en ik schoot maar niet op. Orkaanachtige windvlagen met hevige regenbuien waren een garantie voor een flinke file. Ik was chagrijnig, want de ochtend was tamelijk beroerd begonnen.

Ik was om zeven uur op kantoor, had me met wat papieren in mijn kamer verschanst en wachtte op Jan.

We hadden zondag een dertig minuten durende compilatie van de opnames van 'het leven waarvoor onze ouders ons waarschuwden' gemaakt. Jan zou de montage vandaag aan de zender laten zien. Toen ik de dvd op maandag nog een keer wilde bekijken, kreeg ik geen beeld of geluid. Vastbesloten liep ik naar Alex' kantoor om het daar te proberen. Ik zette het apparaat aan, maar natuurlijk bleef het beeld zwart. Woedend drukte ik op allerlei knoppen. Alex' multifunctionele installatie met de meest diverse functies had me altijd witheet gemaakt, hoewel hij me meerdere keren had uitgelegd hoe alles werkte.

Ineens gebeurde er iets. Ik had beeld, maar geloofde mijn ogen niet. Op het scherm verschenen Alex en zijn Franse slet, die kreunden en hartstochtelijk seksten. Ik zette het apparaat weer uit, staarde nog een tijd naar het nu weer zwarte beeldscherm en drukte op 'EJECT'. Het apparaat spuugde een schijf uit. Mijn eerste reflex was om hem kapot te trappen, maar ik bedacht me, liep snel naar mijn bureau en stopte hem in mijn tas.

Ik was nauwelijks weer in Alex' kamer om deze keer de goede schijf af te spelen toen Jan binnenkwam. We keken samen naar de compilatie en maakten aantekeningen, verfijnden de argumenten en bespraken de verschillende aspecten.

Om halftien waren we klaar en ging ik op weg naar Rob, met de pornofilm in mijn tas. Hij mocht hun capriolen bekijken, dacht ik met een vuurrood gezicht van woede.

Twintig minuten later rende ik de treden naar de spreekkamer op.

'Daar ben je dan,' begroette Rob me.

'Zijn we alleen?' vroeg ik, waarna ik meteen verderging. 'Ik heb vanochtend vroeg een film van Alex en zijn snol in zijn kantoor gevonden. En omdat ik weinig zin had om hun capriolen te bekijken om te controleren of er iets anders op staat wat misschien belangrijk is, heb ik hem bij me. Kun jij hem alsjeblieft bekijken?'

Rob keek me vragend aan en schudde zijn hoofd. 'Geef hem maar aan Bart, die mag zich ermee amuseren,' antwoordde hij afwijzend.

'Wie moet mij wat geven?'

Ik draaide me abrupt om.

'Dan ben jij zeker Anne van Veld,' zei de man die de kamer was binnengekomen. Hij stak zijn hand uit.

'Dat klopt. Ben jij Bart?'

'Bart Kroon. Ik ben je privédetective, de man die licht in de duisternis moet brengen.' Hij keek opgewekt naar me met zijn groenblauwe ogen, ontblootte zijn spierwitte, ongetwijfeld net gebleekte gebit en hield mijn hand vast. Bart was een flink stuk groter dan ik, langer dan een meter negentig. Zijn handdruk was krachtig en vastberaden, zijn blik helder, open en vriendelijk. Hij maakte een zelfverzekerde en betrouwbare indruk, en dat beviel me.

'Dat is mooi, dan kom je hopelijk te weten wie mijn ex-man heeft vermoord,' zei ik afstandelijk. Had ik ex-man gezegd?

'Ik ken de situatie, maak je geen zorgen,' zei hij geruststellend.

Ik vond het niet prettig dat hij zo goed op de hoogte was van mijn privéomstandigheden. Het maakte dat ik me naakt voelde.

Rob bladerde in zijn papieren terwijl mijn privédetective een glas water inschonk en ging zitten. Hij bewoog zich zelfverzekerd en vertrouwd. Blijkbaar kwam hij hier regelmatig. Ik vroeg me af hoe de relatie tussen Rob en Bart was en of ze elkaar ook buiten het werk zagen. Waarschijnlijk niet, ze pasten helemaal niet bij elkaar. Rob was een beetje te correct, te stijf. Bart Kroon daarentegen bezat de nonchalance van de overwinnaar en het zelfvertrouwen dat zijn uiterlijk meebracht. Dat maakte me wantrouwend. Hij leek op het eerste gezicht te perfect.

Mister Perfect – zo noemde ik hem spontaan – knikte me vriendelijk toe. Ik leunde achterover, sloeg mijn armen over elkaar en keek toe terwijl hij een minilaptop uit zijn jaszak haalde, hem aanzette en Rob verwachtingsvol aankeek.

'Anne heeft vanochtend een dvd gevonden,' begon Rob, waarna hij Bart het hele verhaal vertelde.

Vervolgens kreeg ik uitvoerig te horen hoe Barts werkwijze was, waarnaar ik aandachtig luisterde.

'Geef Bart alles wat je gevonden hebt,' zei Rob tegen me.

Aarzelend deed ik het en ik leunde daarna weer achterover. Mijn armen sloeg ik niet meer over elkaar.

'Hier zijn de sleutels, de BlackBerry en de laptop. Misschien kunnen jullie het best samen naar de plek van het misdrijf gaan om alles te bekijken. Monique komt vanmiddag om vier uur langs om haar eigendommen in ontvangst te nemen.'

'Ja, ja,' zei ik zenuwachtig en ik stond abrupt op. Ik wilde weg.

'Ik rij achter je aan, mijn navigator heeft de geest gegeven,' zei Bart zodra we buiten stonden. Het regende nog steeds pijpenstelen, maar de wind was iets gaan liggen. Ik keek naar de hemel, huiverde bij de aanblik van de donkere wolken die precies boven ons hingen, sloeg mijn kraag op en rende over straat. Bart volgde me.

'Mijn auto staat tien meter verder. Wacht hier! Ik toeter als ik er ben,' riep hij. Voordat ik antwoord kon geven, was hij weggerend.

Geïrriteerd stapte ik in mijn auto, startte de motor en keek gespannen in de achteruitkijkspiegel. Het duurde een paar minuten voordat er een zwarte, aftandse familieauto naast me toeterde. Verbaasd keek ik naar de auto. Ik zou er wat om verwed hebben dat hij in een vlotte sportauto zou rijden. Mister Perfect leek meteen een stuk sympathieker.

Tien minuten later waren we bij mijn huis. Het grote, smeedijzeren hek was dicht. Ik zocht in mijn tas naar de elektrische opener en drukte op de bovenste knop. Ik gaf gas en parkeerde mijn auto op Alex' parkeerplek recht voor de deur. Waar was zijn Porsche eigenlijk, vroeg ik me af. Had de recherche die meegenomen? Bart zette zijn auto achter de mijne. Ik deed de voordeur open en stapte de ruime voorhal in. Er hing een onbestemde, bedompte geur. De grote ficus, die voor het raam stond, zag er troosteloos uit. Ik deed de glazen deur open en liep de eigenlijke hal in. Er lagen lichte eiken planken op de vloer, de muren waren wit geschilderd en aan de rechterkant hingen zwart-witfoto's van de afgelopen acht jaar. Alex en ik in Zuid-Frankrijk, in Afrika, op het strand van Thailand, tijdens een cruise in Antarctica, enzovoort. Ik liet mijn blik over de foto's glijden en verbaasde me erover dat hij ze nog niet had weggehaald. Rechts was de deur naar het gastentoilet en het trappenhuis. Links kwam je via een glazen deur met roeden in de zitkamer en rechtdoor in de keuken, die met het zitgedeelte verbonden was.

'Zal ik voor gaan?' vroeg Bart zachtjes toen ik de deur open wilde doen.

'Waarom?' Ik draaide me abrupt om en keek hem verbaasd aan.

'Omdat hier een misdrijf is gepleegd en dat waarschijnlijk te ruiken zal zijn.'

Ik deinsde achteruit en liet hem voor gaan. Ik had er helemaal niet aan gedacht dat het kon stinken.

'Kom maar, zo erg is het niet. Ik heb erger gezien en geroken, maar misschien moet je eerst door je mond inademen, voor jou is het tenslotte de eerste keer.' Bart wachtte mijn antwoord niet af, maar liep meteen naar de terrasdeuren om ze open te doen.

Op het eerste gezicht was er niet veel veranderd. De zitkamer zag er vrij normaal uit. Op het tweede gezicht zag ik dat de bank was verschoven. De stoelen stonden naast de eettafel en op mijn off-white, dikke, wollige berber zaten donkerrode, bruine en zelfs groenige vlekken.

Onbewust ademde ik door mijn neus en had daar meteen spijt van. Het rook verschrikkelijk. Ik moest ineens weer denken aan de beschrijving van de schoonmaakdienst en keek naar de muren en de gordijnen. Ik rende de kamer uit naar het toilet.

'Sorry,' zei ik zwakjes toen ik een paar minuten later terug was. 'Het is een akelig gezicht.' Ik begon alweer te kokhalzen.

'Dat hindert niet. We wachten tot die mannen hier zijn en de spullen hebben meegenomen. En misschien moet je je huishoudster bellen, dan kan ze alvast beginnen.' Hij bleef voor me staan en keek me medelijdend aan, liep daarna naar de keuken en zette ook daar alle ramen open. Verse, koude lucht verspreidde zich langzaam door de kamer en ik kon iets gemakkelijker ademhalen.

Ik keek hem aan. 'Wat bedoel je?'

'Nou ja, de keuken schoonmaken, ramen lappen, de was doen, bedden afhalen... Ik weet het niet. Gewoon alles een sopje geven, zodat het weer fris en schoon is en je er niet meer misselijk van wordt.'

'Op die manier.' Ik belde Karin meteen op. Ze was blij mijn stem te horen en beloofde er over een uur te zijn.

'Ik neem aan dat de slaapkamers op de verdieping hierboven liggen. Dan kunnen we daar waarschijnlijk ook Moniques kleren vinden. Zullen we dat maar eens gaan bekijken?' stelde Bart voor. 'Rob heeft me gevraagd of ik je daarbij wilde helpen.'

Ik knikte.

Op de eerste verdieping waren onze slaapkamer, de badkamer en de inloopkast. Hier leek niets veranderd te zijn. Ik liep om ons bed heen, bleef aan het voeteneind staan en keek ernaar. Alex had het bed niet opgemaakt, het donzen dekbed lag op een hoop aan het voeteneind. Het kussen lag rechtop tegen het hoofdeind, zoals hij altijd deed. Hij had 's ochtends beslist nog televisiegekeken. Of Monique de nacht van zaterdag op zondag hier had doorgebracht, kon ik op het eerste gezicht niet zeggen.

Ik liep verder. Eén moment had ik de neiging om alle deuren van de kast open te rukken, maar ik deed het niet en liep verder naar onze badkamer.

'Heel chic,' zei Bart, die plotseling achter me stond. Hij streek met zijn hand over het donkergrijze granieten blad, waarin twee rechthoekige wastafels waren verzonken.

Vreemd genoeg stonden alleen Alex' spullen er. Ik liep naar de kleedkamer en deed mijn deel van de kast open. De kleren die er hingen, waren niet van mij. De koffer die op Moniques lijst stond, lag in het onderste vak. Hij was groot, elegant en van een duur merk. Ik haalde hem eruit en zette hem op de stoel. 'Zo, daar gaan we dan,' zei ik handenwrijvend.

'Rustig aan, hè?,' grinnikte Bart vermanend. 'Rob heeft me laten beloven dat Moniques kleding netjes wordt teruggeven. Daarom heeft hij me ook gevraagd je hierbij te "helpen".' Hij haalde de lijst uit zijn jaszak en begon voor te lezen. 'Een blauwe Marc Jacobs-jurk, een rode Karen Millen-jurk, een...'

Ik haalde gehoorzaam alles uit de kast, vouwde het zo netjes mogelijk op en legde het in de koffer.

'O, en haar toilettas wil ze ook terug hebben. Zullen we eens kijken welke geheimen ze daarin verbergt?' Bart grijnsde samenzweerderig.

'Waarom?' vroeg ik geamuseerd. Ik vond Bart steeds sympathieker worden.

'Ik heb me laten vertellen dat je daaraan kunt zien hoe iemand 's ochtends wakker wordt,' legde hij uit. Hij pakte de enorme toilettas en deed hem open. 'Zo, wat een hoop spullen,' zei hij terwijl hij naar de inhoud wees. 'Ze heeft vast gezwollen oogleden,' verkondigde hij terwijl ik de laatste bloes in de tas stopte. Bart hield triomfantelijk een tube aambeienzalf omhoog. Ik lachte.

'Ik denk dat we alles hebben,' zei hij. Hij keek de kamer rond, controleerde de lijst nog een keer en bracht de koffer naar beneden. Ik haalde razendsnel het bed af, smeet de gebruikte handdoeken en badmatten op een hoop en deed de ramen open. Zodra Karin er was, kon ze alle twee de wasmachines aanzetten. Ja, we hadden niet een, maar twee wasmachines in de bijkeuken staan. Alex vond het nodig om tijdens het gunstige nachttarief meerdere wassen te draaien. Mijn argument dat de aanschafkosten voor de tweede wasmachine nooit konden worden opgebracht uit het nachttarief, veegde hij van tafel. Hij wilde per se twee wasmachines, en ik heb nooit gesnapt waarom.

Het was inmiddels gestopt met regenen, de zon scheen af en toe door de wolken en de wind was gaan liggen. Ik leunde uit het raam en keek naar de straat. Daar probeerde iemand net om Alex' Porsche in de parkeerplek voor het huis te zetten. Had Monique de auto van Alex gejat? Ik rende de trap af, zocht mijn tas, die ik achteloos op een stoel in de zitkamer had gelegd en pakte mijn mobiel. Toen werd er aangebeld.

'Knoop een gesprek met haar aan, maar vraag haar nog niet binnen,' fluisterde ik tegen Bart, die onderweg was naar de voordeur.

'Waarom?' vroeg hij niet-begrijpend.

'Doe het gewoon,' zei ik.

'Rob, neem op,' mompelde ik terwijl ik opgewonden in de keuken heen en weer liep. Buiten hoorde ik Bart, die Monique met zijn charme bewerkte. Op die toon had hij tegen mij nog niet gesproken, stelde ik humeurig vast.

'Verdomme, waarom duurt het zo lang?' vloekte ik zachtjes.

'Anne, wat is er? Ik zit in een vergadering,' zei Rob toen hij eindelijk opnam.

'Monique rijdt rond in Alex' Porsche, kan ik de auto van haar afpakken?'

'Ja, maar ik zou eerst om de sleutels vragen. Volgens mij is dat voldoende,' antwoordde Rob droog.

'Ha ha,' zei ik, waarna ik ophing. Soms werkte hij me behoorlijk op mijn zenuwen met zijn humor. Ik liep snel naar de voordeur. 'Fijn dat je langskomt,' zei ik tegen Monique. Bart draaide zich om en keek me verbaasd aan. 'Kom even binnen,' vroeg ik haar.

Monique was modern en sexy gekleed, met elegante Parijse chic. Ze droeg een heel strakke, zwarte wildleren legging, zwarte Gucci-enkellaarsjes, een lichtgrijze, getailleerde bloes en een zwarte cape die was afgezet met bont. De donkerbruine lokken vielen warrig in haar gezicht, ze droeg bleke lippenstift en haar wimpers waren diepzwart. Objectief gezien zag ze er fantastisch uit, maar ik was natuurlijk niet objectief. In mijn ogen was ze ordinair en goedkoop, gewoon een slet die mijn man had ingepikt.

'Mag ik?' vroeg Monique suikerzoet aan Bart.

‘Natuurlijk,’ zei hij en hij bleef staan.

Monique liep naar hem toe en schoof langzaam langs hem, waarbij haar borsten eerst zijn arm raakten om daarna nog langzamer langs zijn bovenlichaam te strijken. Intussen keek ze hem strak aan, sloot haar ogen een beetje en spreidde haar lippen. Wilde ze mijn privédetective verleiden? Bart vertoonde echter geen reactie en deed net alsof er een koelkast langs hem geschoven was. Hij deed de deur achter haar dicht.

‘Ik heb alles voor je ingepakt,’ zei ik. Ik bleef in de hal staan en Monique stond besluiteloos voor me. Ze verwachtte waarschijnlijk dat ik haar zou vragen verder te komen, maar dat deed ik niet. Aarzelend deed ze een stap in de richting van de zitkamer.

‘Je kunt beter niet naar binnen gaan,’ zei ik koud terwijl ik voor haar ging staan. ‘Het is een afschuwelijke aanblik, en bovendien heb je hier verder niets te zoeken.’

Ze deinsde geschrokken achteruit.

‘Anne heeft alles ingepakt. Het staat hier,’ zei Bart droog terwijl hij naar de koffer wees.

‘Precies, maar eerst wil ik je vragen me de autosleutel te geven. De Porsche is van Alex, dus hoort hij bij de erfenis en is hij van mij,’ zei ik onderkoeld.

‘Maar hoe moet ik hier dan vandaan komen?’ vroeg ze. Haar stem kreeg een hysterische klank. ‘Alex heeft hem aan me gegeven.’

‘Kun je dat bewijzen?’ vroeg ik lachend.

‘Nee, natuurlijk niet. Maar ik heb de sleutel,’ antwoordde ze koppig terwijl ze hem omhoog hield.

Met een snelle beweging pakte ik hem af. ‘Nu niet meer,’ merkte ik triomfantelijk op.

Ze aarzelde een fractie van een seconde. Het was net of ze zich op me wilde storten. ‘Dat is niet eerlijk,’ jammerde ze terwijl ze hulpzoekend naar Bart keek. ‘Alex heeft hem echt aan me gegeven.’

Bart haalde zijn schouders op en stopte zijn handen nonchalant in zijn broekzakken.

‘Dat is pech hebben. Trouwens, lijn 16 stopt hier niet ver vandaan, die gaat naar het Centraal Station. Ik geloof dat je hier lang genoeg bent geweest. Je koffer is niet zwaar, tenslotte weegt die troep niets,' zei ik sarcastisch.

Monique staarde me secondenlang aan, pakte haar koffer en marcheerde op haar killerheels de deur uit. Bart en ik lachten.

'Ik had niet gedacht dat je zo kunt zijn.' Bart grijnsde.

'En ik wist niet dat jij zo onderkoeld bent.'

Hij trok een gezicht, rimpelde zijn neus en begon weer te lachen. Het ijs was gebroken. 'Wat wil je nu doen?'

'Ik ben uitgeput. Het liefst ga ik in bad en daarna naar bed, maar dat kan niet. Ik wil op de schoonmaakdienst en op Karin wachten.'

Meteen daarna werd er aangebeld. Twee mannen in witte overalls met opgerolde mouwen stonden voor me. Ze deden me denken aan bodyguards. De een had tatoeages op zijn linkerarm en een bijna kaalgeschoren hoofd, de ander had twee oorpiercings en golvende grijze haren met witte strepen. 'We zijn van Crime Clean, het schoonmaakbedrijf dat plaatsen van misdrijf schoonmaakt, en we willen de situatie graag bekijken,' zei de man met de tatoeages.

Ik liet hen binnen en liep voor hen uit om ze alles te laten zien.

'Als het goed is nemen we het tapijt en de gordijnen meteen mee. De gordijnen krijgen we beslist weer goed, wat betreft de berber weet ik het niet zeker, maar we doen wat we kunnen,' zei de man met het grijze haar na een tijdje.

Ik keek van de een naar de ander en knikte. Ik voelde me weer misselijk worden.

'De bloedspatten op de muren zijn lastig, maar ze zijn weg te krijgen,' mompelde hij.

'Kunnen ze niet gewoon weggeveegd en overgeschilderd worden?'

'Nee, bij oude bloedvlekken is het eiwit al gestold, dat betekent dat we ze eerst vierentwintig uur lang met een enzymoplossing moeten behandelen. De enzymen splijten het eiwit; daarna kunnen we de muur schoonmaken.'

'O,' zei ik.

De mannen begonnen de gordijnen naar buiten te dragen. 'U hoeft er niet bij te blijven. Wij redden ons wel,' zei de man met de tatoeages medelijdend.

‘Hallo, ik ben er!’ Karin kwam de zitkamer in lopen, keek wantrouwend naar de schoonmaker en omhelsde me. ‘Waar wil je dat ik begin?’

‘Het zou fijn zijn als je alles grondig kunt schoonmaken. Ik wil hier woensdag weer gaan wonen.’ Ik trok Karin mee naar de keuken. Wat was ik blij dat ze er was. Mijn maag kwam opnieuw in opstand bij de aanblik van het met bloed doordrenkte tapijt, dat inmiddels in een plastic zak zat. De houten planken onder het tapijt waren donker verkleurd. Zou dat er ooit weer uit gaan? Ik moest snel een glas water drinken. Het voelde het heel anders om hier weer te zijn dan ik had gedacht. De aanblik van woonkamer was veel heftiger dan ik had verwacht. En ook het idee dat Monique hier in huis was geweest...

‘Gaat het?’ vroeg Karin terwijl ze bezorgd naar me keek. Ik dronk gulzig en zocht steun bij het aanrecht.

‘Ik wil aan niets meer merken wat hier is gebeurd.’

‘Ja, dat kan ik me voorstellen. Wanneer zijn die schoonmakers klaar?’

‘Morgen, neem ik aan. Ze nemen het tapijt en de gordijnen mee, de muren moeten met speciaal spul worden behandeld en misschien moeten er vloerplanken worden vervangen. Kun jij voor de rest zorgen?’

‘Ja, dat lukt wel. Ik begin meteen,’ zei ze, waarna ze in de bijkeuken verdween.

‘Kom, we gaan naar mijn kantoor,’ zei ik tegen Bart, die de hele tijd geduldig aan de keukentafel had gezeten.

Aan mijn bureau was niets veranderd. Uit pure gewoonte ging ik erachter zitten en zette mijn computer aan. Deze was met mijn laptop verbonden en synchroniseerde automatisch de bestanden zodra hij aanstond. Terwijl alle gegevens geladen werden, keek ik toe hoe Bart met zijn vingers over het toetsenbord van Alex’ laptop vloog. Hij keek ingespannen naar het scherm, fronste zijn voorhoofd en schudde telkens zijn hoofd.

‘Wat is er aan de hand?’

‘Je man heeft alle mails bewaard, hoe onbelangrijk ze ook waren.

Hij heeft een enorm uitgebreid mailbestand. Ik maak mappen voor de mails die belangrijk, minder belangrijk of helemaal niet belangrijk zijn. Dat kost tijd, maar ik ben er heel blij mee, omdat ik er zo hopelijk snel achter kom met wie hij die bewuste avond heeft afgesproken en wat er is gebeurd.'

'Weet je wat ik niet begrijp? Waarom had Monique zijn Porsche? Dat is helemaal niet logisch. Barbara vertelde me dat Monique in het vliegtuig naar Singapore zat. Dat zou betekenen dat Alex haar de Porsche heeft gegeven om naar het vliegveld te rijden en hij na zijn werk met een taxi of lopend naar huis is gegaan. Alex, die zijn innig geliefde Porsche op het vliegveld laat staan? Dat is echt raar. Ik had haar er gewoon mee moeten confronteren. Stom van me.' Ik zweeg verbaasd.

Bart leunde achterover, speelde met zijn col en dacht blijkbaar na. 'Misschien ging hij later ook naar het vliegveld? We hebben haar vluchtgegevens nodig. Hoe weet je trouwens dat ze naar Singapore is gevlogen?'

Ik vertelde Bart over mijn gesprek met Barbara, waarop hij me vroeg haar te bellen. Minuten later had ik de boekingsbevestiging op mijn computerscherm.

'Gelukkig is ze met Virgin Airlines gevlogen, daar werkt iemand die ik goed ken.' Hij pakte zijn mobiel, toetste een nummer in en liep naar me toe. Terwijl hij het gesprek voerde, boog hij zich over me heen en vergrootte de persoons- en vluchtgegevens op het beeldscherm. Ik snoof. Hij rook naar... ja, naar Armani Code Homme, een beetje oriëntaals, maar bijzonder mannelijk.

'Is er iets?' fluisterde Bart terwijl hij naar de vrouw aan de andere kant van de lijn luisterde.

'Nee, niets,' zei ik snel en ik merkte dat ik begon te blozen.

'Zo, dat weten we dus. Alex' vriendin is weliswaar van Amsterdam naar Londen gevlogen, maar is daar nooit op het vliegtuig naar Singapore gestapt. Ze heeft het ticket laten vervallen, terwijl ze businessclass vloog. Ik denk dat ik die dame maar eens aan de tand moet voelen.' Bart haalde een klein notitieboekje uit zijn jaszak en maakte een paar aantekeningen.

De schoonmaker met de oorpiercings stak zijn hoofd om de deur. 'We zijn zover. Komt het uit dat we morgen terugkomen? We moeten de behandeling van de muur afmaken en ons met de vloer bezighouden.'

Ik riep Karin en vroeg hun alles met haar te bespreken. Ook al was het niet beleefd, ik had er geen zin in om nog meer details over de behandeling van oude bloedvlekken te horen. Het huis stonk naar aceton.

'Morgen om tien uur gaan ze verder,' zei Karin nadat ze de twee mannen naar de deur had gebracht.

'Prima. Ik kom pas morgenavond terug. Ik zou je heel dankbaar zijn als alles er dan net zo uitziet als vier weken geleden.'

'Dat gaat lukken. Maak je geen zorgen.'

Bart moest ook weg. Hij had nog een afspraak, beloofde de laptop verder te onderzoeken en wilde morgen op kantoor met me afspreken. Dat kwam me helemaal niet uit, omdat ik me eindelijk weer eens om het bedrijf moest bekommeren. Jan had me al een paar ongeruste sms'jes gestuurd.

'Oké, dan laat ik je werken en dan bespreken we de resultaten tijdens het avondeten. Waar spreken we af?'

'Misschien kunnen we dat hier doen? Ik moet weer aan het huis wennen en ik zou het heel prettig vinden om niet alleen te zijn.'

Bart stemde toe en vertrok. Ik bleef nog even in het huis, liep alle kamers door, verbaasde me erover dat Peter niet was langsgekomen en controleerde of de ramen dicht waren. Daarna reed ik naar mijn kleine flat om mijn spullen in te pakken.

Om tien uur werd er aangebeld. 'Waarom neem je je mobiel niet op?' vroeg Emma kwaad toen ik de deur opendeed.

'Hij is niet gegaan,' zei ik verdedigend.

'Ik maakte me al zorgen,' foeterde ze. 'Kijk alsjeblieft wat ermee aan de hand is.'

'Ja, ja,' antwoordde ik en ik zocht mijn telefoon. Hij stond op stil en meldde dat ik negen gemiste oproepen had, allemaal van Emma.

'Je hebt zeker weer niets gegeten?' vroeg ze, waarna ze verderging zonder een antwoord af te wachten. 'Je dieet is fantastisch, maar

Anne, die paar kilo's ben je allang weer kwijt. Heb je de afgelopen dagen eigenlijk wel eens in de spiegel gekeken? Je ziet er verschrikkelijk uit. Je hebt wallen onder je ogen en ingevallen wangen. Dat gaat zo toch niet?'

Ze legde een paar zakken op de tafel, liep naar het aanrecht en pakte borden en bestek.

'Zo, nu gaan we eten en dan wil ik weten hoe je dag was.'

Ik ging zitten en wreef in mijn handen, die ijskoud waren. Ook het puntje van mijn neus voelde aan alsof ik zo uit het vriesvak kwam.

'Heb je het koud?'

'Hm.' Ik maakte een van de zakken open. Normaal gesproken had ik me meteen op de lekkernijen gestort, maar nu werd ik misselijk van de geur.

'Het heeft geen zin om je neus ervoor op te halen, je gaat eten. Ik wil niet meemaken dat je flauwvalt,' zei ze streng. Ze haalde mijn jas uit de hal en legde die rond mijn schouders.

Ik dronk het bekertje warme sake leeg, pulkte met mijn eetstokjes aan de sushi en at onder Emma's toeziend oog een paar stukjes. Ondertussen vertelde ik, eerst kalm, daarna boos en uiteindelijk in tranen. 'Ik weet niet waar ik de kracht vandaan moet halen om het allemaal vol te houden, en dat terwijl ik pas begonnen ben. Bovendien moet ik met het bedrijf aan de slag gaan, anders gaan we failliet.'

'En hoe is de privédetective?' wilde Emma weten.

'Mister Perfect is oké, denk ik.' Ik vertelde haar waarom ik hem zo noemde en legde uit dat ik mijn eerste indruk vrij snel had herzien.

'Je hoeft je toch niet elke dag met dat onderzoek bezig te houden? Laat het los en bespreek met Jan en Bart wat ze zonder jou kunnen afhandelen en wat niet. Creëer een beetje ruimte en delegeer,' raadde ze me aan. Ze omhelsde me. Emma wist altijd wat er gedaan moest worden, ze hield het overzicht, was zelfverzekerd en ontspannen.

Rond twaalf uur ging ze naar huis. Ik ging op de bank liggen om het laatste nieuws te zien en was waarschijnlijk in slaap gevallen, want ik werd om vier uur gewekt door die afgrijselijke pornoreclames op de televisie. Helemaal verstijfd strompelde ik naar de badkamer, nam een hete douche en kroop in bed.

Dinsdag 27 oktober

Windstoten zwiepten de regen weer eens tegen de ramen; de storm huilde zo rond het huis dat het griezelig was. Ik trok het dekbed over mijn schouders, deed langzaam mijn ogen open en keek naar de wekker. Het was even na acht uur, de hoogste tijd om op te staan. Eigenlijk had ik nu al achter mijn bureau moeten zitten, of liever gezegd achter dat van Barbara. Bart had de sleutel van de linker ladekast in Alex' aktetas gevonden. Nu hoefde ik alleen een ongestoord moment af te wachten om mijn nieuwsgierigheid te bevredigen. Ik maakte me klaar en was bijna een uur later op kantoor.

Barbara was er natuurlijk al. Ze sorteerde papieren en leek het erg druk te hebben. 'Wil je thee?' vroeg ze.

Ik knikte en liep naar mijn kantoor, waar meteen de telefoon ging. Een paar minuten later stond Jan in de deuropening. Hij legde een stapel papier op de vergadertafel en wachtte tot ik Rob had afgescheept.

'Ik heb gisteren alles bij elkaar gezocht wat we dringend moeten bespreken, omdat ik aanneem dat je de komende dagen maar af en toe hier zult zijn. En er moeten gewoon een paar beslissingen worden genomen.'

'Dat is een goed idee,' zei ik en ik ging met mijn kop thee in mijn hand aan de vergadertafel zitten.

Gelukkig had Jan de mensen van de zender met onze compilatie kunnen overtuigen en nu wilden ze vrij snel met uitzenden beginnen.

'Lukt dat?' vroeg ik.

'Ja, Alex stond erop dat we zonder een definitieve opdracht begonnen met filmen. We moeten wel dag en nacht werken om niet in de problemen te komen.'

We namen nog een keer alles door en regelden voor 's middags een bespreking met alle betrokkenen. Daarna gingen we verder met de andere projecten. Om één uur liet Barbara broodjes komen.

'Zie ik er eigenlijk heel slecht uit?' vroeg ik plotseling.

Jan verslikte zich en keek me aan. 'Wat bedoel je daarmee?'

Ik vertelde hem over Emma's uitbrander.

'Eh...,' zei hij aarzelend. 'Je hebt er wel eens beter uitgezien. Er is de afgelopen dagen een hoop gebeurd. Je bent afgevallen. De afgelopen weken heb je een ware horrorreis gemaakt. Maar ik vind dat je alles met ongelofelijk veel klasse regelt. Geen slecht woord over Alex tegen zijn werknemers, geen cynische opmerkingen. Je bent er voor ons, denkt aan het bedrijf en zorgt ervoor dat we door kunnen. Je had ook anders kunnen reageren. Daar is genoeg reden voor na Alex' smakeloze gedrag van de afgelopen weken.'

'Dank je.' Meer wist ik niet te zeggen, want ik was nogal verbaasd dat Jan zo'n duidelijke mening had.

Geconcentreerd werkten we verder en ik voelde me in mijn element. De afschuwelijke gebeurtenissen bestonden heel even niet meer. We stelden de volgende bespreking voor donderdag vast.

'Wat doe je vanavond?' vroeg Jan.

Ik keek op mijn horloge. 'Ik heb afgesproken met Bart Kroon, mijn privédetective. Hij moet uitzoeken wat er echt is gebeurd.'

Jan reageerde verbaasd.

'Een privédetective! Waarom? Doet de politie zijn werk niet goed?' wilde Barbara weten, die plotseling in de deuropening stond.

'Ten eerste duurt het me te lang en ten tweede hebben ze me binnen de kortste keren als verdachte bestempeld. En omdat ik niet de dader ben, wil ik natuurlijk ook bewijzen dat ik schone handen heb.' Ik keek naar hun geschrokken gezichten. 'Doe me alsjeblieft een plezier... Ik wil het morgen aan iedereen tegelijkertijd vertellen. Bart zal hier ook komen om met alle werknemers te praten en hij heeft jullie onvoorwaardelijke steun nodig.'

'Dat is vanzelfsprekend,' zei Jan.

‘Eh… natuurlijk,’ mompelde Barbara. Ze verdween naar haar kantoor.

Eigenlijk was ik van plan geweest te wachten tot ze weg was om in haar bureauladen te kijken, maar Barbara bleef hangen. Ik belde Bart, bewust met een open deur, en vroeg hem naar mij toe te komen. Vanaf mijn bureau zag ik dat Barbara geschrokken op de klok keek.

‘Je mag naar huis gaan,’ zei ik tegen haar, hoewel ze weer heel druk achter haar computer bezig was.

‘Ja, maar…’

‘Nee, je bent hier al vanaf negen uur, dat is lang genoeg. Ga naar huis en geniet van je vrije avond.’ Nu even geen tegenspraak.

Ze zette stuurs haar computer uit, pakte omstandig haar tas in en ruimde haar bureau op. Ik hoorde de klik van het slot van het ladeblok terwijl ik naar haar kantoor liep.

‘Als je iets nodig hebt, kun je een briefje neerleggen, dan zal ik het morgen meteen voor je opzoeken,’ zei ze nadrukkelijk.

‘Ja, dat doe ik, maar het meeste weet ik zelf wel te vinden,’ antwoordde ik luchtig. Die kleine steek onder water moest ik uitdelen en het effect bleef niet uit. Barbara vertrok zichtbaar ongerust haar gezicht.

Ik wachtte tot alle andere werknemers weg waren, deed de voordeur dicht en ging achter haar bureau zitten. De sleutel uit Alex’ aktetas paste. Ik had hem net omgedraaid en het slot opengemaakt, toen er driftig werd gebeld. Geschrokken deed ik het ladeblok weer op slot, haalde de sleutel eruit, schoof de stoel op zijn plek en ging naar de deur.

‘O, ben jij het,’ zei ik opgelucht. Ik deed de deur achter Bart op slot en liep via de receptie naar Barbara’s bureau. ‘Ik wilde net beginnen met zoeken en schrok me dood toen je aanbelde,’ fluisterde ik.

‘Je hoeft niet te fluisteren, we zijn alleen,’ zei Bart plagerig. Hij sloeg in een opwelling een arm om mijn schouder. ‘Volgens mij is dit niets voor jou,’ merkte hij lachend op.

Het was even een fijn en beschermd gevoel, maar hij haalde zijn arm weer weg en liep voor me uit.

'Laat me maar eens zien wat je kunt,' zei hij droog.

Ik ging op Barbara's stoel zitten en maakte het linker ladeblok weer open. Bovenin lagen stiften, balpennen en een vulpen van Mont Blanc met de inscriptie 'JE BENT DE BESTE'. Ik legde hem op het bureau en zocht verder. De tweede la was gevuld met papieren, die ik allemaal voor me legde. Bart was gaan zitten, pakte de stapel en begon er ontspannen in te bladeren. De derde la vertoonde hetzelfde beeld en ook de vierde bevatte geen verrassingen. Gespannen begon ik weer bovenaan. Toen merkte ik op dat de derde la een dubbele bodem had. Ik haalde de viltlaag voorzichtig weg en vond twee brieven van Alex aan Barbara. Hij vroeg haar om tijdens zijn afwezigheid een aantal zakelijke dingen te regelen.

Ik gaf ze aan Bart. 'Waarom heeft ze die verstopt?'

Hij las ze, grijnsde en gaf ze aan me terug. 'Zie je dat niet? Aan het eind van de brief staat: "Ik zou niet weten hoe ik het zonder jou moest redden." Je secretaresse verafgoodde je man.'

'Ach, onzin. Ze werkt al een eeuwigheid voor hem en heeft een heel lieve verloofde.'

'Ja, maar haar hart behoorde toe aan jouw man.'

'Geloof je dat zij er iets mee te maken heeft?'

'In principe kan het iedereen geweest zijn. Waar kan ik dit kopiëren?'

Ik wees hem waar het kopieerapparaat stond en ging afwezig weer achter Barbara's bureau zitten om over haar na te denken. Wat wist ik van haar? Niet veel. Ze had me een paar jaar geleden over haar verloving verteld, maar had me meteen gevraagd om het voor me te houden, want ze haatte geroddel op kantoor. Ik had er verder niet over nagedacht en was het eerlijk gezegd een paar minuten later weer vergeten. Later lichtte ik Alex in. Hij lachte alleen maar en zei dat hij zich dat niet kon voorstellen. 'Heb je wel eens goed naar haar gekeken? Die vrouw heeft geen enkele erotische uitstraling. Wie wil er nou met haar trouwen?' Ik vond zijn hatelijke reactie gemeen, had hem vernietigend aangekeken en het thema laten rusten.

'Ik geloof niet dat ze iets hadden,' zei ik overtuigd toen Bart terugkwam met de kopieën.

Hij keek me vragend aan. Ik vertelde eerst een beetje en daarna uitvoerig over mijn gesprek met Alex.

'Dat heeft helemaal niets te betekenen. Sommige mannen vinden grijze muisjes die hen verafgoden heel aantrekkelijk. En veel grijze muizen veranderen in de slaapkamer in wilde katten. Dat is trouwens ook het beste argument om jou de wind uit de zeilen te nemen.'

'Geweldig. Wat moet ik nu doen?'

'Niets. Dat is echt het beste. Ik zal zo veel mogelijk proberen te ontdekken en dan kijken we verder.'

Ik bekeek de laden voor de derde keer toen Bart zelfingenomen naar me lachte. 'Hoe vaak wil je die vier laden nog doorkijken? Ik heb inmiddels van alles een kopie, wat wil zeggen dat je ermee mag stoppen. En als het jou niets uitmaakt, wil ik nu graag iets gaan eten.'

'O... eh... ja, dat is een goed idee,' stamelde ik. Ik legde alles terug en sloot af.

'Waar wil je naartoe? Naar jouw huis of liever naar een restaurant?'

'Denk je dat het in mijn huis nog steeds stinkt?'

'Nee. De schoonmakers hebben alles meegenomen en je werkster zal goed gelucht en schoongemaakt hebben. Laten we het maar proberen,' stelde hij voor.

Bart had gelijk, het rook nauwelijks nog naar aceton. In plaats daarvan hing er een doordringende geur van luchtverfrisser en schoonmaakmiddel. Ik liep naar de terrasdeur en trok hem open. Bart ging door alle kamers, deed het licht aan, opende de ramen en zei dat hij de open haard wilde aanmaken. Ik liet hem zien waar het hout lag, liep naar boven en controleerde hoe ver Karin gekomen was. Het bed was opgemaakt, de badkamer glom en blonk en overal stonden witte rozen, mijn lievelingsbloemen. Ze had zelfs nieuwe kussens en een sprei gekocht. Ik liet het licht aan.

Bart stond in de keuken. 'Hoe heeft je huishoudster dat in vredesnaam in één dag voor elkaar gekregen?'

'Ik ga ervan uit dat ze is geholpen door haar zus. En boodschappen doet ze telefonisch. Heel gemakkelijk: je bestelt en het wordt bezorgd.'

'Dat zal heel wat kosten! Goed, wat wil je? Zullen we iets koken of bestellen?'

Ik draaide me om. 'Koken bevordert de teamgeest, zegt Emma altijd. Kun je dat eigenlijk?' vroeg ik plotseling onzeker. Wat was er in me gevaren dat ik zo vertrouwelijk met mijn privédetective omging?

'Ja, ik kook graag als ik daar zin in heb; en je hebt geluk, want ik heb er zin in. Mag ik?' Hij deed de koelkast open nadat ik had geknikt.

Bart begon biefstuk te kruiden en deed groene en rode paprika met wat olijfolie in een pan. Ik sneed tomaten en uien klein, dekte de tafel in de keuken, maakte een fles rode wijn open en wilde net brutaal mijn neus in de pan steken, toen Bart verkondigde dat het eten klaar was. Samen zetten we alles op tafel.

We aten, praatten over het productiebedrijf; ik vertelde trots over een paar bijzonder succesvolle programma's. Daarna begon Bart ongevraagd over zijn zakelijke relatie met Rob. Al bijna tien jaar werkten ze af en toe samen. Terloops vertelde hij dat hij ging scheiden. In de vakantie had hij zijn vrouw op heterdaad betrapt met haar golfleraar. O, dacht ik, dat was dus de reden voor het overhaaste vertrek. Hij vertelde dat ze geen kinderen hadden, maar alleen omdat zijn ex die absoluut niet wilde. Ze stond liever zelf in het middelpunt. Ik slikte en wilde haar al verdedigen, want er waren ook andere redenen denkbaar waarom iemand geen kinderen wilde, maar ik hield mijn mond. Bart had de hogere hotelschool doorlopen en was na zijn examen in verschillende landen geweest voor een managementopleiding. Toen kwam een vriend van hem op merkwaardige wijze in Amsterdam om het leven. De politie sloot de zaak na een langdurig maar vruchteloos onderzoek. Bart nam vakantie en probeerde de zaak op te lossen.

'Gewoon zomaar?' vroeg ik verbaasd.

Gewoon was het helemaal niet, vond hij. Uiteindelijk was het hem dankzij zijn hackertalent gelukt. Hij koesterde een verdenking, logde illegaal in op de computer van de bewuste persoon en kon de dader na wat juridisch gesteggel met behulp van de recherche laten aanhouden. Die was blij dat de zaak was opgelost en maakte een afspraak met Bart. Als hij ophield met zijn activiteiten als hacker werd hij niet voor illegale inbraak in computers vervolgd. Bart stemde toe.

'En? Doe je dat echt niet meer?' wilde ik met een tomaat in mijn hand weten. Ik had een stukje biefstuk en een paar tomaten gegeten en had meteen geen honger meer. Mijn maag was de afgelopen dagen enorm gekrompen.

'Ik hoop dat je het niet erg vindt als ik daar geen antwoord op geef,' zei hij grijnzend.

Omdat het rechercheren hem beter beviel dan hotelmanagement, besloot hij van beroep te veranderen. Inmiddels gaf hij seminars en overnachtte hij in hotels die hij eigenlijk had zullen leiden.

'Wat vind je van Rob?' vroeg hij plotseling.

Ik vertelde in het kort over de studietijd van Alex en Rob.

'Waarom wil je dat weten?' vroeg ik.

'Het is... Hoe moet ik dat zeggen?' Hij stopte even, nam een slok wijn en speelde met zijn mes. 'Ik heb gisteren een videocamera in je huis gevonden en die meegenomen. Toen ik de band bekeek, zag ik iets vreemds. Het was heel interessant en ik vraag me af hoe Alex aan die beelden is gekomen. Heeft hij ze zelf opgenomen of iemand anders opdracht gegeven? Dat moet ik nog uitzoeken,' zei hij meer tegen zichzelf dan tegen mij, waarna hij nadenkend met zijn hand door zijn haar ging.

'Waar heb je het over?'

'Alex is erachter gekomen dat Monique ook een relatie met Rob had.'

'Wat?'

'Daar ga ik wel van uit. Op de tape is duidelijk een bijzonder vertrouwelijke omgang tussen die twee te zien. Anders kan ik het niet beschrijven,' zei hij terwijl hij in mijn ogen keek.

'Wat is er precies te zien?' drong ik aan.

'Ze omhelsden en zoenden elkaar, en het ging beslist niet om vriendschappelijke begroetingskusjes. Monique en Rob zaten voor het Hilton Hotel in een auto, gingen samen naar binnen en kwamen een paar uur later samen naar buiten. Monique is daarna in een taxi gestapt.'

'Van wanneer zijn die opnamen?'

'Een paar dagen voor Alex' dood in Amsterdam. Ik weet tamelijk zeker dat hij de band heeft gezien.'

Ik was perplex, kon geen woord uitbrengen en dronk veel te snel mijn glas leeg. Wat was er aan de hand? Deed Rob daarom net alsof hij Monique niet kende? Was dit waarom hij haar telefoonnummer had? Rob was toch niet zo harteloos om met de minnares van zijn vriend in bed te duiken? Ik wist niet wat ik ervan moest denken.

'Dat betekent dus dat Rob ook de moordenaar kan zijn?' vroeg ik na een tijdje.

'Ja, misschien was hij dodelijk jaloers en wilde hij zijn concurrent uit de weg ruimen.'

'Rob is getrouwd!'

'Nou en? Alex was ook getrouwd. Op het moment kan het bijna iedereen zijn geweest: Rob, die een verhouding heeft met de minnares van Alex; Barbara, die hem verafgoodde maar keer op keer werd afgewezen; jij natuurlijk; of misschien heel iemand anders, Monique bijvoorbeeld. Eerlijk gezegd ben jij degene die het beste motief heeft, omdat jij het meest van zijn dood profiteert.'

'Dat kan wel zo zijn, maar ik was het niet!'

'Dat zeg jij. Ik moet het bewijzen en dan uitzoeken wie het wel was. Misschien heb jij me alleen maar voor de schijn ingehuurd...'

'Ik denk dat het tijd wordt dat je vertrekt,' snauwde ik terwijl ik met mijn hand op tafel sloeg. Wat verbeeldde die vent zich wel niet?

'Voor de recherche ben jij op dit moment de enige verdachte. Je zou er weinig aan hebben als ik dat niet zou beseffen. Daarmee moet je kunnen omgaan, anders komen we niet verder.'

'Geloof je me als ik zeg dat ik mijn man niet heb vermoord?'

'Wat ik geloof is niet belangrijk. Ik moet bewijzen hebben, dat is mijn taak. Nog een glas wijn?'

Ik zat roerloos naar de tafel te staren en dacht er ernstig over na of ik hem er niet uit moest gooien. Speelde hij met Rob onder één hoedje? Was het allemaal afgesproken werk? Aan de andere kant sneden zijn opmerkingen wel hout.

'Ja, doe maar een glas. Objectief beschouwd heb je niet helemaal ongelijk. Waar moeten we beginnen en wat kan ik doen?' Ik nam me voor om het verdere verloop van het gesprek af te wachten en alles met Emma te bespreken.

'Je moet een andere advocaat nemen. Hij kan je onmogelijk nog vertegenwoordigen, omdat er een belangenconflict is ontstaan. Ik kan me absoluut niet voorstellen dat je hem nu nog vertrouwt.'

'Ik zal Emma vragen of ze iemand weet. Maar kun jij dan wel voor me blijven werken?'

'Ja, alleen moeten we samen een contract opstellen. Je moet me de opdracht rechtstreeks geven. Maar bel nu je vriendin en vraag haar of ze kan langskomen.'

Emma was gelukkig op weg naar huis en beloofde over een paar minuten bij me te zijn.

'Ik zal morgen proberen uit te zoeken wat Monique in Londen heeft gedaan: of ze daar is gebleven en wat ze heeft uitgevoerd, waarom ze niet naar Singapore is gevlogen en waar Rob op de bewuste avond was.'

Voordat ik antwoord kon geven, werd er aangebeld. Ik ging naar de voordeur en hoorde dat Bart zijn stoel achteruit schoof. Emma begroette Bart, die een glas wijn voor haar inschonk. Ze wilde weten of er nieuws was. Bart begon nuchter te vertellen. Toen hij zei dat ik hoogstwaarschijnlijk een nieuwe advocaat nodig had, knikte Emma en ze begon meteen in haar mobiel te zoeken. 'Ik geloof dat ik een goede advocaat weet, ik zal haar morgen meteen bellen,' beloofde ze.

Vlak daarna nam Bart afscheid. Emma en ik ruimden zwijgend op. Ze leek diep in gedachten, liep ineens naar de zitkamer, keek naar de nieuwe houten vloerplanken, deed de terrasdeur open en ging naar buiten. Ik keek naar haar vanuit de keuken, zette de vaatwasser aan en wachtte tot ik het zachte geruis van het water hoorde. Daarna liep ik naar het raam en observeerde Emma. Ze stond inmiddels, verlicht door de buitenlampen, op het gazon op de plek waar Karin Alex had gevonden.

'Bart moet een uitgebreid buurtonderzoek doen,' zei ze vastbesloten toen ze weer binnenkwam. 'Het gevecht heeft binnen plaatsgevonden, maar Alex is gewond naar buiten gegaan. Ik denk dat hij wilde vluchten of om hulp wilde roepen. Iemand moet toch iets gehoord hebben?' Ze wilde van me weten of de recherche iets in die richting had ondernomen.

Ik had er geen flauw idee van, want sinds ik zaterdag op het politiebureau was geweest, had ik niets meer gehoord.

'Je hebt me verteld dat hij die bewuste avond bezoek verwachtte. Wat stond er in zijn agenda?'

'Niets, wat heel vreemd is. Alex schreef alles altijd heel precies op, maar nu had hij alleen een paar merkwaardige tekens genoteerd. Ze lijken op sneeuwkristallen in een klem. Ik kan er geen touw aan vastknopen. Ik geloof dat hij met zijn BlackBerry heeft gespeeld. Misschien heeft het ook helemaal niets te betekenen.' Ik stond op om zijn mobiel uit mijn tas te halen. Bart had hem aan me teruggegeven nadat hij alles op zijn computer had gekopieerd.

'Elf uur 's avonds, een klem met sterretjes erin. Heel vreemd. Hoe kom je op sneeuwkristallen?' wilde Emma weten.

'Door het weerbericht; zo wordt sneeuw op een weerkaart getekend en in de Alpen sneeuwt het al, vandaar.'

'Had Alex vaak zo laat 's avonds nog afspraken bij jullie thuis?'

Daarover hoefde ik niet lang na te denken. 'Alex en ik maakten na tien uur 's avonds geen afspraken, en al helemaal niet bij ons thuis. Het kan van alles betekenen: sterretjes voor iemand op wie hij zich verheugt, of sneeuwkristallen voor iemand die uit de kou komt of deze meebrengt – met andere woorden: negatief belast is. Of een cokedealer. Alex haatte drugs. Het zou een bestelling voor Monique kunnen zijn, maar die zat in het vliegtuig van Londen naar Singapore.'

'Wil je hier slapen?' vroeg Emma. Het was inmiddels bijna middernacht.

Ik zei dat ik naar de flat ging omdat mijn kleren er nog lagen. De volgende ochtend zouden de verhuisdozen opgehaald worden. De meubels, die ik bij IKEA had gekocht, konden blijven staan. Mijn huurcontract liep nog een paar maanden. Ik had geen haast.

Woensdag 28 oktober

Redelijk opgewekt, maar met gekreukte kleren doordat alle schone spullen in verhuisdozen zaten, kwam ik op kantoor aan. Ik vroeg Barbara of ze alle medewerkers naar mijn kantoor wilde laten komen. Vijf minuten later stonden ze nieuwsgierig en een beetje ongerust voor mijn bureau.

Ik ging staan. Waarschijnlijk zag ik eruit alsof ik dronken op de bank in slaap was gevallen of een onenightstand had gehad. Ik wist niet wat ik liever had, probeerde de vragende en geamuseerde blikken te negeren en vertelde over Bart. Ik legde uit dat ik me in een lastig parket bevond, omdat de recherche mij als enige verdachte beschouwde. Ik voegde eraan toe dat ik Alex het liefst naar de woestijn had gestuurd, maar hem nooit zou hebben vermoord. Met behulp van mijn privédetective hoopte ik dit snel te kunnen bewijzen.

'De woestijn zou ook zijn dood zijn geworden,' mompelde Caroline. Ze werd vuurrood toen ze zich realiseerde dat iedereen haar had gehoord.

Er viel een pijnlijke stilte, die ik uiteindelijk verbrak om mijn medewerkers duidelijk te maken dat ik alles had gezegd wat er te zeggen viel. Ze verdwenen sneller dan ze gekomen waren.

Ik ging weer achter mijn bureau zitten, keek naar de mails die veel te snel binnenkwamen en was het liefst weggerend. Wat was er met me aan de hand? Nog niet zo lang geleden had ik het gevoel gehad dat ik onoverwinnelijk was; ik was nooit ergens bang voor, geen situatie leek onoplosbaar, alles was mogelijk. Ik was alleen in vandaag geïnteresseerd, niet in de volgende dag, laat staan in de toekomst. Maar nu was alles ineens anders. Ik probeerde vandaag te overleven en hoe meer ik aan morgen dacht, hoe banger ik werd.

Was die uitdagende tijd zonder angstgevoelens, die oneindig leek, al zo lang voorbij? Ja en nee, er lagen maar een paar weken tussen. Was ik dan zo fundamenteel veranderd? Ik steunde met mijn hoofd op mijn handen en keek naar de mails met vragen en aanbiedingen. Mijn maag trok samen toen ik de laatste slok koude thee dronk. Ik stond op, pakte mijn jas en liep naar de deur.

'Ik ben vandaag niet meer bereikbaar, behalve voor Emma, Jan, Bart en jou,' zei ik tegen Barbara. Ik trok mijn jas aan en liep het kantoor uit voordat ze tijd had om antwoord te geven.

Met piepende banden parkeerde ik uit, reed de snelweg op en trapte ondanks aangekondigde radarcontroles het gaspedaal diep in. De snelheidsmeter stond al op honderdzestig en liep nog steeds op. Twintig minuten later was ik bij afrit Noordwijk. Ik voegde uit, volgde de borden en parkeerde mijn auto even later bij de boulevard. Ik gooide wat geld in de parkeerautomaat en beende op mijn veel te hoge hakken naar het strand. Een paar wandelaars keken me verbaasd aan.

Het waaide hard en ik had moeite om mijn designerjas dicht te houden. Ik trok mijn pumps uit en liep op mijn kousen door het koude, natte zand naar de zee. De golven rolden het strand op. Ik liep een paar passen het water in en voelde hoe het zand onder mijn voeten werd weggespoeld. De intense kou van het water trok omhoog.

Ineens sprong ik naar achteren en schudde mijn hoofd. Wilde ik met al mijn kleren aan gaan zwemmen? Een paar wandelaars waren blijven staan en keken naar me. Ik draaide me energiek om, negeerde de vragende en bezorgde blikken en liep naar mijn auto.

Wat was er met me aan de hand? Er liepen tranen over mijn wangen en mijn benen begonnen te trillen. Een vrouw tikte op het raam en vroeg of ik hulp nodig had. Ik zei dat dat niet hoefde, veegde mijn tranen weg en startte de motor.

Een halfuur later zag ik het hek langzaam opengaan. Ik liep mijn huis in, ging rechtstreeks naar boven en stapte onder de warme douche.

'Anne?'

Verdomme, wie was er in mijn huis? Ik had het nauwelijks gedacht toen Karin de deur opendeed, zich verontschuldigde en hem weer dichtdeed.

Toen ik in mijn badjas naar buiten kwam, zat ze op mijn bed met een beker hete thee in haar hand en een bezorgde uitdrukking op haar gezicht.

'Je moet slapen,' zei ze met een lief lachje. 'Het komt allemaal goed, geloof me.' Ik schoof onder het dekbed, hoorde nog dat ze de rolgordijnen liet zakken en sliep een seconde later al.

'Ze slaapt en ik wil haar niet wakker maken,' hoorde ik Karin een hele tijd later zeggen.

'Ik ben wakker!' riep ik, ik trok snel mijn badjas aan en liep naar beneden.

Bart stond in de gang naar me te kijken.

'Ik heb een paar minuten nodig, dan ben ik aangekleed en kunnen we beginnen. Neem een kop koffie of iets anders waar je trek in hebt,' zei ik tegen hem terwijl ik de ceintuur van mijn badjas strakker trok.

Karin keek me met een vragende blik aan. Ik wist dat ze zo meteen met een of andere smoes naar boven zou komen. Ik draaide me snel om, liep de trap op en nam een koude douche om wakker te worden.

Toen ik me had aangekleed en mascara opdeed, kwam Karin binnen en zette een beker thee voor me neer. Ze begon op te ruimen, deed het raam open en vroeg of ik had gezien dat mijn kleren netjes op hun plek in de inloopkast hingen. Ik zei dat ik het had gezien, gaf haar een compliment en legde ongevraagd uit wie Bart was, waarom hij bekend was in mijn keuken en dat we nog moesten werken. Karin lachte vriendelijk en liep weer naar beneden.

Ze had blond geverfd, schouderlang haar, was een meter vijfenzestig, had brede heupen, een vrolijke lach en een vlotte babbel. Ze was al acht jaar onze huishoudster en ik was dolblij dat ze altijd alles regelde, ook al had dat soms tot gevolg dat ze dingen wilde weten die haar eigenlijk niets aangingen.

'Dan ga ik maar,' riep ze, waarna ze de voordeur achter zich dichttrok. Ze liep naar haar Polo, die Alex een paar jaar geleden tweedehands voor haar had gekocht.

'Tot morgen!' riep ik haar uit het raam na. Ze zwaaide zonder zich om te draaien, stapte in en reed weg.

Ik wierp nog een blik in de spiegel en was redelijk tevreden.

'Ik ben hier!' riep Bart vanuit de keuken. 'Wil je water?' Hij liep zonder mijn antwoord af te wachten naar de tafel en schonk een glas in. 'Alsjeblieft. Je ziet er goed uit, wat is er gebeurd?' Hij nam me heel even op.

'Dank je, wat een compliment,' zei ik lachend terwijl ik aan tafel ging zitten.

'Het schijnt je goed te doen om weer in dit huis te zijn. Het is ook een droomhuis.'

'Heb je honger?' vroeg ik terwijl ik een blik in de koelkast wierp.

'Een beetje. Zal ik je helpen?'

Ik knikte en constateerde opgelucht dat Bart meer verstand had van koken dan ik. We maakten tomatensoep en risotto met truffel.

'En vertel me nu maar wat je onderzoek vandaag heeft opgeleverd,' zei ik.

'Zo meteen. Ik ben aan het koken. Je weet toch dat mannen niet goed zijn in multitasking?'

Terwijl hij de soep in een porseleinen schaal overgoot, ging mijn mobieltje.

'Waar ben je?' wilde Emma weten. Ze belde zoals zo vaak vanuit haar auto.

'Thuis. Bart is er en we zijn aan het koken. Kom je hiernaartoe? Hij gaat me over zijn onderzoeksresultaten vertellen, en dan is het alleen maar goed als jij erbij bent.'

'Goed idee, ik heb honger en ben nogal opgefokt. Ik heb namelijk net een zakelijke bespreking gehad met die vent uit de lift. Het is beter voor zijn gezondheid als hij me nooit meer een sms stuurt. O, verdomme, politie!' Ze hing op.

Ik stond op en haalde nog een bord, bestek en een glas.

'Emma komt dus, dat is mooi. Dan hoort ze het uit de eerste hand,' zei Bart.

'Zeg je het als ik iets moet doen?'

Bart luisterde niet naar me, maar verwarmde boter in de magnetron, schilde knoflooktenen en concentreerde zich op het koken. Het was vreemd dat Bart hier zo in zijn element was. Moest ik meer afstand creëren? Tenslotte was ik zijn opdrachtgeefster. Nee, besloot ik. Het gaf me een goed en veilig gevoel als hij in huis was. Ik draaide me om en zette de televisie aan om naar *Boulevard* te kijken.

'Wat zei je?'

'Niets,' antwoordde ik. Tenslotte waren er tussen mijn aanbod en zijn vraag inmiddels meer dan vijf minuten verstreken. Er werd gebeld.

'Wat ruikt het hier lekker! Hé, je ziet er uitgerust uit, meisje,' zei Emma. Ze nam me nog even op en liep naar de keuken. 'Bart, ben je hier nu elke avond voor mijn vriendin aan het koken? Laat ik je meteen maar vertellen dat je dan voor drie personen moet koken, want ik ben van de partij.'

'Graag, zolang ik geen boodschappen hoef te doen,' antwoordde hij met een stralende glimlach naar Emma.

'Het is niet helemaal gegaan zoals ik had gehoopt,' begon Bart. Hij was 's ochtends naar het kantoor van Rob gegaan, nadat hij meerdere keren had geprobeerd hem op zijn mobiel te bereiken. Robs secretaresse wilde niet zeggen waar hij was en pas toen Bart verkondigde dat hij de hele dag achter Robs bureau zou blijven wachten, vertelde ze hem dat Rob op zakenreis in Parijs was en waarschijnlijk pas aan het eind van de week zou terugkomen. Helaas had hij zijn mobiel uitgeschakeld en was hij ook voor haar niet bereikbaar. Het was duidelijk dat dat haar helemaal niet beviel.

Bart was in Robs kantoor gaan zitten en had met diverse vliegmaatschappijen gebeld. Met veel connecties en charme ontdekte hij na enige tijd dat Monique met het eerste het beste vliegtuig uit Londen was teruggevlogen. Daarna raakte hij het spoor bijster. Tot grote opluchting van Robs secretaresse was Bart daarna vertrokken.

Hij was bij de luxehotels in de stad langsgegaan om uit te zoeken of Monique er had gelogeerd. Maar zij noch Rob had een kamer of een suite geboekt.

'Eén hoeraatje voor mijn netwerk! Een vriendin van me werkt bij een creditcardbedrijf en ik heb haar op goed geluk gevraagd om de naam van Monique in het systeem op te zoeken. Mis! Daarna heb ik het met Robs naam geprobeerd en bingo! Jullie zullen het niet geloven, maar hij heeft haar zijn bedrijfskaart gegeven. De dame was op de dag dat Alex werd vermoord om vijf uur bij Douglas in de PC Hooftstraat en heeft daar voor bijna tweeduizend euro aan crèmes gekocht.'

We zaten inmiddels achter de sint-jakobsschelpen, die heerlijk smaakten, en hadden de eerste fles wijn ontkurkt.

'Dat wil zeggen dat ze op het moment dat de moord is gepleegd waarschijnlijk in het land was,' stelde Emma vast.

Hij vertelde dat de Porsche vermoedelijk in de ondergrondse garage op de luchthaven was blijven staan. Monique was door Rob opgehaald of had een taxi naar de stad genomen.

'Ja, en nu?' vroeg ik onder de indruk.

'Verder ben ik niet gekomen met dit spoor, maar ik heb iets anders ontdekt. Barbara is niet verloofd, is dat nooit geweest en heeft op dit moment ook geen relatie.'

'Hoe weet je dat?'

'Ik had verschrikkelijk veel geluk. Toen ik bij haar ouders in Almere aanbelde, was alleen haar zus thuis. Ze was volgens mij vrij eenzaam, want ze deed me zonder veel moeite de hele familiegeschiedenis uit de doeken. Toen ik over Barbara's liefdesleven begon, kreeg ze een verdrietige klank in haar stem en vertelde ze bedroefd dat ze helaas verliefd was op de verkeerde man, namelijk haar getrouwde baas.' Hij glimlachte, nam een slok wijn en ging verder. 'Wat belangrijk is weten we nu dus. Barbara heeft geen verloofde, zelfs geen vriend. Ze woont nog steeds bij haar ouders. Ze gaat af en toe uit, maar is meestal thuis. Op de avond van de moord kwam ze pas om tien uur thuis en ging ze om halftwaalf weer weg. Opnieuw bingo!'

'Wat? Nog een verdachte? Het worden er steeds meer,' zei Emma.

'En dat is nog niet alles,' zei Bart trots terwijl hij het espressoapparaat aanzette. Die had ik als niet-koffiedrinkster gekocht omdat George Clooney zo prachtig was in de reclame.

'Koffie?' vroeg Bart.

We schudden allebei ons hoofd.

'Vertel! Wie heeft zich nog meer verdacht gemaakt?' wilde Emma weten.

Hij leek na te denken, liep langzaam naar de tafel terug, ging zitten en vertelde over zijn ontdekking. Bart had in Alex' computer allerlei mails gelezen en was bij één blijven hangen. 'Die is op 17 oktober verstuurd, twee dagen voor zijn dood.' Bart draaide zijn wijnglas met zijn ene hand, streek met de wijsvinger van zijn andere hand over zijn neusrug en staarde naar de tafel.

'Zeg nou gewoon wat erin stond,' drong Emma aan.

'Het is een liefdesverklaring met een nogal dreigende toon. Hij haalde een stukje papier uit zijn broekzak en las voor: "Wat je ook doet, ik zal voor altijd onvoorwaardelijk van je houden. Maar wees gewaarschuwd, want waar je je ook verstopt, met wie je samen bent of zelfs getrouwd bent, ik zal je vinden. Je bent niet veilig voor mijn grenzeloze liefde, noch voor mijn woede over de pijn die je afwijzingen me hebben bezorgd."'

'Jezus!' riep Emma. 'Wat is dat? Een krankzinnige? Een stalker? Het wordt steeds ingewikkelder. Maar deze mail heeft de recherche toch ook gelezen?'

'Dat denk ik niet. Hij was zelfs uit de prullenmand verwijderd. Ik kon hem echter nog terughalen.' Bart begon de borden van de tafel te halen.

'Laat staan, schuif het gewoon opzij, de tafel is groot genoeg. Dat heen en weer rennen maakt me zenuwachtig,' zei ik met een trillende stem. Ik werd weer misselijk en had het gevoel dat het heerlijke eten naar boven kwam. Ik boerde, verontschuldigde me en was het liefst gaan liggen. Bart bleef heen en weer lopen en speelde aandachtig met een knoop van zijn overhemd, maar zei niets.

'En, wat gaan jullie nu doen?' wilde Emma weten. Ze had haar schoenen uitgetrokken en zat met opgetrokken benen op de stoel.

'Zodra Anne een nieuwe advocaat heeft, moet die Koch en Rietmeier informeren. Ik vind het niet handig om dat nog door Rob te laten doen.'

Emma knikte.

'Ik zal hem morgenochtend meteen bellen,' zei ik bedrukt.

'Het is een vrouw. Je mag haar vast. Ze is van onze leeftijd, heeft het advocatenkantoor in haar eentje opgebouwd, heeft twee kinderen en is een jaar geleden gescheiden van haar man, een kunstenaar die nergens voor deugt. Een echte powervrouw.'

'Hoe heet ze?' vroeg Bart ineens onrustig.

'Sabine van Eebers.'

'O, ja, die is heel goed,' zei hij met een ongemakkelijke glimlach.

'Ken je haar?'

'Ja, we hebben een keer tegenover elkaar gestaan en toen heeft ze mijn onderzoeksresultaten behoorlijk afgebroken – of dat in elk geval geprobeerd. Uiteindelijk kwam het tot een schikking, waarmee we allebei niet gelukkig waren, maar de cliënten wilden niet doorgaan. Ze konden weer door één deur.' Hij glimlachte.

'Bel haar morgen op en maak meteen een afspraak. Ik heb haar al over je situatie verteld en ze is bereid je te vertegenwoordigen. Je moet Rob een mail sturen waarin je zegt dat je een andere advocaat hebt. En vergeet niet de rechercheurs te informeren, dat is ook belangrijk,' zei Emma.

Bart keek op zijn horloge, pakte zijn jas en zei dat hij moest gaan. Voordat ik antwoord kon geven viel de voordeur in het slot en was hij verdwenen.

Emma en ik ruimden op, zetten de vaatwasser aan, gingen naar het terras en rookten zwijgend een sigaret.

'Het is krankzinnig dat er ineens zoveel potentiële daders zijn,' verbrak Emma de stilte. 'Wat ga je met Barbara doen? Ga je haar met haar leugens confronteren en ontslaan?'

Dat was een goede vraag waarover ik ook had nagedacht. Eigenlijk kon het me niet schelen of ze gelogen had over haar verloofde, en ook haar gedweep met Alex of haar verliefdheid op hem interesseerde me niet. Ik kon me echt niet voorstellen dat Alex daar ooit op was ingegaan. Ze was een goede secretaresse die ik in deze moeilijke periode meer dan ooit nodig had. Nee, haar nu ontslaan op basis van deze nieuwtjes was geen optie. Ik schudde mijn hoofd. 'Tot we meer weten niet,' zei ik.

Emma knikte nadenkend. 'Heb je liever dat ik vandaag hier slaap?' vroeg ze toen. 'Ik heb voor alle zekerheid wat kleren voor morgen in mijn tas gegooid.'

Ik omhelsde haar dankbaar, want het gaf me een onbehaaglijk gevoel om de eerste nacht helemaal alleen in het huis te moeten doorbrengen.

Ik liet een paar lampen branden, controleerde twee keer of de voordeur op slot was, vergewiste me er meerdere keren van dat alle terrasdeuren en ramen gesloten waren en ging naar boven, waar Emma al onder de douche stond. In plaats van urenlang te praten vielen we binnen de kortste keren in slaap.

Midden in de nacht werd ik wakker van gesnurk. Ik dacht aan Alex en wilde tegen hem aan kruipen, toen ik Emma's haar zag. Ik draaide me teleurgesteld om. Wat zou het heerlijk zijn geweest om veiligheid en geborgenheid in Alex' armen te vinden. Plotseling werd ik me ervan bewust dat ik dat gevoel nooit meer zou hebben. De tranen rolden uit mijn ooghoeken en ik kon niet meer slapen.

Uitgeput en verdrietig stond ik op. Ik ging zachtjes naar beneden, maakte een beker thee met honing en staarde naar het dressoir, waarop nog steeds een paar foto's van ons stonden. Het was vreemd dat hij deze foto's en die in de gang en op zijn bureau niet had weggehaald. Had dat iets te betekenen of was het alleen maar nalatigheid? Terwijl ik daarover nadacht, kwam Emma slaapdronken naast me op de bank zitten, gaf me zwijgend een zakdoek en streelde mijn hand.

'Ga mee slapen, morgen is het weer een inspannende dag,' zei ze zachtjes, waarna ze me langzaam overeind trok.

Zwijgend schuifelde ik achter haar aan, ging weer in bed liggen en viel onmiddellijk in slaap.

Donderdag 29 oktober

'Misschien moet ik het huis maar verkopen. Het is veel te groot voor me en ik kan me niet voorstellen dat ik me hier ooit weer thuis voel,' zei ik toen we de volgende ochtend naast elkaar voor de wastafels stonden en probeerden de vermoeidheid weg te schminken met eyeliner, mascara en make-up.

'Niet overdrijven; kijk het even aan. Zet je alarminstallatie aan als je alleen thuis bent en laat je niet gek maken. Op dit moment is de onroerendgoedmarkt een ramp.' Ze deed vuurrode lippenstift op, veegde die meteen weer weg en bekeek zichzelf kritisch in de spiegel. 'Als je wilt, kom ik wel een tijdje bij je logeren,' zei Emma terwijl ze haar kleren bij elkaar zocht.

'Ja, we kunnen natuurlijk ook een woongemeenschap beginnen.'

'En onze vriendschap op het spel zetten? Daar komt niets van in. Een week is voorlopig genoeg, daarna zien we wel verder.' Emma ging naar het terras om een sigaret te roken. 'Zeg, heeft de politie gras uit je tuin meegenomen?'

'Niet dat ik weet, hoezo?' riep ik uit de keuken, waar ik grapefruitsap voor ons perste.

'Kom eens kijken!'

Met twee glazen in mijn hand liep ik naar buiten. Het was een heldere, koude ochtend en vandaag zou ik voor het eerst deze herfst de autoramen moeten krabben. Had ik maar een garage.

'Kijk, er zit een gat van vijftig bij vijftig centimeter op de plek waar Alex is gestorven.'

'Dat zal de technische recherche gedaan hebben. Ze hadden wel iets kunnen zeggen, tenslotte kunnen ze hier niet zomaar binnenvallen.' Ik schudde verbaasd mijn hoofd en ging weer naar binnen omdat ik het te koud vond. Emma kwam achter me aan.

'Bel ze op. Ik vind het vreemd dat het nog niemand is opgevallen. Daarbij kan ik me niet voorstellen dat ze het gazon zo zouden achterlaten.'

Ik knikte, deed de terrasdeur dicht, dronk mijn grapefruitsap en keek op de klok. Ik moest weg.

Toen ik op kantoor kwam, zat Barbara niet op haar plek, maar ze had me blijkbaar gehoord, want ze kwam Alex' kantoor uit lopen. Ze probeerde stiekem haar tranen weg te vegen en ontweek mijn blik. Ik deed alsof ik haar verdriet niet had gezien en belde Sabine van Eebers op.

Haar stem was rustig en laag, lager dan ik ooit van een vrouw had gehoord. Ze verwachtte mijn telefoontje en had tijd voor me gemaakt. We spraken bij mij thuis af. Toen ze had opgehangen, kwam Barbara nog steeds huilend met het gebruikelijke kopje thee binnen en zette dat op het bureau.

'Wacht even,' zei ik en ik duwde haar in de richting van de vergadertafel.

Jan stak zijn hoofd om de hoek van de deur. Hij wilde me spreken, maar bleef staan toen hij zich bewust werd van de situatie. Barbara mompelde iets onverstaanbaars.

'Kalmeer, Barbara, ik versta er zo geen woord van,' zei ik.

Ze haalde haar neus op, veegde de tranen van haar gezicht en nam haar mascara mee, zodat ze eruitzag als een zombie. Ik moest mijn best doen om niet te lachen.

'Hij was zo'n fantastische man, eh, baas bedoel ik... en ik mis hem zo. Elke dag gaf hij me een complimentje. Hij vond dat ik de beste koffie ter wereld zette.' Ze snoof en ik was bang dat de waterval zo meteen weer zou beginnen.

'Zo'n baas vind ik nooit meer,' flapte ze eruit, waarna ze weer hard begon te huilen.

'Wil je vandaag soms vrij hebben?' vroeg ik hulpeloos terwijl ik kalmerend over haar arm wreef. Ik kon niets beters bedenken.

Barbara had Alex beslist niet vermoord. Ze zou zich eerder nog voor de dader hebben gegooid om Alex te beschermen, dacht ik terwijl ik op haar antwoord wachtte.

Barbara haalde een zorgvuldig opgevouwen zakdoek uit de zak van haar colbertje en snoot haar neus zo hard dat ik ervan schrok.

'Nee, dat gaat niet, dan ben je helemaal alleen.'

'Ach, één dag overleef ik wel. Ik vraag een van de stagiaires om de telefoon op te nemen. Als je er morgen weer kunt zijn, is dat fantastisch,' zei ik overredend. Daarna stuurde ik haar naar het toilet zodat ze haar uitgelopen make-up kon bijwerken.

Tien minuten later was ze weg en stond ik handenwringend in Jans kantoor omdat ik iemand nodig had om me te helpen. Helaas kon hij me geen van zijn assistentes uitlenen, maar hij beloofde een van de stagiaires naar me toe te sturen.

De uren vlogen voorbij, ik had de ene bespreking na de andere. De stagiaire nam de telefoon op, regelde koffie en broodjes en leverde goed werk. Als ik Barbara toch moest ontslaan, zou zij misschien een alternatief zijn.

Gejaagd kwam ik even na vijven thuis. Ik was blij dat Karin er nog was. Ze had de advocate binnengelaten en koffie voor haar gezet.

Sabine zag er anders uit dan ik had verwacht. Ze was nauwelijks een meter zestig, type Pamela Anderson, met net zo'n uitnodigende bovenwijdte. Haar roodblonde haar had ze in een paardenstaart samengebonden en ze droeg een donkerblauw broekpak, dat behoorlijk duur leek. Als ze lachte, was al haar tandvlees zichtbaar.

'Laten we ermee beginnen dat je me vertelt wat er de afgelopen weken allemaal is gebeurd, het liefst in chronologische volgorde,' zei ze terwijl ze haar benen over elkaar sloeg.

Ik stak van wal. Ik beschreef, vertelde, interpreteerde, legde uit en merkte hoe verschrikkelijk moeilijk ik het vond om de gebeurtenissen zo objectief mogelijk weer te geven. Toen ik mijn status als verdachte noemde, keek Sabine kort van haar notitieblok op, knikte en schreef daarna verder. Ik noemde Bart. De advocate stopte met schrijven, maar keek niet op.

'Ik heb hem gevraagd hiernaartoe te komen omdat ik geloof dat hij je het best zelf over zijn onderzoek kan informeren. Hij zei overigens ook dat jullie elkaar kennen.' Ik observeerde haar, maar er kwam geen reactie.

'Dat is goed,' zei ze koel. 'Hoe laat komt hij?'

'Hij kan er elk moment zijn.' Ik wierp een blik op mijn horloge. Het was tien over zes en we hadden om zes uur afgesproken. Zag hij tegen het gesprek op? Ik had het nauwelijks gedacht toen er werd aangebeld.

'Jij weer?' begroette Karin hem weinig charmant.

Bart lachte, liep langs haar en kwam naar de keuken. Hij had zich blijkbaar voorgenomen om vandaag iedereen met zijn charme te paaien, want hij lachte stralend naar Sabine, begroette haar opgetogen en verkondigde dat hij zich bijzonder verheugde op de samenwerking. Ik observeerde hen en zag bij Sabine een klein beetje terughoudendheid, maar zoals verwacht bleef ze vriendelijk en beleefd. Ik schonk nog een keer koffie in, nam zelf cola light en luisterde naar wat Bart vandaag had ontdekt.

Hij was helemaal zonder reden 's middags naar de begraafplaats gereden en wilde het graf bekijken om te zien of iemand nog een bos bloemen of een groet had achtergelaten. 'Het bleek dat ik niet de enige was die een bezoek aan Alex' graf bracht,' zei hij, waarna hij even wachtte.

'Ja?' Het was duidelijk dat Sabine niets moest hebben van zijn kunstmatig ingelaste pauze.

'Barbara hurkte bij het graf, haalde de verwelkte bloemen weg, maakte alles netjes en mompelde iets wat ik helaas niet kon verstaan, doordat er een paar graven verderop nogal hard werd gepraat. Zodra die mensen weg waren, pakte ze een handvol kiezelstenen. Ze gooide er een naar het graf en daarna nog een. Plotseling werd ze woedend en smeet ze handenvol kiezelstenen naar het graf. Ze vloekte als een dragonder en noemde Alex een "hondsgemene klootzak" die haar had uitgebuit en haar nooit had gegeven wat ze verdiende.'

'En toen? Heeft ze je gezien?'

'Helaas wel. Ik was zo verbaasd over die plotselinge stemmingswisseling dat ik niet snel genoeg dekking zocht toen ze wegliep. Ze maakte een afwezige indruk op me.'

'O. Ik had vanochtend op kantoor eerder het gevoel dat ze geen vlieg kwaad kon doen,' mompelde ik nadenkend.

Sabine wilde natuurlijk weten wat er die ochtend was gebeurd. Ik beschreef de scène voor haar. Ze stopte haar notitieblok weg, pakte een volmacht uit haar tas en vroeg me die te tekenen.

'Rob moet de officier van justitie zo snel mogelijk vertellen dat hij jou niet meer vertegenwoordigt in deze strafrechtelijke kwestie. Zeg dat alsjeblieft tegen hem.'

Ik knikte en dacht erover na hoe ik dat zonder ruzie kon doen. Stiekem had ik gehoopt dat Sabine de overdracht zou regelen.

'Is dat het?' vroeg ze.

'Niet helemaal,' antwoordde Bart. Hij had vanmiddag in de buurt navraag gedaan en een oudere man gesproken die zijn hond uitliet. 'Hij woont hier om de hoek en gaat drie tot vier keer per dag met zijn hond wandelen,' ging Bart verder. De man kon zich de bewuste avond nog goed herinneren, want die ging vooraf aan een belangrijke zakelijke afspraak in Dubai. Hij had haast om zijn spullen in te pakken, maar had bijna een halfuur met zijn hond over straat gelopen omdat het beest niet wilde poepen. Om twaalf uur zag hij een blonde vrouw in een donkere jas die doelbewust naar het huis van Alex liep. Hij stond aan de overkant van de straat en zag dat de deur werd geopend. Zij ging naar binnen. Meer wist hij niet.

'Had ze lang of kort blond haar, golvend zoals ik of steil zoals Barbara?' vroeg ik ongerust. Jezus, lekker nieuws was dat.

'Dat wist hij niet meer. Het was een blonde vrouw, slank en van een normale lengte,' antwoordde hij terwijl hij uitdagend naar Sabine en medelijdend naar mij keek.

'Het zou echt handig zijn als je geheugen terugkwam, Anne.' Sabine had haar notitieblok weer gepakt en steekwoorden opgeschreven.

'Misschien moet ik me toch maar laten hypnotiseren, want zo komen we niet verder. Ik kan het me met de beste wil van de wereld niet herinneren. Ik weet niet eens meer dat ik auto heb gereden! Kennen jullie iemand die goed in hypnose is?' vroeg ik.

‘Geef me nog wat tijd. Het is ook belangrijk dat we de recherche en de officier van justitie op de hoogte houden van de resultaten van ons onderzoek. Ik zal bellen om een afspraak te maken. Je moet wel Rob op de hoogte brengen. Zo, nu moet ik gaan. We bellen morgen.’ Sabine stond op, legde haar jas over haar schouders en zei dat ze er zelf wel uitkwam.

‘Heb je een sigaret?’ Ik had een enorme behoefte aan roken. Ik liep naar de koelkast en pakte de aangebroken fles wijn van de vorige dag.

Bart legde zwijgend een pakje Marlboro op tafel en haalde glazen. ‘Laat je niet gek maken. Bij het gevecht zijn er beslist haren blijven liggen, dus ze hebben DNA. Bloedsporen zijn er ook genoeg.’ Hij keek me bemoedigend aan, wat echter helemaal niet hielp. Ik werd steeds banger.

‘Anne, je hebt toch niet...?’

‘Nee! Dat kan ik me niet voorstellen. Zoiets zou ik nooit doen. Maar waarom kan ik het me niet herinneren?’ Ik voelde me afschuwelijk en had het gevoel dat iemand een strop om mijn hals legde en die langzaam dichttrok. Intuïtief greep ik naar mijn keel. Tegelijkertijd probeerde ik mijn ademhaling onder controle te krijgen, omdat ik anders binnen de kortste tijd zou gaan hyperventileren. Barts ogen leken me te doorboren. Ik draaide me van hem af.

Toen keek ik hem weer aan. ‘Denk je dat Barbara schizofreen is?’

‘Geen idee. Ik denk niet dat het goed is als ik met haar praat. Ze zal meer respect voor de rechercheurs hebben en tegenover hen eerder haar mond opendoen dan tegenover mij.’

‘Hallo, ik ben er!’ riep Emma. Ze liet de voordeur achter zich dicht knallen. Ik had haar een sleutel gegeven. Haar stem klonk vanuit de gang: ‘Ik hoop dat jullie al gekookt hebben, want mijn maag rammelt als een gek.’ Toen kwam ze binnen. ‘Wat is hier aan de hand?’ Ze keek van de een naar de ander. ‘Hemel, wat trekken jullie een gezicht...’

‘Bart heeft ontdekt dat er om twaalf uur een blonde vrouw in een zwarte jas bij Alex heeft aangebeld en is binnengelaten. Dat heeft een buurman gezien. Zou ik toch bij hem geweest zijn?’

'Klets niet. Als Alex iemand verwacht en jij straalbezopen voor de deur staat, geloof je toch niet dat hij je zonder meer binnen zou laten? Hij had het hek en de deur niet opengedaan.'

'Je hebt gelijk,' zei ik opgelucht. 'Daar had ik helemaal niet aan gedacht.' Er viel een steen van mijn hart.

'Kunnen we dan nu iets te eten maken of zullen we uit eten gaan? Ik hou het echt niet lang meer uit.'

Bart nam afscheid, maar ik had het gevoel dat hij graag weer de baas in mijn keuken had gespeeld.

Emma en ik gingen samen uit eten. We trokken een warme jas aan, want er was vorst voorspeld. Hoezo klimaatverandering? dacht ik rillend terwijl ik de ceintuur van mijn jas aansnoerde. Wind en regen hadden de afgelopen dagen bijna alle bladeren van de bomen op de stoep gewaaid. We liepen voorzichtig op onze pumps naar het Italiaanse restaurant in een parallelstraat van de Cornelius Schuytstraat, bleven voor interessante etalages staan en bekeken het aanbod.

Het restaurant zat vrij vol, en een vrolijk geroezemoes en heerlijke warmte kwamen ons tegemoet. De ober wees ons een tafel bij het raam en vertelde dat ze de terrasverwarming aangezet hadden, omdat het anders ondanks de dubbele beglazing te koud was aan deze tafel. Emma lachte tevreden en liep voor me uit.

Ik bestelde antipasti, pasta en als hoofdgerecht wildzwijnfilet, liet een goede fles rode wijn aanbevelen, en daarna vertelde ik Emma van mijn besluit me te laten hypnotiseren.

Ze schudde haar hoofd. 'Ik kom erop terug. Dat heeft alleen nut als de recherche blijft volhouden dat jij de dader bent.'

'Ik vind het echt belangrijk. Ik wil weten waarom ik naar hem toe wilde rijden, wat er in me omging en waarom ik die black-out heb. Er moet iets gebeurd zijn,' hield ik vol.

'Denk je niet dat de plotselinge scheiding, de brief van de advocaat en twee flessen wijn reden genoeg zijn voor een black-out?'

Ik lachte, half gerustgesteld, dankbaar voor de verklaring, hoewel ik wat moeite had erin te geloven. Kon het zo gemakkelijk zijn?

'Maar nu iets anders. Wil je volgende week met me naar de zon vliegen? Ik heb vrij genomen en heb weinig zin om hier in het natte, koude Amsterdam te blijven,' vroeg Emma.

Daar had ik helemaal geen tijd voor, maar kon ik dit voorstel afslaan? Tenslotte was Emma er altijd voor me. Ze zorgde liefdevol voor me en zette haar liefdesverdriet helemaal opzij, hoewel het beëindigen van de relatie met André haar verschrikkelijk veel pijn had gedaan. Af en toe betrapte ik haar op een verdrietige blik. Het was logisch dat ze weinig zin had om volgende week hier te zijn, tenslotte was het de bedoeling geweest dat ze met André op het witte strand van de Malediven zou liggen. Maar hij had helemaal niets meer van zich laten horen en Emma deed net alsof ze dat prima vond. Ze was gekwetst en voelde zich aan de kant geschoven, al weigerde ze erover te praten. Telkens als ik erover begon, wuifde ze het weg en zei ze dat er belangrijkere dingen waren. André was een klootzak die het niet verdiende dat zij er nog één woord aan vuil maakte. Na meerdere pogingen gaf ik het op. Ik hoopte dat ze er ooit uit zichzelf over zou beginnen.

Terwijl we aten en dronken, dachten we na over mogelijke bestemmingen. Thailand, het Caribisch gebied en Zuid-Afrika waren te ver weg. We werden het eens over Dubai; volgens Emma moest je absoluut een keer in het Burj Al Arab zijn geweest.

'Zal ik het laten regelen of wil jij de organisatie op je nemen?' vroeg ik.

'We doen het samen!' riep ze. 'We kijken zo meteen op internet en dan zoeken we alles meteen uit. Morgen geef ik het meteen door aan Koch en Rietmeier.'

Ik was er niet bijzonder enthousiast over, want ik wist een eersteklas reisbureau, maar ik zag af van de discussie.

'Wanneer ga je Rob vertellen dat hij je niet meer vertegenwoordigt? En heb je de recherche al opgebeld over het ontbrekende stuk gazon?'

'Verdomme, dat ben ik helemaal vergeten. Morgen bel ik Koch en daarna Robs secretaresse. Zij moet het maar tegen Rob zeggen,' antwoordde ik. Ik nam een slok wijn. Hij was heerlijk.

'En hoe wil je het hem zeggen? Vertel je hem over het onderzoek?

Confronteer je hem met het feit dat hij met de minnares van zijn beste vriend in bed duikt en eigenlijk een ongelofelijk leugenachtige klootzak is? Het is toch schandalig wat hij zich allemaal permitteert! Dat die eikel jou vertegenwoordigt en de grote held speelt om zijn minnares te ontzien en te voorkomen dat zijn vrouw, die thuis gehoorzaam voor de kinderen zorgt, erachter komt dat hij vreemdgaat?' Ze grijnsde gemeen, ging met haar hand door haar haar en hield haar hoofd scheef.

'Ik denk dat ik het niet helemaal zo ga formuleren, hoewel ik dat het liefst wel zou doen. Het zou nogal stom van me zijn om Rob tegen me op te zetten, want hij is de enige die me kan helpen de erfenis af te handelen. Hij weet gewoon te veel; zonder hem zou ik verloren zijn. Dus bak ik liever zoete broodjes. Gelukkig is hij blijkbaar op zakenreis naar Parijs.'

'Wat ben je toch doortrapt.'

Vrijdag 30 oktober

Mij leek dat ik de dag kon beginnen zonder de krant te lezen, maar dat was een vergissing. Emma had de vorige avond nog op internet gestruind, maar kreeg toen slaap en liet zich gelukkig overhalen om de organisatie van de reis aan vakmensen over te laten.

Ik moest dringend met Jan praten en heel waarschijnlijk in het weekend overwerken, maar dat vond ik geen probleem. Met mijn kop thee en een flesje water ging ik naar de tweede verdieping, zette de crosstrainer en de televisie aan en schoof een dvd van *De TV Kantine* in de speler. Een halfuur lang rende ik als een gek, focuste me op de grappige dialogen en voelde mijn bloed stromen. Toen ik weer naar beneden kwam, snurkte Emma nog steeds zachtjes in de logeerkamer.

Ik ging onder de douche staan en trok daarna een bruine leren legging, een bruine lange trui en mijn *overknee*-laarzen aan. Tevreden keek ik in de spiegel. Ik legde een briefje voor Emma op de keukentafel en ging naar kantoor.

Barbara was er nog niet en alleen in het kantoor van Jan brandde licht.

'Ben je er al of nog?'

'Al,' antwoordde hij lachend. 'Ik kon niet meer slapen en ik wil vandaag eerder weg omdat ik dit weekend met mijn dochtertje naar Parijs ga om Mickey en Minnie te zien.'

'Goed idee!' zei ik en ik biechtte op dat ik zelf een paar dagen met Emma weg wilde.

'Is goed, je moet vandaag alleen een paar banden bekijken en me vertellen of je er tevreden over bent. En als je maar belooft dat je mijn mailtjes beantwoordt, ook als je op het strand ligt of Dubai leeg koopt.'

Ik haalde koffie voor hem en thee voor mezelf, ging aan zijn bureau zitten en vroeg hem me alles te vertellen wat er de afgelopen dagen was gebeurd.

Met twee banden in mijn hand ging ik ruim een uur later naar mijn eigen kantoor terug. Nu waren de anderen er ook; er heerste een bedrijvige drukte. Alleen Barbara's stoel was nog steeds leeg, terwijl de telefoon voortdurend rinkelde. Vreemd, het was al halftien en ze was anders altijd een van de eersten. Toen ging mijn mobieltje. Ik zag dat ik een paar oproepen had gemist.

'Vanochtend om elf uur heb ik een afspraak met Koch en Rietmeier. Het is belangrijk dat ze in een persbericht melden dat er meerdere verdachten zijn, anders schaadt het je reputatie,' zei Sabine energiek.

'Ach, dat weet toch niemand.'

'Heb je de krant vandaag niet gelezen? In het financiële deel staat een artikel over je bedrijf, de moord en de verdenking op jou. Dat is niet goed voor het bedrijf. Iemand heeft je dossier aan de journalist gegeven. Kun je Bart alsjeblieft informeren? Het zou handig zijn als hij er ook bij is. Ik ben nog te kort bij de zaak betrokken om van elk detail op de hoogte te zijn. En vergeet niet Rob te bellen, anders zit ik in een lastig parket. En nu moet ik ophangen; de volgende cliënt wacht al.'

Voordat ik kon antwoorden, was de lijn dood. Ik liet me op mijn stoel vallen en deed mijn ogen dicht. Dit was wel het laatste wat ik kon gebruiken! Hoe wist de pers ervan? Was er een lek bij de politie of had iemand uit mijn eigen team gepraat? Ik belde Jan, vroeg hem iedereen naar mijn kantoor te laten komen en vertelde wat ik net had gehoord.

'Als ik me niet vergis, gaat de telefoon daarom aan één stuk door. Ik wil jullie vragen om niets te zeggen, ook niet als jullie denken iets te weten. Ik ga zo meteen naar de recherche, omdat dit reputatieschade veroorzaakt en inhoudelijk niet correct is. Zo, dat was het voorlopig,' besloot ik.

Barbara was er nog steeds niet, dus vroeg ik de stagiaire om weer voor haar in te vallen. Waar was Barbara en waarom had ze nog niets van zich laten horen? Ik probeerde me op mijn werk te concentreren, beantwoordde mailtjes, belde Robs secretaresse en hoorde dat hij met een voedselvergiftiging in een Parijs ziekenhuis lag. Ze beloofde meteen naar de officier van justitie en de rechercheurs te mailen dat ik mijn volmacht had ingetrokken en hing op.

Daarna sprak ik Emma. Ze had het artikel gelezen, maar vond dat geen reden voor paniek; het was niet vreemd dat ik bij de kring van verdachten hoorde. Ze deed haar best om me te kalmeren.

Het lukte me Bart te bereiken en hij beloofde dat hij op tijd zou zijn.

Voordat ik het in de gaten had was het halfelf en moest ik weg. In plaats van mijn eigen auto te nemen, had ik een taxi besteld. Sabine, Bart en ik zouden elkaar net voor elf uur bij de ingang ontmoeten.

Ik was de eerste. De portier keek me om de paar seconden nieuwsgierig aan. Ik was niet van plan hem te vertellen waarom ik daar stond en bekeek de mensen die heen en weer liepen. Er heerste een flinke drukte: rechercheurs en politieagenten waren in gesprekken verwikkeld en hadden geen aandacht voor me.

Om twee minuten voor elf kwamen Bart en Sabine tegelijkertijd door de glazen draaideuren naar binnen. Ik was opgelucht hen te zien en merkte nu pas hoe gespannen en zenuwachtig ik was. Sabine meldde ons aan bij de portier en het duurde niet lang voordat Thomas Koch verscheen. Hij zag er oververmoeid en gekreukt uit, alsof hij de afgelopen dagen nauwelijks had geslapen. We liepen achter hem aan door de wirwar van gangen en belandden deze keer op de eerste verdieping in een spreekkamer.

Rietmeier zat er al. Er stonden geen flesjes water met en zonder koolzuur en Cola Zero op tafel en evenmin een thermoskan koffie.

'Prettig u te zien,' begroette Rietmeier me glimlachend terwijl hij opstond om me een hand te geven.

'Ik heb natuurlijk de volmacht meegenomen. U zult inmiddels de volmachtintrekking van Rob de Winter hebben gekregen,' begon Sabine. 'Laten we meteen ter zake komen, heren. Zoals ik u al heb meegedeeld is het schadelijk voor het bedrijf van mijn cliënte dat er informatie van jullie persafdeling aan de media is gegeven. Vooral omdat de verdenking, zoals ons eigen onderzoek heeft aangetoond, niet houdbaar is. Het kan best dat mijn cliënte voor jullie een zekere "verdachtenfactor" heeft, maar er zijn veel meer personen die als mogelijke dader in aanmerking komen. Doordat ik deze zaak nog maar net heb aangenomen, is het me helaas nog niet gelukt om te informeren naar de stand van zaken wat betreft het onderzoek. Ik zou het prettig vinden om nu meteen op de hoogte te worden gebracht.' Sabine had haar roodblonde haar opgestoken. Het gaf haar een tamelijk streng uiterlijk en dat was waarschijnlijk ook de bedoeling. Ze trok haar grijze colbertje uit en ging schuin tegenover me zitten. Bart zag er niet streng, maar heel officieel uit in zijn donkerblauwe pak met coltrui. Ik was eerder nonchalant gekleed en moest steeds weer mijn haar uit mijn gezicht strijken.

'Misschien kunt u het best beginnen,' stelde Rietmeier voor.

Sabine knikte instemmend en vroeg Bart naar het resultaat van zijn onderzoek.

Bart begon te praten. Hoe meer hij vorderde, hoe meer Koch op zijn notitieblok krabbelde. Bart toonde foto's van afzonderlijke personen en van het met kiezelstenen bedekte graf van Alex.

Ik kromp geschrokken in elkaar.

'Dat is nogal wat,' gaf Rietmeier toe. 'Wij zijn vanwege een gebrek aan mankracht nog niet zover, maar kort voor onze afspraak kwamen de eerste resultaten binnen van het onderzoek naar het DNA dat op de plek van het misdrijf is aangetroffen. We hebben ook een paar blonde haren kunnen veiligstellen, maar het DNA van het bloed was duidelijk mannelijk. Daaruit blijkt dat de bewuste bezoekster niet de laatste persoon was die het slachtoffer levend heeft gezien en uit de resultaten tot nu toe blijkt ook niet dat zij zelf de dader moet zijn geweest. Natuurlijk doen we in alle richtingen onderzoek.'

'Hoe zit het met het mailtje?' vroeg ik.

'Vergeef het me als het misschien enigszins vrouwonvriendelijk klinkt, zo is het echt niet bedoeld, maar vrouwen neigen er vaker toe verwijten en bedreigingen via mail en sms of telefonisch te uiten. Normaal gesproken zijn dat loze kreten. Vrouwen zijn eerder tevreden met verbale aanvallen dan mannen.

'Het daderprofiel is dus mannelijk?' stelde Sabine vast.

'Op dit moment wel,' antwoordde Koch.

'Goed, dan wil ik u vragen om dat aan de media door te geven, zodat de reputatie van mijn cliënte hersteld kan worden. Ik neem aan dat ik erop kan vertrouwen dat dit onmiddellijk gebeurt?' Sabine stond op en pakte haar colbertje voordat ze verderging. 'Ik wil jullie bovendien verzoeken om het bericht vooraf ter goedkeuring naar ons te mailen. En ik wil inzage in het dossier. Er is ons veel aan gelegen deze zaak zo snel mogelijk op te lossen. Goed, heren, dat was het dan.'

Bart en ik waren opgestaan en volgden haar naar buiten. Geweldig, dacht ik vol respect, Sabine was van een heel ander kaliber dan Rob.

Zodra we voor het gebouw stonden, draaide Sabine zich naar Bart en vroeg of hij nog iets in Alex' mobieltje had gevonden.

'Niets bijzonders, het gebruikelijke geklets,' antwoordde hij ontspannen terwijl hij zijn handen in zijn broekzakken stopte.

'Ik beslis wat geklets is en wat niet,' zei ze hooghartig, waarna ze naar hem glimlachte. Ze wilde een kopie van elke sms en het nummer, de naam, het tijdstip en de tijdsduur van elk telefoontje dat was binnengekomen of uitgegaan.

Bart trok een gezicht, maar stemde toe.

'Zo, en nu gaan we een kleinigheid eten; mijn maag rammelt. We moeten ook de verdere aanpak bespreken.'

We staken twee straten over, sloegen rechtsaf en meteen weer linksaf en arriveerden bij een klein restaurant. Sabine en ik bestelden thee, Bart wilde koffie. We namen alle drie een broodje.

'Het is belangrijk dat we bespreken waar Bart zich op moet richten,' zei Sabine toen alles op tafel stond. 'Er zijn aanknopingspunten die ik graag verder wil onderzoeken. Ik vind het bijzonder interessant dat de recherche mannelijk DNA heeft gevonden. Dat betekent voor jou, Anne, dat het niet meer nodig is om onder hypnose te gaan.' Ze keek me even aan, maar ging meteen daarna verder. 'Bart, jij moet de buren nog een keer ondervragen; misschien heeft een van de andere bewoners iets gezien. En heb je al bij de provider geïnformeerd welk fysiek adres bij het IP-adres van de mail hoort?' Sabine maakte aantekeningen.

'Ja, maar dat kost tijd. Ik moet mijn contacten aanboren en heb niet de ingang die de politie heeft. En mijn computervaardigheden wil ik niet meteen gebruiken. Vaak zitten er voormalige hackers, die me tamelijk snel op het spoor kunnen komen.'

'Ik denk niet dat ik details wil weten.' Sabine keek op van haar notitieblok en fronste haar voorhoofd.

'Dat geloof ik meteen, dat heeft je nooit geïnteresseerd.' Bart lachte.

'Precies,' zei Sabine.

Bart speelde met zijn lepel en ik vroeg me opnieuw af wat er tussen die twee was gebeurd. Hadden ze een relatie gehad? Ik nam me voor het een van hen te vragen.

'Ik zou het prettig vinden als Bart kan uitzoeken waar Barbara is en wat ze doet. Ik ben nogal ongerust sinds ik de foto's van Alex' graf heb gezien,' zei ik.

'Dat klopt, maar ik vind het nog noodzakelijker dat Bart Monique en Rob volgt. Kun je dit weekend naar Parijs gaan?' Sabine schoof haar leesbril in haar haar en keek naar Bart.

'Natuurlijk. Wie heeft er iets tegen een weekend Parijs?' Bart stak het laatste stuk van zijn broodje in zijn mond. Hij grijnsde nog steeds. Het leek alsof hij Sabine probeerde uit te dagen.

'Weten we in welk ziekenhuis hij ligt?' wilde Sabine weten.

Ik belde Robs secretaresse om uit te leggen dat ik Rob een bos bloemen wilde sturen. Even later had ik het adres en de informatie dat Rob de volgende ochtend zou worden ontslagen.

'Dan moet je snel zijn,' besliste Sabine. 'Heb je Moniques adres?'

'Hm,' zei Bart, die nog steeds kauwde. Hij slikte snel. 'Het uitzoeken van de gegevens van het mobieltje moet dan wachten,' merkte hij op.

'Dat is logisch,' zei Sabine. 'Neem contact met me op zodra je iets weet of hebt gezien.'

We bleven nog een tijdje zitten en ik vertelde over het vreemde gat in mijn gazon.

'Dat is heel bizar. Waarom zou de technische recherche een groot stuk gazon meenemen en de plek niet aangeven? Als ze het gras voor verder onderzoek hebben meegenomen, dan hadden ze het gat in elk geval opgevuld. Ze zijn aansprakelijk als er iets gebeurt. Dus dit klopt niet. Waarom ben je er daarnet niet over begonnen?' vroeg ze.

'Het leek niet zo belangrijk,' antwoordde ik.

Sabine schudde haar hoofd en maakte een aantekening.

Daarna praatten we verder over onze vermoedens en verdenkingen. Sabine bleef zakelijk. Ze vond Barbara's gedrag vreemd en geloofde niet dat Rob de dader was, maar sloot het niet uit.

'Het hangt af van de diepte van zijn gevoelens voor Monique. Misschien is hij afhankelijk van haar en verschrikkelijk jaloers en wilde hij zijn concurrent uitschakelen. Het is één ding om een verhouding te hebben met de minnares van je beste vriend, maar hem vermoorden is iets heel anders; en dat kan ik me bij Rob niet voorstellen,' besloot ze nadenkend.

'Dat klopt, maar veel daden worden in een vlaag van verstandsverbijstering gepleegd. Misschien wilde hij met Alex praten, hebben ze ruzie gekregen en is het toen gebeurd. Hoe is hij eigenlijk omgekomen? Door een mes? Een pistool?' vroeg Bart aan mij.

'Wat?' Ik keek op van mijn mobieltje. Emma had me een sms gestuurd. Ze wilde weten of Alex problemen met de belastingdienst had. Ik sms'te net terug dat ik daar niet van uitging toen Bart zijn vraag stelde.

'Dat heb ik Koch de afgelopen weken meerdere keren gevraagd, maar zowel hij als Rietmeier weigert die vraag te beantwoorden. Ik weet het dus nog steeds niet.' Ik keek van de een naar de ander.

'Goed, ik zal het navragen,' zei Sabine. 'Ze noemen het daderinformatie en hopen dat iemand zich verspreekt.'

Dat had ik wel eens gehoord, bedacht ik me. Opeens werd het me allemaal te veel. 'Ik moet gaan,' zei ik en ik stond op. Sabine en Bart keken me verbaasd aan. Ik pakte mijn jas en liep doelbewust naar de deur.

Ik ging te voet op weg naar kantoor. De koude, frisse lucht deed me goed. Ik ademde diep in en voelde hoe mijn bloedsomloop bij elke stap meer op gang kwam. Kon het zijn dat jaloezie of afgewezen liefde niet de ware reden voor Alex' dood was? Ik dacht aan de rekening in Liechtenstein en het aandelenpakket. Waar kwam dat geld vandaan? Had Alex zwart geld uit illegale bronnen? Ik had er geen flauw idee van, maar ik nam me voor om een serieus gesprek met onze accountant te hebben.

Spontaan belde ik hem met mijn mobiel. Hij zat in zijn huis in Spanje en genoot van het milde klimaat, maar over twee weken zou hij weer in het land zijn. Zonder verder nog iets te zeggen hing ik op.

Mensen drongen langs me en botsten tegen me op omdat ik midden op de stoep was blijven staan. Ik zag de etalage van Raak en stapte naar binnen, op zoek naar wat afleiding. Met een donkerbruine kasjmier jurk met col, een zwarte spijkerbroek met bescheiden scheuren en een wolwitte trui liep ik even later naar de paskamers. De kleren zaten goed en stonden me leuk. Ik kocht alles en deed er nog een paar laarzen met een lage hak bij. De aankopen gaven me een prettig gevoel.

Terwijl ik naar kantoor liep, begon het te motregenen. Ik ging sneller lopen, sloeg de kraag van mijn jas op en merkte dat mijn haar steeds natter werd. Af en toe rolden er druppels van mijn voorhoofd naar beneden. Ik veegde ze weg.

Het kantoor leek op het eerste gezicht verlaten, maar toen hoorde ik geroezemoes in de keuken. Het was lunchtijd; de werknemers zaten zoals altijd kletsend bij elkaar. Ik ging rechtstreeks naar mijn eigen werkruimte.

Het was een verrassing voor me dat Barbara achter haar bureau zat. Ze belde en zocht intussen in een la. Ze zwaaide even en gebaarde naar de telefoon. Ik bleef staan, observeerde haar en liep daarna verder. Mijn jas was nat, mijn haar plakte op mijn hoofd en mijn neus was knalrood.

'Heb je een föhn nodig?' Barbara kwam met een föhn in haar hand het kantoor in lopen.

'Graag, maar kun je me misschien vertellen waar je vanochtend was?' Ik pakte de föhn en keek haar streng aan.

'Bij de tandarts. Dat heb ik je verteld,' antwoordde ze verdedigend. Ze liet me trots haar spierwitte tanden zien.

Had ze me dat echt verteld? Ik zette de föhn aan. Warme lucht stroomde over mijn schouders en deed me goed. Ik probeerde me te ontspannen terwijl de kou langzaam uit mijn botten verdween.

Barbara kwam binnen met een kopje thee, zette het zwijgend op tafel en verdween weer. Ik draaide me om, zag hoe haar vingers over het toetsenbord vlogen en hoe geconcentreerd ze werkte. Als Bart me de foto's van haar bij Alex' graf niet had laten zien, zou ik er nu van uitgaan dat hij haar voor iemand anders had aangezien. Maar dat was niet zo. De vrouw was duidelijk Barbara geweest.

Ik dacht na over wat ik allemaal moest doen, pakte de telefoon en legde hem meteen weer weg. Ik stond op en deed mijn kantoordeur dicht. Daarna belde ik Koch en vertelde hem over het ontbrekende stuk gazon. Hij kon er weinig over zeggen, maar vond het vreemd, bevestigde Sabines vermoeden en beloofde me ernaar te informeren. Ik hing op en belde Emma. Het aanbod van het reisbureau had ik haar vanochtend gemaild. We moesten snel onze reis naar Dubai boeken, omdat we zaterdagmiddag al wilden vertrekken.

'Ik wilde je net bellen,' kwetterde ze vrolijk in de telefoon. 'Peter heeft me het huis van zijn ouders in Spanje aangeboden, daar is het in deze tijd van het jaar aangenaam warm en in geval van nood kunnen we binnen twee uur weer in Amsterdam zijn. Dat klinkt toch beter dan zo'n enorm, onpersoonlijk hotel waarin we niet meer dan een nummer zijn. Wat vind je ervan?'

Ik was overrompeld doordat ze ineens van mening was veranderd en vroeg me af waarom dat was, tenslotte wilde ze absoluut naar het Burj Al Arab.

'Anne, zeg eens iets,' drong ze aan.

'Wat mij betreft kunnen we ook naar Spanje gaan, maar waarom ben je van mening veranderd?'

Het bleek dat ze de vliegtijd gewoon te lang vond en rust wilde hebben. Ze wilde ook niet de hele tijd omringd zijn door Europese toeristen.

'Maar maak je geen zorgen, ik regel het en neem vanavond alles mee. En nu heb ik een vergadering,' riep ze, waarna ze ophing.

Ik bleef verbaasd achter mijn bureau zitten, maar werd al snel afgeleid doordat Jan binnenkwam. Hij wilde de laatste details met me bespreken.

Zaterdag 31 oktober

Ons vliegtuig vertrok om kwart over twaalf en was maar voor de helft gevuld. De vlucht duurde volgens de stewardess twee uur en een kwartier. Emma en ik hadden een rij voor ons alleen en zetten onze tassen op de middelste stoel. Het was een rustige vlucht; tot na de Pyreneeën zag ik alleen een gesloten wolkendek onder me. Daarna trok de hemel open en kon ik Spanje vanaf een hoogte van tien kilometer bekijken. Emma was vlak na het vertrek in slaap gevallen. We hadden de vorige avond nog tamelijk lang met Peter in mijn keuken gezeten. Hij had de sleutel langs gebracht, had ons uitgelegd waar de auto van zijn ouders op de luchthaven stond en had me meteen overspoeld met ideeën voor een nieuwe inrichting. Ik moest lachen, had hem gevraagd me nog een beetje tijd te geven en de herinrichting van het huis naar volgend jaar te verschuiven. Tenslotte had ik geen zin om Kerstmis in een bouwput door te brengen.

We landden exact om halfdrie in Valencia. De hemel was blauw, het was aangenaam warm en Emma was uitgerust.

Peters ouders hadden zich toen ze vijftig waren geworden uit het beroepsleven teruggetrokken en waren naar Denia vertrokken. Zijn vader, een architect, had met de destijds nog gunstige pesetakoers een oud huis aan het strand van Denia gekocht, het laten verbouwen en helemaal laten moderniseren. Van het oorspronkelijke huis waren alleen de fundamenten overgebleven. Ze hadden een jacht in de haven, waarmee ze regelmatig op de Middellandse Zee voeren. Op het moment waren ze echter een halfjaar op wereldreis en volgens Peter waren ze blij als er af en toe iemand in het huis logeerde.

We stapten in de Touareg-hybride en Emma reed naar de snelweg. Ik deed, gewapend met de routebeschrijving, dienst als haar TomTom.

Het duurde ruim een uur voordat we de snelweg verlieten en Denia in reden. Palmen omzoomden de tweebaansweg. Na een paar bochten naar links en naar rechts arriveerden we in de haven, waar we rechtsaf moesten slaan en nog een paar kilometer rechtdoor rijden. Aan de linker kant strekte het stadsstrand van Denia zich over ruim een kilometer uit. Er lagen maar weinig mensen in de zon. Op de promenade liepen echter vrij veel wandelaars.

Volgens de routebeschrijving lag er achter de volgende bocht een kleine weg naar de inrit van het huis. We hadden geluk, vonden het meteen en stuurden de wagen minuten later door het grote, donkergrijze hek een prachtige binnenplaats op. Alles stond hier in bloei: oleanderstruiken in wit, rood en roze stonden voor de witte muur, die als een vesting rond het terrein lag. Grote papegaaiplanten in enorme terracotta potten, allerlei soorten palmbomen en bougainvillestruiken in krachtig lila maakten het beeld af.

We stapten uit de auto en liepen naar het huis. Peter had ons de toegangscode voor de alarminstallatie gegeven en uitgelegd hoe de techniek in het huis werkte.

Ik was sprakeloos toen ik de inrichting zag. Een enorme blauwe bank, die in een U-vorm voor de ramen stond, domineerde de kamer. Aan de wit gesausde muren hing abstracte kunst. Er was een open haard en ik zag een grote, in de muur ingebouwde flatscreen. De keuken, die net zo modern was als de rest van het huis, lag aan de andere kant van de zitkamer.

We liepen een brede, uitnodigende, stenen trap op naar de eerste verdieping, waar de slaapkamers waren. De grootste slaapkamer strekte zich bijna over de totale breedte van het huis uit en had een balkon met een heerlijk uitzicht op de zee; daarnaast lagen de badkamer en een inloopkast. Ook hier waren de kleuren hoofdzakelijk blauw en wit, alleen een paar vuurrode kussens gaven het geheel een ander kleuraccent. Omdat het bed enorm was, besloten we er samen in te slapen.

We pakten onze koffers uit en bekeken de andere kamers en de fitnesszaal, die naast de keuken was aangebouwd. Als je op de loopband, crosstrainer of fitnessapparaten trainde, kon je intussen naar de levendige drukte op het strand of naar de boten op zee kijken. Natuurlijk ontbrak ook hier de flatscreen niet.

Emma en ik waren luxe gewend, maar we waren diep onder de indruk. Het hele huis was met de mooiste materialen gebouwd en ingericht.

De tuin aan de zeekant was nog weelderiger. Het zwembad was een overloopmodel en het terras dat aan de zitkamer grensde was supergezellig, met wit gebeitste houten meubels, kussens die we in een opbergkist vonden en lantaarns van metaal en glas waarin kaarsen stonden.

'Ik heb enorme honger, dus laten we snel boodschappen doen of naar het restaurant gaan waar Peter het over had,' zei Emma toen we het huis in liepen.

Helios klonk weliswaar Grieks, maar was een Spaans tapasrestaurant met een non-stop keuken. Het was net een klein peperkoekhuisje aan zee en we hoefden er maar een klein stukje voor te wandelen. Binnen waren maar vijf tafels, maar buiten op het zonovergoten terras stonden zeker twintig witte tafels met rode plastic stoelen. Er was bijna niemand en we konden een plek uitzoeken.

Als echte toeristen namen we een tafeltje aan de rand van het terras. De golven sloegen minder dan een meter bij ons vandaan tegen de rotsen. We bestelden heerlijke gegrilde inktvis, kleine gefrituurde visjes, gekookte scampi's, viskroketten, gegrilde groenten en een fles wijn. Het was windstil en de zon brandde zo dat ik na een paar minuten mijn dunne leren jack uittrok.

'Als we hier zo zitten, lijken alle problemen thuis zo ver weg. Ik voel me heel even gelukkig,' zei ik na de tweede slok wijn. Ik stak een visje in mijn mond.

Emma lachte, dronk uit haar glas en keek me nadenkend aan. 'Ik ben van plan me de komende tijd afzijdig van mannen te houden. Na de eerste verliefdheidsroes beginnen de problemen al snel en daar heb ik geen zin meer in,' zei ze vastbesloten.

'Dat komt doordat je op verkeerde mannen valt. Getrouwde

mannen scheiden maar heel zelden van hun echtgenote. Ze hebben gewoon geen zin in het hele circus dat een scheiding meebrengt, dus blijven ze liever waar ze zijn,' zei ik en ik glimlachte verdrietig, want Alex had me meedogenloos op een zijspoor gezet voor Monique.

Emma trok haar wenkbrauwen op, maar gaf geen commentaar. In plaats daarvan veranderde ze van onderwerp en probeerde ze zich voor te stellen hoe het zou zijn om een vakantiehuis onder de Spaanse zon te hebben. We besloten bij een makelaar langs te gaan en de tijd te verdrijven met het bezichtigen van verschillende objecten.

Na nog een uur dromen verwierpen we het idee echter en wandelden langzaam langs de zee naar het huis van Peters ouders terug. De zon had zich verstopt achter de Montgo, de bijna 800 meter hoge berg, en scheen alleen nog op de zee. We schakelden de terrasverwarming in en gingen onder een deken op de brede ligstoelen liggen. Tien minuten later sliep ik.

Maandag 2 november

'Anne! Kom snel, dit is afschuwelijk!' gilde Emma.

Het was maandagochtend tien uur en Emma en ik hadden vandaag iets langer geslapen nadat we gisteren heerlijk hadden gegeten bij Paix & Brasse.

'Waar ben je?' vroeg ik terwijl ik de trap af liep.

Emma gaf geen antwoord, maar ik hoorde haar vloeken. Ik liep eerst naar de keuken, daarna naar de zitkamer en ik zag haar toen ik me net weer om wilde draaien. Ze stond als vastgenageld op het terras en staarde naar iets wat op de tafel lag. Ze had een brandende sigaret in haar hand.

'Wat is er aan de hand?' vroeg ik terwijl ik de deur openduwde.

'Er loopt hier een krankzinnige rond. Ik denk dat we de politie moeten inschakelen. Dat is toch niet normaal? Wie doet er nu zoiets?'

Op de tafel lag een dode kat. Hij had een lichte, bijna blonde, langharige vacht en blauwe ogen, die wijd opengesperd in het niets staarden. Iemand had een mes in zijn buik geramd en hem op tafel gelegd. Daar had zich een grote bloedvlek gevormd. Er druppelde bloed van de tafel op de grond. Ik keek weg en moest vechten tegen de neiging om te braken.

Het lukte me pas na een paar keer diep ademhalen om me om te draaien en opnieuw een blik op het beest te werpen. Aan het mes hing een oranje briefje. Ik wilde het er net af trekken toen Emma me tegenhield. 'Niet doen. Er kunnen sporen op zitten.'

'Hoe moet ik dan zien wat erop staat?' vroeg ik. Ik kon me werkelijk niet voorstellen dat dit voor ons was bedoeld. Het lukte me om de tekst te lezen zonder het briefje eraf te trekken of te moeten vastpakken. 'JE TIJD IS VOORBIJ! (***).'

'Ik bel Koch,' zei ik zachtjes tegen mezelf, want Emma was naar binnen gegaan. De braakgeluiden uit het toilet klonken verschrikkelijk.

Met mijn mobieltje liep ik naar het zwembad en belde op.

'Goed dat u belt,' begroette hij me vriendelijk. 'Ik heb het nagevraagd, maar mijn collega's van de technische recherche hebben me verzekerd dat ze geen stuk gazon hebben uitgegraven en meegenomen. U zou het aan uw tuinman moeten vragen.'

'Hm,' zei ik. Ik voelde me ineens heel duizelig worden.

'Mevrouw Van Veld?'

'Ja, ik ben er nog. Ik bel eigenlijk...' Ik beschreef de dode kat op de tafel.

'Bel de politie en laat die me een kopie van het rapport mailen. En maak een paar foto's voordat de politie er is,' zei hij volkomen kalm.

Emma kwam naar buiten. Ze praatte met Peter, die hysterisch klonk.

'We moeten de politie bellen,' zei ik mat tegen Emma nadat ze had opgehangen.

'Ja, dat zei Peter ook. Hij zal de werkster langs sturen.'

Ze keek sceptisch naar me terwijl ik om de tafel heen liep en de dode kat van alle kanten fotografeerde.

Emma belde de Guardia Civil, liep de keuken in en begon in de kasten te zoeken. 'Ik heb er een nodig, wil jij ook?' vroeg ze. Ze hield een fles wodka omhoog.

'Nee, dat is me te vroeg.'

Ik zag hoe ze een borrelglas vulde, het in één teug leegdronk en huiverde, maar volgde toch haar voorbeeld. De wodka verspreidde zich meteen in mijn bloedbaan en maakte me licht in mijn hoofd. Emma zette de fles op tafel, pakte de handdoek die we gisteren buiten hadden laten liggen en legde die over de kat heen.

Het duurde ruim twintig minuten voordat er twee jonge politieagenten verschenen, die om zich heen keken en bewonderend knikten. Ik tilde de handdoek op en zag dat een van de agenten lijkbleek werd.

‘Hij is gisteren begonnen,’ zei zijn collega, die er niet veel ouder uitzag.

Ze namen onze gegevens op, maakten foto’s en belden een dierenarts, die de kat zo snel mogelijk zou laten ophalen.

Vlak nadat ze weg waren kwam de werkster. Nadat ze haar ongenoegen had geuit, vroeg ze ons het dier op een plastic zak te leggen, zodat ze alles kon schoonmaken.

‘Zullen we naar de stad gaan?’ vroeg ik Emma toen ik onder de douche vandaan kwam.

Ze knikte en ging verder met het föhnen van haar haar.

Een uur later zaten we in tapasbar Tasca Eulalia aan het Marques de Campo en bestelden van alles van de kaart. We hadden de auto in de garage laten staan en hadden de twee kilometer door het ‘pulserende’ centrum van de stad met 45.000 inwoners te voet afgelegd.

‘Zullen we in Spanje blijven of gaan we weg?’ vroeg Emma.

Ik haalde mijn schouders op. Op het ogenblik kon het me allemaal niet schelen.

‘Ik zal je vertellen wat we gaan doen. Ik bel Peter en vraag of ze hier een goed hotel hebben, dan pakken we onze spullen en blijven nog een paar dagen hier, maar niet in het huis. We huren een auto. Laten we bedenken wie er allemaal van op de hoogte zijn waar we zijn.’

Ik keek haar verbaasd aan.

‘Ik heb het alleen tegen mijn secretaresse gezegd. Peter weet het natuurlijk, en bij jou waarschijnlijk Jan en Barbara?’ zei ze terwijl ze de namen op een papieren servet krabbelde.

Ik knikte zwijgend. De situatie begon beangstigende vormen aan te nemen.

‘Zou jij je accountant niet bellen?’ vroeg Emma.

‘Denk je dat Edwin ons kan helpen?’ vroeg ik geïrriteerd.

‘Wat de kat betreft niet, maar verder verwacht ik wel dat hij het een en ander weet.’

Ik pakte mijn mobieltje en zocht zijn nummer.

'Welke vraag is zo dringend dat je me daarvoor tijdens mijn vakantie belt?' vroeg hij een paar minuten later. Op de achtergrond klonken stemmen.

'Ik wil eigenlijk alleen weten of Alex bij oneerlijke zaken betrokken is geweest,' vroeg ik rechtstreeks.

'Directer kun je het niet vragen,' zei hij. 'Maar dat is ook je kracht. Dat mag ik wel. Nee, Anne, je man heeft overal keurig belasting over betaald, in elk geval de afgelopen tien jaar. Er zijn geen rekeningen met zwart geld en hij heeft de belasting niet ontdoken. Een halfjaar geleden heeft de fiscus de boeken helemaal uitgeplozen en alles was prima in orde. Daar hoef je je geen zorgen over te maken.'

Zo, dacht ik, Edwin wist dus niets van de aandelen en de bankrekening in Liechtenstein.

Gelukkig riep zijn nieuwe vriendin dat hij nu echt moest komen. Edwin nam haastig afscheid en hing op.

'Wat een engerd,' zei Emma. Ze had meegeluisterd.

'Ja, ik kan hem ook niet uitstaan. Hij is akelig correct, maar dat is goed als het om financiën gaat. Laten we gaan,' stelde ik voor.

We slenterden nog een beetje rond, snuffelden bij Mango en ontdekten een schoenenwinkel waar Gucci en andere topmerken werden verkocht.

Tussendoor belde Peter. Hij had zich enorm veel zorgen gemaakt, kon zich niet voorstellen dat we in het huis van zijn ouders waren bedreigd en had het beveiligingsbedrijf gevraagd regelmatig langs te rijden. Vanaf vandaag zouden de tuin en het huis elke avond om negen uur worden geïnspecteerd op indringers. Emma's tegenwerpingen sloeg hij in de wind. Hij zei dat hij alles al had geregeld en dat hij het belangrijk vond dat we ons veilig voelden. Emma verzweeg dat we van plan waren een hotel te nemen.

We liepen met onze tassen – ik had een paar schoenen gekocht en Emma een jurk – over de promenade naar het vakantiehuis terug toen Koch belde. Hij wilde weten wie van onze verblijfplaats op de hoogte waren en wat de Spaanse politie had gezegd.

'Goed, dan rijden we nu naar het bedrijf om de productieleider en de secretaresse een paar vragen te stellen. Ik meld me later weer,' beloofde hij.

Ik had verzwegen dat we extra beveiliging zouden krijgen en Koch was onder de indruk dat we in het huis bleven. Hij mocht wat mij betreft denken dat we twee sterke vrouwen waren. We giechelden.

Dinsdag 3 november

Ik werd wakker van het doordringende gerinkel van mijn mobieltje, dat ik in de hal had laten liggen. Slaapdronken kroop ik uit bed en liep naar beneden. Natuurlijk was ik te laat en was mijn voicemail al aangesprongen.

Ik wachtte even en haalde iets te drinken.

Helaas was de gemiste oproep zonder nummer binnengekomen, dus moest ik eerst het bericht afluisteren. Sabine vroeg me om na elf uur terug te bellen omdat ze over vijf minuten een cliënt verwachtte. Ik nam aan dat ze nieuws had van Bart.

Ik dronk cola, ging naar de terrasdeur en keek voorzichtig naar buiten. Geen dode dieren, geen merkwaardige voorwerpen, alles was in orde. Toen we gisteravond na het eten thuis waren gekomen, stond er een auto voor de oprit. De bewaker was samen met ons door het huis gelopen en had alles gecontroleerd.

Tijdens het ontbijt maakten we plannen voor de dag. De beslissing viel snel, omdat we allebei een spannend boek hadden en te lui waren om ergens naartoe te rijden. In plaats van me meteen op mijn roman te storten ging ik een halfuur op de loopband, martelde mijn spieren met gewichten en sprong daarna in het verwarmde zwembad.

Voordat ik Sabine kon bellen, belde ze mij. Ze had nieuws over Barts bezoek aan Parijs. Hij had eerst telefonisch gecontroleerd of Rob nog in het ziekenhuis lag en was na onze lunch vertrokken. Na iets meer dan vier uur was hij aangekomen en bleef daarna in zijn auto op het parkeerterrein van het ziekenhuis staan. Na een tijd parkeerde er een BMW met een Nederlands kenteken bij hem in de buurt. Er stapte een blonde vrouw uit die rechtstreeks naar de ingang liep. Een halfuur later stapte Monique uit een taxi. Ze wilde net naar binnen gaan toen Rob met de blondine naar buiten kwam. Ze droeg zijn tas en liep snel naar haar auto. Rob negeerde Monique volledig en volgde de vrouw.

'Dat was Laura, zijn vrouw. Die heeft waarschijnlijk schoon genoeg van de escapades van haar man,' zei ik lachend.

'Daar lijkt het op,' beaamde Sabine. En ze vertelde verder: het echtpaar was meteen naar Nederland gereden; en Bart ging erachteraan. Om middernacht was hij weer thuis.

Sabine veronderstelde dat de relatie voorbij was. Dat vermoedde ik ook, want ik kende Laura: die liet zich niet lang bedriegen.

Bart deed nog een keer navraag in de buurt, maar zonder succes. Eén buurvrouw beweerde dat ze vlak voor middernacht een blonde vrouw voor onze voordeur had zien staan. De beschrijving die ze gaf was niet bepaald precies: niet te groot en met een heel onnatuurlijke haarkleur, bijna geel.

'Het is natuurlijk vreemd dat niemand een man heeft gezien. Misschien klopt het tijdstip van de moord niet. Ik zal het nakijken,' mompelde Sabine. Ik hoorde haar in de papieren bladeren.

Daarna vertelde ik over de dode kat, mijn telefoontje aan Koch en onze Spaanse bewaker. Ik beloofde haar de foto's te mailen.

Sabine reageerde ernstig. 'Ik zal Bart meteen bellen en hem vragen uit te zoeken waar Barbara was. Dit bevalt me helemaal niet.'

'En Monique?' wilde ik weten.

'Onmogelijk. Bart heeft achterhaald dat Monique dit weekend meerdere optredens in Parijs heeft gehad. Nee, ik sluit haar steeds meer uit. En Rob ook; ik kan me niet voorstellen dat hij Alex heeft vermoord. Ook omdat ik van één persoon uitga, die tevens verantwoordelijk is voor de dode kat, komt Rob niet in aanmerking. Hij heeft dit weekend absoluut geen kans gezien buiten te komen. Ik meld me weer,' beloofde ze, waarna ze ophing.

Emma had het gesprek gevolgd. Ze gaf me een beker thee en keek naar me met een bezorgde uitdrukking op haar gezicht. 'Geloof je echt dat Barbara hierachter kan zitten?'

‘Nee, ook al liegt ze over haar privésituatie,’ zei ik bedrukt.

‘Goed, wie verdenken we, wie sluiten we uit en welke vragen staan nog open? Laten we een lijst maken,’ stelde ze voor. Ze liep weg om een blocnote en een pen te halen en ging aan de grote eettafel zitten. Emma vond het heerlijk om lijstjes te maken.

1. Waar was Barbara in het weekend en waar was ze in de nacht van de moord?
2. Waar hebben Rob en Monique de nacht van 18 op 19 oktober doorgebracht? Waren ze samen?
3. Wie is de mysterieuze vrouw die midden in de nacht bij Alex heeft aangebeld?
4. Waren er die avond nog meer afspraken?
5. Volgen we een heel verkeerd spoor en moeten we in een heel andere richting denken?
6. Wat betekent ‘(***)’?
7. Heeft Alex bezoek gehad van een drugsdealer?

‘Ach,’ zei ik terneergeslagen terwijl ik de blocnote wegschoof. ‘Wat voor motief kan Monique hebben gehad? Alex en ik zijn nog getrouwd, ze profiteert op geen enkele manier van zijn dood. Integendeel, de schatkist is dicht en ik heb de Porsche van haar afgenomen. Ook Rob profiteert er niet van. En de grote liefde schijnt hij niet te beleven met Monique, anders was hij niet braaf achter Laura aan naar de auto gehobbeld. Het lijkt me ook onwaarschijnlijk dat Barbara het heeft gedaan. Zou ze dan nog naar kantoor komen? Nee toch? Volgens mij zitten we op een verkeerd spoor.’

‘Dan blijft alleen de grote onbekende over, die midden in de nacht bij je man heeft aangebeld en zijn bloed op de plek van het misdrijf heeft achtergelaten.’

‘Ja, daar lijkt het wel op. Als we terug zijn, ga ik het hele huis op z’n kop zetten. Er moet toch een aanwijzing te vinden zijn?’

‘En wie heeft die onsmakelijke grap met de kat op zijn geweten? Je vergeet dat jij nu ook bedreigd wordt en niet zo’n beetje ook,’ zei ze, waarna ze opstond en onrustig in de keuken heen en weer begon te lopen.

'Nee, dat vergeet ik niet, maar...'

'Maar wat?' onderbrak Emma me kwaad.

'Maar ik wil er niet aan denken. Ik word er bang van.'

Emma gaf geen antwoord. Ze stak een sigaret op en liep naar het terras.

Vrijdag 6 november

Ik was te uitgeput om echt iets te ondernemen. Het heerlijke nietsdoen in combinatie met lekker eten was precies wat ik nodig had. Het liefst was ik in Spanje gebleven en had ik Amsterdam volledig uit mijn geheugen gewist. Die mogelijkheid had ik echter niet. Dat werd me snel duidelijk toen Bart belde. Hij klonk bedrukt, zelfs een beetje ontsteld.

'Ik zal maar met de deur in huis vallen... Barbara was het afgelopen weekend niet thuis en heeft zich maandag telefonisch ziek gemeld. Ze kwam pas woensdag weer op kantoor en wil me niet vertellen waar ze is geweest. Ik heb al met Sabine gepraat. Koch wil Barbara uitnodigen voor een gesprek,' besloot hij betekenisvol, waarna hij zwaar uitademde.

'Ja, en waar komt dat mannelijke DNA dan vandaan?'

'Daar kan ik nog niets zinnigs over zeggen, maar er schiet me vast wel wat te binnen,' zei hij koppig.

'Veel plezier dan met het vinden van een verklaring,' antwoordde ik bitser dan echt nodig was.

'Wat is er met jou aan de hand?' vroeg Emma, die een fles rode wijn openmaakte.

Begerig greep ik naar het glas en nam een grote slok. 'Ik geloof echt niet dat Barbara erachter zit. Het is toch belachelijk dat iedereen zich op haar stort?'

'Maar waarom zegt ze dan niet waar ze is geweest?'

'Misschien omdat ze dat niet wil, omdat ze vindt dat het niemand iets aangaat,' antwoordde ik geprikkeld.

'Dat kan natuurlijk, maar misschien is het omdat ze iets te verbergen heeft.'

'Begin jij nu ook al?' snauwde ik.

Iets vriendelijker vervolgde ik: 'Ik ga dit weekend het hele huis doorzoeken. Help je me daarbij?'

Emma knikte instemmend.

Ik pakte de afstandsbediening, zette de dvd-speler aan en staarde naar het televisiescherm. De gebruikelijke titelrol met alle gerechtelijke informatie irriteerde me net zo als de trailer van het filmbedrijf. Daarna begon *The Hangover*, een verhaal over drie vrienden die een vrijgezellenavond vieren waarop van alles gebeurt. Emma en ik lachten hartelijk, schoven de volgende dvd in de recorder en lieten de volgende film over ons heen komen.

's Avonds kwam onze bewaker weer, vlak voordat de schemering inviel. Zijn aanwezigheid zorgde ervoor dat ik me superveilig voelde. Het liefst zou ik in Amsterdam ook iemand inhuren. Die mogelijkheid zou ik als eerste onderzoeken als ik morgen weer thuis was.

Zaterdag 7 november

'Wanneer wil je gaan zoeken?' vroeg Emma toen we in mijn keuken zaten.

'Het liefst meteen, maar waar beginnen we?'

'Dat is toch niet belangrijk, we kunnen van boven naar beneden of van beneden naar boven werken. Ik geloof trouwens niet dat het ons in één weekend lukt.'

We besloten in de fitnessruimte op de tweede verdieping te beginnen, maar dronken eerst thee en aten rauwe vis met rijst. Daarna gingen we aan de slag.

We keken achter alle schilderijen en foto's, duwden kastdeuren open en doorzochten de inhoud, klopten op de betimmering en vonden niets.

Ook op de eerste verdieping, waar de slaapkamer was, konden we niets bijzonders ontdekken.

Emma was blij als een klein kind dat een schat heeft gevonden, toen ze de safe zag, die in de bodem van de inloopkast was verstopt. Ik kende hem al. We hadden onze sieraden, paspoorten en belangrijke papieren erin bewaard. Nu lagen er alleen nog autopapieren en een oud horloge.

's Avonds was alle lust om verder te zoeken totaal verdwenen. Ik zette de sauna aan en rende een halfuur op de loopband terwijl Emma zich op de crosstrainer installeerde. Toen ik klaar was ging ik in de sauna.

'Je sauna valt uit elkaar,' zei ze toen ze niet veel later naast me kwam zitten.

Ik keek haar vragend aan, veegde de zweetdruppels van mijn voorhoofd en ademde diep uit.

'Een houten paneel van de buitenbetimmering zit los. Ik ben daarnet uitgegleden en viel tegen de wand. Daardoor merkte ik dat er iets bewoog en ontdekte ik iets interessants.' Emma stond weer op en ging naar de deur, ze was duidelijk opgewonden en wilde me meteen laten zien wat ze gevonden had.

De houten latten waren zo geplaatst, dat het paneel er eenvoudig in geklikt kon worden. Emma liet me zien waar je moest drukken om het paneel los te krijgen.

Ik keek haar verbaasd aan en bedacht dat Alex' pogingen om de betimmering vast te maken dus niet oprecht waren geweest. Als ik er goed over nadacht, had hij er ook nooit aan gewerkt als ik er was. Kwam ik toevallig binnen, wat de afgelopen jaren een paar keer was gebeurd, dan zei hij altijd dat er iets losgegaan was, maar dat hij dat zou repareren.

Ik schoof het paneel opzij en was stomverbaasd. Erachter bevond zich een langwerpige safe. Nu moesten we nog de combinatie achterhalen.

'Heb je enig idee hoe Sesam opengaat?' Emma zat op de leuning van de ligstoel die in de rustkamer stond.

Ik schudde mijn hoofd en dacht na.

Eerst probeerde ik onze trouwdatum, daarna de vier cijfers van het jaar waarin we elkaar hadden leren kennen. Ik wist dat Alex' een zwak voor dat soort codes had. Het moest een getallencombinatie zijn die hij niet kon vergeten. Plotseling bedacht ik dat hij deze kluis ook voor mij verborgen had gehouden; hij had dus geen datum gebruikt die ik kende.

'Ik moet nadenken. Laten we naar beneden gaan,' stelde ik voor.

Piekerend liep ik de trappen af. Alex was een logisch denkende man, die een heel slecht geheugen had. Mensen die niet tot zijn directe omgeving behoorden, hadden soms de pech dat ze zich meerdere keren moesten voorstellen. Dat was pijnlijk. Ook zijn pincode vergat hij altijd, hoewel die al eeuwen niet was veranderd.

Ik zette theewater op.

'Waar denk je aan?'

Ik vertelde het Emma, waarop ze voorstelde weer een van haar geliefde lijstjes te maken. Zodra zich een probleem voordeed, greep mijn vriendin naar schrijfblok en pen.

Geamuseerd keek ik toe hoe ze de verjaardagen van Alex en van mij noteerde. Daarna schreef ze de twee data op die ik al had geprobeerd, maar die streepte ze meteen weer door.

'De eerste twee kun je ook doorstrepen.'

'Wanneer zijn zijn ouders geboren? Wanneer zijn ze getrouwd? Wanneer heeft hij het bedrijf gesticht? Wanneer heeft hij examen gedaan? En wanneer kwam hij van Curaçao naar Amsterdam?'

'Geen idee. Schrijf maar op, ik zal wel proberen erachter te komen,' beloofde ik.

Ineens schoot me iets te binnen. Ik sprong op en ging op zoek naar de papieren die ik in het bankkluisje had gevonden. Ik had ze veilig opgeborgen in de onderste lade van mijn bureau. Ik liep terug naar de keuken, haalde de papieren uit de envelop en bladerde ze door.

Ergens had ik de geboortedatum van Benjamin zien staan. Op de tweede pagina vond ik hem, maar helaas was alleen het geboortejaar nog duidelijk te lezen.

'En nu?' vroeg Emma, die de rest van de papieren doorkeek in de hoop de datum nog een keer te vinden.

'De enige die dat kan weten, is Rob. Anders moet ik het via de overheid proberen en dan gaat het eeuwen duren,' zuchtte ik, waarna ik mijn mobiel pakte om Rob te bellen.

Laura vertelde kortaf dat hij onder de douche stond en beloofde dat ze hem meteen zou vragen me terug te bellen.

Het duurde bijna een uur voordat mijn telefoon eindelijk overging en ik het hem kon vragen.

'Daarvoor moet ik in mijn computer kijken, Anne, dat weet ik niet uit mijn hoofd. Waar heb je het eigenlijk voor nodig?' wilde hij weten.

Ik dacht snel na, want ik was niet van plan hem de reden te vertellen. Mijn vertrouwen in hem was behoorlijk beschaamd doordat hij glashard tegen me had gelogen en had gedaan alsof hij Monique niet kende. Uiteindelijk besloot ik zijn vraag te negeren en vroeg ik hem zijn computer aan te zetten. Ik zou over tien minuten weer bellen.

Emma zette thee, stak een sigaret op en liep naar de terrasdeur.

'Vertel eens, is er iets?' vroeg ik terwijl ik een glas water pakte en naar haar toe liep.

'Ach, het is niets,' zei ze terwijl ze zich snel van me af draaide.

'Vertel op. Je maakt niet voor niets zo'n terneergeslagen indruk.'

'Jij hebt al genoeg aan je hoofd...'

'Emma, zeg tegen me wat er aan de hand is.'

'André heeft me vannacht onophoudelijk sms'jes gestuurd. Hij wil me zien en met me praten. Hij wil een nieuwe kans en heeft een scheiding aangevraagd.' Ze keek me aan.

'Dat is toch goed, dat heb je toch altijd gewild?' zei ik met een stralende glimlach.

'Ja, vroeger. Maar als ik eerlijk ben, geloof ik hem niet. Ik ben bang dat hij weer tegen me liegt. Ik stond op het punt om afscheid te nemen van mijn liefdesverdriet en nu dit. Als ik met hem afspreek, begint het weer van voren af aan, en dat wil ik niet meer. Ik weet niet eens of ik hem nog wil, en of ik nog iets voor hem voel.'

'Heb je hem al geantwoord?'

'Nee, en dat ga ik ook niet doen, maar jij moet je mobiel opnemen.'

'O,' riep ik en ik rende naar de keukentafel, waar mijn mobiel lag te rinkelen. Het was Rob.

'Benjamin is op 10 juli geboren.'

'Dank je!' riep ik.

'Heb je het geboortejaar niet nodig?'

'Nee, dat heb ik. Nogmaals bedankt.' Ik hing op.

'Zo, laten we dan maar eens gaan kijken wat je man voor geheimen voor je had,' zei Emma. Ze drukte haar sigaret uit en deed de terrasdeur dicht. Het begon weer eens te regenen.

We schoven het houten paneel opzij, ik toetste het nummer in. We hoorden hoe het mechanisme binnen in de safe in beweging kwam, waarna de deur met een klik een paar centimeter opensprong. Emma gaf me de zaklamp.

'Ik weet niet wat ik hiermee aan moet...' zei ik onzeker. De vondst had me misselijk gemaakt.

'Goede raad is duur. Misschien moet je Sabine bellen en haar alles laten zien. Tenslotte heeft ze zwijgplicht.' Emma zag er ook nogal aangeslagen uit.

'Wat was hij ermee van plan? Denk je dat hij het heeft gebruikt?' Ik pakte de foto's en aantekeningen op en liet ze weer op de tafel vallen.

'Ik hoop het niet. Het werpt natuurlijk een heel ander licht op de moord. Maar wist je...' Emma pakte een foto en keek ernaar. 'Wat ziet hij in hem?'

Ik schudde mijn hoofd. Alex had blijkbaar jarenlang allerlei compromitterende zaken van verschillende presentatoren, acteurs en actrices, sporters en mensen met belangrijke posities verzameld. Ik vroeg me af hoe hij eraan kwam. Had hij de prominenten voortdurend door een privédetective laten schaduwen? Chanteerde hij sommigen van hen, of wilde hij dat in de toekomst gaan doen? Als dit materiaal in verkeerde handen kwam, kregen de scheidingsadvocaten in Amsterdam en Hilversum het razend druk en hadden de roddelbladen een feestmaaltijd. Het leek alsof bijna iedereen een heel andere betekenis aan het begrip trouw gaf.

Ik bekeek het materiaal nog een keer. Hoeveel van deze mensen beweerden bij hun partner het geluk gevonden te hebben, praatten publiekelijk over de grote liefde, het eeuwige geluk, het belang van het gezin of hadden een voorbeeldfunctie, terwijl ze intussen met alle collega's het bed in doken? Wisten hun partners dat? Verdroegen ze het; waren er zoveel open huwelijken? Alex had ook gegevens en foto's van bezoekjes aan schoonheidschirurgen verzameld. Wat was hij met al die informatie van plan geweest? Hij moest toch weten dat een publicatie hem meteen werkloos zou maken, of genoot hij gewoon van de macht die de kennis hem gaf? Liet hij op beslissende momenten kleine hints vallen?

'Ik weet niet hoe ik sommige van deze mensen nog onder ogen moet komen. Dit is toch volkomen onbegrijpelijk? Maar als hij iemand met deze feiten heeft geconfronteerd, zou het me niet verbazen als we zijn moordenaar of moordenares heel ergens anders moeten zoeken,' zei Emma.

Ik knikte. 'Als ik dit aan Sabine en Bart laat zien, zullen ze alles aan de politie willen geven. Dan is het onmogelijk om het nog geheim te houden. Vroeg of laat krijgt de pers er lucht van.'

'Maar we moeten met hen praten, zodat Bart gericht onderzoek kan doen. Hij moet dan maar beloven erover te zwijgen. En de recherche mag pas ingelicht worden als er feiten zijn, als we iets kunnen bewijzen,' stelde Emma voor.

Eerlijk gezegd zag ik ook geen andere mogelijkheid. Bart moest op onderzoek uit gaan. Ik belde hem en vroeg hem langs te komen.

'Is er ook iets te eten?' vroeg hij.

Ik lachte en beloofde te koken.

We begonnen het kaf van het koren te scheiden. De informatie over schoonheidsoperaties legden we eerst opzij; Alex was vast niet vermoord omdat hij het bewijs had dat iemand de natuur flink ondersteunde door een facelift te nemen, om daarna het verhaal op te dissen over goede genen en veel water drinken. Daarna legden we de mensen opzij die waren vreemdgegaan en van hun partner waren gescheiden. De affaires die de afgelopen maanden door de pers waren ontdekt, gingen ook op de stapel.

We waren verbaasd dat er nog zoveel overbleven, waaronder een paar mensen die een scheiding zouden kunnen verwerken, maar het bijbehorende imagoverlies niet.

We liepen de stapel nog eens door, nu gefocust op 'existentiële dreiging'. Hierna bleven er vier over, twee vrouwen en twee mannen. De vrouwen vielen af, omdat er mannelijk DNA op de plek van het misdrijf was gevonden. De mannen bekeken we nauwkeuriger.

De eerste was Stephan, een zanger met wie we een jaar geleden een serie hadden geproduceerd. Hij was een idool van meisjes en vrouwen. Zijn imago deed kijkcijfers omhoog schieten en zorgde ervoor dat er stapels cd's van hem werden verkocht. In de media presenteerde hij zich altijd als een overtuigde hetero. De foto's die ik voor me had liggen vertelden een heel ander verhaal.

De tweede was Thomas, een presentator van bijna vijftig, die thuis een enorme kinderschare had rondlopen, altijd over trouw en een levenslang huwelijk sprak, maar zijn handen niet af kon houden van jonge, blonde, productieassistentes. Als de uitverkorene niet wilde, bedacht hij een excuus om haar uit het productieteam te verwijderen.

Ik kende ze allebei vrij goed. Ze waren bij ons thuis geweest, we hadden over van alles gepraat en ik dacht dat ik ze kende. Dat was dus niet zo.

'Zo, ik heb even genoeg van het liederlijke leven van de sterren. Wat eten we?' vroeg Emma. Ze trok de koelkast open. Karin had inkopen gedaan. 'Het zal mij benieuwen hoe Bart reageert als hij dit materiaal ziet. Ik ben behoorlijk geschokt.'

'Ga je je nu ineens als een moraalridder gedragen? Wie heeft hier jarenlang een verhouding met een getrouwde man gehad? Alleen omdat ze in de schijnwerpers staan, hebben ze toch niet minder fouten en slechte karaktereigenschappen dan jij en ik?' wilde ik weten.

'Ja, maar ik doe niet zo onschuldig. Ik doe me niet beter voor dan de rest,' verdedigde ze zich.

Ik zette water op voor pasta en pelde garnalen. Waar bleef Bart?

Meteen daarna ging de bel en ik liep naar de voordeur.

'Ik heb een fles van mijn lievelingswijn meegenomen,' zei hij energiek. Hij liep meteen door naar de keuken om Emma te begroeten en een blik in de pannen te werpen.

'Dat ziet er goed uit. Je bent mijn favoriete opdrachtgeefster.' Hij gaf me een knipoog.

Emma keek geamuseerd toe en zette de dampende pasta met saus en zeevruchten op tafel.

Bart had de papieren al in het oog gekregen. Hij fronste zijn voorhoofd en opende zuchtend de fles. 'Wat heb je hier?' vroeg hij terwijl hij met zijn vork naar de stapel wees.

Ik vertelde hem hoe we de kluis gevonden hadden en de code hadden gekraakt, en sprak onze verbazing uit dat Alex dit soort informatie had verzameld.

'Wat moet ik volgens jou nu doen?' wilde hij weten.

'Ik schraapte mijn keel en nam een slok water. 'Het is mogelijk dat we de moordenaar van Alex in een heel andere richting moeten zoeken,' begon ik voorzichtig. 'Ik weet niet of hij iemand heeft gechanteerd en of die persoon zich daar zo druk over heeft gemaakt dat hij of zij geen andere uitweg zag. Misschien was het ook helemaal niet de bedoeling en is er een ruzie geëscaleerd.' Ik wachtte even en ging daarna verder. 'Bij de twee personen die we hebben geselecteerd, vermoed ik dat een publicatie hun geloofwaardigheid zou hebben vernietigd. Probeer jij eens te achterhalen hoe ze tegenover Alex stonden en of ze van het materiaal wisten.'

'Zijn er nog meer?'

'Ja, maar deze twee vind ik het belangrijkst. Zij hebben het meest te verliezen.'

'Hoe kan ik in hun buurt komen? Bij sterren is dat altijd lastig.'

'Je hebt gelijk, zei ik en daarna vertelde ik welke constructie ik had bedacht. In de loop van de volgende week zou ik beide mannen bij mij thuis uitnodigen voor een gesprek over hun toekomst, waarbij ik eventuele nieuwe projecten met hen zou bespreken. Ik wilde Bart als mijn rechterhand voorstellen.

'Ik weet helemaal niets van televisie en als ze me googelen, zien ze meteen we ik ben,' merkte hij op.

'Ik geef je wel wat extra informatie, zodat je slimme opmerkingen kunt maken. En we moeten je natuurlijk een andere achternaam geven, of je achternaam gewoon niet noemen,' bedacht ik. Alleen, wat gebeurde er als een van de twee het kantoor belde en naar Bart vroeg? Daar moest ik nog iets op verzinnen.

'Ik bel ze morgenochtend na elkaar op om afspraken te maken, dus hou alsjeblieft je avonden vrij,' ging ik verder.

'Ga je dan zelf koken? Of zullen we het samen doen?' vroeg hij.

'Nee, ik bestel wel eten.'

'Dagenlang Aziatische fusion?'

Ik had helemaal geen zin om over eten na te denken. Mijn hoofd liep nu al om omdat ik voor allebei iets anders moest bedenken. Babbelen was niet mijn ding en dat wisten zij ook. Ze zouden de uitnodiging aannemen, maar ook een bepaalde verwachting van het gesprek hebben. Ik moest ze paaien.

'Geef me een momentje,' zei ik en ik ging naar mijn kantoor. Ik belde Jan en vroeg of hij naar mijn huis wilde komen.

Maandag 9 november

Van tien tot twaalf belde ik met Stephan en Thomas. Het ging zoals ik had verwacht: ze stonden in vuur en vlam en kwamen graag bij me eten, Stephan diezelfde avond nog.

Jan en ik gingen buiten de deur lunchen; we namen alle papieren mee.

'Hebben we een concept in de la liggen dat ik hem vanavond kan voorstellen?'

'Ik denk het wel. Dat hebben we weliswaar voor een andere presenterende zanger bedacht, maar ik denk dat Stephan het ook kan. We moeten het misschien enigszins aanpassen, maar het is een mogelijkheid.'

Ik las het format door. Het was Stephan niet helemaal op het lijf geschreven, maar als het kwartje bij hem viel kon het werken. Stephan was vijfentwintig, kwam uit een vermogend gezin in Rotterdam en zag eruit als een jonge David Hasselhof. Hij had zijn liefde voor muziek al vroeg ontdekt, speelde eerst piano en kwam als tiener toevallig met zingen in aanraking. Op zijn achttiende had hij zijn eerste hit; daarna volgde er elk jaar een cd, die steevast in de top 5 terechtkwam.

Afgelopen jaar hadden we een muzikale reis door Italië met hem geproduceerd. Het vrouwelijke publiek adoreerde hem sindsdien nog meer en de kijkcijfers waren fantastisch. Het format dat we nu hadden leek op *Hitparade*, dat in de gouden tijd van de schlagers een klapper in Duitsland was geweest. Ik stopte het in mijn tas.

'En wat hebben we voor Thomas?' vroeg ik. Die had ik tenslotte ook voor een etentje uitgenodigd.

Bart was er nog maar net toen Stephan aanbelde. Hij begroette me omstandig met een bos bloemen en bleef aarzelend staan. Ik liep voor hem uit naar de zitkamer en stelde Bart aan hem voor als mijn adviseur, die me de komende maanden in het bedrijf zou helpen. Tenslotte moest ik eraan wennen het bedrijf in mijn eentje te leiden.

Stephan luisterde ingespannen, vroeg naar de stand van zaken met betrekking tot het moordonderzoek en wilde weten hoe het met me ging.

Ik zag aan Bart dat hij het verdacht vond. Ik vond dat niet, want ik wist dat Stephan zo was. Hij praatte niet zo graag en al helemaal niet over zichzelf; in dat opzicht was hij totaal anders dan alle andere acteurs en actrices, presentatoren en presentatrices, zangers en zangeressen. Ik lokte hem met gerichte vragen uit zijn tent, schonk vaak wijn in, wat zijn tong enigszins losmaakte, en beschreef het format uitvoerig aan hem. Hij was meteen enthousiast en dacht al na over zijn gasten. We aten, dronken en praatten ontspannen. Toen opende ik de aanval.

'Vertel eens, ik hoor uit tamelijk zekere bronnen dat je een vriend hebt,' zei ik lachend.

Stephan verstijfde en schudde overdreven heftig zijn hoofd. 'Nee, dat is niet zo. Er is iemand met wie ik graag uitga, en natuurlijk blijft hij soms logeren, maar meer is het niet,' stamelde hij.

'Stephan, het is niet erg en niet iets wat je hoeft te verbergen. Wees eerlijk tegen je fans en ga er open mee om. Tegenwoordig wordt het geaccepteerd.' Ik legde mijn hand op zijn arm.

Hij schudde opnieuw zijn hoofd, dronk zijn glas haastig leeg en schonk zelf een nieuw glas in. 'Nee! Anne, het zou mijn carrière ruïneren, maar dat is niet het ergste. Mijn ouders zijn streng katholiek. Ze zouden het nooit accepteren. Pas als de paus homoseksuelen zijn zegen geeft, maak ik een kans bij hen. Voor die tijd is het uitgesloten. Ze zouden me verstoten, onterven of eisen dat ik in therapie ga. Voor mijn ouders is het een ziekte. Ze verwachten een schoondochter en minstens drie kleinkinderen. En ik weet niet hoe ik ze die moet bezorgen.' Hij keek me verdrietig aan.

'Dat kan ik me niet voorstellen. We leven in Nederland, in de eenentwintigste eeuw,' zei ik vastbesloten.

Hij lachte scheef. 'Geloof me, pas als de paus van mening verandert, volgen mijn ouders. Het is verschrikkelijk, maar waar.'

'Maar je moet toch voor jezelf kiezen. Je kunt niet eeuwig een dubbelleven leiden. Je weet dat je daardoor chantabel wordt,' merkte ik op.

Hij keek me doordringend aan en dronk zijn glas in één teug leeg. 'Ja, dat weet ik. Maar nu wordt het echt tijd om te gaan.' Hij schoof zijn stoel naar achteren en vertrok zonder afscheid te nemen.

'Zo, wat zeg je daarvan?' vroeg Bart opgetogen. Hij schoof zijn bord weg en startte zijn laptop op. 'Ik wil het zo precies mogelijk opschrijven, het duurt niet lang,' legde hij uit toen hij mijn vragende blik zag.

Ik gaf geen antwoord en ruimde op, in gedachten verzonken. Het was duidelijk dat Bart hem verdacht, maar ik had medelijden met Stephan. Hoe konden volwassen mensen zo bekrompen zijn?

Toen Emma binnenkwam draaide ik me geschrokken om. Ik had haar niet gehoord.

'Wat, is hij al weg? Ik wil hem alleen even beleefd een hand geven en dan heeft jullie gast zich al uit de voeten gemaakt. Had hij last van zijn maag?' plaagde ze.

Bezorgd vertelde ik haar over het gesprek, Stephans reactie en zijn overhaaste vertrek. Bart stopte met typen, kwam erbij staan en onderstreepte zijn vermoeden. Hij vond Stephans gedrag opvallend en wilde hem direct natrekken.

'Als eerste neem ik zijn financiële situatie onder de loep. Misschien heeft Alex hem echt gechanteerd, dan moet dat op zijn bankrekening te zien zijn. Daarna doe ik navraag in zijn omgeving. We moeten ons ook afvragen of we denken dat hij het gedaan kan hebben,' mompelde hij in zichzelf.

Ik had inmiddels het gevoel dat mijn mensenkennis me behoorlijk in de steek liet, doordat ik de ene na de andere onaangename verrassing kreeg. We hadden verdachten, maar niet één was voor honderd procent overtuigend. Waarom was het niet zo gemakkelijk als in de meeste detectiveseries? Ergens was een door en door slecht persoon, er was weinig twijfel, af en toe een tegenstrijdigheid en binnen negentig minuten was de zaak opgelost en zat de slechterik achter slot en grendel.

Plotseling ging de buitenverlichting aan. De tuin was ineens fel verlicht. Bart sprong op, rende naar de terrasdeur en keek gespannen naar buiten. Na een paar seconden rende hij naar de voordeur.

'Doe het hek open,' zei hij.

In mijn zenuwen drukte ik op de verkeerde knop.

'Toe dan!' riep hij.

Emma en ik liepen naar de voordeur. Ik zag Bart rennen.

'Blijf verdomme binnen en doe de deur op slot!' brulde hij.

Geschrokken draaiden we ons om en deden de deur dicht. Emma was lijkbleek. Vijf minuten later werd er hard geklopt.

'Ik ben het, doe open!' riep Bart buiten adem.

'Wie was het?' vroeg ik angstig.

'Ik was te laat. Ik zag alleen nog iemand van gemiddelde lengte en helemaal in het zwart gekleed wegrennen. Jezus, wat was hij snel!' hijgde hij en hij liet zich op een stoel vallen.

'Was het een man of een vrouw?' vroeg ik.

'Geen idee, daarvoor was ik te ver weg.'

'Ik moet roken,' verkondigde Emma terwijl ze naar de terrasdeur liep.

'Doe dat dan maar binnen,' zei ik. De gedachte dat ze in haar eentje buiten zou gaan roken beviel me niet.

Emma stak gehoorzaam een sigaret op, die ik meteen uit haar hand pakte. Ik inhaleerde diep.

'Je moet Koch bellen,' zei Bart.

'Ja, morgenochtend. En ik wil een extra alarm, eentje dat een signaal in huis geeft als er iemand over het hek klimt.'

'Je kunt punten op het hek laten aanbrengen,' stelde Bart voor.

'Dat zou kunnen, maar dan kan iemand die eroverheen klimt gespietst worden. Dat wil ik niet op mijn geweten hebben. Misschien hebben we de volgende keer geluk en krijgen we hem te pakken. We zetten de verlichting uit en laten alleen de sensor aan staan,' zei ik. Mijn stem klonk merkwaardig kalm en gelaten.

'Wil je die krankzinnige zelf pakken? Ben je gek geworden?' snauwde Emma.

'Zoals ik al zei was de indringer te ver weg en het is behoorlijk donker buiten. Het kan iedereen geweest zijn,' zei Bart.

Ik reageerde niet. We waren geen steek verder gekomen.

Dinsdag 10 november

Emma, Bart, die op de bank was blijven slapen, en ik renden de paar meter van de huisdeur door de regen naar onze auto's. Bart bleef abrupt voor mijn auto staan, pakte iets, keek ernaar en schudde zijn hoofd. 'Ik maak meteen een afspraak met Koch en zijn collega's,' zei hij grimmig.

'Waarom?' Ik stapte in de auto en legde mijn tas op de passagiersstoel, terwijl ik me afvroeg wat hij in zijn hand hield.

'Hier!' Bart gaf me een doorweekt papiertje, waarop met grote letters 'HOER' stond.

'Heb je enig idee wie jou zo haat?' Hij bleef in de stromende regen staan.

Ik stapte uit en liep hoofdschuddend naar de voordeur, starend naar het papiertje, dat nu zo nat was dat het bijna oploste in mijn hand.

'Waarom gaan jullie weer naar binnen? Is er iets aan de hand?' riep Emma, die de motor van haar auto al had gestart.

'Ik moet nog iets doen,' antwoordde ik afwezig.

Emma knikte, stak haar hand op en reed weg, terwijl Bart en ik naar binnen gingen.

'Bel de recherche. Die moet maatregelen nemen,' zei hij.

'Denk je dat die wat doet? Natuurlijk niet. De politie legt dit op de stapel en gaat rustig zitten bedenken welke richting het onderzoek op moet,' zei ik cynisch. Ik had er helemaal geen vertrouwen in. Het onderzoek naar de moord op Alex duurde me toch al veel te lang. De recherche was voortdurend onderbezet en moest zich met allerlei bureaucratische onzin bezighouden. Koch had tijdens het laatste gesprek nog geklaagd over het nieuwe computersysteem, dat tot een langdurige chaos had geleid.

'Bel nou, de recherche moet het weten,' hield Bart vol.

Ik draaide humeurig Kochs nummer. Ik kreeg zijn voicemail en toen ik Rietmeier probeerde, kreeg ik een receptionist aan de lijn die me vertelde dat hij ziek in bed lag. Mij werd beloofd dat Koch zou terugbellen.

'En nu ga ik naar kantoor. Ik moet iets doen. Er wachten stapels onbeantwoorde mails en heel veel werk op me; en ik moet nog iets voorbereiden voor vanavond.'

Bart knikte en liep met me mee naar buiten. Ik deed de deur zorgvuldig op slot, ging in mijn auto zitten en startte de motor. Bart reed met piepende banden weg, nijdig omdat hij vond dat ik de situatie niet serieus genoeg nam. Ik had echter helemaal geen zin om nog langer na te denken over dat belachelijke briefje en concentreerde me op datgene wat me op kantoor te wachten stond.

Jan en ik wilden de laatste montage van onze serie *Het leven waarvoor onze ouders ons waarschuwden* bekijken voordat die definitief naar de zender ging. Aanstaande zaterdag zou de eerste aflevering worden uitgezonden, op primetime. Normaal gesproken volgde ik elke stap bij een nieuwe televisieshow of -serie. Ik was betrokken bij de publiciteit en de marketingcampagne van de zender, maar nu had ik er geen flauw idee van wat er de afgelopen weken was gebeurd. Dat was me gisteren pijnlijk duidelijk geworden. Daarom had ik Jan een sms gestuurd waarin ik hem vroeg me zo snel mogelijk alle informatie te geven. De serie moest een knaller worden, want we hadden onze nek tamelijk ver uitgestoken. In de huidige situatie kon ik me geen flop permitteren. De zendermanager zou denken dat ik het bedrijf zonder Alex niet kon leiden. Dat was natuurlijk onzin, maar als dat idee eenmaal had postgevat, was het nauwelijks terug te draaien. Dat had ik de afgelopen jaren wel geleerd.

Barbara zat achter haar bureau te bellen. Ik zwaaide en liep rechtstreeks naar mijn kantoor. Op mijn beeldscherm zat een postit van Jan geplakt, waarop hij vroeg of ik hem meteen wilde bellen. Dat deed ik terwijl ik mijn jas uittrok. Hij beloofde meteen naar mijn kantoor te komen.

‘Goedemorgen,’ riep Barbara zodra ze had opgehangen. ‘Wil je thee?’

Ik stemde toe en vroeg me af of Koch haar al had ontboden.

‘Hebben Koch en Rietmeier nog iets laten horen?’ vroeg ik zodra ze met een kopje thee in haar hand mijn kantoor binnenkwam. Ze zag er moe uit. Haar blonde haar zat in een slordige paardenstaart en van haar anders zo zorgvuldig gemanicuurde nagels bladderde de donkere nagellak af.

‘Niet bij mij, moet ik een van hen voor je bellen?’ vroeg ze, waarna ze ongegeneerd gaapte.

‘Nee, dat is niet nodig, dank je. Ik heb zo meteen een bespreking met Jan,’ antwoordde ik, terwijl ik haar observeerde. Ze leek verkrampt.

Blijkbaar had Koch het rapport van de Spaanse politie nog niet binnengekregen. Zodra hij me terugbelde over dat briefje op mijn autoraam, zou ik hem vragen of hij iets meer druk op zijn mediterrane collega’s wilde uitoefenen. In de huidige situatie was het heel moeilijk voor me om normaal met Barbara om te gaan. Ik merkte hoe de twijfel steeds meer aan me begon te knagen. Wat was het jammer dat ik Bart en Koch had beloofd niets aan haar te laten merken.

Voordat ik verder kon piekeren, kwam Jan met zijn mobiel tegen zijn oor mijn kantoor in lopen. Hij legde een stapel papieren op de vergadertafel en discussieerde boos verder. Het gesprek ging over de montage van de serie die we zo meteen wilden bekijken. Blijkbaar was er iets mis met het geluid en kwam de dvd later dan was afgesproken. Jan was woedend en liep scheldend heen en weer.

Intussen cirkelde er een vogel voor mijn raam. Het was net of hij naar binnen wilde kijken. Ik keek er even naar en richtte mijn aandacht daarna weer op Jan.

‘Ben je bereid om als gast bij een talkshow te verschijnen om over de nieuwe serie te praten?’ vroeg Jan zodra hij had opgehangen. Hij stond bij het raam en keek me onzeker aan, in het heldere besef hoe afschuwelijk ik dat vond.

‘Alleen als het absoluut nodig is en het de kijkcijfers omhoog stuwt. Maar waarom ik? Waarom nemen we niet een van de hoofdrolspelers?'

'Die kunnen het gesprek niet dragen. Jij kunt het format uitleggen,' antwoordde hij.

'Dat kan wel zijn, maar denk je niet dat de presentator over de moord op Alex zal beginnen?' Ik aarzelde.

Jan dacht even na, gaf me toen gelijk en beloofde dat hij het met de redactie zou regelen. Hij koos meteen een nummer, liep mijn kantoor uit en kwam een paar minuten later met een triomfantelijk lachje op zijn gezicht terug. 'Ze zullen het er niet over hebben,' verzekerde hij me.

Ik knikte en kon aan zijn gezichtsuitdrukking zien dat hij opgelucht was. We namen de marketingcampagne door. Die verraste me. De zender zou niet alleen reclame maken via abri's en advertenties, maar ook via billboards. De lijst met trailers die zouden worden uitgezonden was indrukwekkend. Opgelucht leunde ik achterover en bekeek de lijst met marketing- en pr-activiteiten. De nieuwsgierigheid van de kijker werd zeker gewekt, wat waarschijnlijk zou resulteren in een hoog kijkcijfer voor de eerste aflevering. Echt spannend werd het als alle reclamecampagnes achter de rug waren en de serie op eigen kracht kijkers moest trekken. Dan pas zou blijken of het een succes was.

Tegen twaalf uur waren we klaar. Jan vroeg hoe het de vorige avond was gegaan.

Ik had helemaal geen zin om daar met iemand anders dan Bart en Emma over te praten en probeerde hem af te leiden. 'Ik kan er nog niets over zeggen. Laten we dat morgen bespreken en nu de band bekijken.'

Jan stond op en haalde hem. Hij wilde de laatste veranderingen zelf aanbrengen en vertrok zodra de aftiteling liep.

Tevreden reed ik naar huis, ging onder de douche en liet me op bed vallen. Ik draaide me op mijn zij en deed mijn ogen dicht, maar plotseling bedacht ik dat Koch niet had teruggebeld. Geïrriteerd schoof ik het dekbed weg, stond op en liep de trap af. Mijn mobiel zat nog in mijn tas en die had ik in de keuken laten liggen.

Na de vijfde keer overgaan nam hij pas op.

'Fijn dat u toch nog terugbelt,' begroette hij me vriendelijk.

'Hoezo terugbelt? Ik heb de hele dag op uw telefoontje gewacht,' antwoordde ik verwijtend.

'Mevrouw Van Veld, ik heb vanochtend een paar keer geprobeerd u aan de lijn te krijgen, maar uw assistente zei tegen me dat u in bespreking was en niet gestoord mocht worden.'

Ik kreeg het heel warm. Barbara had helemaal niet gezegd dat Koch had gebeld, hoewel ik er meerdere keren naar had gevraagd.

'Kunt u alstublieft meteen langskomen? Ik ben thuis.'

Koch beloofde dat hij over een kwartier bij me zou zijn. Karin keek me verbaasd na toen ik de trap op rende om me snel om te kleden.

Tien minuten later was Koch bij me. We gingen in mijn kantoor zitten en ik vertelde hem over de gebeurtenissen van de vorige avond en het 'liefdesbriefje' onder mijn ruitenwisser.

'Naar sporen hoeven we niet meer te zoeken, de regen heeft ze allemaal gewist,' merkte hij op, terwijl hij het briefje in een map stopte. 'Het is een heel nare situatie. Ik zal morgenochtend uw secretaresse over haar alibi ondervragen. Misschien komen we dan verder,' zei hij vermoeid.

Ik onderdrukte de neiging om hem over de kluis en de inhoud ervan te vertellen, maar Koch leek nauwelijks in staat nog iets op te nemen. Hij had donkere ringen onder zijn ogen en het had me niet verbaasd als hij zittend in slaap was gevallen.

Hij verontschuldigde zich en legde uit dat de drukte op het werk erg groot was, terwijl Rietmeier en twee andere collega's griep hadden. Ik had medelijden met hem. Hopelijk viel hij niet achter het stuur in slaap, dacht ik toen ik de deur achter hem dichtdeed.

Vijf minuten later stond Bart voor de deur. 'Ik weet waar Barbara het bewuste weekend is geweest.' Hij wierp me een veelzeggende blik toe en stopte een druif in zijn mond. 'Ga zitten, je zult verrast zijn.'

'Maak het niet zo spannend,' mopperde ik.

'Jouw secretaresse met het onschuldige uiterlijk heeft het achter de ellebogen. Ze brengt af en toe een weekend in Den Haag door.' Hij wachtte even. 'Waar ze in een club van sm-spelletjes geniet.'

'Barbara? Wat een onzin,' zei ik.

'Je gelooft me niet? Nou, ik weet het behoorlijk zeker. Ik heb weer met haar zus gepraat en ze was heel blij met mijn telefoontje...'

Hij werd onderbroken door de bel. Ik liep naar de deur en stond oog in oog met Emma, die de huissleutel op kantoor had laten liggen. Zodra ze binnenkwam herhaalde Bart zijn ontdekking over Barbara.

Emma lachte. 'Mooi, dan heeft ze een alibi.'

'Dat weet ik niet zo zeker, vanaf Amsterdam kun je binnen een dag naar Spanje heen en weer vliegen. Ze zal toch niet 24 uur lang in die sm-tent zijn geweest?' vroeg ik. Ik pakte Emma's sigaretten en stak er een op. Als ik zo doorging, was ik binnen de kortste keren weer verslaafd aan roken.

'Dat klopt. Ik ga er dit weekend naartoe om informatie in te winnen,' beloofde Bart. Hij gaapte.

'Heeft die zus je echt zomaar verteld dat Barbara naar een sm-club gaat?' De vraag spookte al de hele tijd door mijn hoofd.

'Dat niet; ze suggereerde het.'

'Maar of Barbara dat kan waarderen...' zei Emma cynisch.

Bart haalde zijn schouders op en nam afscheid.

We rookten nog een sigaret, controleerden uitvoerig of alles gesloten en vergrendeld was en gingen naar boven.

'Vertel eens, hoe lang werkte Barbara al voor Alex voordat jij erbij kwam?' Emma stond naast me de badkamer en wreef met een wattenschijfje de mascara van haar ogen.

Ik dacht even na en schudde weifelend mijn hoofd. 'Hooguit een halfjaar, dacht ik, maar ik weet het niet zeker. Mijn hersenen slapen al.' Ik slenterde de slaapkamer in en sliep zodra ik in bed lag.

Woensdag 11 november

'Ik moet dringend met je praten!'

Geschrokken bleef ik staan, staarde Rob aan, draaide me snel om en keek naar Barbara's lege plek.

'Weet jij waar Barbara is?' vroeg ik in plaats van hem te begroeten.

'Ja, ze is in het kantoor van Alex. Ik weet niet waarom, maar ze is met een man naar binnen gegaan. Hij kwam vlak na mij en wilde haar spreken. Ze heeft de telefoon naar een collega doorgeschakeld. Dat moest ik je vertellen als je kwam. Luister, Anne, ik moet je dringend iets vertellen.'

'Zo meteen, wacht even.' Ik ging naar Jan.

'Hallo, goedemorgen,' zei hij, terwijl hij vol verwachting naar me keek.

'Weet jij met wie Barbara in gesprek is?'

'Ja, met een van de rechercheurs, de jongere. Is hij er nog steeds?'

Ik knikte en liep terug. Rob was al bij mijn bureau gaan zitten. Hij zag er slecht uit, had donkere kringen onder zijn ogen en was een paar kilo afgevallen. Rusteloos ging hij met zijn hand door zijn haar. Toen stond hij besluiteloos op en ging meteen daarna weer zitten. Hij was zenuwachtig. De anders zo knappe, kalme advocaat, die soms zelfs arrogant overkwam, zat erbij als een hoopje ellende.

'Kun je de deur dichtdoen?' vroeg hij.

'Natuurlijk.' Ergens had ik medelijden met hem. Ik kon me heel goed voorstellen wat hij kwijt wilde. Heel even overwoog ik om het hem gemakkelijk te maken. Maar nee. Ik ging zitten en keek hem vriendelijk aan. Misschien vertelde hij me nog iets nieuws.

'Je weet toch dat Alex en ik een heel bijzondere vriendschap hadden?' Hij wachtte en ging pas verder nadat ik had geknikt. 'We vertrouwden elkaar blind en waren er altijd voor elkaar. Dat was al zo sinds onze jeugd. Zijn vriendschap was heel belangrijk voor me. Drie maanden geleden stelde ik Monique aan hem voor, een cliënte van me. Hij stond meteen in vuur en vlam en wilde dat ik een afspraakje regelde. Hij wist echter niet dat ik al langer dan een jaar een relatie met haar had. Ik kon het hem niet vertellen. Het was het eerste geheim tussen ons. Ze is al jaren mijn cliënte en we hadden een bijzondere klik. Ik was verslaafd aan haar, ze was een ongelofelijk goede minnares...'

Rob had natte ogen en vocht duidelijk tegen zijn tranen. Ik vroeg me af of het zelfmedelijden en liefdesverdriet was, of dat hij zijn gevoelens liet zien in de hoop dat ik hem niet zou veroordelen.

'Rob!' zei ik scherp tegen hem. 'Ik heb geen behoefte aan deze informatie.'

Hij streek met een theatraal handgebaar over zijn gezicht. Ik reageerde niet.

'Het spijt me, ik dacht er niet bij na. Toen Alex en Monique een relatie kregen, heb ik eerst gedaan alsof ik het niet wist. Monique vertelde het me vrij snel, stelde me gerust en verzekerde me dat ze van me hield en Alex gebruikte voor zijn contacten. Ze wilde doorbreken in Nederland.' Hij zuchtte, depte met een zakdoek de zweetdruppels van zijn voorhoofd en vroeg of ik het raam open kon doen.

'En dat heb je niet aan Alex verteld?'

Rob keek naar de vloer.

'Wat voor vriend ben jij?' vroeg ik met afkeer. Alex had me blijkbaar afgedankt voor een vrouw die alleen was geïnteresseerd in zijn netwerk!

Ik stond op, deed het raam open en had kunnen overgeven. Een moment bleef ik staan, ademde de koude lucht diep in en onderdrukte de behoefte om tegen Rob te zeggen dat hij moest opdonderen. In plaats daarvan draaide ik me om, vroeg hem verder te vertellen en schonk zelfs een glas water voor hem in. Hij dronk haastig; zijn hand trilde. Ik kon jammerende mannen niet uitstaan.

'Het werd natuurlijk steeds lastiger om onze relatie te verbergen en soms dacht ik dat Alex ons op het spoor was gekomen. Monique zou zondag naar Singapore vliegen. Ze vloog echter niet verder dan Londen en kwam met het volgende vliegtuig terug. Eigenlijk zou ik met haar meevliegen, maar dat ging op het laatste moment niet door omdat Alex me per se maandag wilde spreken. Ik weet nog steeds niet waarover. Monique kwam zoals gezegd terug en we brachten de nacht met elkaar door. Ik was geschokt toen ik vlak voor de afspraak met Alex hoorde dat hij dood was,' stamelde hij.

'En hoe staat het nu tussen Monique en jou?' vroeg ik ogenschijnlijk kalm. Dat was het enige dat ik nog niet wist.

Rob keek me verbaasd aan en slikte moeizaam. 'Laura is er op de een of andere manier achter gekomen en heeft me onder druk gezet. Ik moest tussen haar en de kinderen of Monique kiezen. Ik heb voor mijn gezin gekozen en werk ook niet meer voor Monique. Dat eiste Laura van me. En weet je, inmiddels ben ik ervan overtuigd dat Monique mij ook heeft gebruikt. Ze heeft nooit meer contact met me opgenomen, heeft haar telefoonnummer veranderd en toert met een band door Azië. Stel je voor, ik had mijn gezin bijna voor haar opgegeven.' Hij zweeg even. 'Je kunt je niet voorstellen hoe opgelucht ik ben dat ik eindelijk voldoende moed heb verzameld om je alles op te biechten.'

Hij zag er inderdaad een stuk beter uit dan toen hij net binnen was gekomen. Hij had weer wat kleur in zijn gezicht. Ik had hem het liefst een knal verkocht.

'Fijn dat je me dat vertelt, maar ik wist het al – en Alex trouwens ook. Hij heeft jullie gefilmd. Je moet het me maar niet kwalijk nemen, maar ik moet het vragen. Ik wil weten of je wist van de foto's in de safe.'

'Welke safe?'

'De safe achter de sauna, in ons huis.'

'Anne, ik heb geen idee wat je bedoelt.'

Ik keek hem verbaasd aan. Kon het echt zo zijn dat Rob het niet wist?

'Ook goed,' zei ik. 'Het enige dat me nog interesseert is wie mijn man heeft vermoord en mij...' Ik stopte. Ik wilde Rob niet vertellen dat ik werd bedreigd. Hij merkte gelukkig niet dat ik midden in de zin was gestopt met praten, maar staarde me verbijsterd aan.

Op dat moment kwam Jan binnen. 'Het spijt me dat ik stoor, maar ik moet je heel dringend spreken,' zei hij. Zijn ogen flitsten nieuwsgierig van Rob naar mij.

'Dat hindert niet, ik moet toch gaan. Ik heb gezegd wat ik te zeggen had.' Rob stond op, liep naar me toe en nam afscheid met een kusje, alsof er niets aan de hand was. Waarschijnlijk hoopte hij dat ook. Daar had ik echter een heel andere mening over. Hij had toegelaten dat Alex mij verliet vanwege een vrouw die hem gebruikte en dat zou ik hem nooit vergeven.

Jan kwam naar mijn bureau, wachtte tot Rob de deur achter zich had dichtgedaan en keek me doordringend aan. 'Koch heeft Barbara meegenomen. Ze is niet gearresteerd, maar moest voor verhoor mee naar het bureau.'

'Ook dat nog.' Ik ging uitgeput zitten.

'Denk je dat zij het heeft gedaan?'

'Ik weet het niet, ik weet helemaal niets meer,' zei ik zachtjes. Ik wreef met mijn handen over mijn gezicht.

'Hoe is de montage geworden?' vroeg ik plotseling. Ik stond op en liep naar het raam. Ik had opnieuw dringend frisse lucht nodig.

'Wat?'

'De montage van het nieuwe programma. Ik heb een kopie nodig en we moeten nog beslissen welk fragment we in de talkshow laten zien.'

'Laat het me maar weten zodra je de band hebt gezien. Ik vertel je vrijdag alle achtergronden en als je wilt ga ik mee.'

'Dat is lief.' Ik hield er absoluut niet van om in de schijnwerpers te staan, maar soms kon het helaas niet anders. Je werd zo kwetsbaar, bijna vogelvrij. Ik snapte niet dat iemand daar plezier in kon hebben.

Jan keek me bezorgd aan, maar werd door Aviva aan de telefoon geroepen en liep mijn kantoor uit.

Ik belde Bart en vertelde hem alles. Hij stelde voor om samen met Sabine te gaan lunchen. Het werd tijd om haar bij te praten.

'Goed. Bel jij Sabine?' zei ik moe.

Bart beloofde het en hing op.

'Barbara heeft zich ziek gemeld.' Jan stond ineens weer in mijn kantoor. Hij leek zenuwachtig en ik keek hem vragend aan. 'Het spijt me, meer informatie heb ik niet. Ze belde daarnet om te zeggen dat het niet goed met haar ging en dat ze naar huis ging. Volgens Liz, die haar aan de telefoon had, wilde ze jou niet spreken.'

'Het wordt steeds mooier,' zuchtte ik. Ik overwoog of ik Barbara moest bellen, maar besloot het niet te doen. 'Weet je of ze er morgen weer is?'

Jan schudde zijn hoofd en vertelde dat Caroline, de stagiaire die al eerder voor Barbara was ingevallen, bezig was een overzicht te maken. En inderdaad, ze zat achter Barbara's bureau en ordende papieren.

Om twaalf uur vertrok ik voor mijn afspraak met Sabine. Ik parkeerde in een ondergrondse garage en liep naar het restaurant. Ze was er al, had haar haar in een losse paardenstaart, droeg een spijkerbroek met een colbertje en glimlachte naar me. Ze stond op om me te begroeten en legde haar servet meteen weer op schoot. 'Bart heeft me telefonisch een korte samenvatting gegeven. Ik weet over de compromitterende foto's en jullie etentje met Stephan. Bovendien zei hij dat hij informatie heeft over Barbara's alibi,' zei ze, waarna ze de ober, die menukaarten op tafel legde, met een knikje bedankte.

Ik bestelde thee voor ons en vroeg hem met de rest van de bestelling te wachten tot Bart er was.

'Ik ben er al,' zei Bart. Hij begroette eerst mij, daarna Sabine en ging naast me zitten.

'Waar zullen we beginnen?' vroeg ik aan hem.

Bart vertelde uitvoerig over Alex' fotoverzameling en aantekeningen en legde uit dat hij informatie had over vier van de chantabele sterren en dat ik hem de rest niet had verteld. Sabine fronste haar voorhoofd, waarbij haar neus ook rimpelde, en keek me aan. Ik negeerde haar. Bart had zijn aantekeningen over de avond met

Stephan bij zich en gaf ze aan Sabine. Terwijl zij las, bestelden we.

'Ik weet het niet,' zei Sabine. Ze legde de papieren besluiteloos opzij.

'Het is niet veel, maar we zijn nog maar net begonnen,' bracht Bart in herinnering. Hij ging rechtop zitten, speelde met zijn servet en vertelde over zijn gesprek met Barbara's zus en de sm-club in Den Haag, het middernachtelijke bezoek van een onbekende in mijn tuin en het briefje achter mijn ruitenwisser.

Toen kwam ons eten. Bart trok zijn neus op toen hij het zag, schoof zijn bord opzij en praatte ononderbroken verder. Ik begon te eten en luisterde naar hem. Sabine hing aan zijn lippen en keek mij af en toe vragend aan.

Toen Bart klaar was, vertelde ik wat er met Barbara was gebeurd.

'Je zegt het zo kalm,' verbaasde Sabine zich.

'Wat kan ik anders doen? Er gebeuren dingen die ik vroeger nooit voor mogelijk had gehouden.' Ik wachtte even, nam een slok thee en vertelde wat Rob me had opgebiecht.

'De situatie wordt steeds onbegrijpelijker. Jullie moeten dit aan Koch en Rietmeier vertellen,' zei ze vastbesloten.

'Absoluut niet. Misschien geef ik door wat Rob heeft verteld, maar ik licht ze heel beslist niet in over de foto's. Ik wil geen onrust zaaien. Als bekend wordt wat voor verzameling Alex heeft aangelegd, kan ik mijn bedrijf wel sluiten. Dan zal niemand nog met me willen samenwerken. Ik verbrand het materiaal nog liever dan dat ik het aan de politie geef,' besloot ik. De draagwijdte van Alex' chantagepraktijken was me vanochtend onder de douche pas helemaal duidelijk geworden. Hoe langer ik erover nadacht, hoe minder ik ervan uitging dat een van de sterren de moord had gepleegd. Maar Bart had daar een heel andere mening over en Sabine was sceptisch.

'Goed dan,' gaf ze toe. 'Ik wacht op jullie resultaten en zo lang doe ik net of ik niet weet waarmee jullie bezig zijn, hoewel ik niet geloof dat de rechercheurs enthousiast zullen zijn als ze erachter zouden komen dat ik informatie achterhoud. Ik hoop dat ik deze week het dossier mag inkijken, zodat ik weet hoe ver ze met het onderzoek zijn. Daarna bel ik je meteen,' zei ze tegen me.

Ik knikte en voelde me ineens heel moe. Het liefst was ik met een goed boek thuis op de bank gaan liggen, zodat mijn hersencellen rust kregen. In plaats daarvan reed ik terug naar kantoor om samen met Jan een format voor Thomas te zoeken.

Thomas was een presentator oude stijl; hij kon dansen, zingen, was heel intelligent en uiterst charmant. Hij was lang, had blond haar en een uitstekend figuur. De afgelopen decennia had hij altijd grote shows gepresenteerd, maar toen de quizprogramma's eind jaren negentig populair werden, veranderde dat. Ineens werd hij niet meer gevraagd. Op de een of andere manier kon ik me nauwelijks een ander televisieformat bij hem voorstellen. Jan en ik piekerden, lazen verschillende concepten en probeerden uit de bestaande ideeën een nieuw format te creëren. Na een paar uur hadden we iets op papier staan wat misschien kon werken.

Ik ging om zes uur naar huis. Karin stond in de keuken en was druk bezig een pan rodekool voor aanbranden te behoeden. Er stond eend in de oven, aardappelen lagen in het water. Het rook heerlijk. Ze had de tafel gedekt en het dessert, tiramisu, in de koelkast gezet. Als aperitief wilde ze scroppino maken. Ik ging naar boven, nam een warm bad en ging tien minuten op bed liggen.

'Hoe wist je dat ik daar juist zo'n zin in heb?' Bart stond naast Karin bij het fornuis, had een arm om haar schouders geslagen en lachte stralend naar haar. Nieuwsgierig keek hij in de pannen, opende de ovendeur en snoof de geur op. Karin lachte, duwde hem weg en gaf hem duidelijk te kennen dat hij uit de keuken moest verdwijnen. We gingen naar mijn kantoor om het verloop van de avond te bespreken.

Precies op tijd stond Thomas voor de deur. Hij had net als Stephan een bos bloemen voor me meegenomen en keek verbaasd toen ik hem aan Bart voorstelde.

Met een glas in onze hand stonden we in de zitkamer te praten. Thomas leek heel ongerust. Hij informeerde hoe ver de recherche was en wilde weten of ik verder zou gaan met het bedrijf. Ik vertelde dat ik dat inderdaad van plan was en daarna veranderde hij van onderwerp en begon over zijn vrouw Lisa en de kinderen. Ze lag met een maagvirus in bed en werd alleen al bij de gedachte aan eten groen, vertelde hij lachend. We wilden net aan tafel gaan toen er werd gebeld.

'Laat maar. Ik doe wel open en dan verdwijn ik naar huis,' zei Karin. Ze had haar dikke winterjas al aan. Er was vandaag een stevige noordenwind opgestoken en het was ijskoud.

'Ik weet de weg,' hoorde ik Peter zeggen.

Met grote passen kwam hij de keuken in en bleef staan toen hij zag dat ik bezoek had. Peter en Thomas kenden elkaar, omdat Peter voor zijn televisiecarrière als binnenhuisarchitect voor Thomas had gewerkt. Thomas' gezicht lichtte op.

'Stoor ik?' vroeg Peter.

'Dat hangt af van wat je wilt. Eigenlijk was ik van plan om met Thomas over werk te praten,' zei ik. Ik hoopte dat Peter deze wenk zou begrijpen en aan zijn stutten zou trekken.

'Dat maakt niet uit, wat mij betreft kan Peter blijven. Ik wilde toch al voorstellen om eens iets samen te doen,' zei Thomas.

Peter ging enthousiast naast hem zitten. Ik stond op om een bord en bestek voor hem te pakken en zette mijn plan om Thomas uit te horen uit mijn hoofd.

De eend smaakte zo lekker dat er geen stukje van overbleef. Peter en Thomas waren dolenthousiast over hun idee om een serie te maken waarin ze op huizenjacht gingen. Peter had zelfs een blocnote gehaald en zette trefwoorden op papier. Het idee was helemaal niet slecht. Bart verveelde zich, maar verborg dat zo goed mogelijk. Ik keek geamuseerd naar hem. Hij deed alsof hij nog iets dringends moest afhandelen en besloot zijn koffie in mijn kantoor drinken. Peter en Thomas knikten afwezig. Ik maakte nog een fles wijn open, schonk water voor mezelf in en praatte mee.

Toen ze om twaalf uur naar huis vertrokken, ging ik naar Bart. Hij was zo verdiept in zijn werk dat hij nauwelijks iets om zich heen leek waar te nemen, schrok toen ik kuchte en vertelde wat hij had ontdekt. Dankzij zijn hackertalent had hij zich toegang tot al Barbara's mailtjes verschaft. Hij had er een paar uitgeprint en legde een stapel papier voor me neer. Ik begon te lezen, maar was niet ver gekomen toen ik opschrok van de bel.

Emma's mascara liep in zwarte strepen over haar wangen, haar ogen waren rood en haar handen ijskoud. Ik duwde haar zwijgend de keuken in. Bart stak zijn hoofd om de deur van het kantoor om te zien wie er was, en trok zich weer terug om verder te werken.

'Het komt doordat het definitief is. Dat begrijp je toch?' stamelde Emma, waarna ze luidruchtig haar neus snoot.

Ik begreep er helemaal niets van, maar had ook niet het gevoel dat ik antwoord moest geven op deze retorische vraag.

'Drink dit en vertel me dan kalm wat er aan de hand is,' zei ik terwijl ik haar een beker hete thee gaf.

Emma trilde. Ze ging op een van de keukenstoelen zitten, trok haar benen op en sloeg haar armen eromheen alsof ze zichzelf wilde omhelzen. 'André belde me vanmiddag op en zei dat hij me dringend moest spreken. Hij had nog een late vergadering, dus spraken we om tien uur af bij dat kleine Italiaanse restaurant hier om de hoek.' Ze werd iets kalmer, omklemde haar benen niet langer en zette haar voeten op de vloer.

'Vertel verder,' drong ik aan.

'Hij heeft tegen me gezegd dat hij definitief van zijn vrouw gaat scheiden als ik bereid ben met hem samen te wonen, er helemaal voor hem ben en met hem meega als hij op reis gaat. Hij haat het om alleen te zijn. Bovendien wil hij niet meer zo veel werken en hij heeft geen zin om alleen thuis te zitten. Hij speelt zelfs met het idee in het buitenland te gaan wonen. Ik heb hem gevraagd hoe dat in de praktijk moest werken, omdat ik een veeleisende baan heb. Hij zei dat hij daar een oplossing voor had. Hij stelde voor dat ik ontslag zou nemen en freelance zou gaan werken, zodat ik tijd heb om hem op zijn reizen te vergezellen. Maar zo werkt dat natuurlijk niet. Hij kan toch niet van me verlangen... Nou ja, hij deed het dus wel en was er zelfs tamelijk fel op.' Ze schudde terneergeslagen haar hoofd, nam een slok thee en praatte daarna verder.

‘Ik heb tegen hem gezegd dat ik absoluut niet op die manier wil leven, en dat ik niet van plan was mijn baan op te geven en financieel afhankelijk van hem te worden. Maar eerlijk gezegd is het belangrijkste dat ik niet meer in onze relatie geloof. André was geschokt, daarmee had hij helemaal geen rekening gehouden. Ik heb tegen hem gezegd dat het voorgoed voorbij is, en daarna ben ik opgestaan en weggegaan. Ik zal hem nooit meer zien, weet je dat? Dat definitieve doet pijn, verschrikkelijk veel pijn.’ Bij het uitspreken van de laatste twee zinnen begon ze te huilen. Plotseling stond ze op en liep naar de koelkast om de fles wodka uit het vriesvak te halen.

‘Wil jij ook?’ Ze glimlachte door haar tranen heen.

Ik moest bijna lachen. Het was zo’n grappige combinatie: de betraande ogen die ineens van woede fonkelden, de rode neus en de scheve glimlach.

Ik zei dat ik niet wilde en keek toe hoe ze een borrelglaasje achteroversloeg. Of het echt voorbij was? Ik had haar een paar keer te vaak horen zeggen dat het definitief over was om haar nu voor honderd procent te geloven.

‘Zo daar ben ik weer,’ zei ik tegen Bart nadat Emma naar boven was gegaan.

Hij zat geconcentreerd achter de pc en zocht illegaal op de harde schijven van andere computergebruikers.

‘Wat vind je van Barbara’s mailtjes?’ wilde hij weten.

Ik pakte de stapel weer en las de mailtjes. Ik wist niet goed wat ik ervan moest vinden. Barbara adoreerde Alex, beschreef haar dagelijkse kantoorleven met hem, dweepte met hem, beschouwde zijn kleine attenties als bewijzen van zijn liefde en fantaseerde in één mail aan haar zus zelfs dat ze zijn slavin was. Twee weken geleden was ze in Den Haag geweest en had zich daar uitgeleefd in haar seksuele voorkeur, terwijl ze zich verbeeldde dat Alex bij haar was. Uit een andere mail bleek dat ze zaterdagnacht de club had verlaten en er dinsdagavond pas weer was verschenen.

‘Het eerste wat ik morgen zal doen is haar de laan uit sturen,’ zei ik boos.

‘Weet je zeker dat dat de juiste beslissing is? Hoe wil je het ontslag rechtvaardigen?’ Bart keek op van het beeldscherm.

‘Ze was niet ziek,’ verklaarde ik.

‘O, en hoe weet je dat? Je kunt die kennis niet gebruiken omdat ik er illegaal achter ben gekomen,’ antwoordde Bart.

‘Verdomme! Er moet een mogelijkheid zijn. Ik laat het nakijken. Ik kan het niet meer verdragen om haar de hele tijd om me heen te hebben.’

Bart begreep dat, maar stelde voor nog een paar dagen te wachten. Hij wilde haar computer nog grondiger doorzoeken.

‘Dit is interessant,’ fluisterde Bart. Hij wees naar het scherm. ‘Stephan heeft in de weken voor de moord op Alex twee keer vijfduizend en een keer tienduizend euro opgenomen. Heeft hij dat geld aan Alex gegeven? Als dat zo is, dan heeft Alex misbruik gemaakt van zijn kennis. ‘

‘Kun je nog verder teruggaan?’

‘Nee, ik ben er net uitgegooid. Nog een keer inloggen is te gevaarlijk.’ Hij stond op, rekte zich uit en liep naar de keuken om een biertje te halen.

‘Waar heb je Alex’ laatste telefoonrekening?’ vroeg hij een paar tellen later. Hij nam een flinke slok, boerde met gesloten mond en keek me afwachtend aan.

‘Asjeblieft. Alle kopieën liggen netjes in deze map, de laatste bovenop,’ zei ik.

Barts vingers vlogen weer over het toetsenbord, ik vermoedde dat hij de onkostenspecificatie wilde nakijken.

‘Maar je zult alleen nummers vinden,’ merkte ik op.

‘Daar weet ik wel wat op, Anne. Ga rustig slapen, het wordt laat. Is het een probleem als ik doorwerk en dan een paar uur op de bank slaap voor ik morgen weer verderga?’

‘Natuurlijk niet, maar je kunt ook rustig in de logeerkamer slapen,’ bood ik aan.

Hij glimlachte en was meteen weer verdiept in computerzaken.

Ik liep de kamer uit, controleerde alle deuren en ging naar boven. Emma lag in mijn bed, hield het kussen stevig omklemd en had nog een paar tranen vergoten. Er lag een hoopje gebruikte zakdoekjes op de vloer. Ik pakte ze op en gooide ze weg, verwijderde mijn make-up en kroop ook onder het dekbed. Ik ademde diep uit, draaide me op mijn rug en staarde naar de muur.

Donderdag 12 november

Ik werd wakker met een flinke hoofdpijn en hartkloppingen. Zachtjes liep ik naar beneden. Op het aanrecht in de keuken lagen een paar prints van de telefoonrekeningen tot 19 oktober naast elkaar. Drie nummers waren met rood gemarkeerd. Bart had ernaast geschreven dat een ervan bij een prepaidkaart hoorde, waardoor hij de eigenaar onmogelijk kon achterhalen. Hij wilde nog proberen uit te zoeken waar de kaart was gekocht. Het tweede nummer stond op naam van Robs advocatenkantoor, maar was waarschijnlijk van Monique en het derde nummer was van Barbara's mobieltje.

Ik zette theewater op en bekeek de gemarkeerde notities nauwkeurig. Vreemd genoeg had Alex op die laatste zondag meerdere keren met Barbara gebeld. Hij had Moniques nummer ook een paar keer gedraaid, maar dat verbaasde me niet. Ineens bedacht ik dat ik nog steeds niet wist waarom hij haar zijn Porsche had geleend. Maar dat leek niet belangrijk. Het stoorde me veel meer dat hij die avond om halftien nog minutenlang met Barbara had gepraat. Wat wilde ze van hem – of hij van haar?

Ik nam een slok thee, pakte een sigaret uit het pakje van Emma, dat nog op tafel lag, en inhaleerde de rook diep. Ik werd duizelig, maar hield vol, inhaleerde nog een keer en merkte dat mijn lichaam langzaam aan de nicotine gewend raakte. Ik stond bij het raam en staarde naar de donkere tuin. Dit jaargetijde beviel me maar matig en ik vroeg me af wanneer ik de kerstverlichting zou laten ophangen: die maakte de tuin weer levendig. Ik besloot een berichtje voor Karin achter te laten dat ze de tuinman moest bellen. Over ruim vijf weken was het Kerstmis en zo langzamerhand moest ik beslissen wat ik met de feestdagen wilde doen. Hier in het natte en koude Amsterdam blijven was niet echt aantrekkelijk. Misschien kon ik Emma overhalen om nog eens met me naar de zon te vliegen?

'Zo vroeg al een sigaret?' Emma stond in de deuropening en glimlachte. Haar ogen waren gezwollen en er zaten kringen onder. Terwijl ze naar me toe liep pakte ze ook een sigaret. Ze liet haar aansteker opvlammen en ging naast me staan. We staarden zwijgend naar buiten.

'Wat is dit?' vroeg ze. Ze wees naar de papieren.

Ik schoof de papieren naar haar toe. 'Blijkbaar was de relatie tussen Barbara en Alex veel intenser dan ik wilde beseffen.'

'O jee,' zei ze, waarna ze een slok van mijn thee nam. 'Ik kan er ook geen andere reden voor bedenken. Maar dat zegt niet zo veel. Ik voel me stokoud en verschrikkelijk leeg, kan nauwelijks helder denken en zou het liefst doen wat ik bij anderen haat.'

Ik keek haar aan, maar zei niets.

'Mijn hoofd heel diep in het zand steken!' Ze glimlachte verdrietig en had tranen in haar ogen.

'Blijf vandaag gewoon hier. Ga onder de zonnebank, daarna op de loopband en dan in de sauna. Zet een goede film op en ga lekker slapen, dan ben je morgen weer de oude,' stelde ik voor. Bij mij hielp dat vroeger altijd.

'Nee, ik kan er beter niet aan toegeven. Vanavond ga ik naar mijn eigen huis om aan de eenzaamheid te wennen en er eens goed over na te denken wat ik nog van het leven verwacht. Of ik de droom van een partner met wie ik oud wil worden langzamerhand niet moet afschrijven. Ik ben vierenveertig en het lukt me gewoon niet om een gelijkwaardige relatie op te bouwen. Van mijn verlangen naar kinderen en een eigen gezin heb ik een paar jaar geleden al afscheid genomen. Misschien moet ik me er ook maar bij neerleggen dat de prins op het witte paard voor mij niet bestaat.' Emma keek ernstig en verdrietig, maar ook vastbesloten. Ze had een belangrijk moment in haar leven bereikt.

Ik knikte, sloeg mijn arm om haar heen en zei dat ik er altijd voor haar zou zijn. Emma glimlachte, gaf me een kus op mijn wang en ging naar boven.

Ik bleef staan en stak nog een sigaret op. Wat zou ik blij zijn als dit jaar eindelijk voorbij was.

Een halfuur later kwam ze weer naar beneden met haar tas in haar hand en liep zwijgend naar haar auto. Ik keek haar na, ging daarna zelf naar boven en maakte me klaar voor de dag.

'En, goed geslapen?' vroeg Bart. Hij stond in de keuken, had de terrasdeur geopend en dronk genietend van zijn koffie.

Ik gaf geen antwoord, pakte een glas sinaasappelsap en ging naast hem staan. Het was een prettig gevoel dat er iemand in huis was. Het zorgde ervoor dat ik me veilig voelde.

'Wat ga je vandaag doen?' wilde ik weten.

Bart ratelde vrolijk over zijn plannen en keek me stralend aan. 'Vanavond kan ik met een beetje geluk licht in de duisternis brengen,' beloofde hij terwijl hij zijn arm om me heen sloeg.

Ik glimlachte en ik zei dat ik naar kantoor moest.

Toen ik buiten stond, kwam Karin net aanfietsen. Ze had rode wangen van de kou, zette haar fiets neer en wilde weten hoe de eend had gesmaakt.

'Er is niets over van de eend, niets van de aardappelen en niets van de rodekool. Alles ging schoon op, zelfs de tiramisu,' rapporteerde ik.

Karin straalde en verklaarde zich meteen bereid om ook vandaag iets in elkaar te flansen. Ze vond het heerlijk om voor anderen te koken.

'Weet je wat,' zei ze. 'Bel me straks maar om te vertellen wat je wilt eten en dan maak ik het voor je.' Ik wilde nog zeggen dat Bart in de keuken stond, maar de deur was al in het slot gevallen.

In de auto belde ik haar om te vragen of ze een lekker Italiaans gerecht voor me wilde maken. Karin reageerde enthousiast. Op de achtergrond hoorde ik Bart praten. Die twee konden blijkbaar goed met elkaar opschieten. Ik keek tevreden en gaf gas.

Caroline zat al achter Barbara's bureau en nam de binnengekomen post door toen ik het kantoor in kwam. Ze was een mooi meisje van midden twintig, met donker haar dat in een pagekapsel rond haar gezicht viel. Normaal gesproken vond ik dat geen mooie haardracht, maar haar stond het goed. Ze had groene ogen en een barbiefiguur, dat ze nauwelijks benadrukte. Ze liep bij voorkeur in een spijkerbroek en T-shirt, en droeg platte schoenen. Ik zou haar de baan moeten geven, bedacht ik terwijl ze me de post aanreikte, maar eerst moest ik het probleem Barbara oplossen. Ik ging naar mijn kantoor, wierp automatisch een blik in Alex' werkkamer, deed de deur dicht en ging achter mijn bureau zitten.

In het kantoor van Alex hadden we niets veranderd. Het werd soms voor besprekingen gebruikt, maar ik kon het nog niet over mijn hart verkrijgen om de kamer een nieuwe functie te geven. Minstens één keer per dag liep ik naar binnen, ging zitten en probeerde te bedenken wat er in ons leven verkeerd was gelopen. Het was me te gemakkelijk om alles op Monique af te wentelen.

Na minutenlang vruchteloos piekeren stond ik op en ging weer naar mijn eigen werkkamer. Ook al was ik nog steeds woedend op Alex, ik miste hem heel vaak. De gesprekken, het uitwisselen van meningen en tegenstrijdige perspectieven, de ruggensteun die ik kreeg als we samen een belangrijke beslissing namen, ontbraken. Maar ook de geborgenheid, de vertrouwdheid, het lachen om dezelfde dingen, zijn liefkozingen en tederheden. Ik zuchtte, pakte de telefoon en belde Koch. Ik wilde weten wat het verhoor had opgeleverd en hoe Barbara had gereageerd.

Ik was Koch sympathiek gaan vinden. Hij was heel anders dan zijn collega Rietmeier, die gespannen en onevenwichtig overkwam. Het leek alsof Rietmeier geen zin meer had in zijn werk en niet kon wachten tot hij eindelijk met pensioen ging. Ik schatte Rietmeier begin vijftig, wat betekende dat hij nog dik tien jaar voor de boeg had. Koch had daarentegen een duidelijk plezier in zijn werk en zette zich in. Hij zou razend worden als hij erachter kwam hoeveel informatie ik achterhield.

Na de vijfde keer overgaan nam Koch op. Hij klonk gejaagd, maar verontschuldigde zich daar meteen voor. Ik vroeg hem naar de stand van zaken met betrekking tot het onderzoek en informeerde hoe het verhoor van Barbara was gegaan.

Koch lachte. 'Mevrouw Van Veld, dat is een lopend onderzoek, daar kan ik u geen informatie over geven – en al helemaal niet via de telefoon. Als ik me echter niet vergis, heeft uw advocate morgen een afspraak om het dossier in te zien. Daaruit kan ze de belangrijke feiten halen,' zei hij.

Op mijn verzoek een uitzondering te maken ging hij niet in. Hij lachte weer en legde uit dat het echt niet mogelijk was.

Gefrustreerd hing ik op. Ik vloekte zachtjes en vond Koch ineens veel minder aardig. Toen belde ik Sabine, die net tussen twee besprekingen zat.

'Even snel, ik heb vijf minuten,' zei ze en ik hoorde hoe ze haar stoel rechttrok.

Ik vertelde dat ik Barbara met spoed wilde ontslaan.

'Of dat kan weet ik zo direct niet,' zei ze, maar ze beloofde het arbeidsrecht na te kijken en me daarna op de hoogte te brengen.

Even later kwam Caroline mijn kantoor in lopen. 'Barbara heeft een ziekmelding gefaxt. Ze is uitgeput, voelt zich niet in staat om de komende weken te werken... en waarschijnlijk gaat het nog langer duren.' Ze keek me afwachtend aan.

'We hebben de sleutel van haar bureaula nodig,' bedacht ik. 'Bel haar om het voor te leggen en laat me weten hoe die sleutel op de snelste en veiligste manier hiernaartoe kan komen. Misschien is er een reservesleutel,' zei ik. Natuurlijk wist ik dat die er was, en ik had hem ook al gebruikt, maar dat hoefde Barbara niet te weten.

'En zou jij Barbara's taken de komende weken willen overnemen?' vroeg ik aan Caroline voordat ze de deur weer dicht kon doen.

Ze knikte stralend.

Ik stond op om de dvd te pakken die Jan op de spreektafel had gelegd. Het was de definitieve versie van ons nieuwe programma en ik was een beetje zenuwachtig. Ik drukte op 'play' en wachtte gespannen op het logo en de muziek. Met behulp van een voice-over werden de hoofdrolspelers voorgesteld. Ik keek op de stopwatch.

Minder dan een minuut, dat was snel. Ik dook in het leven van zes volwassenen die zich met de minieme middelen van een student moesten zien te redden. Toen de aftiteling na dertig minuten verscheen, had ik meerdere keren gelachen. Alex werd natuurlijk ook genoemd. Hij zou zo trots zijn geweest, dacht ik weemoedig. Tenslotte was het zijn idee, zijn baby.

Ik wist zeker dat het programma bij de kijkers in de smaak zou vallen. Voyeurisme werkte. Zondagochtend was het uur van de waarheid, als de kijkcijfers binnen waren. Als ze onder de verwachting bleven, moesten we snel handelen. Lukte het niet om de kijkcijfers in de volgende afleveringen omhoog te krijgen, dan was het afgelopen. Je was altijd maar zo goed als je laatste programma. Dat gegeven beviel me. Normaal hield ik van de stress en de voortdurende uitdaging, van het feit dat je je telkens weer moest bewijzen. Maar op dit moment voelde het als een loodzware last. Waarschijnlijk kon ik in de nacht van zaterdag op zondag alleen met behulp van een slaaptablet naar dromenland verdwijnen. 's Ochtends om acht uur zou ik gespannen achter mijn computer zitten wachten tot de kijkcijfers binnen waren. De volgende dag zouden we de show aan de hand van de grafiek van minuut tot minuut analyseren. We konden zien waar de kijkers waren weggezapt of juist op ons hadden afgestemd. Dat gaf informatie over de zwakke plekken.

Ik maakte een paar aantekeningen en ging ermee naar Jan, die een sigaret rookte bij het open raam. Ik kon de verleiding niet weerstaan.

'Wat vind je ervan?' Hij zat half op de vensterbank en blies de rook naar buiten.

'Het ziet er goed uit,' antwoordde ik. Ik ging naast hem zitten en stelde vragen over de serie, op zoek naar grappige verhalen. Ik vertelde hem welk deel me het meest geschikt leek voor de talkshow.

'Iemand van de redactie belt je over ongeveer een halfuur. Het is een voorgesprek, zodat je weet wat de vragen ongeveer zullen zijn. Je krijgt ook de namen van de andere gasten te horen.'

'Prima,' antwoordde ik. Ik drukte mijn sigaret uit en ging bibberend van de kou naar mijn eigen kantoor.

'Je hebt bezoek,' zei Caroline.

Ik keek haar vragend aan, maar Bart riep al dat hij er was en dat ik gerust verder kon komen.

Glimlachend liep ik naar binnen. 'Wat doe jij hier?' vroeg ik vrolijk.

Op mijn bureau lag een pakketje.

'Wat is dat?'

Voordat Bart antwoord kon geven, had ik het al gepakt.

'Dat lag vanochtend voor de buitendeur. Ik weet niet hoe het daar is gekomen. Nadat jij was weggegaan, heeft er niemand aangebeld, het hek was dicht en toch lag het er. Ik vind dat je het moet zien en dat we iets moeten ondernemen.'

Ik keek hem geschrokken aan, maakte het pakketje open en werd lijkbleek. En hoewel ik opgewonden heen en weer liep kon ik maar moeilijk helder denken.

In het pakketje zaten vier voorwerpen: twee foto's, een knuffelbeest en een briefje met de tekst: 'JE HEBT HEM VAN ME AFGEPAKT EN DAAR ZUL JE VOOR BOETEN! VERGEET ELK GEVOEL VAN VEILIGHEID – JIJ ZULT NERGENS MEER VEILIG ZIJN!'

Het knuffelbeest was een kat met een lichte, langharige vacht. In de buik stak een mes en eromheen zaten rode vlekken. Eén foto toonde de bloedende kat op de terrastafel in Spanje en op de tweede foto stonden Alex en ik. Het was precies dezelfde foto die hij op zijn bureau had staan, maar dan met bloedspatten op onze gezichten. Ik rende zijn kantoor in – de foto stond nog keurig op zijn plek. Piekerend liep ik terug.

Koch kwam meteen langs na mijn paniekerige telefoontje. Hij stopte het pakketje met handschoenen aan in een speciale plastic zak.

'Een heleboel mensen hebben het pakketje natuurlijk al vastgehad,' mompelde ik schuldbewust.

'Dat weten we niet. Het is niet afgeleverd door een postbode of een koeriersdienst. Ik neem dus aan dat de dader het zelf heeft gebracht. Hij heeft u waarschijnlijk geobserveerd en is de tuin in geglipt in de korte tijd die het hek nodig heeft om weer helemaal te sluiten. Daarna heeft hij het pakketje voor de deur gelegd en zich uit de voeten gemaakt; of hij heeft zich in de tuin verstopt tot het hek weer openging. Ik zal in elk geval een paar mensen bij u langs sturen die de tuin onderzoeken en een buurtonderzoek doen.' Hij stond op en pakte zijn jas. Het was gaan sneeuwen. Dikke, natte sneeuwvlokken dansten voor mijn raam.

'Nog één ding,' zei hij. 'Ik begrijp de betekenis van de laatste zin niet.'

Ik legde uit dat ik na het briefje onder mijn ruitenwisser en de nachtelijke bezoeker het beveiligingsbedrijf had gebeld om de alarminstallatie te laten aanpassen. Koch knikte en ging in gedachten verzonken weg.

'Misschien is het beter als je een tijdje bij Emma gaat logeren?' stelde Bart voor.

Ik keek hem even aan en richtte mijn aandacht weer op de sneeuwvlokken. Er was wind opgestoken en ze wervelden wild door de lucht. 'Nee, ik laat me niet bang maken of uit mijn huis verdrijven. Wie het ook is, mij krijgt hij niet klein.'

Bart stemde toe. Toen stond hij op en zei dat hij werk te doen had. Hij beloofde stipt om zeven uur bij me te zijn.

Ik belde het beveiligingsbedrijf en vroeg om meer bewaking. Die was er in twee versies: er kwam iemand bij me in huis, of er postte dag en nacht op onregelmatige tijdstippen een bewaker in een auto voor het huis. Ik koos de tweede mogelijkheid en besliste dat de regeling meteen moest ingaan.

De volgende uren werkte ik geconcentreerd door. Ik had een belangrijke stemmingswisseling ondergaan. Leegte en wanhoop waren veranderd in woede. Ik was bereid om het gevecht met de dader aan te gaan.

Om zes uur vertrok ik tevreden van kantoor. Ik had verbazingwekkend veel werk verzet en twee besprekingen gehad. Toen ik met mijn auto voor het hek stond, zag ik een witte Golf van het beveiligingsbedrijf dat mijn huis in de gaten hield aan de overkant van de straat staan.

Ik drukte op de afstandsbediening en zag het smeedijzeren hek langzaam bewegen. Het duurde inderdaad te lang. In die tijd kon er een heel voetbalteam in ganzenpas de tuin in lopen. Nadenkend liep ik naar binnen. Het rook heerlijk, heel anders dan gisteren, naar versgebakken brood, knoflook en kruiden. Ik hing mijn jas op en liep rechtstreeks naar de keuken. Karin zette net de blender aan. Ze lachte even, maar liet zich niet afleiden. Mijn maag rammelde en ik besefte dat ik de hele dag niets had gegeten. Ik kon haast niet wachten om Karins tomatensoep te proeven. Ze liet de blender echter koppig draaien en haalde het brood uit de oven. Ik nam een cola en ging naar boven.

Wat zou ik morgen aantrekken voor de talkshow? Ik rommelde en woelde, probeerde broeken, rokken, bloezen en jurken, smeet alles op het bed, want niets beviel me. Plotseling kreeg ik de reddende ingeving. Met een beetje geluk kon ik morgen rond de middag naar een paar boetiekjes in de Cornelius Schuytstraat gaan en naar hartenlust winkelen. Tenslotte werd ik pas tegen zes uur in de studio verwacht. Opgelucht ruimde ik op en ik ging tevreden naar beneden.

Bart was er al. Hij kletste met Karin en floot bewonderend toen ik binnenkwam. Ik werd rood.

'Komt Emma vandaag?' vroeg hij met een knipoog.

'Nee, ze is van plan om een of twee nachten thuis te slapen. Ze wil alleen zijn om na te denken,' antwoordde ik naar waarheid en ik pikte een stukje brood.

Karin glimlachte. Ze vertelde dat er 's middags een paar rechercheurs waren geweest die de tuin hadden doorzocht. Dat vond ze nogal irritant en ik vermoedde dat Bart haar de reden of de noodzaak ervan niet had uitgelegd.

'Gaat dat vaker gebeuren?' vroeg ze op een enigszins agressieve toon.

'Dat zou kunnen, maar ik hoop het niet,' antwoordde ik kalm. Ik vertelde haar wat er was gebeurd.

Karin keek me bezorgd aan en vroeg of ze een tijdje bij me moest logeren. Ze was niet bang; Karin liet zich niet snel uit het veld slaan.

Alleen op wespen reageerde ze hysterisch.

'Als ik het goed begrijp heeft Karin alleen voor ons gekookt?' vroeg Bart toen Karin niet veel later was vertrokken.

Ik knikte en stak een van Emma's sigaretten op – ze had het pakje laten liggen.

'Mag ik er ook een?'

Ik gaf hem het pakje en ging vlak naast hem staan, zo dichtbij dat we elkaar bijna aanraakten. Toen keken we elkaar diep in de ogen. Bart pakte mijn hand, streelde hem zacht en keek me een hele tijd zwijgend aan.

'Je hebt zo ongelofelijk veel kanten dat ik uitermate gefascineerd door je ben. Je bent intelligent, strijdbaar, keihard, maar ook zacht en warm, kwetsbaar en gevoelig, je hebt humor en bent bovendien een heel aantrekkelijke, prachtige vrouw...'

'Dat klinkt als een liefdesverklaring,' zei ik spottend. Zijn gedrag maakte me verlegen.

Bart keek me aandachtig aan. Ik had het gevoel dat hij tot in mijn ziel wilde doordringen. 'Dat is misschien ook zo,' fluisterde hij, waarna hij voorzichtig mijn lippen kuste.

Eerst wilde ik hem wegduwen, maar het voelde zo heerlijk en was precies waarnaar ik al een hele tijd had verlangd. Ik deed mijn lippen een stukje van elkaar en voelde hoe zijn zachte, gladde tong in mijn mond schoof. De voorzichtige kus werd al snel begeriger. Onze lichamen duwden als vanzelf tegen elkaar aan. De taal was ondubbelzinnig. Ik maakte me langzaam van hem los, pakte zijn hand en nam hem mee naar boven.

Helemaal aangekleed lieten we ons op het bed vallen, zoenden en trokken het ene na het andere kledingstuk van elkaar uit tot we naakt en enigszins verlegen naast elkaar lagen. Toen we voor het eerst seks met elkaar hadden, was dat niet stormachtig of wild, en al helemaal niet zoals het in de meeste romans werd beschreven. We hadden sterke gevoelens, maar waren ook onzeker, onderzoekend, afwachtend hoe de ander op de aanrakingen zou reageren, zoals dat in het echte leven gebeurt. De gewone angsten, die je hebt als je je voor het eerst naakt aan een nieuwe partner laat zien, waren bij allebei duidelijk aanwezig. Ik was blij dat ik mijn overtollige kilo's kwijt was, maar trok toch mijn buik in zodra zijn blik van mijn gezicht naar mijn lichaam zwierf. Onbeholpen probeerde ik in een optisch gunstige positie te gaan liggen en ik merkte dat Bart hetzelfde deed. We moesten erom lachen, maar praatten er niet over. We hoopten dat de onzekerheid vanzelf zou verdwijnen, en dat gebeurde ook. Toen we de tweede keer seks met elkaar hadden, waren alle remmingen weg. De derde keer was fantastisch. We vielen uitgeput in elkaar verstrengeld in slaap.

Vrijdag 13 november

De diskjockey vroeg zijn luisteraars om een sms'je te sturen met hun mening over vrijdag de dertiende. Was er ooit iets bijzonders gebeurd op die dag? Wie was er bijgelovig? Hij herhaalde het telefoonnummer en draaide een plaatje.

Ik maakte een kop thee en zette het koffiezetapparaat aan. Bart lag boven nog vredig te slapen. Het was net zeven uur geweest. De regen sloeg zoals zo vaak de afgelopen dagen tegen de ramen – een typische novemberdag in Nederland dus. Ik drukte op de startknop van het koffiezetapparaat en zag hoe het hete water door het patroon werd geperst. Het maakte een verschrikkelijk lawaai en ik nam aan dat het apparaat ontkalkt moest worden. Ik schreef meteen een briefje voor Karin. De smaak van koffie maakte me kotsmisselijk, maar ik hield van de geur. Met twee kopjes in mijn handen liep ik weer naar boven. Toen ik voor het bed stond en naar Bart keek, deed hij één oog open, grijnsde en stak zijn handen naar me uit.

'Koffie?' vroeg ik.

Hij schudde zijn hoofd. Ik zette de kopjes neer en ging naast hem liggen. Hij streelde mijn huid, die onder zijn handen samentrok. Mijn ziel reageerde net zo en ik duwde me stevig tegen hem aan. Bart kreunde, spreidde mijn benen en streelde me eerst langzaam, en daarna steeds sneller. Ik boog mijn hoofd naar achteren, ging met een ruk schrijlings op hem zitten en schoof mijn onderlijf recht boven het zijne. Ik kon niet wachten om hem binnen in me te voelen.

Om acht uur sprong mijn wekkerradio aan. De diskjockey las een paar sms'jes voor en gaf er commentaar op. We lagen doorweekt van het zweet en helemaal uitgeput maar dolgelukkig naast elkaar. Bart streelde mijn borsten en leunde op zijn elleboog.

'Je bent echt heel mooi,' fluisterde hij, waarna hij me teder kuste.

'Met een beetje geluk weet ik straks waar de prepaidkaart is gekocht.'

Bart en ik zaten in de keuken en deelden een verse ananas.

'En dan?' Ik begreep niet goed hoe deze informatie ons verder kon helpen en vond eigenlijk dat hij zich om belangrijkere dingen moest bekommeren.

'Het is geen mijlpaal in het onderzoek, maar soms kunnen de kleinste puzzelstukjes het beeld completeren.'

'Op die manier,' zei ik en ik gaf hem een kus. Ik was meer bezig met het dossier dat Sabine vandaag zou inzien. Over een uur had ze een afspraak met Koch.

Jan stond bij de receptie op me te wachten. 'Barbara heeft net gebeld. Ze wil de sleutel zelf langsbrengen, want ze moet naar de tandarts. Wil je dat ik het voor je afhandel?

'Nee, dat is lief van je, maar ik wil even met haar praten,' antwoordde ik vastbesloten. Ik wist alleen nog niet wat ik tegen haar wilde zeggen. Officieel was ik niet op de hoogte van de informatie die ik had, en Koch had zich niet laten overhalen om me iets over het verhoor te vertellen. Ik moest net doen of ik van niets wist.

Mijn kantoordeur stond wijd open en ik hoorde hoe Barbara haar collega's begroette, maar met niemand een gesprek begon. Niet lang daarna stond ze voor me. Ze zag er moe uit. Haar blonde haar was in een paardenstaart gebonden en ze droeg nauwelijks make-up, waardoor haar gezicht nogal uitdrukkingsloos was. Ze zag er heel anders uit dan anders. Op haar bloes, die half in haar spijkerbroek was gestopt, zat een koffievlek. Het dikke donsjack hing half uit haar grote tas. Ik observeerde haar, in de hoop dat het kwartje zou vallen.

'Ik kom de sleutel brengen,' zei ze.

'Dat is lief van je, ga alsjeblieft zitten.'

Besluiteloos, bijna onwillig, ging ze zitten. Ze legde de sleutelbos op de tafel.

'Ik heb alleen de sleutel van het bureau nodig. Ik hoef ze niet allemaal te hebben.'

Ze speelde even met de bos, keek me aan en lachte. Haar lachje was naar binnen gekeerd en verbitterd.

'Omdat niemand kan zeggen wanneer ik weer gezond ben, kan ik beter alle sleutels afgeven.' Ze rechtte haar schouders, maar liet ze even later weer hangen. 'Mijn dokter zegt dat het tijd kost om beter te worden.'

Het viel me ineens op wat er anders aan haar was: het zwart van haar pupillen had de hele iris in beslag genomen.

Ik bedankte haar en was opgelucht toen ze opstond. Zonder afscheid te nemen liep ze mijn kantoor uit. In de deuropening botste ze bijna tegen Jan op. Ze negeerde hem volkomen en liep verder.

'Hebben jullie ruzie gehad?'

'Nee. Het was een heel kort en heel vreemd gesprek.' Ik wees naar de sleutelbos, herhaalde wat ze had gezegd en beschreef haar verbitterde glimlach.

'Heeft ze niets over het verhoor gezegd?' vroeg Jan.

'Geen woord, maar ik ben er ook niet aan toe gekomen het te vragen. Ze was afwijzend en onbereikbaar. Heb je haar ogen gezien?'

Dat had hij niet.

Ik bleef nog een halfuur piekerend achter mijn bureau zitten, stond daarna abrupt op en liep het kantoor uit.

'Dit staat u bijzonder goed,' zei de verkoopster vleiend. Ik had een vuurrode designerjurk aan, overduidelijk volstrekt de verkeerde keus. Ik schudde zwijgend mijn hoofd, liep het pashokje in en trok hem uit. De verlichting in deze dure boetiek was een ramp en om het nog erger te maken hingen er driezijdige spiegels, die alle putjes, vetrollen, gesprongen adertjes, onzuiverheden en rimpels uitvergrootten. Ik trok mijn eigen kleren aan en liep de winkel uit. De verkoopster keek me teleurgesteld na.

Waarom dacht niemand na over de inrichting van zo'n winkel? Het kon toch niet de bedoeling zijn dat ik me slechter voelde door het passen van peperdure kleren. Wilde de eigenaar geen welzijn en schoonheid verkopen? Dan moest de klant het gevoel hebben dat ze er fantastisch uitzag. In plaats daarvan werd haar zelfbewustzijn vernietigd, doordat ze tijdens het passen met alle gebreken van haar lichaam werd geconfronteerd. Of was dat nu juist de tactiek? Werd ze eerst met haar neus op de feiten gedrukt, om daarna, gehuld in iets duurs, extra enthousiast te kunnen reageren?

Ik slenterde verder, ging de volgende boetiek in en liep al snel gefrustreerd weer naar buiten. Ik wilde net opgeven en overwoog al welk van mijn zwarte jurkjes ik kon aantrekken, toen ik een blauwe jurk in een etalage zag. Ik ging naar binnen, was opgelucht over de discrete verlichting in de paskamer en enthousiast over de jurk. Hij was getailleerd, had een vierkante hals die mijn decolleté fantastisch liet uitkomen, driekwart mouwen en precies de ideale lengte. De verkoopster gaf me zwijgend een paar *peeptoe*-pumps aan in dezelfde kleur.

Tevreden kwam ik de winkel uit.

Ik ging ontspannen terug naar kantoor, las de kernachtige samenvatting in losse woorden die Jan bij wijze van geheugensteuntje voor me had gemaakt en belde Emma.

'Het gaat heel goed met me,' zei ze vrolijk.

'O,' zei ik. Ik wist niets beters te verzinnen. Het verbaasde me dat ze zo opgewekt klonk. Tenslotte was ze gisterochtend ernstig twijfelend aan haar leven uit mijn huis vertrokken.

'Dat had je zeker niet verwacht! Maar het is heel eenvoudig,' ging ze vrolijk verder. 'Ik heb gisteravond een lijst gemaakt.'

Natuurlijk, dacht ik. Dat had ik zelf ook kunnen bedenken.

'En op die lijst heb ik alles geschreven wat me ergert aan mijn leven,' ging ze verder. 'Je zult het niet geloven, maar negenennegentig procent daarvan wordt veroorzaakt door André. Hoewel het eigenlijk niet meer nodig was, heb ik daarna een lijst gemaakt met de dingen die me wel bevallen aan mijn leven. Je raad het natuurlijk al: daar kwam André maar één keer op voor. En zelfs die ene keer was een geval van inbeelding. De conclusie was snel getrokken. André is uit mijn leven vertrokken, dus gaat het goed met me.'

Ik moest hartelijk lachen. Was het maar zo eenvoudig. 'Daar ben ik blij om,' antwoordde ik. 'Heb je zin om vanavond mee te gaan naar de talkshow?' Er was zojuist een plannetje bij me opgekomen.

Emma wilde graag mee en beloofde om zes uur in de studio te zijn.

'Ik heb Sabine voor je aan de telefoon!' riep Caroline.

'En?' vroeg ik nieuwsgierig zodra ik de telefoon had opgenomen. Ik was de hele dag al zo benieuwd wat ze in het dossier kon hebben ontdekt, dat ik haar niet eens begroette.

'Het stelde niet zo veel voor. Ze hebben nauwelijks iets en komen niet verder met het onderzoek doordat ze verschrikkelijk onderbezet zijn. Er heerst een griepgolf op de afdeling. Je wordt niet meer verdacht, maar dat wisten we al. Ze hebben hun aandacht nu op Barbara gericht, omdat haar alibi voor de nacht van de moord nogal zwak is. Ze is om halftwaalf uit Almere vertrokken, maar werd pas rond twee uur 's nachts in Den Haag gezien. Van Almere naar Den Haag reizen kost een uur, hooguit anderhalf. Ze kan het echter onmogelijk alleen hebben gedaan, want waar komt het mannelijke DNA dan vandaan, en wie was de vrouw die de twee buren rond middernacht voor jullie deur hebben gezien? Of zijn er die nacht meer mensen geweest? Barbara kan de vrouw voor de deur niet zijn geweest, omdat zij op dat moment nog op de snelweg zat. Maar het is duidelijk dat ze iets verborgen houdt...'

'Stel dat ze thuis de klok voor heeft gezet en in werkelijkheid om half elf is vertrokken,' dacht ik hardop. Ik moest ineens aan een scène uit een misdaadfilm denken.

'Misschien, maar was haar ouders dat niet opgevallen?'

'Ja... je hebt gelijk. Ik probeer gewoon een verklaring te vinden,' zei ik. 'Weet je hoe het verhoor met Barbara is gegaan?'

'Nee, het verslag van het gesprek zat nog niet in het dossier. Een collega van Koch zou het maken, maar die ligt eveneens met griep in bed.' Ze zuchtte. 'Ik weet dat het heel vervelend is, maar de resultaten van het sporenonderzoek van het pakketje krijgen we waarschijnlijk pas in de loop van de volgende week. Koch wist al dat er ketchup op het knuffelbeest zat, maar op de twee foto's is bloed aangetroffen. Dat is echter nog niet onderzocht.' Ze beloofde op zijn laatst dinsdag weer naar Koch te bellen.

Ik hing nadenkend op.

'Het is vijf uur. Als je voor de opname nog naar huis wilt, moet je nu gaan.' Caroline stond in de deuropening en keek me afwachtend aan.

Jammer dat ik geen kousen had gekocht, dan had ik me hier kunnen omkleden en meteen naar de studio kunnen gaan. Mijn melkwitte benen zouden het effect van de jurk ruïneren.

'Oké. Ik ga nu naar huis. Kun je aan Jan vragen of hij zelf naar de studio gaat? Ik neem een taxi.' Ik zocht mijn spullen bij elkaar.

'Naar de Westergasfabriek graag, bij de televisiestudio,' zei ik tegen de taxichauffeur toen ik net voor zes uur instapte. Ik had me razendsnel omgekleed, mijn haar in model gebracht en mijn make-up bijgewerkt. Daarna had ik mijn hele kledingkast afgezocht naar een paar kousen. Panty's weigerde ik te dragen; die zijn veel te warm en verschrikkelijk onsensueel. In de laatste la vond ik nog een paar, dat volgens de verpakking een 'natuurlijke bruine kleur' beloofde.

Emma en Jan waren er heel waarschijnlijk al en kwamen, nu Emma André eindelijk aan de kant had gezet, vandaag met een beetje geluk iets dichter bij elkaar. Anders zou ik ze een handje helpen door ze samen voor een etentje uit te nodigen.

Bart was in Den Haag en ik had geen idee of hij op tijd zou zijn. We hadden heel veel sms'jes heen en weer gestuurd. Zijn berichtjes maakten me aan het lachen en lieten mijn hart een beetje sneller slaan. Een slecht geweten tegenover Alex had ik niet, tenslotte had hij me meer dan twee maanden geleden keihard met een scheiding geconfronteerd en zich in een nieuw avontuur gestort. In de loop van de dag had ik geprobeerd te achterhalen of ik verliefd was op Bart of dat ik hem alleen als pleister voor mijn wonden gebruikte, maar daar was ik nog niet uit.

De taxirit duurde langer dan ik had verwacht. Het was een bende in de stad. Emma en Jan zaten met een glas wijn in de gastenzaal en praatten opgewekt met elkaar. Ze maakten geen aanstalten met me mee te gaan toen ik meteen naar de make-up werd gebracht.

Om halfacht begon de live-uitzending. Ik was heel zenuwachtig, had vochtige handen en durfde geen slok van mijn water te nemen omdat ik bang was dat mijn handen trilden. Om te verhinderen dat mijn mond kurkdroog werd, stopte ik een Fisherman in mijn mond.

De presentator begon op zijn vlotte en aantrekkelijke manier met het voorstellen van de gasten; hij vertelde de kijkers wat hun vandaag te wachten stond. Eerst was er een politicus aan de beurt. Hij verkondigde zijn mening over het irritante thema 'rookverbod in restaurants en cafés' en oogstte geërgerd gemompel van het publiek. Daarna was het mijn beurt.

Met behulp van een paar gerichte vragen, die ik uit het voorgesprek kende, legde ik het format uit. Er werd een fragment vertoond en we praatten nog een paar minuten over het ontstaan van het idee. Ik vertelde volkomen ontspannen hoe Alex het had bedacht, hoe hij me er enthousiast over had verteld, hoeveel nachten we bezig waren geweest met het verfijnen van het idee en hoe jammer het was dat hij het resultaat niet kon zien. De laatste woorden vielen me moeilijk en ik had een brok in mijn keel.

De presentator knikte. Toen begon hij over de moord. Er verschenen een paar foto's van Alex die blijkbaar in een archief hadden gelegen. De vraag aan mij luidde dus hoe het met me ging; had ik de dood van Alex kunnen verwerken?

Ik staarde hem een paar seconden aan. Ik had al mijn energie verbruikt met mijn uitleg over de ontwikkeling van de nieuwe serie; op deze vragen was ik niet voorbereid. Mijn ogen vlogen van de presentator naar de foto's en ik voelde dat ik tranen in mijn ogen kreeg. De presentator werd onrustig. Pauzes op de televisie waren dodelijk.

'Eh,' stotterde ik. 'Ik weet het niet.' Dit was niet de afspraak! Ik sloeg demonstratief mijn armen over elkaar.

De presentator beëindigde het gesprek en kondigde het reclameblok aan.

'Het spijt me heel erg. We wilden Alex nog een keer in het zonnetje zetten en laten zien wat een bijzonder mens hij was,' zei hij terwijl de mensen thuis werden aangespoord om het een of ander te kopen.

'Ja... Is dat zo? Die foto's zijn zo...'

'Nog twee minuten,' riep de opnameleider en hij duwde me uit het beeld.

Emma en Jan stonden samen met een redactrice achter de coulissen. De redactrice was helemaal van slag en verontschuldigde zich voortdurend. Ze wist niet hoe het gesprek toch de verkeerde kant op had kunnen gaan.

We reden in Jans auto naar mijn huis. Karin had een quiche gemaakt. Emma en Jan zetten borden en wijnglazen op de keukentafel, terwijl ik me omkleedde. Bart stuurde een sms. Hij had de uitzending gezien en wilde weten of hij naar me toe moest komen. Ik hoefde niet lang na te denken: vandaag wilde ik alleen zijn.

'Ik wist niet wat ik moest zeggen. Was dat te zien?' vroeg ik ongerust aan Jan toen ik weer in de keuken was.

Jan haalde de quiche uit de oven en bleef staan. 'Volgens mij wel. Het was heel duidelijk dat je totaal van de kaart was. Je ogen stonden vol tranen, het was een wonder dat je niet begon te huilen.' Hij kwam naar me toe en legde een arm om mijn schouders.

'Als ik maar had geweten dat ze die foto's zouden tonen. De confrontatie was me echt te veel,' zei ik zachtjes. Ik hield er helemaal niet van om in het openbaar gevoelens te tonen of mijn zelfbeheersing te verliezen.

'Anne, iedereen vindt je een sterke vrouw, iemand die niet zo gemakkelijk van haar stuk te brengen is. Ze dachten vast dat je er geen moeite mee zou hebben. Ik vind het juist mooi dat ze nu een keer je zachte kant hebben gezien.' Emma legde haar hand op mijn schouder.

'Laten we gaan eten,' zei ik. Wat Emma ook zei, ik vond het helemaal niets.

We zaten net aan tafel toen er werd aangebeld en Peter voor de deur stond. Emma liet hem binnen en ze kwamen al kletsend de keuken in. Peter had mijn optreden thuis gezien.

'Je zag er fantastisch uit,' riep hij en hij kuste me vluchtig op mijn wangen, om daarna meteen verder te praten. 'Waar is de jurk?' Hij keek zoekend om zich heen. 'Dat decolleté!' riep hij in een poging de schade te beperken. Hij wist maar al te goed hoe ik me voelde.

'Misschien heb je wel gelijk.' Ik deed mijn best te glimlachen.

'Hoezo, je maakt je er toch niet druk om?' Peter legde zijn hand op mijn arm en keek me onderzoekend aan.

Ondanks mezelf moest ik lachen. Emma schonk onze glazen nog eens vol en ik besloot van de rest van de avond te genieten en de talkshow te vergeten. Na de fles wijn en de quiche gingen Jan en Peter naar huis. Emma bleef, ze wilde me niet alleen laten.

'Hoe was het gisteren om hier in je eentje te zijn?' vroeg ze zodra Peter en Jan de deur uit waren.

'Ik was niet alleen,' fluisterde ik met een gelukkige glimlach.

Emma keek me geamuseerd aan.

Ik wachtte tot het hek dicht was en deed daarna de voordeur zorgvuldig op slot. Emma was naar de keuken gegaan, had de laatste wijn over onze glazen verdeeld en stak net een sigaret op.

'Wie is de gelukkige?' Emma gaf me de sigaret en stak een nieuwe op. Ik inhaleerde, moest onwillekeurig giechelen en zette onverstoorbaar de vaatwasser aan.

'Anne!' riep Emma ongeduldig. Ze was nieuwsgierig als een jong katje.

'Ja, ja,' zei ik en ik begon opnieuw te giechelen. Toen ik eenmaal begon te vertellen kon ik niet meer stoppen. Emma luisterde aandachtig en gaf me telkens sigaretten. 'Dat is fantastisch!' riep ze enthousiast. 'Ik ben heel blij voor je, en waar is de held van je slapeloze nacht nu?'

'Ik neem aan dat hij thuis is. Ik moet eerst weten wat ik wil. Misschien gebruik ik hem alleen als pijnstiller.'

'Anne, dat meen je toch niet serieus? En zelfs als dat zo is, dan gebruikt hij jou misschien ook als pleister. Of als vrijetijdsbesteding. Misschien heeft hij met al zijn cliënten een verhouding? Misschien is het een bevlieging van hem? Maar misschien ook niet. Bel hem en regel voor mij een taxi.'

'Je hebt gelijk,' zei ik. Ik pakte mijn mobiel om Bart een sms te sturen. Een tekstbericht was minder rechtstreeks en confronterend als hij niet wilde komen.

'Aha, je neemt geen risico,' grinnikte Emma.

Ik knikte en typte verder.

Het duurde niet langer dan vijf seconden voordat ik antwoord kreeg, maar ik haatte elke seconde en was opgelucht toen ik zijn sms las. Het waren maar drie woorden: 'BEN AL ONDERWEG'.

Tien minuten later kwamen de taxi en Bart tegelijkertijd aan.

'Wisseling van de wacht,' riep Emma lachend toen ze zijn verbaasde blik zag.

De auto van het veiligheidsbedrijf stond niet op zijn vaste plek. Zou er wel iemand komen? Ik had het liefst opgebeld, maar deed het niet, tenslotte hadden we onregelmatige tijden afgesproken.

Bart omhelsde en kuste me, daarna liep hij door de kamers om te controleren of alles op slot was.

'Wil je me alsjeblieft vertellen wat je aan het doen bent?' vroeg ik gespannen.

'Ik denk dat ik iemand heb gezien. Hetzelfde figuur, dezelfde lengte als degene die een paar dagen geleden de benen nam. Ik heb mijn auto in een zijstraat geparkeerd en mijn schoenen hebben zulke zachte zolen dat je me nauwelijks hoort lopen. Toen ik vlak bij je huis was zag ik iemand in de struiken staan. Pas toen de taxi kwam aanrijden en me van achteren verlichtte, rende hij weg.

'Misschien was het gewoon een jogger of iemand die zijn hond uitliet?' Ik was het paniek zaaien zo langzamerhand zat.

'Je bagatelliseert,' zei hij beledigd.

'En jij overdrijft,' snauwde ik, waarna ik iets vriendelijker verderging. 'Ik word er stapelgek van dat je achter elke boom een potentiële moordenaar ziet. Ik kan me niet voorstellen dat iemand het op mij heeft gemunt. Goed, er zijn een paar vreemde dingen gebeurd, maar dat gaat wel weer over. Laten we alsjeblieft over iets anders praten.' Ik kroop in zijn armen.

Bart zei niets, maar ik merkte dat hij telkens weer naar buiten keek. Hij vertelde dat hij met Sabine had gepraat, maar wilde absoluut niets kwijt over wat hij de hele dag had gedaan en wimpelde al mijn vragen af en zei dat ik het ergens anders over moest hebben. Dat deed ik; ik vroeg hem naar zijn relatie met Sabine. Bart glimlachte, duwde me een stukje van zich af en keek naar me.

'Is dat echt belangrijk?' vroeg hij.

'Belangrijk is het verkeerde woord, maar ik wil het wel graag weten,' antwoordde ik, terwijl ik in zijn ogen bleef kijken.

'Het was eigenlijk niets en is ook al jaren geleden gebeurd. We waren op een feest, hadden allebei te veel gedronken en zijn op een bepaald moment in bed beland. De volgende ochtend schaamden we ons dood.'

Ik keek hem vragend aan.

'We waren namelijk allebei getrouwd, maar niet met elkaar.'

Ik veranderde van onderwerp. 'Morgen heb ik het hele team uitgenodigd, want de eerste aflevering wordt uitgezonden en daar kijken we altijd samen naar. Dat heeft Alex jaren geleden ingesteld. Er is iets te eten en veel wijn. Meestal zijn het heel gezellige avonden, die de teamgeest bevorderen. Kom je ook? Emma is erbij.'

'Als Emma erbij is kan ik natuurlijk geen nee zeggen,' zei hij pesterig, waarna hij opnieuw geconcentreerd naar buiten keek.

Zaterdag 14 november

Hoewel we konden uitslapen, waren Bart en ik vroeg wakker. Het was een prachtige, niet te koude herfstdag met een blauwe hemel en weinig wind.

'Wat vind je ervan als we naar Zandvoort of Noordwijk rijden om een strandwandeling te maken en daarna ergens te gaan lunchen?'

Ik was enthousiast.

Bijna twee uur later waren we eindelijk klaar voor vertrek en stapten we in de A5. De witte Golf van het beveiligingsbedrijf stond aan de overkant van de straat geparkeerd. Ik zwaaide naar de bewaker toen we wegreden.

De frisse zeelucht deed me goed. Het was twaalf uur en er waren maar weinig mensen op het strand: hondenbezitters die hun viervoeters sinds een paar weken eindelijk weer los over het strand mochten laten rennen en jonge moeders die hun kinderen lieten rondhollen in de hoop dat ze straks een diep, ontspannen en vooral lang middagdutje zouden doen. Meeuwen krijsten boven ons hoofd, landden op het zand en straalden een agressiviteit uit die ik beangstigend vond. Maar Bart sloeg zijn arm rond mijn middel en trok me dicht tegen zich aan.

We slenterden van het Noordwijkse hotel Huis ter Duin naar Katwijk, aten daar in een klein restaurant aan de promenade en wandelden een beetje doezelig met een volle maag weer terug. Inmiddels genoten talrijke wandelaars van de frisse bries. Ik huiverde, trok de rits van mijn jas omhoog en stopte mijn handen in de zakken. Ik was blij toen we bij de auto aankwamen, want de wind was gedraaid en kwam nu uit het noorden.

We waren net thuis toen de hemel helemaal betrok. Het begon te regenen. Ik ging met een glas rode wijn op de bank zitten en staarde in de vlammen van de open haard. Bart zei dat hij wilde werken en ging aan de keukentafel zitten. Ik nam aan dat hij van plan was om ergens illegaal in te loggen. Ik ging liggen, keek nog een tijdje naar het vlammenspel en hoorde het tikken van Barts vingers op het toetsenbord.

Blijkbaar was ik in slaap gevallen, want Bart fluisterde in mijn oor dat ik op moest staan. Ik ging slaperig zitten en wilde protesteren, maar zag dat het buiten al aardedonker was. Bart lachte en hield zijn horloge voor mijn gezicht.

'Verdomme,' mompelde ik. Het was zes uur en om halfzeven kwamen de gasten. Ik stond moeizaam op, ging met mijn handen door mijn haar, gaf Bart een kusje en liep de trap op naar de badkamer. Ik stond net in mijn beha en string in mijn inloopkast toen er werd aangebeld. Met een T-shirt in mijn hand luisterde ik wat er beneden gebeurde. Uit het gemompel en het heen en weer lopen maakte ik op dat de hapjes werden gebracht. Ik kleedde me haastig aan, werkte mijn make-up bij en liep naar beneden.

Bart stond in de keuken, pakte het eten uit en proefde. Ik volgde zijn voorbeeld. We zetten glazen, servetten en schaaltjes op tafel en staken kaarsen aan. Toen we net klaar waren werd er wild gebeld. Ik deed open en zag dat er een witte Golf van het beveiligingsbedrijf aan de overkant van de straat stond. Meteen werd ik afgeleid door het gebabbel van Jessy en Liz, de twee meisjes die Jan bij de organisatie van Alex' begrafenis hadden geholpen en die als productieassistentes voor hem werkten. Ik keek zoekend om me heen.

'Jan komt wat later, hij wilde nog iemand ophalen. Een vriendin van jou, geloof ik,' zei Jessy schouderophalend.

Ik glimlachte. Mijn vermoeden werd bevestigd; er groeide inderdaad iets tussen Jan en Emma. Ik liep achter Jessy aan naar binnen. In de keuken heerste een kleine chaos. Iedereen praatte door elkaar alsof ze elkaar jaren niet hadden gezien, Bart schonk drankjes in en kletste. Een paar mensen liepen met hun glas in de hand naar buiten om op het overdekte terras een sigaret te roken, anderen aten hongerig van de chips, de nootjes en de hapjes die in glazen schaaltjes op de keukentafel stonden. Iedereen leek zich thuis te voelen.

Ik ging naast Bart staan en keek tevreden om me heen. Dit was mijn 'gezin'. Het was de naam die Alex en ik aan de bonte verzameling mensen hadden gegeven. De meesten waren nog geen dertig, waren druk bezig met de liefde van hun leven vinden, een eigen huis kopen en plannen voor de toekomst maken. Het was een heel vreemd gevoel dat Barbara er vanavond niet bij was. Ik had Caroline gevraagd haar te bellen om haar uit te nodigen, en zij had berichten op Barbara's voicemail achtergelaten. Ze had ook meerdere keren ge-sms't en een mailtje gestuurd, maar Barbara reageerde nergens op. Caroline had haar thuis geprobeerd te bellen in de hoop dat ze in elk geval haar ouders of zus te pakken zou krijgen, maar het was allemaal zonder succes gebleven.

Emma en Jan kwamen een halfuur later. Ze glimlachten vrolijk en vielen hongerig op de hapjes aan. Emma negeerde mijn vragende blik volkomen.

Om precies halfnegen begon de uitzending. Het was ineens doodstil. Iedereen staarde naar het beeldscherm. Zodra het reclameblok begon, werd er gegeten, gedronken en gepraat. Aviva en Barry hadden een paar kritische opmerkingen, de anderen waren alleen maar dolenthousiast. Na het tweede deel volgde nog een reclameblok en niet lang daarna rolde de aftiteling over het scherm. Ik was tevreden, leunde achterover en draaide het wijnglas in mijn handen. Het enige dat me stoorde, was dat ik tot de volgende ochtend op de kijkcijfers moest wachten.

'Die zijn natuurlijk goed,' zei Daniel ontspannen. 'Na alle aandacht die je vandaag in de pers hebt gekregen.'

'Wat bedoel je?' vroeg ik verbaasd.

Niemand zei iets.

Bart stond op en liep naar de keuken. 'Hier.' Hij gaf me *De Telegraaf* en sloeg hem vast open op de juiste pagina.

'PRODUCENTE STORT IN VOOR DRAAIENDE CAMERA'S' luidde de kop in het amusementsdeel van de krant. Ik las het artikel vluchtig door. De journalist had zijn huiswerk gedaan en de belangrijkste momenten uit het leven van Alex en mij samengevat. Uiteraard werd ook over de relatiebreuk geschreven, over het feit dat de recherche mij eerst van de moord had verdacht en dat ik het bedrijf nu alleen leidde. De journalist had goede verwachtingen van de nieuwe serie en gaf de lezers de tip om te kijken.

'Ik had niet anders verwacht,' zei ik kalm. Ik vroeg me af waarom Bart me de krant niet eerder had laten zien. Vond hij me zo labiel?

Jessy haalde een leeg vel papier en een pen uit de keuken. Ze schreef alle namen op. Alex was bij onze allereerste uitzending begonnen met het samenstellen van een goklijst voor de kijkcijfers, en dat was sindsdien een traditie. De enige keer dat we het waren vergeten flopte het programma.

Ineens heerste er een vertrekstemming. De meesten wilden het nachtleven van Amsterdam nog in duiken en bespraken naar welke club ze zouden gaan. Binnen een halfuur waren ze weg. Alleen Emma, Jan en Bart bleven zitten.

We ruimden samen op en praatten over de uitzending. Het was verrassend dat Bart een paar heel nuttige voorstellen voor verbeteringen had, die Jan meteen opschreef. Tussen Emma en Jan vonkte het enorm en af en toe wierpen ze elkaar ondubbelzinnige blikken toe. Het verbaasde me eigenlijk dat ze nog hier waren. We bleven aan de keukentafel zitten, rookten en dronken nog een fles wijn.

'Hoe ver is het onderzoek?' vroeg Jan plotseling aan Bart.

'Er is niet veel nieuws. We komen niet verder.' Hij keek me aan. 'Mag ik?' vroeg hij.

Ik knikte.

'Er zijn enkele personen over wie Alex specifiek materiaal heeft verzameld.'

Jan keek hem vragend aan.

'Materiaal waardoor ze chanteerbaar zijn. Anne heeft uitgezocht welke mensen er het meest onder te lijden zouden hebben als het materiaal in de openbaarheid zou komen. We hebben ze een voor een uitgenodigd om ze een beetje aan de tand te voelen. Ik verdenk één persoon, maar ik moet nog verder onderzoek doen.'

'Ik neem aan dat je geen namen wilt noemen?' Jan keek van Bart naar mij. Ik schudde mijn hoofd, stond op en opende een raam.

'Wat zegt de recherche ervan?' wilde Jan weten.

Bart lachte even en legde daarna uit dat de politie niets wist over dit deel van het onderzoek. Het was ook niet de bedoeling dat die er lucht van zou krijgen.

'We zijn op een dood punt beland en weten niet hoe de puzzelstukjes in elkaar passen,' besloot hij gefrustreerd.

Ik had gehoopt dat Jan iets te binnen zou schieten, maar hij staarde zwijgend voor zich uit.

'Ik geloof nog steeds niet dat we op het juiste spoor zijn,' zei Bart na een tijdje berustend.

'Sluiten jullie Rob en Monique helemaal uit?' wilde Jan weten.

'Eigenlijk wel,' zei Bart. 'Maar Barbara heeft er wel degelijk mee te maken en we weten zeker dat er een man bij betrokken is.'

We zaten een tijdje zwijgend aan tafel, rokend, verdiept in onze gedachten. Er heerste een vreemde, bedrukte stemming.

Emma verbrak de stilte. 'Ik hoop dat jullie niet boos zijn, maar ik moet nu echt naar bed.' Ze gaapte hartgrondig en pakte haar mobiel om een taxi te bellen.

'Ik wil je wel brengen,' stelde Jan voor. Hij wierp haar een afwachtende en hoopvolle blik toe, maar Emma schudde haar hoofd en gaf de taxicentrale mijn adres door. Eén moment dacht ik teleurstelling in Jans ogen te zien. Hij nam nadrukkelijk vrolijk afscheid, trok zijn jas aan en zette de kraag op. Nog voor Emma's taxi arriveerde, was hij in de nacht verdwenen.

Ik had me de hele avond al voorgenomen om met Bart te praten. Was het niet te vroeg om ons in een nieuwe relatie te storten? Ik voelde me erg onzeker; wilde ik me nu al aan iemand anders binden? Ik wilde praten over mijn chaotische gevoelswereld en mijn angst dat hij misschien naar zijn ontrouwe echtgenote zou teruggaan.

'Ik snap je wel,' zei Bart. 'Tenslotte zit ik midden in mijn scheiding en we gaan inderdaad snel. Misschien moeten we een pauze inlassen en alles verwerken voordat we aan een nieuwe relatie beginnen. Ik geef veel om je en wil dat we een echte kans hebben. Als dat betekent dat we tijdelijk afstand van elkaar moeten nemen, dan kan ik daarmee omgaan. Maar je hoeft echt niet bang te zijn dat ik naar mijn ex terugga, want dat zal niet gebeuren.' Hij sloeg zijn armen om me heen en gaf een kus op mijn voorhoofd.

Tien minuten later was hij weg.

In gedachten verzonken slenterde ik door de kamers. Ik deed beneden overal het licht uit en overtuigde me er nog een keer van dat het beveiligingsbedrijf voor het huis stond. Deze keer stond er een blauwe Polo met een bedrijfslogo in plaats van de vertrouwde witte Golf. Ik haalde mijn schouders op en ging naar boven.

Toen ik onder de douche stond, voelde ik paniek, angst en hulpeloosheid opkomen. Ik stond op het punt om het water uit te zetten, naar de eerste de beste telefoon te rennen, Bart te bellen en hem te vragen terug te komen. Ik deed het niet, wat me een bijna onmenselijke inspanning kostte. Met alle lichten en de televisie aan viel ik in slaap.

Dinsdag 17 november

Voor het eerst sinds weken kwam mijn personal trainer naar mijn huis om me af te beulen. Ze liet me twee uur lang op de apparaten zwoegen, tot ik helemaal uitgeput was. Mijn conditie was door alle alcohol en het roken van de afgelopen weken verschrikkelijk achteruit gegaan. Bezweet en hijgend als een oude locomotief stond ik in de keuken. Ik dronk water als een dorstig paard en nam me net voor nooit meer een sigaret op te steken toen Bart binnenkwam.

We hadden elkaar sinds zaterdagavond niet meer gezien. Ik had er behoefte aan om alleen te zijn, wilde mijn huis opruimen, had een paar meubels heen en weer geschoven, was op zondag naar het Vondelpark gegaan om te wandelen en had een paar uur vanaf een bankje naar mensen gekeken. Het alleen-zijn had me goed gedaan. De relatie met Bart ontwikkelde zich veel te snel. Ik wilde niet – nog niet – dat iemand Alex' plek innam. Soms dacht ik dat zijn plotselinge dood zijn afschuwelijke gedrag op de een of andere manier onbelangrijker had gemaakt. Ik moest mijn best doen om niet te vergeten hoe egoïstisch en gemeen hij de laatste weken voor zijn dood tegen me was geweest. Toch voelde ik me ellendig, niet alleen omdat Alex dood was, maar ook omdat ik Bart misschien alleen voor het repareren van mijn gekwetste ego had gebruikt. Of was er meer tussen ons? 's Avonds, vlak voordat ik in slaap viel, miste ik hem het meest. Alleen al bij de gedacht aan Bart voelde ik een weldadige huivering door mijn lichaam trekken.

'Ik heb de bel niet gehoord,' zei ik verbaasd tegen Bart, die ineens in mijn huis stond. Hij zag er goed uit in zijn donkerbruine leren jas, coltrui en spijkerbroek.

'Nee, dat klopt. Karin heeft me binnengelaten. Hoe is het met je?'

‘Goed,’ antwoordde ik. Ik vertelde wat ik sinds zaterdagavond allemaal had gedaan.

‘Met andere woorden, niets bijzonders. Je staat weer midden in het dagelijkse leven, en dat is goed,’ zei hij met een glimlach. Maar hij leek niet echt blij te zijn.

Ik wilde dolgraag tegen hem zeggen dat ik hem miste en hoorde nog liever van hem dat hij mij miste, maar we zeiden allebei niets. Ik verdrong de gedachte snel.

Mijn dagen verliepen weer volgens de normale, rustgevende routine. Ik kreeg niet meer voortdurend onaangename berichten.

‘Denk je dat het voorbij is?’ vroeg ik voorzichtig.

‘Misschien, maar we hebben nog helemaal niets opgelost. Ik heb wel een paar dingen ontdekt. Heb je tijd?’

‘Niet echt, behalve als je met me meegaat naar kantoor,’ antwoordde ik nadat ik op de klok had gekeken. Het was de hoogste tijd om onder de douche te gaan; over drie kwartier moest ik achter mijn bureau zitten.

Bart keek me sip aan en draaide zich om. ‘Ik kom vanavond wel. Kook maar iets lekkers,’ zei hij, waarna hij langs Karin de deur uit liep.

‘Dat was een kort bezoek,’ zei Karin tegen hem.

Bart gaf geen antwoord.

‘Rob heeft al twee keer gebeld. Het is dringend. Hij vraagt of je hem zo snel mogelijk terugbelt,’ zei Caroline.

Ik keek op mijn horloge. Jan en ik hadden zo meteen een bespreking met het management van een zender. We hadden het format voor het programma van Peter en Thomas verder uitgewerkt en wilden het nu voorstellen. Ik geloofde er helemaal in. Peter en Thomas hadden een bepaalde chemie. Ze waren een soort Paris Hilton en Nicole Richie, een soort Joling en Gordon, alleen vond de woordenstrijd tussen Thomas en Peter op een ander niveau plaats.

Maar ik vroeg me af wat Rob van me wilde. Sinds zijn biecht was onze relatie niet meer zoals vroeger. Op de een of andere manier had ik geen respect meer voor hem. Ik stoorde me aan kleinigheden, zoals zijn liefde voor details en zijn extreme correctheid, die onecht op me overkwam. Eigenlijk wilde ik niets meer met hem te maken hebben, maar dat kon ik me niet veroorloven. Rob wist gewoon te veel. Ik zou hem wel moeten bellen, maar niet nu, dacht ik verbeten.

In mijn kantoor lagen de presentatiemappen al op de vergadertafel, en bij de televisie zag ik een dvd.

'Mooi, je bent er. Ik wilde je nog snel laten zien wat ik vannacht heb gemonteerd.' Jan wachtte mijn antwoord niet af, schoof de dvd in de speler en praatte ononderbroken verder. Hij had een aantal fragmenten met gespreksflarden van Thomas en Peter gecombineerd.

'Ik heb een dag met ze gedraaid,' vertelde hij haastig toen hij mijn vragende blik zag.

Het was een fantastische montage, ik moest een paar keer hardop lachen.

Binnen een uur hadden we de programmaleiding van de zender overtuigd om de serie aan te kopen. Daarna begon het financiële deel van de onderhandelingen. We hadden kostenberekeningen gemaakt, gaven uitleg en lieten verschillende mogelijkheden zien. Samen streepten we door, voegden toe en maakten herberekeningen. Na drie uur kwam er rook uit onze oren, maar we waren allemaal tevreden. Met een beetje geluk kregen we over een of twee weken de definitieve toezegging, dan konden we in het voorjaar beginnen met filmen.

'Wil jij er ook een?' Jan hield me zijn pakje sigaretten voor. Ik aarzelde heel even, maar nam er toch een. Genietend inhaleerde ik de rook, verslikte me prompt en kreeg een hoestbui.

Nadat Jan was vertrokken, ging ik achter mijn bureau zitten om Rob te bellen.

Plotseling stond Koch in de deuropening.

'Uw secretaresse zit niet op haar plek,' zei hij terwijl hij binnenkwam.

Ik legde de telefoon weg en stond op om hem te begroeten. Koch zag er uitgerust uit, hij had waarschijnlijk eindelijk een paar nachten goed geslapen.

'We hebben nieuws dat u zeker zal interesseren en omdat ik in de buurt was, dacht ik...'

'Dat is aardig van u,' zei ik en ik bood hem iets te drinken aan.

'U hebt hier een mooi uitzicht,' merkte hij op. Hij draaide zich om en pakte het koude blikje cola van me aan. Ik ging afwachtend naast hem staan. Na de ellenlange bespreking met de zender had ik absoluut geen behoefte aan zitten.

'We hebben de uitslagen van de bloedsporen. Ik had al verteld dat er ketchup op het knuffelbeest zat, maar op de foto van u en uw man hebben we bloed gevonden.' Hij wachtte even, dronk zijn blikje cola in één keer leeg en kneep het daarna met een hand fijn. Ik keek gefascineerd toe.

'Het bloed op de foto's is identiek aan het bloed dat we op de plek van het misdrijf hebben gevonden. Het moet dus van de dader afkomstig zijn. Meer sporen hebben we niet gevonden. Het lijkt erop dat de dader ons duidelijk wilde maken dat de bloedsporen overeenkomen.'

'Dat betekent dat de dader me naar Spanje is gevolgd,' zei ik, terwijl ik nu toch ging zitten. 'Maar hoe is hij aan zijn informatie gekomen? Er waren niet veel mensen die wisten waar ik was.' De situatie was heel verdacht.

Koch haalde een blocnote uit zijn zak en begon erin te bladeren. 'U hebt ons destijds verteld dat uw secretaresse en producent wisten waar u zat.'

Ik knikte.

'Maar ik heb hun alleen verteld dat we naar Denia gingen. Het adres wisten ze niet,' zei ik.

Koch trok zijn jas uit, boog zich naar voren en keek me kalm aan. 'Laten we heel goed nadenken welke personen het wel wisten of konden weten.'

Ik dacht hardop, belde Emma en vroeg haar om aanvullende ideeën. Ze beloofde erover na te denken en hing op.

'Hoe gaat het?' Jan stond in de deuropening en keek vriendelijk naar binnen.

Ik gaf geen antwoord, maar stelde hem de vraag die Koch mij net had gesteld.

'Natuurlijk hadden we het adres. Weet je niet meer dat ik een band met de ruwe montage per koerier naar je toe zou sturen?'

'Dat is waar ook,' zei ik zachtjes.

'Ik had het adres op een post-it geschreven en op mijn bureau geplakt. Dat was voordat je vertrok. We hebben de band alleen nooit gestuurd omdat er fouten in stonden. Ik heb je een link gemaild, weet je nog?'

'Hm,' zei ik bedachtzaam.

Koch keek me afwachtend aan.

'U kunt rustig verder praten. Jan is ingewijd.'

'Wie hebben de kans gehad om het briefje te zien? Het adres te noteren?' Koch nam ons scherp op.

'Iedereen die hier in en uit loopt,' zei ik.

'Emma en Peter wisten het natuurlijk ook. Tenslotte logeerden jullie in het huis van zijn ouders,' voegde Jan eraan toe.

'Maar Peter heeft hier niets mee te maken,' zei ik overtuigd. Het was een volkomen belachelijk idee dat Emma of Peter erbij betrokken kon zijn.

'Meestal zijn de daders bekenden, goede bekenden,' zei Koch op een enigszins zelfingenomen toon.

Het beviel me helemaal niet dat hij mijn vrienden verdacht. Ik negeerde zijn opmerking. 'Wat heeft Barbara eigenlijk gezegd tijdens het verhoor?'

'Mevrouw Van Veld, dat mag ik niet zeggen. Uw advocate wordt over het verloop van het onderzoek geïnformeerd. Het enige dat ik u kan vertellen, is dat we uw assistente in het oog blijven houden.'

Ik knikte. Had ik me dan echt zo vergist in haar?

Koch nam afscheid en Jan en ik bleven nog even zwijgend zitten. 'Geloof jij dat Barbara het gedaan heeft?' vroeg Jan ineens.

Ik haalde mijn schouders op en zette mijn computer uit. Het was inmiddels al ver na zessen, ik had hoofdpijn en wilde alleen nog maar naar huis.

'Geloven, geen idee, een paar weken geleden zou ik het beslist niet geloofd hebben, maar blijkbaar kun je je in mensen vergissen,' antwoordde ik cynisch. 'Ga jij maar ook naar huis, het is een heftige dag geweest,' voegde ik eraan toe.

Jan stond op. Ik had mijn jas al gepakt. We kwamen samen het kantoor uit en ik liep direct door naar mijn auto.

Ondanks mijn vermoeidheid was ik woedend door wat Koch had gesuggereerd over mijn vriendenkring. Ik kon al nauwelijks geloven dat Barbara de moord had gepleegd. Maar ze had geen alibi en wel een motief. Alleen het DNA klopte niet. Had ze misschien met Stephan samengewerkt? Wisten ze allebei van de foto's? Hadden ze met Alex afgesproken en was het gesprek uit de hand gelopen? Was Stephan in staat om een moord te plegen? Hij was na het etentje abrupt opgestaan en vertrokken toen de chantage ter sprake kwam. Moest ik Koch mijn vermoedens vertellen? Mijn hoofd gonsde van alle vragen. Ik was boos op de recherche omdat die zo traag werkte, al moest ik toegeven dat de moord op Alex niet de enige zaak van Koch en zijn collega's was. Maar als ik Bart niet had ingeschakeld, zouden we nog helemaal niets weten. Ik pakte mijn mobieltje en belde Bart.

'Hallo, droomvrouw,' zei hij vrolijk.

'Kun je meteen langskomen?' vroeg ik.

Op hetzelfde moment zag ik een motoragent naast me. Hij keek me aan en wees met zijn wijsvinger naar rechts.

'Verdomme,' schold ik. 'Nee, dat was niet tegen jou. Ik ben gezien door een agent. Ik bel je nog.' Snel zette ik de auto aan de kant.

'U was aan het bellen,' zei de politieagent.

Kan hij niet op zijn minst zijn helm afzetten, dacht ik geïrriteerd. 'Je meent het,' antwoordde ik brutaal.

'Mag ik uw papieren zien?' vroeg hij me.

'Ik zou niet weten waarom. Je hebt gezien dat ik aan het bellen was. Nou, wat zijn de kosten? Honderddertig euro toch? Die kun je meteen contant in handen krijgen,' snauwde ik tegen hem. Maar toen het hek eenmaal van de dam was kon ik niet meer stoppen. Ik ging verder met een scheldkanonnade op de politie in het algemeen en het verbaasde me dat de agent helemaal niet reageerde, maar naar zijn motor liep.

'Kun je me van het politiebureau komen halen?' vroeg ik timide aan Bart.

De motoragent had zijn collega te hulp geroepen, die ik stom genoeg ook nog had uitgescholden. Ze sommeerden me de auto te laten staan. Ik werd in een politieauto gezet en naar het bureau gebracht.

Nadat ik een tijd aan mijn lot was overgelaten, moest de bureaucratie tevredengesteld worden. Ik moest alsnog mijn papieren laten zien, daarna werden mijn gegevens in slow motion opgenomen. Vervolgens moest ik blazen en stomme vragen beantwoorden. Ze keken diep in mijn ogen omdat ik misschien drugs had gebruikt; er werd zelfs bloed bij me afgenomen. In het begin hamerde ik op mijn rechten als vrije burger en ging ik tegen hen in, maar ik besefte al vrij snel dat ik aan het kortste eind zou trekken. Toen ze dreigden met een aanklacht wegens belediging van een beambte in functie, besloot ik mijn mond te houden.

Doodkalm en met een grijns op zijn gezicht verscheen Bart ruim een halfuur nadat ik hem had gebeld op het politiebureau. Hij zag er fantastisch uit, wat ik van mezelf niet kon zeggen. Ik had op het toilet een blik in de bijna ondoorzichtige spiegel geworpen en had geprobeerd met spuug de uitgelopen mascara weg te vegen, wat niet was gelukt. Bart grijnsde naar me en vroeg aan de agent of hij nog ergens moest tekenen voordat hij me mocht meenemen. Ik slikte een giftige opmerking in. De politieagent lachte en wenste hem veel plezier met het temmen, gaf hem mijn tas en waarschuwde dat ik er waarschijnlijk niet voor zou terugdeinzen om die als wapen te gebruiken. Bart lachte hartelijk en hield mijn tas stevig vast. Ik liep woedend naast hem naar buiten.

'Misschien moeten we eerst je auto halen,' stelde hij voor terwijl hij het portier voor me openhield. Ik stapte in zijn auto, deed de gordel om en mijn woede ebde weg. Dat mannengedoe was me behoorlijk in het verkeerde keelgat geschoten.

'Zal ik mee naar binnen gaan, of wil je liever je woede op de boksbal boven uitleven?' vroeg Bart plagerig.

Ik had mijn auto op de oprit geparkeerd en hij had de zijne voor het hek laten staan. Hij was uitgestapt en keek me uitdagend aan. Het liefst had ik tegen hem gesnauwd, maar eigenlijk was het ook wel grappig. Het lukte hem op de een of andere manier makkelijk om mijn boosheid te laten verdwijnen.

'Als ik het me goed herinner, heb ik je een maaltijd beloofd,' zei ik.

Bart knikte, stapte zwijgend weer in zijn auto en parkeerde hem naast de mijne. Het hek ging langzaam dicht terwijl we naar het huis liepen.

'Wat wil je, vlees, vis of pasta? Misschien moeten we eerst kijken wat er is, want Karin heeft boodschappen gedaan,' zei ik terwijl ik in de koelkast keek.

'Ik heb zin in spaghetti bolognese en een frisse salade. Kan dat?'

Ik vond rundergehakt en kon aan de slag.

'En wat wordt het?' Bart had zijn gebruikelijke rondje door de tuin gemaakt en kwam naast me staan. Nieuwsgierig keek hij toe terwijl ik tomaten in stukjes sneed en die met knoflook, gember, kruiden en olijfolie in een pan liet vallen.

'Waar lijkt het op? Ik maak tomatensaus voor de bolognese,' antwoordde ik gespannen. Waarom reageerde ik zo agressief op een normale vraag?

'Ik schenk een lekker glas wijn voor je in, misschien word je daar iets vriendelijker van.' Bart haalde een fles uit de koelkast en schonk voor ons allebei een glas in voordat hij verderging. 'En vertel me nu maar wat jou zo verschrikkelijk dwarszit.'

Ik roerde in de tomaten, haalde de koekenpan uit de kast en begon het vlees te kruiden. Intussen vertelde ik hem over Kochs bezoek en de steeds groter wordende waarschijnlijkheid dat Barbara iets met de moord te maken had. Mijn vermoeden dat Stephan er ook bij betrokken was sprak ik niet uit.

Bart luisterde aandachtig. Hij pakte een sigaret en stak die op. 'Denk je dat ze het alleen heeft gedaan?' vroeg hij peinzend.

Ik keek hem verbaasd aan. Was hij vergeten hoe tenger Barbara was? Ze had nooit van Alex kunnen winnen in een gevecht.

'Stel je voor dat ze een slaapmiddel in zijn glas heeft gedaan omdat ze zijn polsen wilde doorsnijden om het op zelfmoord te laten lijken. Dat lukte niet omdat de dosis niet sterk genoeg was. Alex was slaperig en suf, maar bleef bij bewustzijn. Hij verweerde zich, vandaar de sporen van geweld. Het lukte Barbara op de een of andere manier om hem te overmeesteren en hem zwaar te verwonden. Alex sleepte zich met zijn laatste krachten naar buiten...'

'Ja,' zei ik terwijl ik gedachteloos in de saus roerde. 'Zo kan het gegaan zijn. Maar waar komt het mannelijke DNA dan vandaan?'

'Als het klopt, dan heeft Barbara het nauwgezet voorbereid en over alle mogelijkheden nagedacht. Dat betekent dat ze deze situatie misschien heeft ingecalculeerd en dat ze bloed van iemand anders heeft meegenomen en op de plek van het misdrijf heeft achtergelaten.'

'Dan ga je uit van een mes als moordwapen?'

'Ja, omdat er een gevecht heeft plaatsgevonden.'

'Als je gelijk hebt, dan... Dat zou verschrikkelijk zijn,' stamelde ik. Ik voelde een ijskoude rilling over mijn rug lopen.

'Het is een reële mogelijkheid. Meer weten we pas als het toxicologische onderzoek is afgerond en dat zal nog een paar dagen duren. Ik zal Koch morgen bellen en deze versie met hem bespreken, als hij daar zelf nog niet op gekomen is,' besloot Bart.

Daarna vertelde hij dat hij had ontdekt dat Barbara met haar ouders en oma op vakantie was op Curaçao. Haar ouders hadden daar een luxueuze strandvilla. Curaçao, wat toevallig, dacht ik. Alex had zijn jeugd ook op dat zonnige eiland doorgebracht. Zouden zij elkaar van vroeger kennen? Ik verwierp de gedachte meteen weer, tenslotte was Barbara bijna twaalf jaar jonger. Ze was nog een kind geweest toen Alex van het eiland vertrok.

'Over drie weken komen ze volgens de luchtvaartmaatschappij weer terug. En dan zijn alle onderzoeksresultaten bekend,' zei Bart kalm.

'Stel je voor dat je vermoedens kloppen? Dan zou Barbara toch stapelgek zijn als ze terug zou komen? Ik denk eerder dat ze naar Zuid-Amerika vlucht. We moeten Koch morgen meteen inlichten,' zei ik opgewonden.

'Zo eenvoudig gaat het niet als je de benen wilt nemen. En Barbara is erg gehecht aan Amsterdam.'

'Onzin! Ze heeft geen vriend en voelt waarschijnlijk haarfijn aan dat ze ontslagen zal worden. Sm-tenten zijn er overal. In haar plaats zou ik het doen. Vooropgesteld natuurlijk dat ze er inderdaad achter zit.'

Bart keek me aan. 'Tevreden met de resultaten van mijn onderzoek, bazin?' grapte hij. Terwijl hij borden op de keukentafel zette vertelde hij over zijn andere ontdekkingen. De prepaidkaart was op 2 oktober in een winkel in Almere verkocht.

'Barbara woont in Almere,' mompelde ik.

'Precies,' zei Bart, waarna hij me vertelde dat hij nog op de lijst van het telefoonbedrijf wachtte.

'Welke lijst?'

'De providers hebben lijsten met nummers die ze aan de winkels leveren. Als een consument een prepaidkaart koopt, worden zijn gegevens weliswaar niet genoteerd, maar het telefoonbedrijf weet welke nummers aan welke winkels zijn geleverd. Zo kan ik achterhalen waar de kaart is verkocht.'

'En wat heeft die informatie voor nut?'

'Het is wel erg toevallig dat Barbara in Almere woont en dat de kaart daar ook is gekocht. Misschien heeft ze de e-mail ook uit Almere verstuurd? En heel misschien staan daar bewakingscamera's opgesteld. Ik geloof niet in toeval.'

'Ik ook niet. Het toeval is het masker van het lot als dat onbekend wil blijven,' zei ik diepzinnig.

'Wat een toepasselijke uitspraak. Maar weet je wat ik niet snap? Waarom heeft Barbara Alex binnen een uur met twee verschillende nummers gebeld? Dat is onlogisch.'

'Misschien was haar batterij leeg?'

Ik rolde met mijn ogen. Hij moest zijn tijd niet verdoen met onbenulligheden. 'Misschien,' zei ik, 'maar dat geloof ik niet. Ze heeft een oplader in haar auto, dat heb ik gezien. Er moet een andere reden voor zijn.' Hij pakte een lepel uit de la en proefde de tomatensaus. 'Hm, lekker. Die kun je ook als soep eten.'

'Inderdaad. De tomatensoep die je al een keer bij me hebt gegeten is gemaakt volgens hetzelfde recept,' zei ik. Ik vertelde er niet bij dat ik de soep met een scheut wodka had opgepept.

Voordat hij verder kon snoepen, schonk ik de saus over het gebraden gehakt. Ik sneed een bolletje buffelmozzarella klein en warmde de saus op. De spaghetti moest nog een paar minuten opstaan. Ik raspte Parmezaanse kaas, deed dressing over de veldsla en zette de schaal op tafel.

'Toch kan ik het me niet voorstellen, al spreekt op het moment alles tegen Barbara,' zei ik koppig.

'Waarom niet?'

'Ik heb de hele tijd het gevoel dat we iets belangrijks over het hoofd zien. Ik kan het niet uitleggen, maar als Barbara hierachter zit, is ze een psychopaat; en daar hadden we de afgelopen acht jaar toch iets van moeten merken?'

'Waarom? Bij psychopaten denken we aan seriemoordenaars, gewelddadige krankzinnigen. Maar er zijn veel verborgen zieken, die aan een of andere psychische stoornis lijden, vaak intelligente personen met een arme gevoelswereld en zonder enig schaamtegevoel. Ze zijn charmant, maar ook leugenachtig, manipulatief en meedogenloos. Het ontbreekt hun aan menselijke relaties, anderen betekenen niets voor hen. Ik kan je ter plekke twintig mensen noemen op wie deze beschrijving van toepassing is.'

Ik keek hem verbaasd aan.

'Met andere woorden,' voegde hij er kauwend aan toe, 'het hoeft je helemaal niet opgevallen te zijn dat Barbara al die jaren een toneelstukje heeft opgevoerd. Ze is, voor zover ik weet, altijd oppervlakkig gebleven.'

Ik keek hem zwijgend aan. Het klopte, ik wist bijna niets van haar. In het beeld dat ik van haar had, paste de kiezelsteenaanval op Alex' graf totaal niet. Bart keek naar me, at kalm verder en schonk nog een keer wijn in. Ik speelde intussen bedachtzaam met mijn spaghetti.

'Ik heb mijn baan opgezegd!' riep Emma vanuit de gang. De voordeur viel achter haar in het slot en het geklik van haar hakken op de tegelvloer kwam dichterbij. Ze straalde toen ze de keuken in kwam en gooide opgewekt haar huissleutel omhoog, maar haar gezicht betrok toen ze ons zag. 'Wat is hier aan de hand? Rouwstemming?'

Terwijl Bart ons gesprek van het afgelopen uur in een paar zinnen samenvatte, pakte ik een bord en bestek.

'Ik kan me heel goed voorstellen dat Anne het moeilijk vindt om Barbara als een ijskoude moordenares te zien. Ik heb er ook problemen mee, al vraag ik me af wat er verder nog aan het licht zal komen. Als het klopt, dan heeft ze jarenlang een Oscarwaardige toneelrol opgevoerd.'

'Waarom heb je opgezegd?' vroeg ik. Ik wilde het niet meer over Barbara hebben. 'Ik dacht dat je zo veel plezier in je werk had. Ik ben eerlijk gezegd nogal verrast.'

Emma lachte, schepte spaghetti en saus op haar bord, strooide er Parmezaanse kaas overheen en gaf pas daarna antwoord.

'Ik had er genoeg van,' begon ze, waarna ze uitlegde dat ze de uitdaging van zelfstandigheid wilde aangaan. Ze worstelde al weken met de beslissing en had vandaag eindelijk genoeg moed voor de beslissende stap gevonden. Tussen twee happen spaghetti door beschreef ze de reactie van haar baas. Hij was niet blij, probeerde haar met een loonsverhoging en extra vakantiedagen over te halen om te blijven, beloofde zelfs een promotie en werd sikkeneurig toen hij besefte dat Emma niet op haar besluit zou terugkomen.

'Ik ben vierenveertig, als ik het nu niet doe, is het te laat. Ik heb altijd van een eigen advocatenkantoor gedroomd, van een bord aan de muur waarop te lezen staat 'ADVOCATE EMMA WOLF'. Ik verlang naar een secretaresse die net zo veel plezier heeft in het werk als ik en niet slechts halve dagen op kantoor is. Het is tijd voor mijn eigen advocatenkantoor, niet groot, maar solide, met spannende zaken. Dat mogen ook typische scheidingszaken zijn, of kunstenaars adviseren, en misschien af en toe een spannende zaak als de moord op Alex, het maakt niet uit. Na bijna twintig jaar wil ik iets anders. Ik wil mijn droom verwezenlijken. En waarom ik je er niets van heb verteld? Anne, je hebt de laatste tijd genoeg andere dingen aan je hoofd gehad. En bovendien heb ik zelf heel lang getwijfeld of ik dit wel echt durfde – tot vanmiddag. Opeens wist ik het gewoon zeker.'

Nadat we naar haar pleidooi hadden geluisterd, keken Bart en ik elkaar even aan en applaudisseerden.

'Op mijn dappere vriendin,' zei ik en ik hief mijn glas.

Woensdag 18 november

Gefrustreerd omdat ik weer eens een glas te veel had gedronken en een sigaret te veel had gerookt, sleepte ik mezelf op de loopband. Ik stelde hem in op niveau dertien en rende alsof ik op de vlucht was. Mijn blik zwierf door de kamer, bleef bij Alex' polsbanden hangen. Ik verkrampte en vloog bijna van de loopband.

Morgen was hij een maand dood en ik kon het definitieve ervan nog steeds niet begrijpen. Ik had het gevoel dat ik op een schommelend schip stond dat wild heen en weer werd geslingerd door de golven en de wind. Telkens als ik dacht dat ik de reling stevig vast had, kwam er weer een rukwind met orkaankracht en verloor ik mijn grip. Mijn woede en wanhoop, die het eerste gevoel van leegte hadden verjaagd, werden steeds minder. Ik bevond me in een stadium waarin ik alles in twijfel trok. Die onzekerheid beviel me helemaal niet. Ik wilde maar één ding: mijn oude zelfverzekerdheid terugkrijgen.

'Je moet Rob echt bellen,' drong Caroline aan toen ze een kop sterke thee naar mijn kantoor bracht. Hoewel ik al twee pijnstillers had genomen, voelde ik me nog steeds beroerd. Voorzichtig nam ik een slok hete thee en knikte gehoorzaam. En daar was hij ineens; hij wandelde zomaar mijn kantoor binnen.

'Als Mohammed niet naar de berg komt, moet de berg maar naar Mohammed komen,' zei Rob. Hij glimlachte en liet zich op de stoel vallen.

'Ik stond op het punt je te bellen,' verzekerde ik hem.

'Dat kan, maar ik had toch al een afspraak in het gebouw en omdat ik gisteren de hele dag op je telefoontje heb gewacht, besloot ik om even langs te wippen. Hoe gaat het met je? Je ziet er heel moe uit.'

Ik stond op en ging zuchtend op een stoel bij de spreektafel zitten. Caroline bracht een latte macchiato voor Rob en deed de deur dicht.

'Ik kreeg gisteren onverwacht bezoek,' begon hij. Rob vond het heerlijk om de spanning op te voeren door telkens kleine stukjes informatie prijs te geven. Ik gunde hem dat en wachtte geduldig tot hij verder praatte. 'Angela stond onaangekondigd voor mijn bureau.' Hij wachtte weer.

Blijkbaar moest ik weten wie Angela was, maar ik had er geen flauw idee van.

'Alex' eerste vrouw,' legde hij uit.

'O, wat doet ze in Nederland?' vroeg ik terwijl ik uit alle macht probeerde niet te gapen.

'Ze wil een deel van de erfenis.'

Ik was ineens klaarwakker. 'Daar heeft ze toch helemaal geen recht op! Ze zijn al een eeuwigheid gescheiden en hun zoon is dood. Waarom denkt ze dat ze recht heeft op iets wat Alex en ik hebben opgebouwd?' riep ik verontwaardigd uit. Dat was toch wel de limit.

'Rustig maar, ze heeft er inderdaad geen recht op. Maar volgens haar moet er een testament zijn, want ze kan zich niet voorstellen dat Alex haar niets heeft nagelaten. Ze is er vast van overtuigd dat hij altijd van haar is blijven houden.'

'Ja, hoor. Alex hield toch ook niet meer van mij toen die Franse slet op het toneel verscheen,' siste ik.

'Anne, alsjeblieft! Goed, ik vond dat je het moest weten omdat ze misschien van plan is de erfenis aan te vechten. Angela heeft geen legitieme claim, maar ze kan zeer vasthoudend zijn en ze heeft zo haar eigen interpretatie van de werkelijkheid. Ze is jarenlang onder psychiatrische behandeling geweest. Als ze iets in haar hoofd heeft, hoe absurd dat ook is, is het heel erg moeilijk om haar van het tegendeel te overtuigen. Ik ga ervan uit dat ze een advocaat in de arm zal nemen en er alles aan zal doen om jou het leven moeilijk te maken. Ik weet niet waarover ze allemaal geïnformeerd is. Maar maak je alsjeblieft geen zorgen, het zal haar niet helpen.'

'Wat bedoel je met "waar ze allemaal over geïnformeerd is"? Ze zijn toch al jaren uit elkaar? Of hebben de aandelen en de bankrekening in Liechtenstein er iets mee te maken?'

'Het zit zo,' zei hij aarzelend. 'Na de dood van Benjamin heeft Alex haar ziektekosten en de kankertherapie in Amerika betaald. De situatie is voor mij ook nogal onoverzichtelijk. Je moet niet vergeten dat die twee samen zijn opgegroeid en elkaars eerste grote liefde waren.'

Ik staarde Rob aan en probeerde te begrijpen wat hij daarnet had gezegd. Het lukte me niet.

'Oké, maar welke advocaat neemt zo'n uitzichtloze zaak aan?'

'Iemand die dringend cliënten nodig heeft.'

'Hm.' Ik keek afwezig naar het papier dat voor me lag.

'Ik moet nu naar een bespreking, maar ik zal kijken of ik nog even langs kan komen voor ik vertrek,' zei hij.

'Dat is goed,' antwoordde ik zachtjes.

Ik keek Rob na. Waarom had Alex de behandelkosten van Angela betaald? Was ze niet verzekerd? Dat ze kanker had gehad, was ook nieuw voor me. Ik krabbelde op mijn blocnote, terwijl er allerlei gedachten door mijn hoofd gingen. Een maand geleden wist ik nog niet eens dat ze bestond.

Gelukkig had ik vrij snel na Alex' dood de verklaring van erfrecht gekregen. Het was me gelukt om alle bankrekeningen weer vrij te krijgen. Ik nam het zekere voor het onzekere, logde in op de website van mijn bank en boekte een aanzienlijk bedrag over op mijn privérekening.

Toen liep ik naar het raam. Het was gestopt met regenen, het water spatte op onder de banden van auto's; ik zag hoe een vrachtwagen door een plas denderde. Een jong meisje dat bij de stoeprand stond, sprong opzij, maar kreeg het grootste deel van de waterfontein toch over zich heen en werd kletsnat. Ze vloekte en stak haar middelvinger op naar de chauffeur.

Ik zuchtte. Sinds Robs bezoek had ik een onaangenaam voorgevoel. Was het toeval dat Angela hier opdook, terwijl Barbara op Curaçao was? Was het mogelijk dat alles verband met elkaar hield? En moest ik mijn aandacht op Alex' verleden richten? Wat wist ik eigenlijk van vroeger? Weinig, verschrikkelijk weinig. Was er in de afgelopen acht jaar iets gebeurd wat met zijn vroegere leven te maken had? En als dat zo was, hoe moest ik daar dan achter komen?

Ik bedacht dat ik de agenda's van de afgelopen jaren had bewaard voor de belasting. Ik haalde ze tevoorschijn. Langzaam bladerde ik ze door, en ik was opgelucht dat ik niet alleen zakelijke afspraken had genoteerd, maar ook veel privédingen. Weemoedig zag ik de aantekeningen van onze korte en lange vakanties, van eten in heerlijke restaurants en weekendtrips naar Antwerpen of Brussel om te winkelen. Vooral de eerste twee jaar van ons huwelijk waren we voortdurend op pad geweest. Daarna groeide het bedrijf in een tempo waardoor we regelmatig een zaterdag op kantoor of in de televisiestudio doorbrachten.

Ik stopte bij een notitie 'begrafenis Remco', die volgens de agenda op Curaçao had plaatsgevonden. Blijkbaar was Alex alleen gegaan, want er stond een opnamedag bij dezelfde datum die ik niet had doorgestreept. Een paar dagen later had ik Alex' aankomsttijd opgeschreven. Ik dacht na, bladerde wat heen en weer en probeerde het me te herinneren.

Na een paar minuten wist ik het ineens. Remco was een schoolkameraad van Alex geweest, die verslaafd was aan drugs en aan lager wal was geraakt. Als ik het me goed herinnerde was hij aan een overdosis heroïne gestorven. Ik weet nog dat Alex woedend was, zich in zijn kantoor opsloot en bijna een hele fles whisky leegdronk. De volgende dag stapte hij met een flinke kater in het vliegtuig. Toen hij een week later terugkwam wilde hij nergens over praten.

Ik bladerde verder.

'Ik heb Bart op lijn twee voor je!' riep Caroline toen mijn telefoon overging.

Ik nam hem op, verbaasd dat hij me niet op mijn mobiel belde.

'Ik ben in de telefoonwinkel in Almere en wacht op de bedrijfsleider,' verkondigde Bart. 'Met een beetje geluk weten we zo meteen wie de prepaidkaart heeft gekocht. Ze hebben hier videobewaking en de banden van 2 oktober liggen er nog omdat er op die dag een paar kruimeldieven zijn opgepakt. Waarom is je mobiel uitgeschakeld?'

'Uitgeschakeld? Geen idee.' Ik begon in mijn tas naar mijn BlackBerry te zoeken. Hij stond inderdaad uit, de batterij was waarschijnlijk leeg. Ik beloofde hem op te laden en vroeg Bart na afloop naar mijn kantoor te komen.

'Dat gaat niet, ik heb nog vrij veel te doen, maar als je wilt kun je vanavond naar mij toe komen. Dan kook ik en kunnen we alles rustig bespreken.'

Ik stemde toe, schreef zijn adres op en was ineens heel nieuwsgierig naar Barts woning. Hoorde hij bij de nette mannen of liet hij alles om zich heen slingeren? Ongeconcentreerd bladerde ik verder.

Toen stuitte ik op een notitie, een paar maanden later, waaruit bleek dat Alex een week naar Miami was geweest. Ik klapte de agenda dicht, sloeg de volgende open en keek bij dezelfde maand. Alex was meerdere keren naar Miami geweest en elke keer stonden er studiodagen ingepland. Een jaar later, weer bij dezelfde maand, kon ik geen aanwijzing vinden, maar toen was ik een paar keer alleen op stap geweest. Emma en ik hadden een ontslakkingskuur op Ibiza gedaan. Zou Alex in die week naar Miami zijn geweest? Wat deed hij daar dan? Ik had plotseling het gevoel dat ik iets belangrijks op het spoor was.

Ik belde Edwin en vroeg hem een lijst te maken met alle reizen die Alex de afgelopen acht jaar naar Amerika had gemaakt. Edwin slaakte een zucht en ik hing snel op.

'Heb je even tijd?' Jan stond in de deuropening. Ik schoof de stapel agenda's opzij en keek hem afwachtend aan.

'Thomas belde net omdat hij de ontwikkeling van het programma en zijn aandeel daarin wil bespreken. Heb je daar al iets aan gedaan?'

'Nee, daar is nog voldoende tijd voor,' antwoordde ik. Mijn hoofd stond er helemaal niet naar.

'Niet echt, want blijkbaar heb je het zo smeuïg gebracht dat Thomas al in de startblokken staat. Ik wil een bespreking plannen zodat we het bij de zenders kunnen aanbieden. Ben je het daarmee eens?

Ik stemde toe.

Toen ik het kantoorgebouw uit kwam, was het gestopt met regenen. Het was bijna windstil. Ik reed naar huis, trok een spijkerbroek en een trui aan, haalde een donsjack uit de kast en deed de deur van de garage open. Hier stonden fietsen en scooters, die we het afgelopen jaar in een opwelling hadden gekocht, alsmede Alex' Harley. Ik streek met mijn hand over de zwartleren zitting, raakte het chroom van het stuur aan en zuchtte. Ik moest nog beslissen wat ik met de motor en met Alex' Porsche ging doen. Zijn auto stond al bijna een maand onaangeroerd voor de deur. Morgen ga ik ermee rijden, dacht ik.

Ik reed de fiets naar buiten, deed de deur op slot en keek naar de overkant van de straat, waar een witte Golf van het beveiligingsbedrijf stond. Ik liep ernaartoe en vroeg welke auto's bij hun wagenpark hoorden.

Mijn bewaker nam net hongerig een hap van een broodje. Hij had een fles cola naast zich staan en verslikte zich toen ik hem aansprak.

'We hebben alleen witte Golfs, met en zonder embleem,' vertelde hij kauwend. Hij had roodblond, kort haar, hooguit twee centimeter lang; zijn neus was bezaaid met sproeten en hij had amberkleurige ogen.

'Weet je zeker dat er geen andere auto's zijn?' drong ik aan.

'Ik werk al een paar jaar bij dit bedrijf, maar ik kan het navragen als je dat wilt.'

Dat wilde ik en ik luisterde terwijl hij mijn vraag aan de centrale stelde. Wat was hij jong. Het antwoord dat door de mobilofoon kwam was ondubbelzinnig. Ze hadden alleen witte auto's van het type VW Golf. Ik bedankte hem en stapte op mijn fiets.

Had ik me vergist in de blauwe auto die een paar dagen geleden in de straat geparkeerd stond? Nee, ik wist zeker dat er een bedrijfsnaam op het portier had gestaan. Ik nam me voor om de volgende keer een foto van de auto te maken.

Bart woonde op de Keizersgracht. Het was pure waanzin om er met de auto naartoe te rijden, omdat de parkeersituatie gewoon rampzalig was. Ik trapte stevig op de pedalen, stak het Leidseplein over, reed een stuk over de Leidsegracht, slalomde om voetgangers heen, die midden op de weg liepen, en sloeg linksaf de Keizersgracht op.

Tegenover zijn voordeur was een fietsenrek. Ik zette mijn fiets op slot, liep de zes treden naar de deur op, belde aan en voelde hoe koud ik het had gekregen. Stom van me om geen handschoenen aan te trekken.

'Ik woon op de derde verdieping,' zei Bart door de intercom. Tegelijkertijd ging de deurzoemer, die aangaf dat hij had opengedaan.

De zware houten deur ging pas open toen ik er met mijn hele gewicht tegenaan duwde. Zodra ik hem een stukje open had, schoot hij ineens helemaal open en ik verloor mijn evenwicht. Bart riep nog door de intercom dat ik voorzichtig moest zijn omdat de deur klemde. Te laat, dacht ik terwijl ik mijn mobiel, die uit mijn hand was gevallen, opraapte.

Het trappenhuis was blijkbaar net geschilderd, want er hing een penetrante verflucht. Ik liep door een lange gang met een grijze marmeren vloer en nam de trap naar de derde verdieping.

Barts voordeur stond op een kier. Die was net als de deur beneden van grijs geschilderd hout. Ik duwde hem voorzichtig open en betrad de gang.

'Kom binnen!' riep Bart. 'Ik ben in de keuken, tweede deur aan de rechterkant.'

Terwijl ik de deur dichtdeed, keek ik om me heen. Donkergrijs graniet, lichtgrijze muren, een wit plafond met een futuristische lamp. De garderobe was in een nis. Ik hing mijn jas op.

Meteen ernaast was een smalle, grijze deur, aan het eind van de gang stond een deur halfopen. Ik liep naar de tweede deur aan de rechterkant. Bart stond bij de gootsteen sla te wassen.

'Fijn dat je er bent,' zei hij.

'Ja.' Ik keek om me heen. De keuken was klein maar fijn. Ook hier was alles grijs, maar er waren een paar grappige kleuraccenten, zoals knalgroene theedoeken, een oranje sapcentrifuge en een grote, rode schaal vol fruit.

Bart droogde zijn handen af, liep naar me toe en gaf twee kusjes op mijn wangen. 'Ik pak zo iets te drinken voor je. Als je wilt rondkijken, ga je gang.' Zonder mijn antwoord af te wachten concentreerde hij zich weer op het eten.

Nieuwsgierig maakte ik meteen gebruik van zijn aanbod. Ik zwierf door de kamers. Zijn zitkamer was groot, met vier ramen die een perfect uitzicht op de Keizersgracht boden. De ruimte was sober maar stijlvol ingericht. Ik zag een bank, een eettafel, een open haard en een flatscreen. Uiteraard was de hoofdkleur grijs.

Aan de zitkamer grensde Barts werkkamer. In de erker stond zijn bureau. Als hij hier zat te werken, had hij een fantastisch uitzicht over de gracht. Rechts naast het bureau hing een magneetbord met een foto van Alex en mij, omringd door de foto's die Bart had gemaakt in verband met de moord op Alex. Ik bekeek de foto's en de strepen ertussen, die waarschijnlijk verbindingen tussen de verschillende personen moesten voorstellen, en draaide me daarna om om de rest van de ruimte te bekijken. Alles was verbazingwekkend netjes. In de twee kasten stonden ordners, op het bureau lagen twee vellen papier. Ik was in de verleiding om zijn laden open te trekken, maar deed het niet en ging terug naar de keuken.

'En, bevalt het je?'

'Ja, ik had niet gedacht dat je zo netjes was.' Het ontglipte me.

Bart lachte. 'Dat heb ik aan mijn werkster te danken. Ze heeft een groot gevoel voor netheid en was, als ik eerlijk ben, een halfuur geleden nog bezig met opruimen. Aan haar de eer. Ik neig er eigenlijk naar om alles te laten slingeren.'

Zijn bekentenis luchtte me op. Ik leunde tegen het aanrecht en keek toe terwijl Bart biefstukken keerde in een pan. Hij droeg een spijkerbroek die duidelijk zijn beste tijd had gehad, een blauw T-shirt met lange mouwen die hij telkens weer omhoogschoof en hij was op blote voeten. Ik zag de spieren onder het T-shirt bewegen en staarde gefascineerd naar zijn onderarmen toen hij de salade begon te mengen. Hij had grote, krachtige, mannelijke handen. Ik moest eraan denken hoe het voelde als ze mij aanraakten en kreeg het ineens heel warm. Ik trok aan de halsuitsnijding van mijn trui en hoopte dat Bart niet uitgerekend nu naar me zou kijken.

'Wat is er? Heb je het warm?' vroeg hij prompt.

'Een beetje,' antwoordde ik hees. Ik schraapte mijn keel.

Bart deed het raam open. 'Het is hier inderdaad vrij warm door de oven,' zei hij. 'En je hebt ook wel een erg dikke trui aan.'

O, mijn God, wilde hij dat ik hem uittrok?

'Als je wilt mag je een overhemd uit mijn kast halen,' bood hij aan. Hij keek niet op, was volkomen geconcentreerd op het klaarmaken van het eten en helemaal niet bezig met erotische prikkels.

'Misschien geen slecht idee. Ik ben op de fiets, vandaar dat ik zo warm aangekleed ben, ' legde ik uit.

'Geen probleem. Probeer de deur hier recht tegenover maar eens, daar vind je alles.'

Ik keek hem even aan, maar moest vaststellen dat Bart niet van plan was misbruik te maken van de situatie. Het gebrek aan bijbedoelingen stoorde me.

Zijn slaapkamer was klein. Er stond een breed bed. Drie muren waren wit, één was geschilderd in dezelfde kleur grijs als de zware gordijnen. De kast was in een nis gebouwd en van spotjes voorzien. Daartegenover hing een manshoge spiegel. Ik zocht naar een overhemd, koos een zwart en deed de kast weer dicht. Toen opende ik de enige deur in de kamer. Die leidde, zoals ik al had verwacht, naar de kleine badkamer die eveneens was ingericht in grijs. Met de trui in mijn hand ging ik naar Bart terug.

'Ik ben hier!' riep hij uit de zitkamer. 'We kunnen eten.'

Ik ging zitten.

'Zo, dan zal ik je nu alles vertellen,' begon hij.

Bart had de band in de telefoonwinkel meerdere keren uitvoerig bekeken, maar kon niet goed wijs worden uit de opnamen. De vrouw die de kaart had gekocht was maar even te zien doordat er een boomlange man achter haar stond die haar volledig aan het zicht onttrok. Afgezien van een paar blonde haren, die af en toe aan de zijkant opdoken, bleef ze onzichtbaar.

'Ik weet vrijwel zeker dat die vrouw Barbara was. De verkoopster kon zich haar nog goed herinneren, omdat de klant, Barbara dus, haar meerdere keren vroeg of ze bij de aankoop van een prepaidkaart haar naam niet hoefde op te geven. Ze betaalde contant, waarschijnlijk om ervoor te zorgen dat niemand haar naam met de kaart in verbinding zou kunnen brengen.'

'En dat wist die verkoopster nog?'

'Ja. De lange man achter haar maakte een paar opmerkingen waarop Barbara heel geschrokken had gereageerd.'

'En je weet zeker dat het Barbara was?'

'Voor negentig procent. Ik heb de verkoopster een foto van Barbara laten zien en ze was ervan overtuigd dat zij de vrouw was die de kaart had gekocht.'

'En hoe gaat het nu verder?' vroeg ik terwijl ik lusteloos in mijn eten prikte. Ik had ineens geen honger meer.

'Er zijn twee mogelijkheden. Ik ga met haar praten of we laten het aan Koch over. Wat wil je?'

In plaats van op zijn vraag in te gaan, vertelde ik hem over mijn vermoedens.

'Het is toch geen toeval dat Barbara uitgerekend nu op Curaçao is, terwijl Angela hier opduikt. Ik wil maar al te graag weten hoe Angela er nu uitziet. Op de trouwfoto's is ze tenger en sierlijk, met bruin haar.'

'Dat wil helemaal niets zeggen. Haar kan geverfd worden en het figuur van vrouwen kan in de loop der tijd veranderen.' Bart kauwde genietend op zijn biefstuk.

Ik keek hem vernietigend aan, maar stopte daar al snel weer mee omdat hij natuurlijk gelijk had.

'We hebben ook Stephan nog. Ik wil graag nog een keer met hem praten om uit te zoeken waarvoor hij die 20.000 euro heeft gebruikt. Dat is een aardig bedrag voor een afperser. Vind je niet?'

Ik gaf geen antwoord, omdat ik net een hap salade had genomen, die zonder meer heerlijk was.

'Een verband tussen hem en Barbara is volgens mij ook mogelijk,' ging hij verder.

'Denk je dat ze Alex samen vermoord hebben? Ik weet het niet, kan het zijn dat je fantasie met je op de loop gaat? Eerst denk je dat Barbara met een zakje bloed naar Alex rijdt om een vals spoor uit te zetten, en zo meteen beweer je nog dat Stephan homoseksuele maffiafiguren heeft ingehuurd die met Barbara hebben samengespannen.' Het leek allemaal zo ongeloofwaardig. 'Maar als je wilt, stuur ik hem een sms en nodig ik hem uit voor een etentje. We moeten het dan wel wat handiger aanpakken.' Ik spoelde de laatste stukjes sla weg met een grote slok wijn. Ik moest meer water drinken, anders zou mijn rit naar huis wel heel erg slingerend verlopen.

Terwijl ik het sms'je intoetste, schonk Bart nog een glas wijn in. Hij besprak een paar samenzweringstheorieën en haalde zijn magneetbord met alle foto's naar de zitkamer; hij was niet meer te houden. Hoe meer wijn we dronken, hoe absurder onze lijst met mogelijke daders werd.

Plotseling hurkte hij voor me, legde zijn handen op mijn dijbenen en keek me aan. 'Het liefst zou ik je nu kussen, naar mijn slaapkamer dragen en nooit meer laten gaan. Maar...' Hij haalde zwaar adem en ging voor me staan. 'Maar dat ga ik niet doen. We hebben allebei te veel gedronken en ik wil geen misbruik van de situatie maken. Ik breng je nu naar huis, en het heeft geen zin om daartegen in te gaan. Ik duld namelijk geen tegenspraak.'

Ik stond zwijgend op, trok mijn trui aan en werkte me in mijn jas. Eerlijk gezegd zou ik er niets op tegen hebben gehad om te blijven.

Nauwelijks vijf minuten later liepen we in de kou met mijn fiets naast ons door de kleine straatjes tot het Hard Rock Café, stopten bij een bar omdat ik heel nodig moest plassen, dronken daar een kop thee en keken naar de mensen die uit de bioscoop kwamen. Er liepen een paar verliefde stelletjes tussen die hun handen nauwelijks van elkaar af konden houden.

'Kom, laten we gaan,' zei ik toen. Ik trok mijn jas weer aan en buiten stak ik mijn handen in mijn jaszakken.

De PC Hooftstraat zag er treurig en verlaten uit op dit tijdstip. De neergelaten rolluiken van de luxe winkels verspreidden een enigszins dreigende sfeer. Er kwam een politieauto in onze richting rijden, die vlak bij ons vaart minderde, maar daarna weer gas gaf. Ik was blij dat Bart meeliep en gaf hem een arm. Hij sloeg zijn arm rond mijn schouders en trok me tegen zich aan. Zwijgend liepen we naar mijn huis. De auto van het beveiligingsbedrijf stond niet meer voor mijn deur. Ik keek onzeker om me heen en opende het hek.

'Ik controleer even,' fluisterde Bart en hij gaf een kusje op mijn wang.

Zodra we in huis waren, liep hij alle kamers door.

'Je tuin is sprookjesachtig verlicht. Alleen de sneeuw ontbreekt nog,' zei Bart terwijl hij de trap af liep.

Dat is ook zo, dacht ik. De tuinman was vandaag geweest om alle bomen met lichtsnoeren te versieren. Ik zette theewater op, trok mijn trui uit en maakte net het bovenste knoopje van Barts overhemd open toen hij de keuken in kwam. Hij bleef even staan, keek naar me en was ineens heel dichtbij. Ik voelde zijn adem in mijn hals en zijn handen op mijn huid en trok hem dicht tegen me aan. Hij kreunde, legde zijn handen rond mijn gezicht en kuste me zo intens dat mijn knieën knikten. Zijn lippen waren zoet als marsepein. Ik gaf me aan hem over, liet geen twijfel toe; ook nadenken kon en wilde ik niet meer. Ik klampte me aan hem vast, voelde overgave, begeerte en het onbeschrijfelijke gevoel dat ik leefde. Barts kussen streelden mijn hals, mijn borsten, mijn navel. Hij knielde voor me, maakte de knopen van mijn jeans open en schoof hem millimeter voor millimeter over mijn heupen naar beneden. Tegelijkertijd kuste hij mijn warme huid. Ik begon van opwinding te trillen. Hij gleed met zijn vingertoppen onder de dunne stof van mijn string en begon me zachtjes te strelen. Zijn adem streelde mijn huid. Ik spreidde mijn dijbenen, liet mijn hoofd in mijn nek vallen en genoot van het spel van zijn tong. Het trillen stopte en ik duwde ritmisch tegen zijn tong aan, kreunde en trok zijn hoofd steviger tegen me aan. Bart maakte zich voorzichtig van me los en tilde me op.

Donderdag 19 november

'Goedemorgen, slaapkop.' Bart stond in de keuken. Hij perste grapefruits uit en dronk koffie.

Ik gaapte en liep naar hem toe om in zijn armen weg te kruipen.

'Je sliep zo heerlijk dat ik het niet over mijn hart kon verkrijgen om je wakker te maken,' fluisterde hij, en hij gaf me een kus op het puntje van mijn neus.

'Hoe laat is het dan?'

'Negen uur.'

'Lieve hemel, dan moet ik al lang op mijn werk zijn,' antwoordde ik geschrokken. Ik kwam echter geen centimeter van mijn plek.

Bart lachte. Hij kuste me opnieuw. We gingen aan de tafel zitten, dronken vruchtensap en aten een bekertje yoghurt.

'Het is heel raar. Twee maanden geleden dacht ik dat ik gelukkig getrouwd was, maar toen was mijn huwelijk bijna voorbij. Een maand geleden is Alex hier vermoord en vandaag voelt het gewoon goed om na een heerlijke nacht met jou aan mijn keukentafel te zitten. Dat is toch gek?'

'Hm.' Hij keek me strak aan. 'Begin je weer aan ons te twijfelen?'

'Nee, dat niet. Ik geloof weliswaar dat Alex nog zou leven als we nog bij elkaar waren geweest...'

'Of dat jullie allebei dood zouden zijn. Anne, je had het niet kunnen tegenhouden. Dat mag je niet denken. De dader zou niet geaarzeld hebben om jou ook neer te steken.'

'Denk je?'

'Ja.' Hij lachte grimmig. 'Dat weet ik zeker. Of denk je dat de dader je ex wilde vermoorden omdat hij jou op zo'n schandalige manier aan de kant had gezet? Daarmee zou jij weer in beeld komen als verdachte. En was jij het?' Bart wachtte even en keek me doordringend aan voordat hij verder praatte. 'Of geloof je dat de dader expres net zo lang heeft gewacht tot jij het ergste verdriet over je stukgelopen huwelijk achter de rug had? Anne, er is een reden waarom het op die dag is gebeurd en die moeten we vinden, dan hebben we heel waarschijnlijk de dader ook.'

Ik speelde met het lege yoghurtbekertje, probeerde het laatste beetje eruit te lepelen en hield mijn mond.

'Anne?'

'Ja. Nee, natuurlijk heb ik er niets mee te maken. Maar als jij het zegt, klinkt het zo... hard. Op de een of andere manier heb ik de scheiding en zijn dood altijd met elkaar in verband gebracht.'

'Dat heb je nog niet één keer gezegd.' Hij keek me verbaasd aan.

'Nou ja... Als hij me niet het huis uit had gezet, dan had hij niet zo laat die afspraak hier gehad...'

'Anne, alsjeblieft. Dan was Alex misschien ergens anders vermoord. Je praat onzin.' Hij ging naast me zitten en sloeg zijn armen om me heen.

Ik begon zachtjes te huilen.

'Ga douchen en kleed je aan, dat is het beste. En stop ermee jezelf de schuld te geven,' raadde hij me na een tijdje aan.

Ik knikte en ging naar boven.

Na een minutenlange, warme douche zette ik het water op ijskoud en sprong onder de waterstraal heen en weer. Bart keek geamuseerd toe terwijl hij zich schoor.

'Mijn plannen zijn veranderd. Ik ga zo meteen naar de begraafplaats,' zei ik, terwijl ik bibberend een handdoek pakte.

'Ja, doe dat.' Bart wreef even met zijn hand over mijn rug.

Ik droogde me zwijgend af en keek via de spiegel naar Bart. Met een handdoek om me heen gewikkeld zette ik het badkamerraam op een kier. Aan de overkant van de straat stond de witte Golf van het beveiligingsbedrijf weer. Ik bedacht ineens dat ik Bart nog niets over het gesprek met de bewaker had verteld.

'En dat vertel je nu pas!?' riep hij uit. 'Wie zat er achter het stuur, een man of een vrouw? En weet je zeker dat het een blauwe auto was?' Bart hield mijn armen stevig vast. Hij was boos.

'Dat weet ik niet meer. Ik heb er niet op gelet. Misschien vergiste die bewaker zich wel en hebben ze toch een blauwe auto. Hij zou het voor me navragen.'

'Ik kan me niet voorstellen dat hij zoiets niet weet, vooral niet als hij al een paar jaar voor het bedrijf werkt. Ik zal ze zelf bellen om het te controleren. Degene die in de blauwe auto zat, moet hebben geweten wanneer het echte beveiligingsbedrijf voor de deur zou staan. Nu ik dit weet heb ik het liefst dat je een tijdje bij mij komt wonen.'

'Geen sprake van. Ik heb je al verteld dat ik me niet laat intimideren of uit mijn huis laat jagen.'

'Zoals je wilt, maar dan trek ik een tijdje bij jou in,' zei hij koppig.

'Waarom zeg je niet gewoon dat je me elke nacht bij je wilt hebben, in plaats van zo'n stampei te maken?' Ik lachte, gaf hem een kus en liep mijn inloopkast in.

Bart lachte niet.

Met rubberen laarzen en een donzen jack liep ik naar de auto van Alex. Ik legde mijn pumps op de passagiersstoel en ging achter het stuur zitten. De stoel was ingesteld op Moniques lengte. Ik schoof hem naar achteren en verbaasde me erover dat ze zo klein was. Of had ze alleen korte benen? Ik grijnsde hatelijk en startte de motor. Terwijl ik achteruit reed, reed Karin me voorbij. Ze zwaaide naar me.

Het duurde niet lang voordat ik bij Zorgvlied was, de begraafplaats aan de Amstel. Het smeedijzeren hek stond halfopen. Een tuinman sjokte met een kruiwagen langs en verdween uit het zicht. Ik stapte uit de auto, sloeg de kraag van mijn jas op, stopte mijn handen in mijn zakken en liep peinzend over het verlaten pad tussen de graven door. Het was een troosteloos beeld. De grond en de graven waren bedekt met bladeren, de bomen waren kale, donkere reuzen die de laaghangende wolken leken te raken en het motregende. Alex lag helemaal achterin, op de plek waar de nieuwelingen hun laatste rustplaats vonden. Natuurlijk liep ik verkeerd. Ik moest een heel eind teruglopen en nam bij de tweede poging het juiste pad.

Sneller dan verwacht stond ik voor zijn graf. De berg aarde was ingezakt en de kransen waren verwelkt, behalve een verse bos geel-oranje bloemen die was neergelegd door een onbekende. Verbaasd keek ik ernaar, zocht naar een kaartje, een opdracht, een aanwijzing van wie deze bos was. Op het eerste gezicht zag ik niets. Ik voelde onbehagen door me heen stromen, had het idee dat ik werd bekeken en draaide me een paar keer om, maar ik zag niemand. Alleen het fluiten van de tuinman was in de verte te horen. Wat was ik graag hard weggerend.

Maar in plaats daarvan ging ik weer voor Alex' graf staan. Ik keek ernaar en probeerde een dialoog met hem te beginnen. Ik dacht na of ik iets tegen hem wilde zeggen of aan hem wilde vragen. Soms gaven de doden toch een teken? Of was dat een bakerpraatje, bedoeld om rouwenden te helpen bij het accepteren van hun situatie? Ik staarde een tijd lang onbeweeglijk naar het graf, bukte me en begon onkruid te plukken en verwelkte bloemen te verwijderen. Ik wilde er niet aan denken dat Alex onder deze berg aarde langzaam maar zeker lag weg te rotten. Dat was niet te begrijpen en absoluut onwerkelijk.

Na bijna een uur was ik klaar. Mijn handen waren vies, mijn nagels zwart en vol aarde, mijn spijkerbroek zat onder de bruine vlekken en mijn haar was doorweekt van de motregen. Ik liep naar Alex' Porsche, stapte in en reed eerst naar huis om te douchen.

'Ik hoop dat we niet storen.' Koch en Rietmeier stonden voor mijn kantoordeur en keken me afwachtend aan. Het was lunchtijd en Caroline zat niet op haar plek.

'Waaraan heb ik deze eer te danken?' vroeg ik nieuwsgierig.

'Mogen we?' Rietmeier gebaarde naar de stoelen.

'Natuurlijk.' Ik stond op en kwam achter mijn bureau vandaan om handen te schudden.

'We hebben nieuwe onderzoeksresultaten binnengekregen.' Rietmeier laste een pauze in.

Koch wierp hem een geïrriteerde blik toe.

'Er zijn sporen van een sterk kalmerend middel of slaapmiddel in het lichaam van uw man gevonden,' zei Rietmeier. Hij liet zijn woorden even bezinken.

Ik knikte zwijgend en keek naar Koch. De aderen op zijn slapen waren licht gezwollen. Waarschijnlijk kon hij zich maar met moeite inhouden om zijn collega niet gewoon zijn mond te snoeren.

'Wist u dat?' vroeg Rietmeier.

'Wist ik wat?'

'U knikte net, mevrouw Van Veld, dus ga ik ervan uit dat u daar niet verbaasd over bent.'

'Mijn collega wil weten of uw man regelmatig pillen slikte,' verduidelijkte Koch.

'Nee, en ik wist ook niet dat Alex die avond had pillen genomen. Alex had een hekel aan medicijnen,' antwoordde ik kalm. Ik moest ineens denken aan Barts vermoeden. Zou hij dat met Koch besproken hebben?

'Klaagde uw man over slaapproblemen? Kan het zijn dat hij daarom pillen had genomen?' drong Rietmeier aan.

'Zoals ik al zei, het lijkt me onwaarschijnlijk. Maar zoals u weet woonden we de laatste weken voor zijn dood niet meer bij elkaar.'

'Uw man heeft op de bewuste avond veel gegeten en behoorlijk wat koffie, wijn en cognac gedronken. Hij had meer dan twee promille in zijn bloed. Samen met de slaappillen is dat een cocktail die hem al fataal had kunnen zijn. We hebben geen andere drugs gevonden.' Hij keek me afwachtend aan.

'En welke conclusie trekken jullie daaruit?' vroeg ik assertief. Ik kreeg zo langzamerhand genoeg van Rietmeiers insinuaties.

'Daar kan ik niets over zeggen. We staan nog maar aan het begin,' antwoordde Rietmeier.

Koch rolde met zijn ogen.

'Aan het begin? Dat is toch belachelijk! Mijn man is een maand geleden vermoord en u hebt het over "het begin"? Wanneer denkt u eindelijk de dader te kunnen aanhouden?' snauwde ik woedend.

'We breiden het onderzoek uit en gaan de mannelijke kennissenkring van uw man aan de tand voelen,' zei Rietmeier. Hij ging met zijn hand door zijn grijze haar. 'Kunt u ons vertellen wie er allemaal de beschikking over uw autosleutel hebben?'

'Mijn autosleutel? Hoe komt u daarbij?' Rietmeier keek me met een cynisch glimlachje strak aan en maakte geen aanstalten om mijn vraag te beantwoorden. 'Niemand. Die zit altijd in mijn tas. Waarom?'

'En de reservesleutel?' vroeg Koch. Het was hem aan te zien dat hij de situatie onaangenaam vond.

'Die ligt waarschijnlijk thuis in mijn bureau,' antwoordde ik. Ik dacht dat ik hem daar maanden geleden in had gestopt, maar eerlijk gezegd wist ik het niet meer.

'We willen uw auto door de technische recherche laten ophalen,' ging Rietmeier verder.

'En waarom dat ineens?'

'We hebben een verdenking. Meer wil ik op dit moment niet zeggen.'

'Jullie willen mijn auto een maand na de dood van mijn man op sporen onderzoeken?' vroeg ik verbijsterd.

'Waarom niet? Of hebt u hem intussen laten desinfecteren?' Rietmeier keek me uitdagend aan.

Ik schudde mijn hoofd. Was het niet voldoende om hem goed schoon te maken om sporen te vernietigen? Ik vroeg het maar niet.

'Precies, dat dacht ik al. Mogen we dan nu de sleutel?' Rietmeier kwam met een uitgestoken hand voor me staan.

'Anne, ik heb overal gezocht, maar ik kan die sleutel niet vinden,' snauwde Karin geïrriteerd.

Koch en Rietmeier stonden in de keuken en wachtten al ruim een halfuur tot mijn huishoudster de reservesleutel van de A5 had gevonden. Ik had de rechercheurs naar haar toe gestuurd omdat de sleutel en de auto allebei thuis waren. Dat dacht ik tenminste. Ik begon in mijn tas te zoeken, maar vond alleen mijn sleutelbos, waaraan onder meer twee autosleutels hingen. Die van de Porsche had ik er vanochtend aan gedaan. Had ik per ongeluk ook de reservesleutel meegenomen? Ik zocht verder, gooide mijn tas op mijn bureau leeg, maar vond hem niet.

'Dat is jammer. Ik had gehoopt dat de reservesleutel in de bovenste la zou liggen. Ik heb mijn sleutel bij me, dat wil zeggen dat je Koch en Rietmeier nog een keer terug moet sturen,' zei ik geamuseerd. Rietmeier zou woedend worden als hij weer hiernaartoe moest komen.

'Daar zullen ze blij mee zijn,' zei Karin spottend. Ze mocht hen allebei niet.

Ik hing op en zocht in mijn bureau verder. Vreemd genoeg vond ik hem in de derde la, in een envelop waarop het kenteken stond. De envelop was opengescheurd. Ik keek er met een gefronst voorhoofd naar.

'Kun je de garage bellen en vragen wanneer mijn auto daar is geweest? En vraag dan meteen aan wie ze mijn sleutel hebben meegegeven,' droeg ik Caroline op. Ik pakte een blikje cola uit de koelkast en liep terug naar kantoor. Alex had me de auto in maart voor mijn verjaardag gegeven. Waarom was hij al in de garage geweest en waarom wist ik daar niets van?

In plaats van achter mijn bureau te gaan zitten ging ik bij het raam staan en staarde piekerend naar de voorbijrijdende auto's.

'Anne, telefoon!' riep Caroline.

Ik kromp in elkaar.

'Bedankt voor de uitnodiging. Ik kom graag. Is maandag goed? Ik moet dinsdag voor een opname in het buitenland zijn,' kletste een man in mijn oor.

Ik moest even nadenken, probeerde de stem te plaatsen en was opgelucht dat ik wist wie ik aan de lijn had voordat de situatie pijnlijk werd.

'Natuurlijk, om acht uur bij mij?'

Stephan stemde toe en hing meteen op.

Deze keer moest ik behoedzaam doorzetten. Ik moest erachter komen of Alex hem had gechanteerd, hoe zijn verhouding met Barbara was en of ze misschien samengespannen hadden. Ik werd zeer opgewonden van het idee licht in de duisternis te kunnen brengen en belde Bart.

'Ben je nog boos?' vroeg ik toen hij kortaf de telefoon opnam.

'Ja, ik heb zelf al met het beveiligingsbedrijf gesproken. Ze hebben geen blauwe auto's.'

'Dat weet ik, maar er is niets gebeurd en achteraf uitzoeken wie daar heeft gestaan is onmogelijk. Ik vind dat je het moet laten rusten en je op andere, belangrijkere dingen moet concentreren.'

Bart gromde chagrijnig.

'Zoals erover nadenken hoe we Stephan maandag het best kunnen hanteren. Ik wil voorkomen dat hij weer overhaast vertrekt zodra we erover beginnen,' ging ik verder. Het liefst had ik meteen wat ideeën uitgewisseld, maar ik hield mijn mond omdat Koch in de deuropening stond.

Koch was alleen. Hij kwam aarzelend mijn kantoor in lopen en wachtte tot ik hem vroeg te gaan zitten. Zou hij iets gehoord hebben?

'We laten uw auto morgen door een collega ophalen,' begon hij. 'Als dat uitkomt.'

Ik knikte. 'Cola?'

'Graag,' antwoordde Koch.

'Ik wilde u nog iets vertellen,' zei hij nadat hij zich had verontschuldigd voor Rietmeiers botte gedrag. 'We gaan ervan uit dat uw man met een Dragon-mes is omgebracht, maar we hebben het moordwapen nog steeds niet gevonden.'

'En dat mes zoeken jullie nu in mijn auto?' vroeg ik ongelovig.

'Nee, mijn collega heeft een andere verdenking, die niets met het moordwapen te maken heeft,' zei hij afgemeten. Hij dronk zijn cola snel op.

Ik keek naar hem terwijl ik erover nadacht of ik over de resultaten van Barts onderzoek moest vertellen. Misschien vertelde hij mij dan wat Rietmeier voor verdenking had. Ik deed het niet. Koch zou zich niet met ruilhandel inlaten.

In bijna alle straten hing kerstverlichting, maar de schemering werd er niet sfeervoller door. Ik zette de stoelverwarming lager en zocht een parkeerplek voor Sabines advocatenkantoor. Na Kochs bezoek had ik haar spontaan gebeld om een afspraak te maken.

'Kom nu meteen maar, ik heb twee uur de tijd,' had ze gezegd.

Sabines kantoor lag in een zijstraat van de Beethovenstraat, in de buurt van het Hilton Hotel. Het was een statige, oude villa met een discreet messing bordje waarop haar naam stond. Zoiets wilde Emma ook, bedacht ik terwijl ik parkeerde. Ik belde aan.

Het duurde een paar seconden voordat een vriendelijke stem 'wie is daar?' riep. Ik hoorde gezoem, duwde de deur open en kwam in een grote glazen hal. Deze bood niet alleen bescherming tegen de wind, maar was duidelijk ook bedoeld om onwelkome indringers buiten te houden, want de glazen schuifdeuren gingen pas open toen de voordeur achter me in het slot was gevallen.

'Kom alstublieft verder,' nodigde dezelfde stem me uit. Die behoorde toe aan een jonge vrouw van een jaar of vijfentwintig, die in een goed gesneden, donkerblauw pakje voor me stond. Ze liep op enorme hakken voor me uit naar de wachtruimte. De open haard brandde en vier comfortabele clubfauteuils nodigden uit om me te ontspannen. In het midden stond een mahoniehouten tafel, waarop tijdschriften zoals *Management Team* en *Residence* lagen.

'Mevrouw Van Eebers heeft zo dadelijk tijd voor u. Kan ik iets te drinken voor u halen?' vroeg ze.

Ik vroeg om een kop groene thee.

Ze verdween bijna geluidloos en deed de deur dicht. Ik staarde naar de haard en het spel van de gasvlammen. Nauwelijks had ik mijn jas uitgetrokken, of Sabines deur ging open. De advocate nodigde me uit in haar kantoor. Ik was er nooit eerder geweest en keek nieuwsgierig om me heen. Het was heel netjes, maar toch anders dan ik had verwacht. Het middelpunt van de kamer was een enorme tafel van licht hout. Hij was minstens vier meter lang en twee meter breed. Aan één kant stonden een laptop en twee telefoons kaarsrecht naast elkaar, alsof ze met behulp van een liniaal waren neergezet. Aan de andere kant van de tafel stonden twee stoelen.

Sabine bood me een stoel aan, liep snel om de tafel heen en ging op de andere stoel zitten. 'Brand los,' zei ze toen de groene thee was gebracht.

Ik vertelde haar over mijn vermoedens en alle onderzoeksresultaten van de afgelopen dagen.

'Het meeste weet ik al. Om de paar dagen krijg ik een schriftelijke samenvatting van Bart. Ik moet toegeven dat hij zijn werk heel goed doet.' De laatste woorden fluisterde ze bijna, om daarna op een normale toon verder te gaan. 'Wat de recherche ineens met je auto wil, is me een raadsel. Ik zal contact opnemen met Koch.'

'O,' zei ik onnozel.

'Ik heb voor jou ook een paar nieuwtjes.' Sabine pakte haar pen en speelde ermee.

Ik keek haar gespannen aan en was een beetje verbaasd. Ging Sabine nu ook research doen?

Sabine had haar contacten gebruikt om iets over Alex en zijn ouders te weten te komen. 'Zijn vader, Curd, was afkomstig uit een familie die rijk was geworden door im- en export met Indonesië. Op een bepaald moment begon het bedrijf ook met Midden- en Zuid-Amerika zaken te doen. Curd was het zwarte schaap van de familie. Hij weigerde in het familiebedrijf te werken en de hele dag in een kostuum rond te lopen. Hij was bijzonder intelligent en had een drugsprobleem. In het begin van de jaren zestig leerde hij de moeder van Alex, Colette, kennen en trouwde met haar. Curds vader was enthousiast en kocht een mooie villa in Amsterdam voor hen, het pand waarin jij nu woont. Waarschijnlijk deed hij dat in de hoop dat zijn zoon eindelijk over de belangrijke dingen in het leven zou gaan nadenken. Dat was echter niet zo. Curd had een heel andere definitie van "de belangrijke dingen in het leven". Hij ging muziek en psychologie studeren, was samen met Colette behoorlijk actief in de hippiebeweging en met het pacifisme, reisde veel en bekommerde zich niet om het familiebedrijf. Voor Alex hadden ze een kindermeisje aangenomen. Toen Curds vader een hartkwaal kreeg en het familiebedrijf niet meer in zijn eentje kon leiden, vroeg hij Curd om de afdeling Zuid- en Midden-Amerika over te nemen. Tenslotte sprak hij behalve Engels ook vloeiend Spaans en Portugees. In de jaren zeventig verhuisden Curd, Colette en Alex naar Curaçao. Curds vader hoopte dat zijn zoon eindelijk bereid was om de verantwoordelijkheid op zich te nemen. In het begin gebeurde dat ook, maar Curd leerde verkeerde mensen kennen en deed duistere zaken, waarna hij door zijn vader uit het bedrijf werd gezet. Curd kreeg een flink geldbedrag en de beste wensen mee. Colette en hij kochten een plantage in Belize en begonnen daar een ecologisch bedrijf. In die periode studeerde Alex al in Miami.'

'Hoe weet je dat allemaal?' vroeg ik verbijsterd.

'Mijn vader en Curd waren een tijdlang bevriend. Ik vind dat je met Bart naar Curaçao en naar Belize moet vliegen om daar eens rond te kijken. Jij moet met hem mee, omdat hij waarschijnlijk geen toegang tot de plantage krijgt. En ja, Anne, ik weet dat je je eigen bedrijf moet leiden, maar dit is heel belangrijk. Mijn gevoel zegt me dat Alex' moordenaar uit het verleden komt. Misschien staat er nog een oude rekening open. Ik heb geprobeerd uit te zoeken wat de oorzaak was van het vliegtuigongeluk waarbij Curd en Colette om het leven zijn gekomen, maar daar kwam ik niet verder mee. Zodra ik erover begon, ging iedereen in de verdediging – en dat terwijl het al dertien jaar geleden is. Misschien heb jij als weduwe van Alex meer succes.'

'De recherche vermoedt dat Barbara betrokken is bij de moord,' antwoordde ik.

'Maar toch niet bij het vliegtuigongeluk? Ik geloof echt dat ze het een en ander over het hoofd zien. Daar heb ik Bart al over gebeld. Hij is bereid om met je mee te gaan.' Sabine legde haar pen op het papier, vouwde haar handen alsof ze ging bidden en keek me doordringend aan.

'Ik zal erover nadenken.' Ik stond op, trok mijn jas aan en liep het kantoor uit. In plaats van antwoorden op mijn vragen te krijgen had ik nog meer vragen. Ik begon te rennen, want het regende pijpenstelen. Tijdens de paar meter naar mijn auto werd ik kletsnat. Ik ging achter het stuur zitten en reed naar huis alsof de Porsche op de automatische piloot stond. Was het echt noodzakelijk dat ik naar

Curaçao vloog? Of reageerde ik overgevoelig?

Door de avondspits duurde het verschrikkelijk lang voordat ik thuis was. Er was veel asociaal gedrag in het verkeer, maar ik liet me niet van de wijs brengen en reed stapvoets achter de auto voor me. Toen ik voor mijn oprit bleef staan om het hek te openen, toeterde er weer zo'n idioot. Tot overmaat van ramp begon hij zelfs te schelden. Wat was er vandaag met de mensen aan de hand? Zodra ik op de oprit stond, gaf hij gas en schreeuwde iets uit zijn opengedraaide raam, wat nogal veel op 'kapitalistenslet' leek.

'Wat is dat voor een gek?' riep Karin geïrriteerd, die in de deuropening stond en blijkbaar net naar huis wilde gaan.

'Geen idee, maar vandaag zijn er heel wat van die lui op de weg,' antwoordde ik terwijl ik snel naar de deur liep. Eén keer kletsnat worden vond ik genoeg.

'Bart is er al. Hij is bezig in de keuken.' Karin lachte vrolijk, zette de capuchon van haar regenjack op en liep naar haar auto.

Ik deed de deur dicht en ging meteen naar de keuken. 'Fantastisch, je bent dus bereid om met me naar Curaçao te gaan,' snauwde ik tegen Bart.

Hij draaide zich geschrokken om, liet de oester die hij in zijn hand had bijna vallen en keek me aan. 'Ja, dat ben ik!' Hij herstelde zich en keek me verheugd aan.

Ik staarde boos terug, zette toen mijn tas op tafel en trok omstandig mijn jas uit.

'Wat is er met je?' Bart legde de oester op het aanrecht en deed een stap in mijn richting.

'Waarom bespreek je dat met Sabine zonder dat ik er iets vanaf weet?'

'Ho, ik heb het gevoel dat je de verkeerde conclusies trekt. Sabine belde me op, vertelde wat ze te weten was gekomen en zei dat ze het nodig vond dat je naar Curaçao gaat. Ze wilde weten of ik bereid was met je mee te gaan voordat ze er met jou over praatte. Je kunt er namelijk beter niet alleen naartoe gaan. Het kan gevaarlijk zijn.' Hij stond een paar centimeter bij me vandaan en ik voelde zijn warme adem.

‘Wat kan er gevaarlijk zijn op Curaçao?’ Mijn woede ebde weg.

‘Alles of niets, dat hangt er helemaal van af met welke mensen je omgaat en in welke kringen je verkeert. Anne, ik geloof dat Sabine gelijk heeft. Alex’ moordenaar komt uit het verleden.’

‘En Stephan en Barbara dan? Ben je die dan vergeten?’ Ik liep door de keuken om een glas wijn te pakken.

‘Wie weet wat voor band zij met het eiland hebben. Barbara heeft er een, dat weten we. Maandag komt Stephan langs. Hopelijk kunnen we hem iets ontfutselen. Ik heb mijn antennes al uitgestoken. Maandagochtend heb ik meer informatie over zijn achtergrond.’

Voordat ik kon antwoorden, ging mijn mobiel. Emma wilde weten of ze welkom was voor het avondeten. Ik zei meteen ja, want ik kon nauwelijks wachten om haar mening over de situatie te horen.

‘Misschien is het de juiste aanpak,’ begon Emma nadat ze rustig naar Barts verhaal had geluisterd. Ik had er weinig, eigenlijk helemaal niets aan toe te voegen, omdat hij heel zakelijk bleef en alles treffend formuleerde.

‘Jullie onderzoek lijkt dood te bloeden. En een reisje naar de Caribische zon in dit ellendige, grijze jaargetijde is nu niet bepaald een straf. Boek een fijn hotel en probeer te genieten van de tijd die jullie daar doorbrengen,’ raadde ze aan. Ze stopte een stuk tonijn in haar mond.

Bart had de ‘ecologisch verantwoorde’ tonijn even aangebraden, met sesamzaad bestrooid en met een beetje teriyakisaus bedruppeld en een frisse salade gemaakt.

‘Kijk niet zo benauwd, er zijn echt ergere dingen in het leven dan naar de Antillen vliegen,’ zei ze vermanend. ‘Of ben je bang voor wat je misschien zult ontdekken?’ vroeg ze genadeloos verder.

‘Ja, dat ook. Trouwens, als ik Sabines advies opvolg, dan vliegen we vanaf Curaçao ook nog naar Belize. Ik weet eerlijk gezegd niet waar ik de tijd vandaan moet halen,’ klaagde ik.

‘Je moet een tijdslimiet stellen, een of twee weken bijvoorbeeld.

Lukt het jullie om in die tijd iets te ontdekken, dan is het goed. Lukt het niet, dan komen jullie terug en laat je het aan Koch en zijn collega's over om de zaak op te lossen. Zelfs met het risico dat Alex' moordenaar nooit wordt gepakt. Anne, je kunt er helemaal zelf over beslissen.'

'Goed,' zei ik zachtjes. Emma had gelijk. De gedachte om er elk moment mee te kunnen stoppen sprak me aan. 'Dan moeten we het ook maar zo snel mogelijk doen.'

Bart opende zijn laptop al. 'Laten we dinsdag gaan, dan heb je nog een paar dagen om van alles te regelen en kunnen we eerst Stephan uithoren,' stelde hij voor.

Ik knikte.

Vrijdag 20 november

De gedachte aan zon, een zalige temperatuur van 27 graden en de turkooisblauwe Caribische zee beviel me steeds beter. Ik surfte zachtjes neuriënd rond, op zoek naar een hotel dat alle mogelijke luxe beloofde, en werd onmiddellijk verliefd op het Baoase Resort, een hotel met Aziatische invloeden. Hoewel de reis buiten het seizoen viel, waren alle tweepersoonskamers bezet. Als ik daar absoluut naartoe wilde, moest ik een tuinvilla met twee slaapkamers reserveren. De prijs was gepeperd, en daar kwamen de businessclasstickets van Amsterdam naar Willemstad nog bij. De retourvlucht kon wachten, want of we ook naar Belize zouden vliegen, wilden we pas op Curaçao beslissen. Toch deed het totaalbedrag voor de boeking me duizelen. Maar ik pakte kordaat mijn creditcard en toetste de vereiste gegevens in. Het duurde niet lang voordat ik een mailtje met de boekingsbevestiging kreeg.

'De garage heeft net gebeld,' zei Caroline. Ze fronste haar voorhoofd.

'Mooi, wat werd er gezegd?' Ik klikte de website van het hotel weg.

'Je auto heeft een beurt gehad. Barbara stond erop dat de sleutel niet zoals afgesproken bij je huis werd afgegeven, maar naar kantoor werd gebracht.'

'Dat verbaast me niets. Alex' reservesleutel ligt hier ook. Zijn auto werd altijd naar de garage gebracht als hij er niet was. Daarom had Barbara natuurlijk de reservesleutel,' begreep ik. Hadden we dezelfde regeling voor mijn auto getroffen?

'Kun je iedereen naar mijn kantoor laten komen?' vroeg ik.

Caroline knikte en liep naar haar bureau.

Ik las mails en maakte een *to do*-lijstje voor de komende dagen. Het duurde niet lang voordat iedereen binnen was. Ik vertelde over mijn voornemen naar de Antillen te vliegen, verzekerde hen dat ik maximaal tien dagen afwezig zou zijn, bracht mijn werknemers op de hoogte van de actuele stand zaken met betrekking tot het moordonderzoek en sprak de hoop uit dat ik op Curaçao eindelijk beslissende informatie zou krijgen.

'Is dat niet het werk van de recherche?' vroeg Aviva.

'In principe wel, maar die begint weer van voren af aan met het onderzoek. En ik moet echt weten wie Alex heeft vermoord.' Dat laatste zei ik zo nadrukkelijk dat ik er zelf van schrok. Tegelijkertijd werd ik me er ook van bewust hoe graag ik wilde dat de moord werd opgelost. Het was op slag stil in mijn kantoor en ik merkte dat sommigen onrustig van de ene voet op de andere gingen staan.

'Dat was het. Ik vertel het jullie omdat ik jullie vertrouw.'

Behalve Jan ging iedereen weer naar zijn werkplek. 'Meen je dat serieus?'

'Ja,' antwoordde ik. Daarna begon ik over de dingen die we voor mijn vertrek nog moesten bespreken.

'En Stephan? Denk je nog steeds dat hij er iets mee te maken heeft?'

'Ik weet het niet,' antwoordde ik naar waarheid. 'Ik weet alleen dat ik zijn reactie vreemd vond. We zien maandag wel verder.'

Maandag 23 november

Het was net na vijf uur 's ochtends en aardedonker toen ik wakker werd. Een rinkelend geluid had me gewekt. Slaapdronken sloeg ik het dekbed open, wierp een blik op Bart, die rustig naast me lag te slapen, en liep zachtjes naar beneden. In het donker sloop ik naar de keuken. De kerstverlichting in de tuin was uit. Ik liep naar mijn kantoor, omdat ik daar kon zien of de witte Golf voor de deur stond. Maar die leek er niet te zijn. Er viel een straal licht naar binnen.

Ik zette een pas achteruit en plotseling ging er een scherpe pijn door mijn voet. 'Au!' gilde ik geschrokken. Ik ging op de leuning van de stoel zitten en onderzocht mijn voet. Er stak een scherf in het vlees. Het was alsof iemand een ijskoude hand rond mijn hals legde. Ik staarde naar het bloed, dat in de schemering bijna zwart leek, niet in staat om het glas uit de wond te trekken.

'Waar ben je?' riep Bart. Hij was direct na mijn schreeuw uit bed gesprongen en naar beneden gerend.

Ik kon geen antwoord geven en bleef stokstijf zitten.

Bart deed het licht aan en knielde voor me om de wond te bekijken. Hij pakte zakdoeken van mijn bureau, trok de splinter uit mijn voet en depte het bloed op. Intussen keek hij om zich heen.

'Duw die zakdoek stevig op de wond,' zei hij, waarna hij opstond om de drie ramen te controleren.

'Allemaal dicht,' zei hij met een wantrouwige uitdrukking op zijn gezicht. Toen werd het bovenraam opengeduwd door een windstoot. Ik schrok zo dat ik weer gilde.

'Drink je thee op,' herhaalde Bart voor de derde keer, nadat hij me had laten beloven dat ik hem voortaan moest wakker maken als ik iets hoorde en er niet alleen op af zou gaan.

Ik zat met opgetrokken benen op de stoel, beide handen om de beker gevouwen, en staarde voor me uit. Kon de wind het raam openduwen en daardoor een leeg waterglas van het bureau vegen? Bart had alles goed gecontroleerd, maar niets verdachts gezien. Daarop had hij de zekering van de buitenverlichting weer aangezet. Het had me maar matig gerustgesteld. Slapen kon ik wel vergeten. Nu zaten we in de keuken thee te drinken en te praten.

Bart gaapte voortdurend. Om zeven uur ging ik naar boven om me te douchen en aan te kleden. Ik was van plan om om acht uur op kantoor zijn voor de laatste bespreking met Jan. In de loop van de middag zou ik alweer naar huis komen om in te pakken en de avond met Stephan voor te bereiden. Bart was in gedachten al op Curaçao. Het weekend had hij voornamelijk achter zijn computer doorgebracht om te googelen en allerlei documenten door te lezen. Hij had een checklist voor Curaçao opgesteld die hij steeds maar met mij probeerde door te nemen, maar ik had hem duidelijk gemaakt dat ik pas in het vliegtuig zou luisteren. Tenslotte zaten we bijna tien uur in de lucht. Tijd genoeg om alles uitgebreid door te nemen.

Om acht uur trok ik de voordeur achter me dicht. Meteen werd ik door een windstoot tegen de muur geduwd; ik kwam nauwelijks vooruit. De boomtoppen zwaaiden kreunend heen en weer. Eigenlijk zou ik het liefst naar het strand willen rijden om naar de bulderende golven te kijken, dacht ik spijtig. Met een opgeslagen kraag liep ik de paar meter naar de auto en stapte snel in de Porsche.

Op straat was het een slagveld. Overal lagen takken die door de storm uit de kale bomen waren gerukt; een paar jonge bomen waren ontworteld en omgevallen. Hopelijk stormde het morgen niet meer, want dan kon Schiphol niet alle start- en landingsbanen gebruiken en zouden we vertraging oplopen. Ik haatte vertraging.

Ik zette de radio uit en concentreerde me op het verkeer. Mijn mobiel, die naast me lag, ging over. Ik keek op de display, zag dat de beller Caroline was en besloot het gesprek niet aan te nemen. Tenslotte was ik over tien minuten op kantoor.

Voor de groentezaak stopte ik, ik rende naar binnen en kocht verse vitamines, die hapklaar in een plastic bakje waren verpakt.

Zoals altijd nam ik ook vandaag de trap. Ik verbaasde me over het gemompel toen ik het kantoor binnenliep, maar liep vastberaden verder naar mijn bureau.

'Eindelijk, daar ben je. Ik heb al een paar keer geprobeerd je te bellen.' Caroline keek me verhit aan. Jan stond slungelig naast haar en ging zenuwachtig met zijn hand door zijn haar.

'Wat is er?' Ik keek van de een naar de ander. Een onaangenaam voorgevoel bekroop me.

'Tja, weet je...' ratelde Caroline verder.

'Stephan is dood,' zei Jan.

Ik stopte midden in mijn beweging en draaide me om, mijn fruit nog steeds in mijn hand. 'Wat?' vroeg ik verbaasd. 'Zeg dat nog eens?'

'Stephan is dood. Ik weet nog niet wat er is gebeurd, maar het was net op de lichtkrant. En een journalist die opbelde om ons standpunt te horen, bevestigde het bericht.'

'Caroline, wil je alsjeblieft een glas water voor me halen?' Het duizelde me. Ze liep weg en trok de koelkast open.

'Heb je het bij Koch gecheckt?' vroeg ik aan Jan terwijl ik probeerde kalm en methodisch te zijn, wat me echter absoluut niet lukte. In mijn stem was een hysterische ondertoon te horen. Mijn zenuwen lagen bloot.

'Nee, dat heb ik niet. Maar als je wilt, doe ik het meteen,' antwoordde hij. Jan zag er verschrikkelijk uit. Hij had een rode neus en die kreeg hij alleen als hij diep geschokt was. Het was me voor het eerst opgevallen toen hij vertelde dat hij ging scheiden. Zijn rode neus kondigde de hoogste alarmfase aan.

Verbazingwekkend kalm zette ik mijn laptop aan, opende de bewuste nieuwspagina en las het artikel. Er werd geen doodsoorzaak genoemd. Tussen de regels werd echter duidelijk dat Stephan niet door een ongeluk om het leven zou zijn gekomen. Wat zou het zijn, moord of zelfmoord? Beide opties leken me absurd. Moest ik Koch vertellen wat ik allemaal wist?

Voordat ik verder kon denken, kwam Aviva huilend mijn kantoor in lopen. Ze had samen met Jan en Jessy de shows met Stephan geproduceerd; geen wonder dat ze over haar toeren was. Ze ging zitten en vroeg hoe we de begrafenis gingen organiseren en wie er allemaal uitgenodigd moesten worden. Ik kwam niet aan het woord.

Na een paar minuten maakte ik haar duidelijk dat ze even rustig aan moest doen. Stephan had ouders, familie en een vriendenkring en we zouden weliswaar onze hulp aanbieden, maar wij waren heel beslist niet degenen die iets konden, moesten of mochten organiseren met betrekking tot de uitvaart.

'Alsjeblieft, laat het los, ook al vind je dat moeilijk. Wij zitten echt niet op de eerste rij,' zei ik streng. Het 'godzijdank' onderdrukte ik nog net.

Ik wilde dat ze mijn kantoor uit ging, zodat ik rustig met Bart en Sabine kon overleggen. Het was een afschuwelijk idee dat Alex Stephan misschien had gechanteerd.

Op de achtergrond hoorde ik alle telefoons tegelijkertijd overgaan. Mijn mobiel knipperde; ik had het geluid uitgeschakeld.

Toen Aviva weg was, belde ik eerst Bart en daarna Sabine. We werden het niet eens over een interpretatie van de nieuwste gebeurtenissen.

Een hele tijd zat ik gespannen achter mijn bureau. Toen stond ik op en liep in mijn kantoor heen en weer. Ik bleef bij het raam staan en keek naar buiten. Daarna belde ik Emma. Ze had al van Stephans plotselinge dood gehoord en was geschokt, maar verontschuldigde zich meteen omdat ze in een belangrijke bespreking zat en niet kon praten.

Hoe moest het nu verder? Zou de recherche contact met me opnemen? En was het op dit moment wel zo'n goed idee om naar Curaçao te vliegen? Ik liep naar Jans kantoor. Hij zat te bellen, wees naar de stoel voor zijn bureau en beëindigde het gesprek.

'Dat was iemand van de zender,' zei hij. 'Ze zenden vanavond een korte special uit en ze zoeken materiaal dat nog niet eerder is uitgezonden. Helaas heeft alles wat wij hebben een hoog bloopergehalte. Dat is niet geschikt.'

Ik knikte. 'Wat denk je, moet ik de recherche over de foto's vertellen?'

'Nee, er is geen enkel bewijs dat Alex hem heeft gechanteerd, en ik kan me dat eigenlijk ook niet voorstellen. Het lijkt me nu ook niet handig om ze er attent op te maken dat Stephan homoseksueel was.'

'Hm,' zei ik en ik pakte een sigaret van hem.

'Ga naar Curaçao en probeer erachter te komen wie Alex heeft vermoord. Ik denk eerlijk gezegd niet dat de dood van Stephan hier iets mee te maken heeft. Het zou me niet verbazen als bij de lijkschouwing blijkt dat hij aan een overdosis is gestorven.'

Zijn telefoon ging weer; hij nam op.

Ik drukte mijn sigaret uit en liep terug naar mijn kantoor. Had Stephan een drugsprobleem? En hoe kwam het dat Jan dat wist?

'Koch vraagt of je hem terugbelt,' zei Caroline toen ik binnenkwam.

'Wat wil hij?' vroeg ik geschrokken.

'Geen idee, dat heeft hij niet gezegd.'

Ik deed de deur achter me dicht en pakte de telefoon.

Koch klonk moe. Hij vertelde dat Stephan de afgelopen nacht om drie uur door een voorbijganger levenloos bij zijn woning naast zijn auto was gevonden.

'En sindsdien ben ik aan het werk,' zei hij, waarna hij gaapte.

Ik wachtte.

'We moeten op het moment overal rekening mee houden. U had vanavond een afspraak met hem. Wat was de reden daarvoor?'

'Die was zakelijk. We hebben hem een nieuw format voor een televisieprogramma voorgesteld waar hij heel enthousiast over was. Vanavond zouden we daar verder over praten,' vertelde ik.

'En waarom zou uw privédetective daarbij aanwezig zijn?'

'Wat?' Verdomme, hoe wist Koch dat?

'In de agenda van de overledene staat dat hij een afspraak met u en Bart zou hebben. En als ik het me goed herinner, is Bart uw privédetective.'

'Dat heeft geen bijzondere reden, behalve dat ik me niet zo veilig voel in mijn huis en Bart daarom vaak bij me is.' Ik hoopte dat Koch daar tevreden mee was. Spontaan vertelde ik hem over mijn reis naar Curaçao.

'Zo, zo, voor zover ik u ken, gaat u daar niet alleen in de zon liggen.' Het was geen vraag, maar een vaststelling, en hij had een bezorgde klank in zijn stem. 'Ik kan het niet verbieden, ook al vind ik dat u zich te veel met het politiewerk bemoeit. Aan de andere kant ben ik blij met elke aanwijzing. Zelf kom ik op dit moment niet echt verder.' Hij klonk mistroostig. 'Ik mail de naam en het telefoonnummer van een rechercheur die daar werkt. Hij heeft samen met mij de opleiding gedaan. Het is een fijne vent. En hou me alsjeblieft op de hoogte.'

'Eén vraag nog,' riep ik snel voordat Koch kon ophangen.

'Ja?'

'Wat is volgens u de doodsoorzaak?'

'Bij Stephan? Dat is moeilijk te zeggen. Het lijkt te gaan om een hartstilstand, dat vermoedt de arts die hem ter plekke heeft onderzocht. Maar om zeker te zijn zal ik het resultaat van de patholoog-anatoom moeten afwachten.'

Ik hing op, leunde naar achteren en staarde naar het beeldscherm. De ene na de andere mail kwam binnen, waaronder ook een van Edwin. Nieuwsgierig opende ik hem. Het was een Excel-document waarin alle gegevens van Alex' reizen naar Amerika stonden. Het was een verbijsterende lijst. Alex was veel vaker naar Florida geweest dan ik wist. Veel zogenaamde afspraken in Londen, Parijs of Rome waren tussenstops op weg van of naar Florida geweest. Wat had hij toch uitgevoerd in de VS en waarom had hij dat geheimgehouden voor mij?

Ik printte het document en stopte het in mijn tas. Alex had zoveel geheimen voor me gehad dat ons hele huwelijk een farce leek. Hij had me maar een deel van zichzelf laten zien, terwijl ik hem vertrouwde en geen enkel geheim voor hem had.

Nou ja, dat klopte niet helemaal. Ik had hem nooit verteld waarom ik geen kinderen wilde. Maar dat was op de een of andere manier ook nooit ter sprake gekomen. Zou het iets veranderd hebben? Ik schudde mijn hoofd. De herinnering aan dat verschrikkelijke moment, toen de behandelend arts me vertelde dat ik geen kinderen meer kon krijgen, kwam niettemin omhoog als maagzuur. Ik wist nog precies hoe ik doodkalm aan zijn bureau zat en naar hem luisterde, terwijl ik zijn uitleg nauwelijks kon aanhoren. Het was net alsof hij kilometers bij me vandaan zat en de woorden me vervormd bereikten. Ik voelde me gevangen, opgesloten in een merkwaardige stilte.

Toch had alles zo eenvoudig geleken. Roy, mijn toenmalige vriend, en ik waren verrast toen de zwangerschapstest aangaf dat we ouders zouden worden. We waren midden twintig, sinds een jaar een stel en er onwankelbaar van overtuigd dat we de rest van ons leven bij elkaar zouden blijven. Ik studeerde politicologie, Roy werkte als journalist en verdiende al wat geld. We besloten de baby te laten komen. De eerste drie maanden van de zwangerschap waren verschrikkelijk, doordat ik voortdurend boven de wc hing en alles wat ik at er direct weer uit kwam. De vierde maand was gemakkelijk: ik had voldoende eetlust, genoot van mijn zwangerschap en was ijverig op zoek naar babyspullen. Ik kon maar met moeite mijn koopdrang beheersen. Aan het begin van de vijfde maand ging het ineens niet goed meer. Ik kreeg pijn en belandde in het ziekenhuis. De navelstreng bleek zo strak om het nekje van mijn zoon te zitten dat hij was overleden. Mijn lichaam stootte de vrucht af en de daarbij optredende complicaties zorgden ervoor dat ik geen kinderen meer zou kunnen krijgen. Roy en ik maakten daarna alleen nog maar ruzie. Een paar maanden later gingen we uit elkaar. Hij vertrok naar Canada om alles te vergeten en daar zijn geluk te vinden. We zagen elkaar nooit meer.

Ik voelde dat mijn handen door de herinnering begonnen te trillen, stond op, liep naar het raam en staarde naar buiten. Een vrouw met een kinderwagen stak over bij de voetgangersoversteekplaats. Weemoedig keek ik haar na terwijl ik bedacht hoe oud mijn zoon nu geweest zou zijn en hoe mijn leven eruit had gezien als... Ja, als. Abrupt draaide ik me om. Zulke gedachten leverden helemaal niets op, dat was me in tig therapiesessies bijgebracht. Ik had mijn leven weer opgepakt. Nu zette ik me achter mijn bureau en bladerde door de papieren die op tafel lagen.

'Concentreer je,' zei ik streng tegen mezelf. Ik wist echter meteen dat dat natuurlijk niet zou lukken. Mijn mobiel knipperde als een gek. Ik probeerde het irritante signaal te negeren, maar gaf me na een tijdje gewonnen, luisterde naar mijn voicemail en belde iedereen terug.

Het geruchtencircuit kookte over. Stephans dood was het gesprek van de dag. Iedereen vond het tragisch, afschuwelijk en onbegrijpelijk, maar had ook een mening klaar. Terwijl Stephan op een koude, stalen tafel werd opengesneden, werd er driftig over hem geroddeld. Ook de media deden vrolijk mee. Ze wisten al waar en hoe hij de laatste uren van zijn leven had doorgebracht en verkondigden dat op hun websites. Zelfs ik was nieuwsgierig, las de artikelen en verbaasde me erover hoe snel ze hun onderzoek hadden afgerond. Stephan was blijkbaar zwaar onder invloed in een homobar geweest, was in de auto gestapt en naar huis gereden.

Verbaasd klikte ik het artikel weg. Stephan in een homobar en dronken achter het stuur? Hij reed nooit als hij gedronken had. Na één glas wijn belde hij al een taxi. Ik schudde ongelovig mijn hoofd.

In een ander artikel stond dat Stephans ouders geen commentaar wilden geven. Het was duidelijk dat het niet lang meer zou duren voordat alles bekend zou worden wat Stephan met zo veel moeite verborgen had gehouden.

'Je zou toch om drie uur naar huis gaan?' onderbrak Caroline mijn gepieker.

Ik schrok op. 'Ja, volgens de planning van gisteren. Maar vandaag is alles anders.'

'Je zult toch moeten inpakken en je voorbereiden, of wil je de reis annuleren?' vroeg ze terwijl ze mijn lege kopje pakte.

Ik schudde mijn hoofd, stond op en liep naar Jans kantoor. Hij zat aan zijn bureau, staarde in het niets en trok stevig aan zijn sigaret.

'Heb je nog vragen of zijn we klaar met het zakelijke deel?' Ik bleef in de deuropening staan.

'Nee.' Hij ging staan en deed met een theatrale beweging het raam open om frisse lucht in te ademen. 'Ik weet niet wat we moeten bespreken. Behalve misschien de begrafenis van Stephan.'

Ik wilde net uitleggen dat wij die niet hoefden te regelen, behalve als de familie erom zou vragen, maar kwam daar niet aan toe.

'Ik vind dat we een groot bloemstuk moeten sturen en ik ben van plan ernaartoe te gaan,' zei Jan. 'Ik neem aan dat jij er niet voor terugkomt?'

Ik zei dat ik dat inderdaad niet zou doen, bleef nog even praten en liep daarna naar mijn kantoor om mijn tas te pakken. Het inpakken gebeurde in een roes. Een halfuur later was ik klaar om te vertrekken.

Op straat reden de auto's stapvoets. Bij de bus- en tramhaltes wachtten chagrijnig kijkende mensen op hun vervoersmiddel terwijl ze zich verdrongen in de winderige abri's. Hoewel de straatlantaarns al aan waren en de kerstverlichting in de meeste winkels brandde, hing er een troosteloze sfeer. Ik gaf gas, reed bijna door rood en kon achter de volgende file aansluiten. De mensen passeerden elkaar haastig op de stoep, raakten elkaar met hun paraplu's en trokken onvriendelijke gezichten. Een paar kinderen probeerden sneeuwvlokken te vangen, werden door voorbijgangers afgesnauwd, stopten ermee en begonnen even later weer met hun spel. Ik glimlachte, wachtte geduldig tot een oude vrouw tussen de auto's door was gelopen en reed een paar meter verder. Het duurde een eeuwigheid voordat ik thuis was.

'Hoe is het met je?' vroeg Bart toen ik de keuken binnen kwam.

Ik liet mijn tas zwijgend op tafel vallen, liep naar hem toe en kroop in zijn armen. Ik had het koud en was doodmoe. 'Niet zo goed,' antwoordde ik en daarna vertelde ik over de chaos op kantoor.

'Als je de reis liever wilt uitstellen...'

'Nee. Ik heb erover nagedacht. Het is voldoende als Jan naar de begrafenis gaat.' Ik maakte me los van Bart en nam een sigaret. Het was de laatste uit Emma's pakje.

'Weet je,' begon ik, 'ik vraag me de hele tijd af of het niet slimmer was geweest om de recherche het werk te laten doen, in plaats van me er als een doorgedraaide controlefreak mee te bemoeien. Waarschijnlijk had ik daarmee in elk geval een deel van mijn perfecte wereld in stand kunnen houden.'

'Misschien wel, maar dan had je mij niet leren kennen.' Bart trok me stevig tegen zich aan. 'We doorstaan het samen en je zult zien dat er licht gloort aan het eind van de tunnel.' Hij gaf een kusje op mijn voorhoofd. 'En ga nu maar naar boven om in te pakken. Ik zal intussen wel bedenken wat we gaan eten.' Hij duwde me voorzichtig van zich af.

In plaats van naar boven te gaan, liep ik naar mijn kantoor. Ik haalde Alex' foto's van Stephan uit de la en liep de keuken weer in. Zonder een woord te zeggen stak ik ze in een gasvlam van het fornuis en keek toe hoe ze verbrandden.

Dinsdag 24 november

Om tien uur waren we op Schiphol. Het stormde, net als de vorige dag, en ik wist zeker dat we rekening moesten houden met een enorme vertraging. Verbazingwekkend genoeg was het niet druk bij de businessclassbalie van KLM. Een gevolg van de economische crisis, vermoedde ik.

In het vliegtuig merkte ik echter dat we blijkbaar net een rustig moment hadden getroffen. De businessclass was tot de laatste plek gevuld. Bart en ik zaten op de eerste rij, waardoor we nog meer beenruimte hadden. Hij stopte alle handbagage weg, liet zich op zijn stoel vallen en was blij dat hij zijn benen kon strekken. De stewardess bood ons drankjes en amandelen aan. We moesten nog een tijdje wachten tot alle andere passagiers waren ingestapt en zich hadden geïnstalleerd, maar vertrokken ondanks de storm precies op tijd. Nauwelijks was het vliegtuig van de grond, of we vlogen een grijze, dikke wolkenmuur in. Ik leunde naar achteren, nipte van mijn champagne en keek Bart dromerig aan.

'Ik heb een lijst gemaakt van alle dingen die we moeten doen.' Hij zocht in zijn broekzak, haalde een dicht beschreven vel papier tevoorschijn en begon me te vertellen met wie hij wanneer, hoe en vooral waarom contact wilde opnemen. Bart had in de archieven gesnuffeld en zich een beeld van Alex gevormd vanaf zijn zesde levensjaar. Hij vertelde me hoe sommige dingen met elkaar in verband konden staan. Intussen werd onze lunch geserveerd en opgeruimd, we kregen dekens en hoorden dat er een uitgebreide filmcollectie tot onze beschikking stond. Bart praatte nog steeds.

We landden om vijf uur plaatselijke tijd in de stralende zon. Het duurde gelukkig niet lang voordat we onze koffers hadden en naar de uitgang konden. Voor het okerkleurige gebouw wachtten we in de schaduw op onze chauffeur. Het liefst had ik een sigaret gerookt. Ik zocht in mijn tas in de hoop er nog een te vinden. Voordat ik verder kon zoeken, stopte er een witte Amerikaanse slee voor ons. De chauffeur sprong eruit en riep iets onverstaanbaars.

'Anne, hij bedoelt ons,' zei Bart toen ik beweginglooss bleef staan. Ik had met de beste wil van de wereld zijn naam niet verstaan. Bart hield het portier voor me open en hielp hem met onze bagage. Met piepende banden reden we weg.

De chauffeur had geen prettige rijstijl. We scheurden langs de universiteit, terwijl hij uitlegde dat hij ons naar de andere kant van het eiland bracht. Stralend wees hij naar het industriële hart van het eiland: de olieraffinaderij in het Schottegat. Dat beeld paste helemaal niet bij mijn idee van een Caribisch eiland. Het zag eruit als klein-Rotterdam. Tankers lagen voor anker en wachtten op het kostbare zwarte goud. Caribische muziek dreunde uit de autoradio en onze chauffeur wipte ritmisch op zijn stoel mee.

Ik leunde achterover en keek naar de kleurige huizen die de skyline van Willemstad vormden. We raasden over de Julianabrug; de chauffeur sloeg een paar keer rechts- en linksaf, vloekte zachtjes toen hij achter een vrachtauto moest inhouden en reed de stad uit. Aan de rechterkant zag ik de zee, prachtig turkooisblauw, met kleine golven die tegen de rotsen sloegen.

Al snel stopten we voor een hek. Onze chauffeur mompelde wat in de intercom, waarna het houten hek opengging.

Baoase bestond uit een aantal villa's die in een tropische watertuin met een sprookjesachtige plantenwereld aan een privéstrand met lagune lagen. We volgden onze chauffeur en bij de receptie werden we opgewacht met koele cocktails, met en zonder alcohol. Natuurlijk pakten we de glazen met promillage.

Bart regelde alles terwijl ik om me heen keek. Door alle planten kon ik de zee nauwelijks zien. In Caribisch tempo werden we na een eeuwigheid naar onze villa gebracht: een wit gebouw met rode dakpannen en een veranda waarop gezellige rieten meubels met witte kussens stonden. De villa grensde aan de watertuin en we hadden uitzicht op het strand met de boeddha die op een kleine rots zat. We gingen naar binnen. De ramen waren gesloten, de gordijnen waren dicht en de airco bromde zachtjes. Ik huiverde, trok de witte linnen gordijnen open en zocht de thermostaat om de airco in stellen. Bart volgde de chauffeur, die de trap op liep om de koffers naar de slaapkamer te brengen. Hij gaf hem een vorstelijke fooi, deed de deur achter hem dicht en ging naast me staan.

'Ga mee, dan bekijken we alles,' zei hij.

Ik kon mijn ogen nauwelijks losmaken van de watertuin, het leek alsof er elke seconde iets veranderde.

Bart liet me zien waar onze slaapkamer was. Die lag op de eerste verdieping en was eenvoudig, met een groot bed met een vrij uitzicht op de zee. We lieten ons uitgeput op bed vallen en staarden naar het wit geschilderde plafond met de enorme ventilator.

'We moeten hier niet alleen in Alex' verleden rondsnuffelen, maar ook genieten,' zei ik terwijl ik me op mijn zij draaide om beter naar Bart te kunnen kijken.

'Wat vind je ervan als we morgen al heel vroeg op pad gaan, tot de lunch afspraken afwerken en 's middags net doen of we vakantie hebben?'

Ik knikte, kuste hem en stond op. Het werd tijd om mijn kleren uit te trekken.

Een halfuur later zwommen we in zee. We snorkelden wat en bestelden daarna heerlijk eten bij de roomservice. Ik merkte hoe moeheid zich door mijn lichaam verspreidde en mijn oogleden zwaar maakte.

'Morgenochtend wil ik eerst naar de school waar Alex op zat. Ik heb een afspraak met de directrice gemaakt. Ze was destijds zijn lerares en verheugt zich er al op je te leren kennen,' zei Bart terwijl hij een hap ijsbergsla nam. We hadden kreeft, patat, salade en ijskoude witte wijn besteld.

'O,' zei ik, blij dat Bart al zulke concrete afspraken had gemaakt.

'Daarna wil ik graag naar het huis van Barbara's ouders. We kunnen ons daar niet laten zien, maar het huis ernaast staat te koop. Ik heb een afspraak met de makelaar gemaakt. We gaan het huis bezichtigen en horen de bewoner uit over de buren. En daarna wil ik naar het hotel van Angela's ouders.'

'Dan zijn we de hele dag op pad,' zei ik pruilend.

'Wees niet bang, er blijft nog genoeg vrije tijd voor ons over,' zei hij en hij kuste me.

Woensdag 25 november

'Anne, wakker worden.' Bart schudde me zachtjes door elkaar. Verward keek ik hem aan. Mijn gezicht was nat van de tranen en ik transpireerde hevig.

'Wat is er aan de hand?' fluisterde ik terwijl ik met mijn hand door mijn verwarde, vochtige haar ging. Mijn keel was kurkdroog en brandde. Ik wilde water en keek zoekend om me heen. De lamp op het nachtkastje van Bart verlichtte alleen zijn kant, de rest van de kamer was donker. Ik keek uit het raam. De turkooisblauwe Caribische zee was nu een groot, zwart, donker gat. Naast mijn bed stond een flesje water. Ik zette het aan mijn mond. Bart was opgestaan om nog twee lampen aan te doen. Met een bezorgde trek op zijn gezicht ging hij naast me zitten.

'Je schreeuwde verschillende keren Alex' naam en gooide je van de ene op de andere zij. Blijkbaar had je een nachtmerrie.' Hij streelde mijn voorhoofd, duwde liefdevol een haarlok achter mijn oor en wachtte af.

'Ik zag hoe Alex werd vermoord. Het was zo helder en duidelijk, alsof ik erbij was. Alex...' Mijn stem brak. 'Hij verweerde zich nauwelijks, hij stond er stomverbaasd bij en staarde naar degene die hem met het mes stak. Pas daarna kwam hij in beweging. Hij greep naar de hand met het mes en probeerde het af te pakken. Terwijl hij vocht werd zijn overhemd steeds roder... Het zoog zich vol bloed...'

'Vertel verder! Wat heb je nog meer gezien?'

'Alex werd zwakker. De hand met het mes stak nog twee, drie keer. Alex bloedde ook aan zijn schouder en in zijn gezicht. Bart, hij had geen enkele kans...'

'Verder, Anne. Vertel alsjeblieft verder...'

'Alex strompelde naar de deur en probeerde te ontkomen. Overal was bloed. Het was verschrikkelijk.' Ik dronk de laatste slok water, snoot mijn neus en ging trillend weer liggen. Waarom had ik het in mijn droom zo duidelijk gezien?

Bart stond op en begon te ijsberen. 'Anne, heb je gezien wie met het mes op Alex in stak?' vroeg hij.

'Nee, het was een donkere gestalte, niet groot of sterk, eerder klein. Hij moet echter veel kracht gehad hebben, tenslotte was Alex goed getraind. Geloof je dat het echt zo was, of gaat mijn fantasie met me op de loop? En waarom heb ik uitgerekend hier deze nachtmerrie?' vroeg ik onzeker.

'Ik weet het niet, Anne. Kan het zijn dat je alles hebt gezien? Dat je erbij was toen hij werd vermoord?'

Ik schudde mijn hoofd.

'Maar je kunt je die nacht nog steeds niet herinneren, en je weet ook niet waarom je rond het tijdstip van de moord met je auto een paar straten bij je huis vandaan bent geflitst.' Hij keek me vragend aan.

'Denk je dat ik alles heb verdrongen omdat ik getuige van de moord ben geweest?' Ik vond het een akelig idee.

'Dat zou wel verklaren waarom er iemand achter je aan zit.'

Ik gaf geen antwoord, maar trok het dekbed over me heen. Mijn gedachten sloegen op hol. Wat moest ik in vredesnaam doen?

Bart zat op de rand van mijn bed, in gedachten verzonken.

'Laten we weer gaan slapen, we kunnen nu toch niets doen en ik hou niet van zinloos gepieker,' zei hij. Hij ging naar het toilet en kwam daarna naast me liggen, nam me even in zijn armen en draaide zich vervolgens van me af. Ik lag stil, probeerde me op mijn ademhaling te concentreren en telde schaapjes, maar telkens zag ik Alex in dat bebloede overhemd voor me.

Bart draaide en draaide, dronk water, stond na een halfuur op en sloop naar het balkon. Ik deed snel mijn ogen dicht en deed alsof ik sliep.

Ik wilde er niet meer over praten. Maar hoe meer ik erover nadacht, hoe meer ik me ervan bewust werd wat Bart waarschijnlijk dacht. Zouden mijn gedachten niet dezelfde kant op gaan als ik hem was?

Maar hoe realistisch de droom ook leek, ik wist dat ik niet echt getuige van de moord was geweest. Ik staarde naar het lege kussen naast me en onderdrukte het verlangen om op te staan en naar het balkon te gaan. Ik wilde Barts armen om me heen voelen. Ondanks de Caribische temperatuur huiverde ik.

En toch viel ik blijkbaar in slaap, want toen mijn wekker afging schrok ik. De plek naast me was leeg. Ik draaide me op mijn andere zij en keek naar het balkon. Bart stond in de schaduw van de overkapping. Ik bleef nog even liggen, probeerde te bedenken wat ik moest doen en duwde het dekbed langzaam van me af. Ik liep naar de badkamer, trok de dunne katoenen badjas aan, haalde een glas water en ging naar hem toe.

'Zullen we beneden op het terras ontbijten?' vroeg Bart zodra ik naast hem stond. Hij keek me niet aan.

Het uitzicht vanaf het balkon was adembenemend. Ik bleef even staan om het beter te bekijken. Een paar vogels hupten over het besproeide gras en aten insecten. Een verbazingwekkend weldoorvoede kat lag onder een palm en likte zich schoon, waarna ze gapend naar de vogels op het gazon keek. Ik kon echter niet genieten van de idylle.

Ik keek naar Bart, die nog steeds naar de zee staarde. 'Ja, als je dat wilt. Ik ga eerst zwemmen. Ga je mee?'

Hij schudde langzaam zijn hoofd en keek me aan. Ik zag een lawine van gevoelens in zijn ogen: weerzin, twijfel, maar ook liefde en verdriet. Mijn maag verkrampte en ik was het liefst meteen op de vlucht geslagen. Maar wat schoot ik daarmee op?

Ik ging naar de badkamer, trok mijn badpak aan, poetste mijn tanden en liep de trap af. Bart stond in de zitkamer te bellen, zijn blik gericht op de tuin. Hij bestelde het ontbijt. Ik luisterde even, schudde mijn hoofd toen ik hoorde hoeveel eten hij liet komen, en liep via het terras naar het strand.

Het water was aangenaam koel. Ik liep de eerste meters, liet me daarna in het water vallen en crawlde net zo lang tot ik buiten adem was. Ik ging op mijn rug ging liggen en liet me wiegen door de golven. Het liefst liet ik me urenlang door de warme golven strelen, of zwom ik nu ver weg, naar een ander, nieuw leven. Maar ik drukte mijn tranen weg en zwom naar een boei.

'Anne, kom je? Het ontbijt is er!' riep Bart. Hij zwaaide en deed een paar stappen in mijn richting.

Ik zwom naar hem toe, liep de laatste meter door het kniehoge water en bleef vlak voor hem staan.

'Anne...' Bart keek me verdrietig aan.

'Zo meteen. Ik ga eerst douchen,' zei ik.

De bijzettafel stond vol lekkers. Ik pakte een stuk verse ananas en stopte dat in mijn mond. Ik was er vrij zeker van dat Bart me zijn verdenking voor de voeten zou gooien en van me zou eisen dat ik de waarheid vertelde. Ik treuzelde, föhnde mijn haar, deed mascara op en trok een witte jurk aan.

Bart stond al op me te wachten. Hij sloeg zijn armen om me heen en kuste me. 'Het spijt me. Ik moet je mijn verontschuldigingen aanbieden voor mijn gedachten,' fluisterde hij in mijn oor.

Verrast, maar ook opgelucht keek ik naar hem en was heel even alleen blij om zijn warme lichaam en sterke armen te voelen.

Een halfuur later waren we in de auto op weg naar de basisschool waar Alex als kind op had gezeten. Bart had zijn hand op de mijne gelegd. Ik keek uit het raam.

Bij het schoolgebouw stapten we uit. Zwijgend liepen we naar het grote hek. Het schoolplein was leeg; van sommige klaslokalen stonden de ramen open, in andere stond de airco aan. Uit een van de lokalen klonken stemmen, alsof er een discussie werd gevoerd. Uit een ander lokaal klonk het verschrikkelijke geluid van iemand die een viool mishandelde.

We liepen naar de ingang. De deur was dicht en een bord wees ons op de intercom voor de receptie. Bart drukte op de zoemer en noemde onze namen en die van Alex' oude lerares.

Het duurde een paar seconden, toen konden we de deur openduwen. De hal was ruim. Er lag een donkere, granieten vloer. De muren waren tot manshoogte voorzien van lichtblauwe tegels en waren daarboven spierwit geschilderd. Een kleine, gezette vrouw met donker haar kwam naar ons toe, stelde zich voor als mevrouw Kersen en vroeg ons met haar mee te lopen.

'Ik heb heel veel leerlingen lesgegeven in dit lokaal,' zei ze, terwijl ze een deur opendeed. We mochten voor gaan. Het lokaal had een gemiddelde grootte. De schooltafels stonden vlak bij elkaar en voor het bord was de lerarentafel. Mevrouw Kersen liep er op haar pumps naartoe. Ze droeg een bruine bloes, die losjes over haar knielange rok viel.

'Ga zitten.' Ze gebaarde naar een tafel op de eerste rij.

Ik schoof de stoel naar achteren en ging zitten. Bart deed hetzelfde. Het zag er heel grappig uit toen hij op het kleine stoeltje ging plaatsnam. Ik moest lachen, maar hij keek wantrouwend naar de directrice.

'Ze zijn verbazingwekkend stabiel,' zei mevrouw Kersen.

Bart vertelde de reden van ons bezoek en begon vragen te stellen.

'Laat me gewoon bij het begin beginnen, dat is voor mij het handigst,' zei ze. Ze stak van wal.

Alex was op zijn zesde van Amsterdam naar Curaçao gekomen. Hij was een rustige, in zichzelf gekeerde jongen. Maar al snel werd hij groter en sterker, en ook luidruchtiger, brutaler en dominanter. Hij kreeg steeds meer invloed op de andere leerlingen. In het tweede jaar kozen ze hem als klassenvertegenwoordiger. Hij was zeer sociaal.

'Ik vind het moeilijk zijn karakter goed te beschrijven. Aan de ene kant was hij heel open en vertelde hij alles wat hem bezighield, en aan de andere kant was hij zwijgzaam als het graf. Volgens mij had dat met zijn thuissituatie te maken. Zijn ouders hebben zich nooit thuis gevoeld in deze omgeving. Ze werden nooit ergens uitgenodigd, hoewel zijn vader een belangrijke positie had. Er waren geruchten, maar daar wil ik niets over zeggen.' Ze keek even naar haar nagels en ging daarna verder. 'Ik heb Alex alleen de eerste jaren in mijn klas gehad, maar ik ben hem nooit helemaal uit het oog verloren. Hij had iets bijzonders. Toen Alex tien of elf was, hielp hij een jongen die het hier op school heel moeilijk had.'

Ik trok vragend mijn wenkbrauwen op.

'Deze jongen was klein en slungelig, droeg een bril en probeerde altijd onder de gymles uit te komen. Hij zat in een hoekje, had geen vrienden en deed erg zijn best op school. Dat was zichtbaar aan zijn cijfers. Hij was met afstand de beste van de klas. Hoe noem je zo'n kind tegenwoordig ook alweer?'

'Een nerd,' antwoordde Bart.

'Precies. Dat bedoel ik.'

'Kunt u zich de naam van die jongen herinneren?' vroeg ik snel.

'Dat schiet me zo wel weer te binnen. Als de andere kinderen hem wilden pesten, sprong Alex voor hem in de bres. Hij sloot vriendschap met hem en bracht veel tijd met hem door. Ze gingen kanoën op zee, fietsten overal naartoe en bouwden een vlot. Dat kan ik me nog heel goed herinneren, want ze waren op zee toen er een storm opstak en zijn bijna verdronken.' Ze stopte even, haalde een flesje water uit haar tas, nam een slok en praatte verder. Haar ogen fonkelden en haar wangen gloeiden, ondanks de airco, die het lokaal op een aangename temperatuur hield.

'Ik geloof dat de relatie tussen die twee pas veranderde toen Alex zich voor een meisje begon te interesseren. Een tijdlang zijn ze met zijn drieën omgegaan, maar op een bepaald moment waren Alex en dat meisje meer dan vrienden, ze zijn uiteindelijk zelfs getrouwd. En toen ging hij naar Nederland terug.'

'Hoe heette ze?' vroeg ik.

'Angelika of Angela, geloof ik. Haar ouders hebben een goedlopend hotel. Dat meisje en Alex zijn getrouwd, maar dat was geen goede beslissing.' Mevrouw Kersen leunde achterover, streelde met haar hand over haar kin en keek afwezig door het raam naar buiten. Ik wist niet goed of ik iets moest vragen of gewoon moest wachten tot ze verder zou gaan. Bart dacht hetzelfde, want toen ik hem een vragende blik toewierp haalde hij zijn schouders op. Toen begon ze weer te praten.

'Ik ben zelfs op de bruiloft uitgenodigd. Dat was een daverend feest. Alleen was de bruid zwanger, dat werd in elk geval gefluisterd. Ik heb me altijd afgevraagd of Alex ook met haar getrouwd zou zijn als dat niet was gebeurd.'

‘Hm,’ zeiden Bart en ik tegelijkertijd.

Mevrouw Kersen had een zwak voor Alex. Ik wilde nog meer horen, maar ze was verdiept in haar herinneringen. Het leek bijna alsof ze onze aanwezigheid was vergeten.

‘Jullie moeten ook weten dat Alex vlak voor het eindexamen bijna van school is gestuurd.’ Ze schoof naar het puntje van haar stoel, pakte een pen van de tafel en begon ermee te spelen, terwijl haar ogen van de een naar de ander schoten.

‘Alex kreeg in het laatste jaar een paar keer straf. Ik heb pogingen gedaan om met hem te praten, maar ik had geen invloed meer op hem.’

‘Wat deed hij dan?’ vroeg ik.

‘Hij spijbelde voortdurend. Eén keer is hij met een joint betrapt. Dat verbaasde me niet echt, want tenslotte ging het gerucht dat zijn vader in de drugshandel actief was. Twee jaar later is die man met de noorderzon vertrokken. Nou... dat is het wel zo’n beetje. Meer weet ik niet,’ besloot ze. Ze leunde achterover.

‘Hartelijk bedankt, u hebt ons echt geholpen,’ zei Bart. ‘Maar misschien mogen we u nog bellen als we vragen hebben?’

Mevrouw Kersen vond het goed. Ze was blij dat ze ons behulpzaam was geweest. Wij stonden op, zij bleef zitten, in een dromerige stemming.

‘Sorry,’ zei Bart aarzelend vanuit de deuropening. ‘Kunt u zich nu misschien de naam herinneren van de jongen die Alex in bescherming nam?’

‘Ik weet het niet zeker,’ antwoordde ze. ‘Het was Rolf of Rob; misschien Robert. Ik zei al dat ik dat niet meer precies weet.’

‘Bedankt, u hebt ons enorm geholpen,’ herhaalde Bart. Hij deed de deur dicht en omhelsde me spontaan.

‘Wat is er?’ zei ik.

‘Zo meteen, als we buiten zijn. Maar ik geloof dat mijn allereerste vermoeden daarnet is bevestigd,’ antwoordde hij geheimzinnig, terwijl hij met snelle stappen naar de buitendeur liep.

We hadden de chauffeur gevraagd te wachten, zodat we meteen naar onze volgende afspraak konden rijden. Bart noemde het adres; ik keek hem ongeduldig aan.

'Er is iets verkeerd gegaan tussen Rob en Alex. De relatie van die twee was niet gezond. Rob was waarschijnlijk jaloers en op een bepaalde manier afhankelijk van Alex. Het is overduidelijk dat Alex op school zijn redder in nood was. Zoiets vergeet je niet. Alex was in Robs ogen een held. En hoe Rob ook zijn best deed, hij zou nooit op hetzelfde niveau komen. Daarom heeft hij ook toegestaan dat zijn minnares een relatie met Alex had. Anne, we hebben ons veel te veel geconcentreerd op Barbara en zijn Rob uit het oog verloren.'

En een paar uur geleden verdacht je mij nog, dacht ik cynisch. Dat zei ik echter niet. 'Ik vind dat we geen overhaaste conclusies moeten trekken. Wie weet wat ons nog te wachten staat,' zei ik nadrukkelijk kalm terwijl ik naar hem keek.

De voor het eiland zo kenmerkende noordoostpassaat was opgestoken: de palmen bogen onder de kracht van de wind, een paar zwerfhonden waren op zoek naar iets eetbaars. Op Curaçao wemelde het van de zwerfhonden. Onze chauffeur wierp zich op als gids. Hij vertelde over de witte villa's met rode daken van Santa Barbara, het intense groen van de golfclub en de vriendelijke mensen. Vlak daarna stopte hij voor een groot huis en verkondigde met een uitnodigend handgebaar dat we er waren. Bart stapte uit. Hij liep naar een man die met een aktetas in zijn hand naast de voordeur stond.

'Kom je, Anne? Dit is William Richards, de makelaar.' Hij knipoogde naar me.

William Richards had een gemiddelde lengte, een gemiddelde leeftijd en een gemiddeld uiterlijk. Hij stak zijn hand naar me uit om me te begroeten. Ik schudde hem aarzelend en was dankbaar dat hij aangenaam koel en droog was in plaats van vochtig en slap, zoals ik het eerste moment had gevreesd.

Richards praatte aan één stuk door. Hij was precies zoals Bart hem had beschreven: een enorme kletsmeier. Daar was ik blij om, want hij zou al onze vragen waarschijnlijk bereidwillig beantwoorden.

Bart keek om zich heen, prees de voortuin en de onberispelijke verflaag van het huis. Toen begon hij een lofzang op de gebruikte materialen. Hij slijmde zo dat ik er bijna misselijk van werd.

We gingen het huis in, dat met vier slaapkamers en drie badkamers, een ruime keuken en een grote zitkamer volgens de makelaar precies aan mijn wensen beantwoordde. Ik wierp Bart een giftige blik toe, dat had hij me wel mogen vertellen.

Mijn geduld werd op de proef gesteld, want William Richards liet me de functies van alle douches en waterkranen zien. Pas na bijna een uur zaten we eindelijk weer in de auto.

Zwijgend, volkomen suf gekletst, reden we terug naar het hotel. 'Zullen we weer roomservice bestellen?' vroeg Bart.

'Ja, maar eerst wil ik zwemmen zodat ik me een beetje kan ontspannen. Jezus, wat een afschuwelijke vent. Hij stopte gewoon niet meer met praten.'

'Ik ga met je mee, maar laten we eerst iets bestellen, ik heb honger als een paard.' Bart kwam met de roomservicekaart naar me toe, omhelsde me en gaf me een lange kus.

'Zo, nu hoeven we alleen nog uit te zoeken om welk schandaal het gaat,' zei hij toen we naast elkaar naar een boei zwommen, die de grens voor jetski's vormde. Ik gaf geen antwoord omdat ik niet kon zwemmen en praten zonder de halve zee binnen te krijgen. 'Door mevrouw Kersen is me nog iets anders duidelijk geworden. Alex had als kind dus al manipulatieve trekjes. Ik kan me nu beter voorstellen dat hij echt die dreigfoto's van BN'ers heeft gemaakt. Je had vanochtend helemaal gelijk dat we geen voorbarige conclusies moeten trekken. De situatie is ineens weer heel anders.'

Ik dacht na over wat de makelaar had verteld. Barbara was als enig kind opgegroeid. Haar ouders Tina en Rick waren voor haar geboorte van Rotterdam naar Curaçao verhuisd, omdat Rick een baan bij Shell had gekregen. Barbara was een heel intelligent meisje: ze had een of twee klassen overgeslagen. Rond haar veertiende begon ze geld te verdienen met babysitten. Eerst paste ze alleen op de kinderen van de buren, maar na verloop van tijd kreeg ze overal klanten. Ongeveer tien jaar geleden was ze van de ene op de andere dag verdwenen. De reden wilde Richards absoluut niet kwijt, maar hij liet wel doorschemeren dat er een schandaal was geweest en dat ze daarom moest verdwijnen.

Hoe moesten wij er in vredesnaam achter komen wat er destijds was gebeurd?

Bart en ik crawlden om het hardst naar het strand terug, droogden elkaar af en wilden net samen gaan douchen toen het eten werd gebracht. De ober reed de serveerwagen het terras op, dekte de tafel en was blij met het bankbiljet dat Bart hem toestak.

'Eten of douchen?' glimlachte Bart terwijl hij met zijn hand over mijn borsten streek.

'Ik heb pasta besteld, dat wil zeggen dat we eerst gaan eten,' antwoordde ik lachend. Ik gaf hem een snelle kus en liep langs hem heen om me te ontdoen van mijn natte badkleding. Ik trok een tuniek aan.

'Niets eronder?' grijnsde Bart. Hij streelde de binnenkant van mijn benen terwijl hij wijn in de glazen schonk.

In plaats van zich op zijn biefstuk te storten stond hij op, haalde zijn laptop en zette hem aan. 'Ik moet aantekeningen maken, anders vergeet ik de helft,' legde hij uit.

Ik wilde protesteren, maar besefte dat hij gelijk had en hielp hem alles op te schrijven. Intussen probeerden we te eten.

Toen hij klaar was, las hij me de tekst voor. Ik knikte zwijgend, was verbaasd dat hij mijn nachtmerrie heel gedetailleerd had opgeschreven en spande me in om een geheel te maken van de nieuwe puzzelstukjes.

'Hoe heb je ons eigenlijk bij de lerares gemeld en waarom was ze bereid over Alex te praten?' vroeg ik nieuwsgierig toen we naast elkaar op bed lagen en Bart het laatste restje gekoelde wijn in onze glazen schonk. Er vielen een paar druppels ijswater op mijn buik en ik huiverde.

'Ik heb haar verteld dat Alex in Nederland heel veel succes had en dat we na zijn plotselinge dood een biografie over hem willen uitgeven. Ze stond meteen in vuur en vlam. Het streelde haar duidelijk dat ze in een boek zou worden genoemd.' Bart lachte, trok mijn tuniek omhoog, goot wat wijn in mijn navel en zoog het er weer uit.

'En...' Ik kreunde zachtjes. 'Wat heb je de ouders van Angela voor sprookje verteld?'

'Dat was moeilijker.' Hij leunde naar achteren en nam een slok wijn. 'We schrijven samen een boek over autochtone hoteleigenaren op de Antillen, en willen de persoonlijke verhalen achter het succes opschrijven. Ik heb daar flink wat research voor moeten doen. Maar nu weet ik dan ook precies welke hotels op Aruba, Bonaire en Curaçao al generaties lang in bezit van bepaalde families zijn. Goed, hè?'

'Dat moet ik toch ook weten?'

'Als je wilt, kun je het doorlezen. Maar ik dacht dat we de rollen beter kunnen verdelen. Ze zullen willen weten met wie we verder nog praten, voor wie we schrijven en zo. Ik heb een paar vragen voorbereid, die we van tevoren moeten doornemen. Ik denk dat jij de persoonlijke vragen beter kunt stellen.'

'Prima. Zeg, wat vind je ervan als we het gesprek opnemen?'

'Geen probleem, ook daarvoor heb ik gezorgd. Dat moet lukken met mijn iPhone. Maar we moeten ons langzamerhand klaarmaken, omdat ik heb gezegd dat we tussen vijf en zes uur bij hen zouden zijn en het is al halfvijf.'

Ik was blij dat Bart alles zo goed had voorbereid. Onze chauffeur, Herman, wachtte al op ons. We reden in de richting van de stad, sloegen een paar keer af en stonden ineens voor een prachtige, oude villa van drie verdiepingen, die omringd was door een parkachtige tuin. Herman meldde ons aan, waarna het smeedijzeren hek langzaam openging. Een wit grindpad leidde naar de imposante trap.

'Lopen jullie mee?' vroeg een elegante vrouw in een witte jurk, die zich voorstelde als Monica.

We liepen achter haar aan de treden op, gingen via de brede deur naar binnen en stonden in de foyer. De meubels waren van licht hout, op de vloer lagen terracottakleurige tegels. Er waren diverse zithoeken met lichtbruine banken en witte stoelen en overal bloeiden planten die een zoete geur verspreidden. De geur kwam me opeens heel bekend voor. Spontaan liep ik van de ene plant naar de andere.

'Wat doe je?' wilde Bart weten.

'Ik weet het niet, maar deze geur heb ik al eens geroken,' zei ik, wijzend op een plant met opvallende geeloranje bloemen. Ik draaide me om en bekeek de rest van de foyer. Rechts zag ik een ruim en schaduwrijk trappenhuis. Ook de receptie was van licht hout. Op de balie stond een kleine flatscreen-tv, waar een jonge man geconcentreerd naar keek.

'Een moment graag,' zei Monica. Ze liep weg.

Bij de receptie was een echtpaar aan het uitchecken. Een blondine die vlakbij stond, zocht naar haar zonnebril in haar handtas en twee kinderen deden net zo lang tikkertje tot ze door hun moeder werden gewaarschuwd. Ze had een strandtas onder haar arm, gaf de twee deugnieten emmertjes en schepjes en beloofde hun een ijsje op het strand. De kinderen renden naar buiten.

Gaan jullie mee?' vroeg Monica. Ze had een sleutelbos en een boodschappenmand met fruit in haar hand.

We volgden haar naar buiten, sloegen linksaf en kwamen in het achterste deel van de tuin. Hier stond een identieke maar kleinere versie van de grote villa. Monica deed de deur open en leidde ons door een koele gang naar een veranda, die uitzicht bood op het privégedeelte van de tuin.

'Mag ik jullie voorstellen aan Tom en Marie van Lee.'

Ik gaf de twee een hand. Monica zette ijsthee en water op tafel en legde het fruit in een grote kristallen schaal. Intussen nam ik Tom en Marie op. Tom was een knappe man met sneeuwwit haar, een gebruinde huid en krachtige handen. Hij leek tevreden en lachte naar me. Marie was lang, had blond haar, een slank figuur en maakte een verzorgde indruk. Ze droeg een lichtblauwe, knielange jurk met een bijpassende bolero en witte pumps met een flinke hak.

'Zo jongeman, vertel eerst maar eens precies wat jullie allemaal willen weten. Ik heb mijn vrouw over jullie verzoek verteld en onze nieuwsgierigheid is gewekt. We willen wel de mogelijkheid hebben om de laatste versie van de tekst te autoriseren. Ik neem aan dat dat geen probleem is. We kunnen foto's uit onze privéverzameling ter beschikking stellen. En ik zou graag weten met welke andere hoteleigenaars jullie nog gaan praten,' besloot hij, waarna hij ontspannen naar achteren leunde.

Bart noemde namen die ik op de lijst had zien staan, beschreef de opbouw van het boek en stelde meteen zijn eerste vraag.

Het gesprek verliep prettig. Tom vertelde enthousiast over de jaren nadat hij de villa van zijn grootouders had geërfd en tot een hotel had laten verbouwen. Hij beschreef hoe het toerisme groeide en legde uit dat het ze was gelukt om naast dit hotel nog twee hotels te laten bouwen: een all inclusive-hotel bij Mambo Beach en een klein hotel op Bonaire waar veel sportduikers logeerden.

'Maar echt betrokken zijn we alleen bij dit hotel, nietwaar, Marie?' Hij streelde haar hand. Zij glimlachte en knikte. 'Voor de twee andere hotels hebben we uitstekende bedrijfsleiders, daar hoeven we ons alleen sporadisch mee te bemoeien.'

Plotseling klonk het geluid van een motor, dat dichterbij kwam en abrupt stopte.

'Dat zijn de jongens, denk ik,' zei Marie stralend.

Ik keek haar vragend aan, maar ze was al opgesprongen en naar het eind van de veranda gelopen, waar ze seconden later door twee boomlange jongens werd omarmd.

'Dat zijn Martin en John, onze kleinzoons. Wij hebben ze grotendeels opgevoed. Het is een tweeling.' Tom draaide zich om en lachte naar de jongens.

Ze liepen met grote stappen naar ons toe, stelden zich voor en kwamen erbij zitten. Dorstig dronken ze ijsthee. Ze vielen aan op het fruit en verkondigden dat ze een razende honger hadden. Marie beloofde dat ze meteen eten zou bestellen.

'Er bestaat geen biefstuk die te groot voor ze is,' zei ze glimlachend.

Ik observeerde ze. Martin was blond, had groene ogen en een brutale neus. John daarentegen leek Italiaans bloed te hebben. Zijn haar was bijna zwart, hij had amberkleurige ogen en zijn gezicht was veel donkerder dan dat van zijn broer. Hun figuur was identiek: lange benen, brede schouders en smalle heupen; sportief en heel aantrekkelijk. Beiden hadden de knappe, markante gelaatstrekken van hun opa. Arme meisjes, dacht ik.

'Willen jullie blijven eten?' vroeg Marie.

'Graag,' antwoordde Bart.

'Kan ik helpen?' vroeg ik. Ik vond het een pijnlijke situatie. Tom en Marie waren heel sympathiek en vertelden ons bereidwillig alles wat we wilden weten terwijl wij hen schaamteloos voorlogen.

'Nee,' lachte ze. 'Dat is het voordeel van hoteleigenaar zijn. Ik bel de keuken wel, dan wordt ons eten gebracht. Het personeel dekt de tafel en haalt naderhand de vieze vaat op. Ik geniet heel erg van deze luxe.' Ze draaide zich om en ging naar binnen. Even later hoorde ik haar praten.

De jongens maakten van de gelegenheid gebruik om naar het zwembad te ontsnappen. 'Tien minuten, dan zijn jullie weer hier!' riep Tom hun achterna. Ze renden door de tuin.

'Ik hoop dat we lang genoeg fit blijven. Ze hebben ons nog een paar jaar nodig,' legde hij uit.

Bart knikte, ik keek geconcentreerd op mijn vel papier. Zou Tom uit zichzelf verder praten?

'Deze zomer zijn ze klaar met school en dan gaan ze naar Miami om drie jaar de hotelschool te volgen. Het zal een zware tijd voor ze worden, want in de vakanties moeten ze hier werken en praktijkervaring opdoen.' Hij werd stil, draaide zijn waterglas in zijn hand en zag er ineens heel verdrietig uit.

Bart schraapte zijn keel.

'Wilden jullie kinderen de hotels niet leiden?' vroeg ik.

Bart wierp me een waarschuwende blik toe.

'Ach, weet je, dat is een lang verhaal. We hebben maar één dochter. Angela is na de tragische dood van haar man en haar oudste zoon psychisch zwaar ziek geworden. Vervolgens kreeg ze kanker. Ze heeft jarenlang behandelingen in Florida gevolgd, maar ze is nooit meer helemaal gezond geworden. In haar leven is heel wat verkeerd gelopen.'

'Wat is er verkeerd gelopen?' onderbrak Marie hem, die de veranda weer op kwam lopen.

Ik zat er stokstijf bij en kon het nauwelijks bevatten. Moest ik nog meer vragen?

'Ik heb ze over Angela verteld,' antwoordde Tom zachtjes.

'Dat hoort toch niet in een boek over familiehotels op de Antillen,' zei Marie kwaad.

'Ach.' Bart produceerde zijn allercharmantste glimlachje. 'Natuurlijk vertellen we dat niet in het boek. We schrijven alleen dingen op die jullie goedkeuring hebben. Maar dit verhaal hoort wel bij de geschiedenis van de familie. Woont jullie dochter hier ook? Kunnen we haar misschien spreken?'

'Nee,' zei Marie vastbesloten. Meteen daarna moest ze naar binnen omdat Monica met een stapeltje papieren in de deuropening stond.

'Weten jullie, mijn vrouw praat er niet graag over. Het eerste huwelijk van onze dochter eindigde vrij snel in een scheiding en de tweede keer had ze ook geen geluk. Mijn schoonzoon is verongelukt met een boot en daarbij kwam Benjamin, Angela's eerste zoon, ook om het leven. Hij was haar lieveling, zijn vader was haar grote liefde. Na Benjamins dood was ze voor ons niet meer bereikbaar. Ze verwaarloosde haar kinderen en haar werk. En daarna is ze erg ziek geworden. Als ze hier is, verzorgt ze de bloemen. Ze laat zich af en toe op kantoor zien, maar meestal zit ze achter haar computer en is ze met andere dingen bezig. Ze is aanwezig, maar is er niet echt. De jongens houden van haar, maar als ze problemen hebben komen ze naar ons toe.'

'Is ze er nu?' vroeg Bart. Hij wierp een snelle blik op het huis.

'Nee, al een tijd niet meer. Ze is eind september voor een onderzoek naar Amerika gevlogen en is daarna naar een vriendin gegaan. We weten niet waar ze nu verblijft. Ze heeft een week geleden voor het laatst contact met ons gehad, maar toen wilde ze haar logeeradres niet geven,' zei hij.

Maria kwam met een blad met hapjes naar buiten. Ze keek haar man waarschuwend aan. 'Ik neem aan dat een paar hapjes er wel in gaan. Het duurt nog even voordat het eten komt. In de keuken is de hel losgebarsten. Mag ik jullie een glas wijn aanbieden?' vroeg Marie terwijl ze de schaal met knapperig gebakken kippenvleugeltjes, koolsalade op Amerikaanse wijze, baguette en minihamburgers neerzette. Bart tastte toe, ik knabbelde aan een kippenvleugeltje en nam een slok wijn.

Na het tweede glas wijn ontdooide Marie. Ze vertelde over de grote feesten die regelmatig in het hotel plaatsvonden.

'Eén keer per jaar veranderen we de tuin in een buitenaards paradijs en nodigen we veel mensen uit. Dan staat de boel hier twee dagen op stelten. We hebben gasten die daar speciaal voor uit Nederland komen. Er komen hier trouwens toch veel Nederlanders. Ze willen altijd dezelfde suite en voelen zich hier thuis. Ik zou het liefst een exclusief seniorentehuis van het hotel maken, maar Tom vindt dat een afschuwelijk idee.'

'Precies, het bevalt me zoals het is. Ik wil niet omringd zijn door golf spelende, kwakkelende, zich vervelende mensen. Ik hou van het gegil van kinderen als ze in het zwembad springen of voetballen. Ik vind het fijn als er 's avonds nog mensen in de bar zitten die een glaasje drinken. Voor het hoogseizoen hebben we een sportanimator aangenomen en dan zijn ook de tennisbanen weer op orde. Over een paar jaar nemen Martin en John het bedrijf trouwens toch over.'

'Dat kan ook als het een seniorentehuis is,' onderbrak Marie hem.

'Zou jij daar zin in hebben als je midden twintig was? Nee, het moet leuk zijn, de gasten moeten jong en grappig zijn, je moet het leven voelen. Een seniorentehuis, over mijn lijk, Marie.' Hij lachte hees om zijn eigen woordgrapje. 'Maar dat is niet voor in het boek,' liet hij er waarschuwend op volgen.

'Natuurlijk niet,' zei ik. 'Verzorgen jullie eigenlijk ook bruiloften?'

Bart wierp me een geamuseerde blik toe.

'Ja, tamelijk vaak zelfs. Onze prachtige tuin is zeer geliefd. We hebben de twee bruiloften van mijn dochter ook hier gehouden. Wij zijn zelf onder deze boom getrouwd. Toen stond ons huis er nog niet. We woonden op de zolderverdieping van het hotel. Weet je nog, Marie?' Tom wierp een liefdevolle blik op zijn vrouw. Ze beantwoordde zijn blik en nam een flinke slok wijn.

'We hebben hier tussen de tien en twintig bruiloften per jaar,' ging hij verder.

'Angela had met geen van die twee mannen moeten trouwen,' zei Marie. 'En al helemaal niet met de eerste, haar zogenaamde grote liefde. Die is uit fatsoen met haar getrouwd omdat ze zwanger was. En van Patrick heb ik altijd het vermoeden gehad dat hij alleen om haar geld met haar is getrouwd. Iedereen waarschuwde dat hij een womanizer was, maar ze wilde het niet geloven,' mijmerde ze verdrietig. 'Hij zag eruit als een jonge Robert Redford. En het duurde niet lang voordat hij Angela ontrouw was. Geen idee hoe lang dat aan de gang is geweest.'

Bart keek geïnteresseerd. Marie had duidelijk te snel gedronken en begon persoonlijke dingen te vertellen. 'Hoe bedoel je dat?' vroeg hij leep.

'Hoe ik dat bedoel? Mijn dochter zorgde voor het bedrijf en deze nietsnut wilde een botenverhuurbedrijf opbouwen. Daarom hadden mijn prachtige kleinzoons een babysitter nodig. En met die meid is mijn allerliefste schoonzoon in bed gedoken. En het is absoluut niet bij één keer gebleven.' Marie schonk haar glas weer vol.

'Ik denk dat het beter is als jullie nu gaan,' zei Tom terwijl hij opstond. Het gesprek was voorbij.

'Als er nog vragen zijn kunnen jullie me bellen, maar op dit moment...' Hij liep voor ons uit door de gang.

'Is dat je dochter?' vroeg ik. Ik wees naar een olieverfschilderij van een jonge, mooie vrouw met lang, donker haar, een fijn neusje en volle lippen die perfect bij haar ovale gezicht pasten.

'Ja, dat is ze. Ze was toen tweeëntwintig. Ze had Benjamin net gekregen en was gelukkig.' Zijn stem klonk weemoedig.

Hij kuchte en liep snel naar de voordeur.

Herman stond naast de wagen te roken en te bellen. Toen hij ons zag, beëindigde hij het gesprek. Hij liep om de auto heen en hield het portier voor me open. Ik barstte bijna uit elkaar van de behoefte om met Bart te praten, maar vermande me, want Herman was als een klein potje met grote oren.

'Ik wil naar Miami,' zei ik zodra we in onze villa waren.

'Waarom?' Bart draaide zich verbaasd om, zette zijn laptop op tafel en startte hem op.

'Heb je niet gehoord wat Marie heeft gezegd? Angela was in Miami voor kankerbehandelingen en volgens Edwin is Alex daar bijna elke maand naartoe gevlogen. Had hij nog iets met zijn ex? Dat moet ik zeker weten!' riep ik emotioneel.

'Anne, rustig maar! Natuurlijk vliegen we erheen, maar er zijn hier nog veel meer interessante dingen. Het is toch vreemd dat Patrick een verhouding had en is verongelukt zodra dat uitkwam? Ik wil weten met wie hij Angela heeft bedrogen,' zei hij terwijl hij naar het beeldscherm keek. 'Al heb ik wel een vermoeden,' mompelde hij in zichzelf.

'Het kan me helemaal niet schelen met wie hij haar heeft bedrogen en of Angela haar man heeft vermoord of niet. Ik wil weten hoe Alex tegenover haar stond en wat er aan de hand was,' zei ik.

Ik liep in de kamer heen en weer, tot het uiterste getergd omdat Bart zijn aandacht op iets heel anders richtte.

'Kun je alsjeblieft kijken naar de vliegverbindingen met Miami?' vroeg ik nijdig.

'Jezus, Anne, hou eens op! We moeten Tom eerst naar de naam van de kliniek vragen – of wil je ze allemaal af gaan?'

Ik dacht even na, pakte mijn mobieltje en belde Edwin. Als het einde van de maand naderde, werkte hij vaak tot laat door.

'Zo,' zei ik na een tijdje. 'Het is een kliniek in Miami Beach. Edwin mailt me het exacte adres en de naam van een contactpersoon. Ik heb Jan gevraagd om een foto van Alex te mailen. Ze sturen alles naar jou. Kun je de printer aansluiten? Alsjeblieft?' Ik ging naast hem zitten. 'En kunnen we alsjeblieft naar die vluchten kijken,' liet ik er suikerzoet op volgen.

'Maar je wilde toch naar Belize?'

'Dat klopt, maar we kunnen via Miami naar Belize vliegen. Dan zijn we één dag in Miami voor onderzoek; vervolgens reizen we door naar de plantage.'

'Heb je het telefoonnummer van Kochs collega die hier op het eiland werkt bij je? Wil je me dat geven?'

'Het is bijna acht uur, ik kan me niet voorstellen dat hij nog werkt,' antwoordde ik en gaf het briefje met het telefoonnummer aan Bart.

'Ik probeer het even.' Hij toetste het nummer in, wachtte even en ging naar buiten. Terwijl hij praatte ging ik achter de laptop zitten om vluchten te zoeken.

Pas op vrijdag waren er twee vrije stoelen. Ik boekte snel. Een hotelkamer in Miami vinden bleek een stuk eenvoudiger. Ik vond een goed hotel en reserveerde een kamer tot maandag.

'Morgen om negen uur hebben we een afspraak met Rein van Vuuren, de rechercheur waar Koch het over had,' kondigde Bart aan.

'Prima, maar wat wil je eigenlijk precies met hem bespreken?'

'Er is heel uitvoerig onderzoek gedaan naar aanleiding van het bootongeluk en ik denk dat we in het bewuste dossier de reden voor de eventueel dreigende echtscheiding tussen Angela en Patrick kunnen vinden. En ook de naam van de vrouw met wie Angela's man een affaire had.'

'Hm, dat is natuurlijk interessant, maar brengt het ons verder?' Ik ging staan. 'Ik heb geboekt. Vrijdagochtend gaat ons vliegtuig. Ik wil na onze aankomst meteen naar de kliniek om uit te zoeken of Alex daar echt elke maand naartoe ging. De gedachte dat hij me misschien met zijn ex heeft bedrogen, laat me niet los.'

'Ik hoop dat we het morgen allemaal redden,' merkte Bart op. Het was duidelijk dat hij de tussenstop in Miami een overbodige manoeuvre vond.

Een uur later slenterden we naar de hotelbar. We hadden een tafel in een Cubaans restaurant gereserveerd en wilden eerst een cocktail drinken. Herman stond achter de bar cocktails te mengen.

'Kennen jullie de familie Van Lee goed?' vroeg hij plotseling.

Bart vertelde over het boek. Hij maakte gebruik van het moment en probeerde Herman uit te horen.

'Ja, dat was destijds heel tragisch,' zei Herman. 'De jonge baas had een verhouding met de babysitter. Het was een ramp toen het uitkwam, vooral omdat ze op heterdaad werden betrapt.'

'Weet je wie dat meisje was?'

'Natuurlijk, dat weet iedereen op het eiland. Laat ik het zo zeggen: als jullie het huis kopen dat jullie vanochtend hebben bezichtigd, dan worden haar ouders jullie buren,' fluisterde hij snel, waarna hij zich abrupt omdraaide. Zijn baas kwam eraan en wierp Herman een priemende blik toe.

Nu was het verhaal van het schandaal compleet.

Donderdag 26 november

We zaten op het terras te ontbijten. Ik voelde me een beetje misselijk en had hoofdpijn. Waarschijnlijk een cocktail te veel gedronken, dacht ik chagrijnig.

'Wat wilde je ook alweer met Kochs collega bespreken?' vroeg ik Bart en ik brak een stukje van mijn warme croissant af.

'Ik wil bevestigd krijgen wat Herman ons gisteren heeft verteld. Hopelijk mogen we het onderzoeksdossier van het bootongeluk inzien. Misschien moet je Koch bellen en hem vragen of hij een goed woordje voor ons wil doen bij zijn collega.'

Ik trok mijn wenkbrauwen op en kauwde verder. Het eten deed me goed, de misselijkheid was weg. Ineens had ik een enorme trek in roerei. Gulzig keek ik naar Barts bord, waarop een berg roerei met bacon lag. Ik pakte een vork vol en genoot van de zoute smaak.

'Ik bel zo meteen eerst de kliniek om een afspraak voor morgen te maken. Daarna neem ik contact op met kantoor. De begrafenis van Stephan vindt op dit moment plaats,' zei ik nadat ik het laatste restje ei van Barts bord had gepikt.

De afgelopen twee dagen had ik het nieuws nauwelijks gevolgd, laat staan dat ik uitgebreid contact met Emma en Jan had gehad. Bart en ik hadden het veel te druk gehad. Schuldbewust pakte ik de laptop en las de websites van de kranten. Er werd nog steeds over de doodsoorzaak gespeculeerd, wat betekende dat Koch nog niet veel verder was gekomen met zijn onderzoek. Ik nam me voor om Emma in de loop van de dag te bellen.

Om twaalf uur reden we naar het hoofdbureau van politie aan de Winston Churchillweg. Het was een geel gebouw met ramen waaraan witte roeden waren bevestigd; op het eerste gezicht leek het weinig op een politiebureau. Herman zou blijven wachten; hij parkeerde de auto voor het hek.

We gingen naar binnen en moesten ons natuurlijk eerst aanmelden. Daarna moesten we door een metaaldetector lopen en werden we verzocht op lichtgrijze stoelen plaats te nemen. Koningin Beatrix lachte ons superieur toe. De politieagente bij de balie beloofde dat we opgehaald zouden worden en ging verder met haar papierwerk.

Het duurde niet lang voordat we Kochs collega in de gang zagen naderen. Hij zwaaide al van een afstand – alsof we oude bekenden waren. Zijn uiterlijk was absoluut niet Antilliaans; hij had roodblond haar, zomersproeten, een lang, fors postuur en was enigszins gezet. In zijn oksels zaten zweetvlekken.

'Rein van Vuuren.' Hij stak zijn hand uit. 'Thomas Koch heeft me al het een en ander verteld. Een heel interessante zaak, als ik het zo mag zeggen.' Hij wierp me een scherpe blik toe en praatte daarna verder. 'Koch heeft me gevraagd jullie zo veel mogelijk te helpen. Officieel is dat natuurlijk een beetje lastig, omdat jullie geen rechercheurs zijn.' Hij knipoogde naar me. 'Maar maken jullie je daarover geen zorgen, dat varkentje wassen we wel. Ik heb het een en ander voorbereid.'

'Gaan we dat hier bespreken?' vroeg ik. Ik keek om me heen. We stonden nog steeds bij de receptie.

'O, nee, natuurlijk niet. Het spijt me. Loop maar achter me aan,' zei hij. Voor iemand met een lengte van bijna een meter negentig nam hij verbazingwekkend kleine stappen. Hij trippelde bijna. Ik keek tersluiks naar zijn voeten: die waren opvallend klein.

Uiteraard gingen de deuren hier ook alleen open met een magneetkaart, maar hij had hem al in de aanslag. We stapten binnen in een klein kantoor met een bureau en twee stoelen ervoor. Van Vuuren vroeg ons te gaan zitten. Ik keek om me heen. Gelukkig stond het raam ver open, zodat er een licht briesje naar binnen kon waaien. Aan een oude kapstok hing een lichtbruin, afgedragen jack, op de vensterbank zag ik een bloeiende plant met twee gieters ernaast. Twee gieters voor één plant?

Hij zag me kijken. 'Een voor water en een voor voedsel,' legde hij uit. Daarop ging hij zitten. Hij verschoof een paar dossiers.

Toen Bart meteen over het dossier van het bootongeluk begon, keek hij wat verstoord op. Het ging hem duidelijk te snel; hij had graag nog wat over koetjes en kalfjes gekletst.

'Jullie weten dat jullie dat niet mogen inzien,' zei Van Vuuren vermanend. Hij wees naar de drie dossiers voor hem op tafel. 'Heel toevallig heb ik het hier liggen.' Hij keek ons veelbetekenend aan en maakte een vage beweging met zijn hand. 'Maar voordat we verder praten, ga ik eerst koffie halen. Dat duurt helaas even, omdat onze keuken aan het andere eind van de gang is.' Hij stond op, knikte ons toe en liet de deur achter zich dichtvallen.

Zodra Van Vuuren weg was, pakte Bart het dossier en bladerde het ongegeneerd door. Daarna haalde hij een camera uit zijn broekzak en fotografeerde alle bladzijden.

'Zo kunnen we het later op ons gemak bekijken,' legde hij ongevraagd uit.

'Zo... willen jullie melk en suiker in jullie koffie?' vroeg Van Vuuren nadat hij zoals beloofd een tijdje was weggebleven. Bart schoof het onderzoeksdossier weer op zijn plek.

'Ik heb van meerdere kanten gehoord dat mijn schoonvader ervan verdacht werd zich met illegale zaken bezig te houden. Kunt u dat bevestigen?' vroeg ik.

'Nee, dat kan ik niet. Toen dat speelde werkte ik hier nog niet en zat ik op de opleiding in Nederland. Ik heb na het telefoontje van Koch naar het dossier gezocht, maar kon het nergens vinden.'

We praatten nog een tijdje over het bootongeluk, maar besloten al snel te vertrekken.

'Ik vraag me de hele tijd af waarom Koch zo goed meewerkt. Waarom geeft hij ons al die informatie zonder er iets voor terug te vragen?' peinsde Bart hardop toen we naar buiten liepen.

Herman stond bij de auto. Hij rookte en belde natuurlijk weer.

'Misschien zijn ze gewoon blij dat wij een deel van het werk doen,' antwoordde ik kalm.

Bart lachte cynisch.

Zwijgend reden we terug naar het hotel.

Ik belde de kliniek en maakte een afspraak voor vrijdagmiddag vier uur bij een onvriendelijke secretaresse. Ze drukte me op het hart om vooral op tijd te zijn; dokter Carl duldde geen vertraging. Ik stelde haar gerust.

Bart zat buiten aan zijn verslag te schrijven. Ik kreeg nog steeds één keer per week een samenvatting van het onderzoek van hem. Ik keek even naar hem, ging naar boven en begon te pakken.

We waren allebei terneergeslagen en praatten niet veel. Voor het eten gingen we zwemmen en snorkelen. Lusteloos aten we een snack van de roomservice; we staarden naar het strand en de zee.

'Ik heb een vreemd gevoel, er klopt iets niet. We zien iets belangrijks over het hoofd,' zei Bart meer tegen zichzelf dan tegen mij. Hij pakte de map waarin hij zijn verslagen bewaarde en begon te lezen.

Ik belde Jan.

'Het was heftig,' zei Jan gedeprimeerd. Hij was bijna een uur geleden ijskoud en doornat van Stephans begrafenis teruggekomen. Door het ellendige weer waren er maar weinig mensen naar de plechtigheid gekomen. Slechts een deel van de geïnteresseerden had besloten om de kist naar het graf te volgen. Jan vond de dood van Stephan wreed en vervloekte de regen en de windstoten.

'Weet je wie er ook was?' vroeg hij plotseling. 'Peter!'

'Peter?' herhaalde ik verbaasd. 'Goh. Wat aardig van hem.'

'Het had niets met beleefdheid te maken. Peter was heel verdrietig. Hij huilde en staarde de hele tijd naar de kist. Hij liep er trillend achter, direct achter Stephans ouders. Waren zij soms een stelletje?'

'Nee joh,' zei ik. 'Dat had Emma echt wel geweten. En dan wist ik het ook. Ik kan het me niet voorstellen. Maar ik zal haar zo bellen om het te vragen. Hoe gingen Stephans ouders ermee om?'

'Niet zo goed. Ze negeerden Peter. Eigenlijk negeerden ze iedereen. Ik geloof dat ze opgelucht waren dat er zo weinig mensen waren.'

Jan vertelde nog een tijdje over de begrafenis Hij beschreef alles bijna té uitvoerig en ik was blij toen het me lukte van onderwerp te veranderen.

'Hoe gaat het op kantoor? Zijn er dringende zaken?'

'Niets dringends en niets dramatisch, gelukkig. De kijkcijfers zijn nog steeds fantastisch, de media prijzen ons, de zender denkt erover om meteen nog een seizoen van ons te kopen. We werken keihard aan de nieuwe serie.'

We bespraken de dagelijkse zaken en hadden na een uur alles doorgenomen.

Toen belde ik Emma. Ik begon meteen over Peter.

'Geen idee,' zei ze. Ze klonk afwezig. Ze was duidelijk met haar hoofd ergens anders. 'Maar nee, Peter en Stephan, dat geloof ik niet. Peter was gisteravond nog bij me. We hebben gekookt en een fles wijn gedronken. Ik had niet de indruk dat hij gedeprimeerd of verdrietig was. Maar vreemd is het wel. Ik bel je nog.' Ze hing op.

Ik liep het terras op. Bart zat niet meer achter zijn computer, maar wandelde langs het strand. Hij bleef af en toe staan, speelde met wat zand en liep dan piekerend weer verder. Ik riep hem, maar hij hoorde me niet. De noordoostpassaat droeg mijn stem in de andere richting.

Besluiteloos ging ik terug naar binnen, trok een bikini aan en ging op een ligstoel in de zon liggen.

Vrijdag 27 november

Om zeven uur bracht Herman ons met de auto naar de luchthaven. Ik legde mijn dunne leren jack boven op de handbagage, zodat ik het in het vliegtuig kon aantrekken als ik het koud kreeg.

Het vliegtuig vertrok precies op tijd en zette koers naar het noorden. Onder me zag ik de turkooisblauwe zee, die donkerder werd naarmate we hoger vlogen. Zou ik ooit op dit eiland terugkomen? Dat was niet waarschijnlijk. Ik keek naar Bart. We waren de enige passagiers in de businessclass. Ik bladerde in tijdschriften, kon me nauwelijks concentreren en keek vaak op mijn horloge. De vlucht naar Miami duurde meer dan vier uur.

'Je moet niet teleurgesteld zijn als je niet te horen krijgt wat je wilt weten,' zei Bart zachtjes terwijl hij mijn knie streelde. 'Het kan heel goed zijn dat die dokter zich Alex helemaal niet herinnert, omdat hij hem nooit heeft ontmoet.'

Ik knikte en keek weer uit het raam. Anderhalve maand na de dood van Alex leek mijn vroegere leven lichtjaren van me verwijderd. Ik ademde gedeprimeerd uit en deed mijn ogen dicht. Ik wilde er niet meer aan denken.

Nadat we onze koffers van de band hadden gehaald en de vragen van de immigratiebeambte braaf hadden beantwoord, gingen we rechtstreeks naar het autoverhuurbedrijf om onze auto op te halen. Bart stelde de navigator in en binnen de kortste keren reden we via de Airport Expressway en de Juliana Tuttle Causeway naar Miami Beach. Het zag er precies zo uit als in alle films en series: enorm brede straten met palmen, wolkenkrabbers zover het oog reikte en tussendoor steeds weer de in de zon glinsterende Atlantische Oceaan.

Dit was mijn eerste bezoek aan deze smeltkroes van culturen en wat ik zag beviel me.

We reden langs het Mount Sinai Medical Center, sloegen een paar keer af en belandden tussen de golfclub en de Indian Creek Drive in een zijstraat. De navigator herhaalde zijn melding dat we onze bestemming hadden bereikt voortdurend, maar we waren enige tijd bezig voordat we het juiste gebouw hadden gevonden. We parkeerden de auto en liepen door de enorme glazen deuren de tot wintertemperatuur gekoelde hal in. Ik trok mijn leren jack aan en observeerde de mensen die zich langs ons haastten. Hoe verdroegen ze de voortdurende temperatuurschommelingen zonder ziek te worden?

'We moeten naar de veertiende verdieping,' rapporteerde Bart toen hij terugkwam van de receptie. Hij liep meteen naar de liften, keek jaloers naar mijn jack en wreef over zijn armen. Hij had het ijskoud in zijn polo met korte mouwen.

'Dokter Carl kan u direct ontvangen,' zei de witblonde vrouw achter de receptie van de veertiende verdieping vriendelijk. Ze zag er verzorgd uit en het was onmogelijk om haar leeftijd te schatten. Pas toen ze een haarlok uit het gezicht streek zag ik de ouderdomsvlekken op haar handen. Als ze achter in de vijftig was, had iemand haar meerdere keren verdomd goed gelift, dacht ik. Ze droeg een discreet wit broekpak, dat haar slanke figuur uitstekend liet uitkomen. Naast de telefoon lagen een paar eenzame bleekselderijstengels. Ze glimlachte stralend naar Bart en mij, waarbij ze een rij verblindend witte tanden ontblootte en zei dat we haar mochten volgen.

Ook in dit gebouw heerste de magneetkaartendwang. We liepen door een lange, brede gang en bleven bijna aan het eind staan voor een melkglazen deur. Daarachter zat dokter Carls secretaresse achter een glazen bureau. Ze begroette ons en typte een korte melding op haar computer. Een paar minuten later werden we in dokter Carls kantoor binnengelaten.

Onderkoeld design overheerste. Dokter Carl zat achter zijn bureau, dat natuurlijk ook van glas was, en leek verdiept in zijn papieren. In het vertrek hing een aangename temperatuur en voor het eerst sinds we het gebouw waren binnengegaan had ik het niet koud.

Toen hij ons zag, zette hij zijn bril met zilveren montuur af. Met een glimlach kwam hij naar ons toe. Dokter Carl was net zo groot als Bart, had een stevige bouw, grijs gemêleerd haar en leek zo betrouwbaar dat ik hem spontaan mijn hele levensgeschiedenis wilde vertellen. Hij vroeg ons plaats te nemen. 'Zo, wat kan ik voor u betekenen?'

Bart keek me even aan, waarop ik het woord nam en aan dokter Carl uitlegde wat de reden was van ons bezoek.

'De meeste informatie hebben we al, maar er ontbreekt een laatste zekerheid en die hoop ik van u te krijgen,' zei ik terwijl ik de foto van Alex uit mijn tas haalde.

'Bent u helemaal hiernaartoe gekomen voor de bevestiging dat uw man mijn patiënte regelmatig heeft bezocht?' vroeg hij ongelovig.

'Eh... ja, eigenlijk wel,' antwoordde ik onzeker, want ineens leek het niet zo belangrijk meer.

'Goed.' Hij keek naar de foto die ik op de tafel voor me had neergelegd. 'Ik kan geen uitspraken doen over mijn patiënten, maar als dat uw man is kan ik bevestigen dat hij hier regelmatig is geweest. Ik weet niet hoe vaak, maar ik heb in elk geval een paar keer met hem gesproken. Een paar weken geleden heb ik hem gebeld omdat ik het ernstige vermoeden had dat de kanker op een andere plek was teruggekomen. Ik heb hem gevraagd om Angela van Lee over te halen om zich daarvoor te laten behandelen. Meer kan ik helaas niet zeggen vanwege mijn zwijgplicht als arts,' zei hij terwijl hij zijn handen vouwde.

'Heb ik goed begrepen dat Angela verdere behandeling weigerde?'

Dokter Carl knikte. 'Dat is juist.'

'Hoe lang heeft ze nog te leven?' vroeg ik verder.

'Dat is moeilijk te zeggen,' zei hij ontwijkend. Toen stond hij op. 'Ik heb u eigenlijk al meer verteld dan ik had mogen doen.' Wat hem betrof was het gesprek afgelopen. Bart en ik namen afscheid.

'Dat heeft niet veel opgeleverd,' zei Bart toen we in de auto stapten.

'Nee,' antwoordde ik zachtjes terwijl ik mijn gordel omdeed.

We reden naar het Delano Hotel, dat niet ver van de kliniek lag. De witte wolkenkrabber reflecteerde de zonnestralen zo intens, dat je er zonder zonnebril nauwelijks naar kon kijken. Natuurlijk was er *valet parking* en iemand die onze koffers naar binnen bracht. Ik had een suite van vijftig vierkante meter geboekt, met een gescheiden zit- en slaapgedeelte, die toch één geheel vormden. Ik deed de deur open met de magneetkaart en liep een witte droom binnen. Alles, maar dan ook alles was wit. Onbewust zette ik mijn zonnebril op, verheugde me toen ik de gele rozen in de vaas zag en wachtte tot Bart de bediende een flinke fooi had gegeven.

'Hier worden enorme hoeveelheden bleekwater gebruikt om alles zo stralend wit te houden,' zei Bart terwijl hij naast me kwam staan. We bewonderden het fantastische uitzicht.

'Als jij nu iets wits aantrekt, ben je onzichtbaar,' grapte hij.

Ik kuste hem en dacht aan zijn appartement, waarin de meeste muren en meubels grijs waren.

'Wat gaan we nu doen?' vroeg hij.

'Douchen en iets eten?' stelde ik voor.

We maakten een flesje prosecco open, douchten samen en gingen pas drie uur later naar een klein restaurant een paar straten verderop. Daarna slenterden we door de straten en over de boulevard, dronken nog iets en waren veel te vroeg voor het bruisende nachtleven van Miami weer in het hotel.

Terwijl Bart aan zijn verslag werkte, ging ik op de enorme hoeveelheid witte kussens liggen. Ik keek naar de witte designtelevisie, viel prompt in slaap en hoorde niet meer dat mijn mobiel piepte.

Zaterdag 28 november

Het was ver na tienen toen ik wakker werd. Ik schoof de gordijnen open en zocht naar de zon. Vandaag was een atypische dag voor Florida. Het motregende; de anders zo glinsterende oceaan was grijs en zag er dreigend uit. Ik vond het mooi, vooral omdat het een absolute tegenstelling met de suite vormde. Bart lag nog in bed. Hij bewoog zich loom en gromde.

Ik keek uit het raam, pakte mijn mobiel en stelde vast dat ik twee nieuwe berichten van Emma had. Ze vroeg of ik haar wilde bellen.

'Eindelijk! Hoe lang slapen jullie daar eigenlijk?' vroeg ze zogenaamd verontwaardigd en ze wilde de laatste stand van zaken weten.

Ik vertelde over mevrouw Kersen, die ons een heel ander beeld van Rob en Alex had gegeven, over het bezoek aan Angela's ouders en de relatie tussen Angela's tweede echtgenoot en Barbara.

'Ho, wacht even... Heeft Barbara een affaire met Angela's man gehad?' onderbrak Emma me.

'Ja. Ze werkte destijds als babysitter bij Angela. Ik kan me niet voorstellen dat Alex hiervan op de hoogte was,' zei ik.

'Waarom niet? Geloof je soms dat Alex morele bezwaren had en haar geen baan had gegeven?' Emma lachte.

Ik gaf geen antwoord.

'Het is best wel vreemd dat Angela's ontrouwe echtgenoot is verongelukt vlak nadat hij was betrapt met de babysitter. Zijn jullie erachter gekomen of Barbara of Angela daar iets mee te maken had?'

'Als je de dossiers moet geloven niet. De zaak werd als een ongeluk afgedaan en gesloten. Barbara leek helemaal niet verdacht te worden, waarom ook? En Angela is van elke verdenking vrijgesproken,' zei ik.

'Waarschijnlijk mag Barbara blij zijn dat ze het eiland meteen heeft verlaten. Wie weet wat er anders met haar was gebeurd,' zei Emma pessimistisch.

We bespraken een aantal mogelijkheden en concludeerden dat Barbara en Rob allebei verdacht waren, maar konden niet beslissen wie het meest in aanmerking kwam voor de rol van moordenaar. Ondertussen werd Bart wakker. Hij bestelde ontbijt en keek chagrijnig naar buiten. 'Zullen we deze dag relaxt beginnen en ons uitstapje naar morgen verschuiven?' fluisterde hij naar me.

'En nu moet jij vertellen,' drong ik aan bij Emma, terwijl ik naar Bart knikte.

Emma had gisteravond onverwacht bezoek gekregen van Peter, die voor haar deur stond met een fles rode wijn, kaas en olijven. Zonder een woord te zeggen was hij naar de keuken gelopen, had de fles ontkurkt en twee glazen gevuld.

'Ik moet je iets opbiechten,' had hij gezegd en hij begon haperend te vertellen over zijn geheime relatie met Stephan. Ze hadden elkaar bij de jaarlijkse programmapresentatie van de zender leren kennen, kwamen elkaar een tijd later toevallig tegen in een bar waar veel mediamensen kwamen en waren vrij snel daarna verliefd op elkaar geworden.

Emma was perplex geweest en ook een beetje beledigd, omdat Peter haar daar niets over had verteld. Ze had dat echter niet laten merken, was aan de keukentafel gaan zitten en had naar hem geluisterd. Peter was met zijn glas in zijn hand heen en weer gelopen en had verteld over de ruzies die ze de laatste tijd steeds vaker hadden. Dat was nog erger geworden toen Alex zich ermee bemoeide en Stephan onder druk begon te zetten.

'Wat?' onderbrak ik haar. 'Heeft Alex Stephan gechanteerd?' Ik was ontzet en diep teleurgesteld in mijn echtgenoot.

'Nee, niet zoals jij denkt.'

Ik haalde opgelucht adem.

'Alex wilde dat Stephan zijn geaardheid verborgen hield. Hij was ervan overtuigd dat Stephans populariteit bij het vrouwelijke geslacht zou verdwijnen zodra hij uit de kast kwam. Daar zat natuurlijk ook wel wat in. Stephans carrière zou er waarschijnlijk enorm onder geleden hebben. Neem Ricky Martin, die durfde pas op zijn achtendertigste uit de kast te komen.'

Ik was het niet met haar eens, maar zei dat niet omdat we anders urenlang over tolerantie en acceptatie in de maatschappij zouden praten.

Ik luisterde verder naar Emma. Peter had genoeg gekregen van het verstoppertje spelen. Hij was woedend op Alex' eenzijdige en commerciële manier van denken en ze hadden daar verschillende keren luidruchtig ruzie over gemaakt. Hij wist maar al te goed hoeveel invloed Alex op Stephan had.

Peter vertelde dat hij vlak voor Alex' dood weer een aanvaring met hem had gehad. Peter bleef vechten, omdat hij in Stephan zijn partner voor het leven zag en hij het gevoel had dat Alex hun geluk in de weg stond. Alex wilde niet luisteren. Hij legde hem glashelder uit dat het om Stephans carrière ging en dat hij hun relatie daarom nooit zou steunen. Peter wist niet meer wat hij moest doen. Op de avond van Stephans dood stelde Peter Stephan een ultimatum. Stephan had hem aangehoord, was weggerend en naar huis gereden. Daar parkeerde hij zijn wagen voor de deur en wandelde door het donkere Amsterdam. Stephan en Peter hadden nog een hele tijd via sms geruzied, tot Peter uitgeput zijn mobiel had uitgezet, een slaappil had genomen en naar bed was gegaan. Stephan was als een kater met liefdesverdriet langs kroegen en cafés gezworven, bleef Peter sms'jes sturen en belandde behoorlijk dronken in Montmartre, die homotent aan het Rembrandtplein. Dat las Peter allemaal de volgende ochtend, toen hij zijn mobiel weer inschakelde. Hij wist toen nog niet dat Stephan dood was. Dat hoorde hij veel later pas op de radio.

'Jezus, wat een verhaal,' zei ik verbijsterd.

'Ja, het is echt heel rot. Peter slaapt bij mij, omdat hij het niet aankan om in zijn eigen appartement te zijn. Hij zegt dat er te veel herinneringen zijn die hij nog niet kan verwerken.'

'Nou, dan zijn jouw avonden gevuld,' zei ik plagerig. Maar ik werd meteen weer ernstig. 'Geloof jij dat Peter iets met de moord op Alex te maken kan hebben?'

Emma zei een hele tijd niets.

'Ben je er nog?' vroeg ik.

'Ja, ik denk na. Normaal gesproken zou ik zeggen: "Absoluut niet." Maar Peter is nog steeds helemaal de weg kwijt. Weet je, ik vraag het hem vanavond gewoon.' Ze hing op.

Bart stond nieuwsgierig naast me te wachten. Ik vertelde hem het hele verhaal, heet van de naald.

'Nee, Peter heeft het niet gedaan,' zei hij beslist.

'Waarom niet? Stel dat hij helemaal over de rooie ging doordat Alex tegen hem heeft gezegd dat hij een eind aan zijn relatie met Stephan moest maken? Tenslotte was het een kwestie van tijd geweest voordat de media foto's hadden gekregen. Het kan best dat Peter door het lint is gegaan. Misschien moet Emma hem er helemaal niet mee confronteren, het zou gevaarlijk kunnen zijn!'

Bart schudde zijn hoofd. 'Maar Peter moet wel met deze informatie naar de politie gaan. Waarschijnlijk was Stephans dood een ongeluk. Alcohol, drugs en alle opwinding. Dat kan fataal worden en een collaps veroorzaken.'

Ik belde Emma weer en gaf Barts advies aan haar door.

'Ja, dat heb ik ook al tegen hem gezegd. Hij zou Koch vandaag nog bellen,' zei ze, waarna ze zich meteen verontschuldigde omdat er iemand voor de deur stond.

Bart en ik ontbeten in stilte.

'Het weer lijkt iets beter te worden,' zei ik uiteindelijk. 'Laten we naar Miami Beach fietsen. Even uitwaaien.'

Zondag 29 november

Het was ons gelukt om de hele dag niet aan Alex, Barbara en Rob te denken, en ook Angela en Peter verdwenen naar de achtergrond. We waren naar de Keys en de Everglades geweest. De afleiding had me goed gedaan, mijn accu leek weer opgeladen en ik verheugde me al op een douche en een maaltijd. Bart had het zich gemakkelijk gemaakt op het terras met een sigaret, een koud biertje en zijn verslagen terwijl ik op bed televisie lag te kijken. Hij was er nog steeds vast van overtuigd dat hij een belangrijk feit over het hoofd had gezien, en hij zat maar te mompelen en te fronsen.

Om acht uur gingen we naar de Rose Bar, de bekende cocktailbar op de parterre van het hotel. In overeenstemming met de naam was hier alles roze, alleen de Venetiaanse plafondlampen waren van wit melkglas. Ik bestelde een Sex on the Beach en Bart nam een biertje. Terwijl we op onze drankjes wachtten, werd het steeds voller in het lokaal. Een stelletje en een paar zakenmensen gingen naast ons aan de bar zitten, andere mannen stonden opzichtig in de lobby in hun mobiel te praten. Ik vond de chaotische sfeer heerlijk. Zwijgend keken we om ons heen, dronken intussen onze drankjes en betaalden.

Eigenlijk wilden we over het vochtige strandzand naar het restaurant lopen, maar de portier raadde het ons af: daar hielden zich 's nachts duistere figuren op. Hij hield een taxi voor ons aan en zei nog eens dat het strand 's nachts gevaarlijk was. Dat moesten we niet vergeten!

De rit ging over de Collins Avenue en duurde minder dan tien minuten. Een jonge ober bracht ons naar onze tafel in het midden van het lokaal, gaf de menukaart en verdween weer. We bestelden allerlei lekkers, dronken er sake bij en voelden ons heerlijk.

Ik had te veel gegeten; meestal was het onmogelijk voor me om iets te laten liggen. We besloten terug te lopen en ik verheugde me op de verfrissende wandeling naar het hotel. De wind was gedraaid en bracht koele lucht van zee mee. Ik trok mijn jas aan, Bart gaapte en sloeg zijn arm om me heen.

We slenteren over de Collins Avenue terug, keken naar de etalages en de mensen die we passeerden en stopten tegenover de artdecowinkels om iets te drinken. Het Lounge Café was vrij vol. We gingen naar binnen, vonden met moeite een vrije tafel en observeerden de mensen. Ik snoof.

‘Wat is er?’ vroeg Bart geamuseerd.

‘Die geur, die ken ik ergens van.’ Ik draaide me om en zag dat er achter me een bos geeloranje bloemen stond. Precies dezelfde die ik op Curaçao had gezien.

‘Ik weet waarom ze me bekend voorkomen!’ riep ik plotseling. ‘Die bloemen heeft iemand op Alex’ graf gelegd. Ze waren me opgevallen doordat ze zo sterk ruiken.’

Ik keek zoekend om me heen en liep vastbesloten naar de bar om te vragen of iemand wist wat het voor bloemen het waren en waar ze vandaan kwamen. Niemand wist het. Ik liep terug naar Bart, die me hoofdschuddend had nagekeken.

‘En, weet je het nu? Denk je dat de moordenaar iets met de bloemen te maken heeft?’ vroeg hij spottend. Het was duidelijk dat hij mijn actie een beetje belachelijk vond.

‘Nee,’ mompelde ik, maar ik maakte toch een paar foto’s van de bloemen met mijn mobieltje. Bart mocht het onzin vinden, voor de zekerheid wilde ik ze thuis met de foto’s van de begrafenis vergelijken.

Maandag 30 november

Vroeg in de middag vlogen we van Miami naar Belize.

De vlucht en de landing verliepen rustig. We reden met een taxi naar het Radisson Hotel en checkten in. Terwijl ik onze spullen uitpakte, regelde Bart een huurauto, model vierwielaandrijving. De plantage lag volgens Rob ongeveer zeventig kilometer ten zuiden van Belize Stad in de richting van Dangriga. Er was maar één slecht verharde weg die daar naartoe leidde. Ik was al een hele tijd klaar toen Bart eindelijk de kamer in kwam en zich kreunend op bed liet vallen.

'Als de rit daar naartoe ook zo inspannend wordt... Ik huur hier nooit meer een auto,' zei hij geïrriteerd.

Het had hem de grootste moeite gekost om een oude Range Rover te bemachtigen, waarvan het bouwjaar al zo lang geleden was dat het bijna een oldtimer was. En natuurlijk ontbraken veiligheidsgordels en airbags.

'Zullen we meteen vertrekken?' vroeg ik, met een blik op mijn horloge. 'Het is al halfdrie.'

'Ik weet het niet.' Bart ging zitten, keek eerst naar mij en daarna op zijn horloge en aarzelde. 'Als we nu gaan, zijn we niet voor halfvijf, vijf uur daar. Ik ga ervan uit dat je de plantage wilt bezichtigen en met de beheerder wilt praten. Dat betekent dat we daar niet voor negen uur vertrekken. Vergeet niet dat het snel donker wordt, dat er geen verlichte straten zijn en dat we min of meer in het oerwoud zitten.'

'Ach, dat komt wel goed,' zei ik geruststellend. Ik pakte een paar waterflesjes uit de minibar.

'Wat je wilt,' antwoordde Bart. Hij stond op en trok zijn schoenen weer aan.

Tien minuten later reden we de stad uit. De straten waren in de stad zelfs een ramp, vol kuilen en kriskras door elkaar geparkeerde auto's, waardoor het onmogelijk was om vlot door te rijden. Ik voelde me alsof ik op de kermis was. Rob had me een routebeschrijving gemaild. Eenmaal buiten de stad keek ik uit het raam, bewonderde het welige groen van het oerwoud en de woudreuzen en vroeg me af wat ons te wachten stond. Net voor vijf uur stonden we voor een enorm hek. Een eenvoudige omheining voldeed blijkbaar niet om de plantage tegen indringers te beschermen. Het twee meter hoge hek was niet alleen afgezet met metalen punten, maar ook met prikkeldraad. Waarom werd een biologische fruitplantage beveiligd als Fort Knox?

Hoofdschuddend zocht ik het telefoonnummer van de beheerder in mijn tas, opgelucht dat ik bereik had.

'Ik stuur iemand om het hek open te doen,' zei een mannenstem in mijn mobiel.

'Bedankt,' antwoordde ik. Ik wilde nog vragen met wie ik sprak, maar hoorde alleen een monotone kiestoon.

Het duurde ruim vijf minuten voordat er een pick-uptruck over de weg aan kwam scheuren. Er stapte een jonge man uit, die even zwaaide en het hek opende. We reden erdoor, maar moesten wachten omdat we geen idee hadden waar we naartoe moesten.

Doodkalm deed hij het hek dicht, slenterde naar de auto en stak een sigaret op. Plotseling startte hij de motor, gaf vol gas en deed zo veel stof opwaaien dat we hem nauwelijks nog zagen. Wilde hij ons afschudden?

De weg was kapotgereden, zanderig en hobbelig en een uitdaging voor de schokdempers, die bij onze huurauto nooit vervangen leken te zijn. Ik voelde elke kuil en probeerde me af te zetten met mijn armen. Ik beet op mijn tanden en tuurde naar buiten.

Ondanks de ellendige staat was de weg omzoomd door palmen. Daarachter lagen, voor zover het oog reikte, bananenbomen. Na een tijdje kwamen er citroenbomen voor in de plaats. We reden tien minuten, wat een eeuwigheid leek te duren, tot we bij een enorm gebouw van twee verdiepingen kwamen.

Het eerste wat me opviel was de uitnodigende veranda die rond het huis liep. Op de veranda stond een man ons wijdbeens op te wachten. Waarschijnlijk was het de beheerder, Nick de Groot. Hij deed zijn naam alle eer aan, want hij was zo te zien minstens een meter negentig. Hij had een onvriendelijke uitdrukking op zijn gezicht en hield zijn armen over zijn borst gevouwen. Ik probeerde zijn gezichtsuitdrukking te duiden.

'Niet echt een sympathieke verschijning,' merkte Bart op terwijl hij remde.

'Nee, maar hij moet volgens Rob heel competent zijn,' antwoordde ik.

We stapten uit. Nick bleef roerloos staan. Pas toen we minder dan twee meter van de verandatrap verwijderd waren, kwam hij in beweging. Hij zette zijn handen in zijn middel.

'Leuk dat je zo'n verre reis hebt gemaakt om de plantage te bekijken. Je man is hier maar één keer geweest. Waar zullen we beginnen?' Hij gaf ons een pijnlijk stevige hand.

'Ik wil graag de hele plantage zien,' zei ik. Ik keek hem recht aan. Zijn ogen waren lichtblauw en leken zo koud als een ijszee.

Hij lachte kort, draaide zich om en vroeg ons met een handgebaar hem te volgen. 'Anne – ik mag toch Anne zeggen?' Hij bleef naast een tafel staan. Ik knikte. 'Ik geloof dat je er geen idee van hebt hoe groot de plantage is. Hij heeft een oppervlakte van vijftig hectare, dat zijn vijf vierkante kilometers. Als jullie dat willen belopen, moeten jullie een paar dagen de tijd nemen, goede schoenen aantrekken en zorgen voor blarenpleisters, muggenbescherming en veel water. Als ik ons vliegtuigje had, zou ik jullie alles vanuit de lucht kunnen laten zien, maar het wordt helaas gerepareerd en is pas overmorgen weer hier. Ik ga er niet van uit dat jullie zo lang in Belize blijven.'

Ik wilde niet laten merken dat ik hier volkomen onvoorbereid naartoe was gekomen. Leverde biologisch fruit zo veel geld op dat je daarvan een vliegtuigje kon financieren?

'Alles wat binnen een halfuur met de auto te bereiken is, willen we graag zien,' zei ik koppig.

'Zoals je wilt. Ik zal Pedro vragen jullie te begeleiden, anders verdwalen jullie nog,' antwoordde hij. Hij brulde iets in het Spaans in een mobilofoon. 'Als jullie terug zijn, laat ik het huis zien.' Nick draaide zich om, zwaaide naar Pedro en liep via de hordeur naar binnen.

'Waarom Spaans?' mompelde ik. 'Ze spreken hier toch Engels? Tenslotte is Belize tot 1973 Brits-Honduras geweest.'

'Het zijn goedkope arbeidskrachten,' legde Bart uit.

We stapten weer in de auto en reden achter Pedro aan. Behalve bananen-, citroen- en sinaasappelbomen en een paar mannen die op crossmotoren langs raceten, was er niets te zien.

'Rij hier eens in,' zei ik plotseling toen ik een klein pad tussen de bomen zag.

'Maar Pedro...'

'Ach, die merkt het snel genoeg.' Het was me opgevallen dat Pedro vlak voor het kleine pad gas had gegeven. Had hij dat expres gedaan?

'Hier is niets,' zei Bart, nadat we een paar minuten over het hobbelige pad hadden gereden.

'Jawel, er moet iets zijn. Ik heb daarnet iets gezien.'

Nog een paar minuten later stopten we voor een enorme broeikas. We stapten uit en zochten de ingang, maar vonden nergens een deur. Ineens hoorden we de pick-uptruck van Pedro dichterbij komen. Hij stopte met piepende remmen en keek onvriendelijk naar ons. Ik probeerde het te negeren, bedacht dat de plantage tenslotte van mij was en dat ik het recht had om vragen te stellen, te kijken en overal naar binnen te gaan.

Vriendelijk maar vastbesloten vroeg ik waar ik naar binnen kon en wat er verbouwd werd. Eest probeerde ik het in het Engels, daarna in het Frans en Duits, en ten slotte in het Nederlands.

Pedro antwoordde alleen onverstoorbaar: '*No entiendo.*'

Toen Bart mijn vraag in het Spaans en Portugees herhaalde, keek hij hem geschrokken aan, stapte in de auto en zei iets onverstaanbaars in de mobilofoon, om die vervolgens aan ons te overhandigen.

'Daar is niets bijzonders te zien. Het is een broeikas die we gebruiken voor het kweken van kiemplanten. Pedro heeft trouwens geen sleutel van de deur,' legde Nick via de mobilofoon uit. Het was duidelijk dat hij ons daar niet wilde hebben.

Verbaasd stapte ik in de auto. Voor kiemplanten was de kas extreem groot. We reden terug en sloegen af naar de oorspronkelijke weg om nog meer van de plantage te zien.

De rit was sneller achter de rug dan ik wilde. Eigenlijk hadden we vrijwel niets gezien.

'Het wordt zo meteen donker,' zei Bart en hij parkeerde de auto voor het huis. Hij leek het niet erg te vinden dat we zo snel weer bij het huis waren.

Ik stapte versuft uit en liep naar de veranda. Nick stond in de deuropening en keek ons nors aan. 'Kom erin, jullie zullen wel dorst hebben,' zei hij, nu opeens toeschietelijk. Hij draaide zich om en verdween met lange passen naar binnen.

Bart en ik volgden hem. We kwamen in een hal met lichtgrijze tegels en een designlamp aan het plafond en gingen naar de eerste deur aan de linkerkant. Het was een witte hoogglansdeur, die Nick zwierig opendeed. Daarop ging hij achter zijn bureau zitten. Met een ondubbelzinnige beweging gebaarde hij naar de stoelen die ervoor stonden.

'Kan ik verder nog iets voor jullie betekenen?' vroeg hij en keek naar een jong meisje dat water kwam brengen.

'Ik wil de boeken graag bekijken en horen of er problemen zijn,' antwoordde ik kalm en ik pakte mijn glas op.

'Geen problemen. Waar denk je dan aan? Ik heb alles onder controle. En natuurlijk kun je de boeken bekijken, maar Rob krijgt elke maand een verslag van me, en hij komt over twee weken hiernaartoe om alles te controleren. Of wil jij dat op je nemen?' Dat had Rob me niet verteld – en ik vroeg me af wat hij nog meer verzwegen had over deze plantage.

'Nee, dat is niet mijn bedoeling. Het interesseert me gewoon aan wie jullie de producten leveren en of biologische producten inmiddels meer worden geaccepteerd.'

‘Biologische producten?’ Hij lachte bitter. ‘Zo kun je het ook noemen. Ja, we hebben wereldwijd klanten en onze producten hebben een uitstekende kwaliteit. Er is zo veel vraag naar dat we de productie met gemak kunnen verdubbelen,’ voegde hij er spottend aan toe.

Ik keek hem bevreemd aan. We praatten langs elkaar heen. Moest ik doorvragen? Ik deed het niet, maar voelde me onbehaaglijk en veranderde snel van onderwerp. ‘Is Rob de enige die zich al die jaren om de plantage heeft bekommerd?’

‘Ja. Alex wilde er zo weinig mogelijk mee te maken hebben. Al helemaal niet nadat zijn ouders waren vermoord.’

‘Vermoord?’ vroeg ik ongelovig.

‘Ja, vermoord,’ herhaalde hij. ‘Daar ben ik heilig van overtuigd. De politie kon weliswaar niets vinden om het te bewijzen, maar dat vliegtuig is niet zomaar uit de lucht gevallen. Het was tiptop in orde. Ik weet zeker dat iemand een handje heeft geholpen!’ Kalmer ging hij verder: ‘Na hun dood is Alex hier één keer geweest. Hij heeft alles bekeken, heeft duidelijk gemaakt dat alles op de oude voet verder moest gaan en dat het contact via Rob de Winter zou lopen. En dat heb ik de afgelopen jaren ook gedaan. Heb je nog meer vragen?’

‘Ja, waarom denk je dat ze vermoord zijn? En waarom wilde Alex zo min mogelijk met de plantage te maken hebben?’

Nick lachte verbitterd. ‘Ik weet niet wat voor spelletje hier gespeeld wordt, maar als je vraag serieus is bedoeld, kan ik je alleen aanraden om heel snel een hartig woordje met Rob te praten. Hij moet het je maar uitleggen, meer zeg ik er niet over. Kan ik verder nog iets voor jullie doen?’ vroeg hij chagrijnig en hij vertrok zijn mond, zodat zijn lippen een streep vormden.

Verdomme, ik was niet van plan me door deze kerel te laten afpoeieren. ‘Ik wil graag dat je me het huis laat zien,’ zei ik.

Ik nam Nick zorgvuldig op en vroeg me nogmaals af waarom Rob me niet meer had verteld. De verbouwing van biologisch fruit was een dekmantel, dat was me inmiddels duidelijk. Wilde ik wel weten wat er hier aan de hand was?

Nick schoof zijn stoel met een ruk naar achteren, zodat hij bijna omviel, en ging voor ons staan. Hij gebaarde naar de deur. 'Loop maar mee.'

Hij liet ons met tegenzin de kamers op de benedenverdieping zien: een grote, gezellige keuken, een televisiekamer, een zitkamer en een eetkamer met een lange tafel, waaraan met gemak zestien personen konden zitten. Niets bijzonders, niets opvallends. Had ik dat dan verwacht? Buiten begon het hevig te bliksemen en te donderen.

'Boven zijn de slaapkamers en badkamers met een logeergedeelte, maar ik denk dat jullie zo snel mogelijk moeten vertrekken, want als het hier eenmaal begint te regenen, zijn de wegen al snel niet meer begaanbaar,' zei hij met een scheve grijns.

Bart knikte. Ik zag dat hij ongerust was en hier zo snel mogelijk wilde vertrekken.

'Tja, dat zal dan wel moeten,' zei ik verslagen. Ik volgde de mannen naar buiten. Pedro stond al met een draaiende motor te wachten om ons naar het toegangshek te brengen. Een paar duistere figuren hingen op de veranda en observeerden me.

Ik stapte geïrriteerd in de auto en wilde nog iets tegen Nick zeggen toen Bart al gas gaf.

'Wat is er?' vroeg ik zodra we reden.

'Ik weet het niet, ik wil weg. Het bevalt me hier helemaal niet. Heb je gehoord wat hij zei en heb je die figuren op de veranda gezien? Dat zijn geen arbeiders, Anne. En waarom mochten we niet in de broeikas? De vader van Alex hield zich op Curaçao waarschijnlijk met drugshandel bezig. Hij vertrok van het eiland en legde midden in het oerwoud van Belize een enorme plantage aan om biologisch fruit te verbouwen. Laat me niet lachen. Hier loopt duizend jaar gevangenis rond en jij, de eigenares, wordt afgepoeierd. Dat is drugsmaffia, Anne. Dat zijn zware jongens,' zei hij.

'Je ziet spoken.'

'Kun je me dan uitleggen waarom ze bewapend zijn?' vroeg hij woedend.

'Bewapend?' Ik keek Bart verbaasd aan. Dat had ik helemaal niet gezien.

Voordat ik verder kon praten, bliksemde en donderde het zo heftig, dat ik in elkaar kromp. Op hetzelfde moment begon het te stortregenen. De ruitenwissers konden de watermassa nauwelijks wegkrijgen en binnen seconden was de stoffige weg veranderd in een blubberige glijbaan. Bart moest zijn uiterste best doen om de auto op de weg te houden. Ik zei niets meer, maar staarde gebiologeerd naar buiten.

Nu begon het ook nog te waaien. De bomen zwiepten heen en weer en steeds meer bladeren en kleine takken vlogen door de lucht. De hemel werd steeds donkerder. Ik wierp een ongeruste blik op mijn horloge. Het was acht uur, zonsondergang in Belize. Mijn mobiel had geen bereik en het duurde zeker nog een paar uur voordat we in het hotel zouden zijn.

Plotseling klonk er een enorm gekraak. Achter ons viel een boom op de weg. Ik gilde, maar Bart had een vreemde glimlach op zijn gezicht.

'Waarom lach je in vredesnaam?' vroeg ik geschrokken.

'Ik weet het niet voor honderd procent zeker, maar volgens mij werden we gevolgd. En die auto kan nu niet meer verder,' zei hij, turend in de achteruitkijkspiegel.

Geschrokken draaide ik me om. Ik zag weliswaar geen auto, maar wel het zwakke schijnsel van koplampen. Mijn handen trilden en mijn armen begonnen te jeuken. Ik pakte het flesje water.

'Doe zuinig met het water, ik heb geen idee wanneer we weer in de stad zijn,' waarschuwde Bart me.

'Maar we redden het toch?' vroeg ik angstig.

'Dat hoop ik. We kunnen in elk geval niet terug. Achter ons ligt een boom, als er ook voor ons een valt, hebben we een probleem.'

Ik zweeg en probeerde de opkomende paniek te onderdrukken. Rustig blijven, dacht ik, je kunt toch niets aan de situatie veranderen.

De jeuk aan mijn armen werd erger en ik voelde mijn huid warm worden. Bart daarentegen was uitermate geconcentreerd. Hij leek kalm. Slechts de zweetdruppels op zijn bovenlip verraadden zijn gespannenheid.

De weg was veranderd in een kleine rivier. Er lagen ook een heleboel grote takken op de grond, maar het echte noodweer trok weg.

Bart hield het stuur zo stevig vast dat zijn knokkels wit waren. 'Ik geloof dat we het ergste hebben gehad,' zei hij. Hij week uit voor een grote tak en ademde opgelucht uit.

Met een gewone auto hadden we het nooit gered, dacht ik en ik draaide het raam open. Ik hoopte op een beetje koelte, maar werd teleurgesteld, want de luchtvochtigheid was ondraaglijk.

'Doe alsjeblieft het raam dicht, of wil je aangevallen worden door insecten?' Bart keek voor het eerst sinds we van de plantage waren vertrokken naar me. Hij wist hoe erg ik alles verafschuwde wat klauterde en kroop of zoemend door de lucht vloog.

Om elf uur waren we eindelijk in ons hotel. We hadden honger en dorst en voelden ons heel vies. Het stof, dat tijdens de heenrit op onze huid en haren was gaan liggen, was door het vocht en het angstzweet veranderd in een onaangename, kleverige laag. Ik kon nauwelijks wachten tot ik onder de douche stond.

Bart parkeerde, rekte zich uit en liep achter me aan de hotelfoyer in. Het was er rustig. Er zaten wat mensen in de zitgroepen, die wat dronken en met elkaar praatten. In een hoek zat een jongeman. Hij dronk cola en keek me na terwijl ik naar de receptie liep. Toen ik me abrupt omdraaide, keek hij weg.

Het duurde even voordat de receptionist zijn telefoongesprek had beëindigd en ik hem naar de openingstijden van het restaurant kon vragen.

'Ga jij maar vast naar boven. Ik vraag of we nog iets te eten kunnen krijgen, anders zijn weer eens op roomservice aangewezen. En ik neem iets lekkers te drinken mee,' zei Bart, waarna hij een kus op mijn wang gaf.

Ik draaide me om. De jongeman was verdwenen. Het gaf me een onbehaaglijk gevoel.

Onze kamer lag op de tweede verdieping. Ik ging met de lift omhoog, zeer tegen mijn gewoonte in, liep vermoeid door de gang en ergerde me een beetje omdat onze kamer helemaal achteraan lag.

Toen ik met de magneetkaart de deur opende, liep ik naar binnen en keek om me heen. Mijn kleren lagen slordig op een stoel. Zo had ik die toch niet achtergelaten? Met een ongemakkelijk gevoel begon ik ze op te vouwen.

'Zo, dat is geregeld,' zei Bart toen hij een paar minuten later binnenkwam. Hij gaf me een koude mojito. 'Het wordt opnieuw roomservice. De restaurants zijn om elf uur dichtgegaan.' Hij nam een slok bier en zocht naar de menukaart.

'Laten we hier weggaan,' onderbrak ik hem. 'Ik voel me niet op mijn gemak.' Ik startte de laptop, pakte mijn glas en ging meteen op zoek naar vluchten.

Bart keek me even onderzoekend aan. 'Je hebt gelijk,' zei hij uiteindelijk. 'We hebben hier niets meer te zoeken. Als jij een vlucht boekt, bel ik naar de receptie om wat te eten te bestellen, ik verga van de honger.'

Bart zocht op de menukaart, pakte de telefoon en bestelde twee clubsandwiches en twee caesarsalades. Gapend opende hij een flesje wijn uit de minibar en zette de tv aan.

Ik was blij toen ik een vlucht vond en boekte hem meteen. Ik wilde zo snel mogelijk weg. 'Gelukt!'

Een korte klop op de deur kondigde de roomservice aan en Bart stond op om het eten aan te nemen.

'En?' Hij duwde de serveerwagen met ons eten naar binnen. Hij zette alles op tafel en liep daarna naar me toe om op mijn beeldscherm te kijken. 'We zijn dus woensdag tegen vijf uur 's middags weer in Nederland,' concludeerde hij.

'Ja.' Hongerig nam ik een hap van mijn sandwich.

Terwijl we aten, praatten we na over het bezoek aan de plantage.

'Als we weer thuis zijn, ga ik alle informatie in de juiste volgorde zetten,' zei Bart. 'Ik geloof dat we inmiddels genoeg puzzelstukjes hebben. En we moeten voor donderdagavond met Sabine afspreken. Zij moet de informatie ook hebben.'

'Waarom? Sabines werk is klaar. Ze moet me verdedigen, maar ik word niet meer verdacht, dus hebben we haar niet nodig. Laten we Koch bellen. Ik vind het belangrijker om hem bij te praten.' Bovendien wilde ik eerst met Emma praten. Ik was niet van plan Koch over de activiteiten van de plantage te vertellen, laat staan de Nederlandse fiscus over de miljoenen in Liechtenstein. Nadenkend stond ik op en ging onder de douche.

'Weet je, dit is niet alleen mijn spannendste, maar ook mijn mooiste opdracht,' fluisterde Bart toen hij bij me onder de douche kwam staan. We zeepten elkaar in, hadden korte maar heftige seks en waren volkomen uitgeput toen we eindelijk in bed lagen.

'Ik wil je heel dringend vragen om met niemand te praten voordat we alles hebben besproken,' zei ik zachtjes.

Bart draaide zijn hoofd naar me toe, leunde op zijn elleboog en keek me aan. 'Ik neem aan dat de aanplant van de florerende plantage ons geheim blijft?'

Ik knikte. 'We weten het tenslotte niet voor honderd procent zeker. Ik ga eerst met Rob praten. Hij moet de plantage verkopen. Ik wil er niets mee te maken hebben.' Ik ging heel dicht tegen hem aan liggen, voelde zijn hart kloppen en genoot van het veilige gevoel. Seconden later sliep ik diep en vast.

Dinsdag 1 december

Ik werd wakker van mijn mobiel. Het alarm was op tien uur ingesteld, omdat ik bang was dat we ons zouden verslapen. Ik zette het alarm af en rekte me uit. Bart streelde over mijn rug, bromde iets en draaide zich om.

Ik pakte mijn badpak uit mijn koffer, trok het aan en ging slaapdronken met de lift naar beneden om te zwemmen.

Bij de receptie was het een chaos. Politieagenten en een paar opgewonden gasten praatten door elkaar. Ik bleef staan om naar de verwarring te kijken, maar liep al snel via de terrasdeur naar buiten en belandde met een mislukte duik in het water. De koelte van het water maakte mijn hoofd helder en ik voelde me met elke slag een beetje beter. Ik zwom zestig baantjes stevig door, ging in de zon liggen om droog te worden en liep daarna weer naar binnen.

De chaos was inmiddels voorbij, maar er was nog steeds politie, die met de gasten praatte.

'Mevrouw Van Veld!' riep de receptionist naar me. 'Kunt u even komen?'

Ik wikkelde een handdoek rond mijn heupen en liep op blote voeten naar hem toe.

'We vinden het heel vervelend, maar de afgelopen nacht is er in een aantal kamers ingebroken. De daders zijn via de ramen naar binnen gekomen. We gaan ervan uit dat een van de kamermeisjes ze met opzet niet goed heeft dichtgedaan. Gelukkig heeft de politie de daders al gepakt. Maar is met u alles in orde? Mist u iets?'

'Nee. Voor zover ik weet is er bij ons niets weg.'

'Mooi. Wilt u nog met een agent praten?'

Ik zei tegen hem dat ik daar geen behoefte aan had en vertelde dat we over twee uur zouden vertrekken. Hij beloofde de rekening vast op te maken en nam de telefoon op.

Toen ik onze hotelkamer binnenstapte, was Bart al bijna klaar met inpakken.

'Het wordt tijd dat we vertrekken; ik merk een beginnende paranoia bij je,' lachte hij nadat ik hem had verteld over de jongen die me gisteravond in de foyer had geobserveerd.

Iets over drieën zaten we in het vliegtuig naar huis.

Woensdag 2 december

Slaperig luisterde ik naar de stem van de piloot, die ons vertelde dat het aanvliegen door de sterke wind turbulent zou kunnen worden en dat het in Amsterdam regende bij een temperatuur van 1 graad boven nul.

Het kon me niet schelen, ik wilde naar huis. Ik zette mijn horloge op Midden-Europese tijd en keek uit het raam.

De reis was goed verlopen. Op het vliegveld Fort Worth in Dallas, waar we moesten overstappen, hadden we een deel van de wachttijd doorgebracht met rauwe vis en sake.

’s Avonds gingen we aan boord voor de vlucht naar Amsterdam. Zodra we opgestegen waren, sliep ik. Toen ik wakker werd had Bart zijn laptop voor zich staan, typte, las en typte verder. Hij maakte een uiterst geconcentreerde indruk, tot er gevraagd werd de gordels om te doen, het tafeltje voor ons in te klappen en de elektronische apparatuur uit te zetten.

‘Hé, je bent weer wakker,’ zei hij tegen me.

‘Hm.’ Ik gaapte en vouwde de deken op.

Bart boog zich naar me toe, gaf een kus op mijn voorhoofd en keek me aan. Ik was tevreden. Het gaf me een vreemd gevoel om zo dicht bij mijn doel te zijn: de oplossing van de moord op Alex.

De wielen van de jumbo raakten de grond en de regen zwiepte tegen de kleine, ovale ramen. Terwijl we naar de gate rolden, schakelde ik mijn mobiel in. Hij trilde opgewonden; binnen een paar seconden had ik dertien berichten.

Bij het eerste ging ik meteen rechtop zitten. Jan schreef dat Barbara op kantoor was verschenen en achter haar bureau had willen gaan zitten. Hij had gezegd dat ik snel contact met haar zou opnemen en had haar naar huis gestuurd.

Wat een grenzeloze brutaliteit! Normaal gesproken zou ik Rob inschakelen om haar een ontslagbrief te sturen. Deze keer zou ik het echter zelf moeten doen.

Het volgende sms'je was van Karin. Ze voelde zich grieperig en was 's middags naar huis gegaan. Blijkbaar was de elektronica van het toegangshek kapot, want het ging niet meer dicht. Ze had boodschappen gedaan en een briefje op de keukentafel gelegd en hoopte morgen, uiterlijk overmorgen weer aanwezig te zijn.

Verder kwam ik niet, want we waren bij de gate en mochten uitstappen.

Voor het eerst was ik blij met de lange wandeling van de gate naar de bagagebanden, zodat ik eindelijk een beetje beweging kreeg. We hadden geluk, nauwelijks waren we bij de juiste band aangekomen of onze koffers kwamen al tevoorschijn.

Tien minuten later zaten we in een taxi op weg naar huis. Het regende zachtjes en het verkeer reed stapvoets in de avondspits over de snelweg. De meeste automobilisten zaten zenuwachtig rokend of telefonerend achter hun stuur. Ik koos Emma's nummer en wachtte geduldig tot ze eindelijk opnam. Nadat ik haar had bijgepraat, bood ze aan Barbara's ontslag te regelen, en vertelde ze enthousiast dat ze kantoorruimte in de buurt van mijn bedrijf had gevonden, dat ze de afgelopen dagen behoorlijk wat tijd met Jan had doorgebracht en dat hij haar binnenkort aan zijn dochter wilde voorstellen. Ik leunde achterover en luisterde. Bart was met zijn mobieltje in de weer.

'Peter is gisteravond nog even bij me geweest,' zei ze ineens ernstig. 'Stephans dood had voorkomen kunnen worden. Hij had een hartkwaal, waarvan hij blijkbaar niets wist, en de combinatie van pillen, alcohol en stress heeft waarschijnlijk zijn hartstilstand veroorzaakt.' Ook wist ze inmiddels waarom Stephan in korte tijd 20.000 euro van zijn rekening had opgenomen. Hij had een duur horloge voor Peter gekocht en een rondreis door Rusland voor hen geboekt en alles contant betaald.

'Bovendien waren Stephan en Peter in de nacht van de moord op

Alex tot ver na middernacht bij de Italiaan, dus hebben ze een alibi.'

Ik knikte, wat Emma natuurlijk niet kon zien, en beëindigde het gesprek vlak daarna afwezig. Ondanks mijn dikke jas had ik het koud. Het was net na zessen en aardedonker buiten.

Een halfuur later waren we thuis. Bart betaalde de taxi. Ik probeerde met mijn afstandsbediening het hek te openen, maar er gebeurde niets. Het was, zoals Karin had ge-sms't, half open blijven staan. Hoofdschuddend liep ik naar de voordeur, deed hem open en wilde de viercijferige veiligheidscode van de alarminstallatie intoetsen toen me opviel dat ik de hoge waarschuwingstoon niet hoorde. Had Karin het alarm niet ingeschakeld?

Bart bleef bij mijn auto staan en staarde naar de banden. Ze waren allemaal plat. 'Heb je een zaklamp? Ik wil even kijken wat hier aan de hand is.'

'Ja, in de garage, ik weet alleen niet waar.'

Bart liet zijn koffer staan, gaf me een kus op mijn wang en liep naar de garage.

Ik keek hem na, maar deed de voordeur al snel achter me dicht, omdat de koude wind in mijn gezicht blies.

In huis was het heerlijk warm. De thermostaat stond op een aangename eenentwintig graden. Hoewel ik het nog steeds een beetje koud had, trok ik mijn jas uit en hing hem in aan de kapstok. Het was me de afgelopen weken nog niet gelukt om kleren van Alex' weg te doen, maar Karin had van mijn afwezigheid gebruikgemaakt en op mijn verzoek alles opgeruimd. De kapstok was nu heel erg leeg.

Met mijn koffer in mijn hand liep ik de trap op naar de slaapkamer. Ik legde de koffer op het bed en trok iets gemakkelijks aan.

'En, heb je hem gevonden?' riep ik vanuit de badkamer naar beneden. Ik had een geluid gehoord.

'Bart?' riep ik nog een keer, terwijl ik de trap af liep.

Opnieuw geen antwoord.

Verbaasd keek ik naar de voordeur. Hij was dicht en buiten zag ik Bart langslopen. Ik ging naar de keuken. Hier was alles donker, maar van buiten viel gedempt licht naar binnen. Ik deed de lampen aan, trok de koelkast open en dronk een slok water uit de fles. Eén moment dacht ik dat ik iemand hoorde ademen en ik draaide me abrupt om, maar ik was alleen.

Met de fles in mijn hand liep ik naar de voordeur. 'Bart?'

'Ja, is er iets?' riep hij vanuit de garage.

'Nee, ik wilde alleen weten waar je was.' Ik liep naar hem toe.

'Ik zoek nog steeds een zaklamp met werkende batterijen,' antwoordde hij geïrriteerd. Ik hoorde hem zachtjes vloeken.

'O. Was jij net in huis?'

Bart verstond me niet omdat hij in een la met gereedschap woelde.

'Kan dat niet tot morgen wachten?' vroeg ik onzeker.

'Nee, ik kom zo. Neem jij mijn mobiel mee? De batterij is leeg. Hij piept al de hele tijd en dat werkt me op mijn zenuwen. En doe de deur achter je op slot. Ik bel wel aan als ik klaar ben.'

Zonder iets te zeggen pakte ik zijn mobieltje, dat op zijn koffer lag, trok deze de gang in en deed de deur dicht.

In de keuken verwisselde ik de fles water voor een glas rode wijn en zocht de lader. Ik schrok even toen de kerstverlichting in de tuin plotseling aan ging. Duizenden kleine lichtjes versierden de bomen en struiken. Een paar seconden lang keek ik door het raam naar buiten, toen zocht ik verder en sloot Barts mobiel zachtjes neuriënd aan.

Mijn bedrukte stemming was weg. Ik zou snel weer rust in mijn leven hebben. Binnenkort kon ik mijn oude leven afsluiten en opnieuw beginnen.

In het halfdonker liep ik de zitkamer in om de open haard aan te steken. Bart genoot er net zo van als ik om 's avonds met een glas rode wijn naar het spel van de vlammen te kijken. Hopelijk eindigde het met seks voor de open haard. Ik glimlachte bij de gedachte en vond het niet prettig dat hij nog buiten was. Karin had de mand met houtblokken gevuld en ik bukte me om er een paar op het rooster te leggen.

'Gezellig,' klonk er plotseling een stem achter me.

Het houtblok dat ik in mijn hand had viel met een bonk op de vloer. Ik draaide me met een ruk om.

‘Verrast?’ klonk het hatelijk.

Ik kon degene die in de stoel bij het raam zat niet goed zien. Het licht dat uit de keuken scheen verlichtte weliswaar een deel van de zitkamer, maar het was nog steeds schemerdonker. Van buiten viel ook niet meer licht naar binnen omdat de gordijnen dicht waren.

Met knikkende knieën probeerde ik houvast bij de schouw te vinden.

‘Ga zitten.’

Aarzelend ging ik op het puntje van de andere stoel zitten. Ik kromp in elkaar toen ik de loop van een pistool op me gericht zag.

‘Ja, je ziet het goed. Ik heb een pistool met een geluiddemper.’ Er volgde een hoestbui. ‘En je kunt ervan overtuigd zijn dat ik het gebruik als dat nodig is,’ klonk het raspend.

Ik staarde onafgebroken naar de persoon in de stoel. Aan de stem te horen was het een vrouw. Ik was zo bang dat ik nauwelijks nog in staat was een heldere gedachte te formuleren.

‘Maak hem nu ook maar aan,’ instrueerde ze me. Ze gooide een pakje lucifers op mijn schoot.

Zonder onverwachte bewegingen te maken deed ik wat ze van me wilde, maar mijn handen trilden zo dat ik vijf lucifers nodig had. Het zou een tijd duren voordat het vuur dit deel van de kamer zou verlichten. Voor die tijd moest ik mijn op paniek ingestelde hersenen op de een of andere manier kalmeren, zodat ik logisch kon nadenken.

Wat was er aan de hand? Wie was de vrouw die het zich gemakkelijk had gemaakt in Alex’ lievelingsstoel en dit krankzinnige toneelstuk opvoerde? Hoe was ze in huis gekomen? En waarom bedreigde ze me?

Ik keek naar de zwarte sportschoenen met witte veters en de zwarte broek. De haren van de vrouw, die me nog steeds strak aankeek, waren weggestopt onder een zwarte hoofddoek die ze in haar nek had dichtgeknoopt.

Ineens wendde ze haar blik af en begon iets te zoeken in haar tas. Het pistool bleef ze op me richten. Was dit mijn kans om weg te rennen? Voordat ik een beslissing had genomen was het moment voorbij.

'Wat wil je van me?' fluisterde ik.

'Dat, en nog veel meer, zal ik je zo meteen uitleggen. Ik wil namelijk niet dat je doodgaat zonder dat je weet waarom. Eerst krijg je alles te horen.' Ze begon hysterisch te lachen. Ik voelde een ijskoude rilling over mijn rug lopen. Waar bleef Bart? Heel even hoopte ik dat hij door de deur naar binnen zou komen om me te redden, maar toen besefte ik dat Bart de sleutel niet had. Ik zat in de val. Ontzet leunde ik naar achteren. Ik was op mezelf aangewezen, behalve als... Ik probeerde mijn krachten te mobiliseren, merkte hoe mijn mond kurkdroog werd van angst. Ik keek naar de deur.

'Je kunt lang wachten voordat je hulp krijgt. Je privédetective is buiten op zoek naar sporen van degene die je banden lek heeft gestoken.' Ze lachte weer hysterisch. 'En dat kan wel even duren; erg slim is hij niet. Of had je dat nog niet door?' vroeg ze spottend. Ze praatte meteen verder. 'En zonder sleutel komt hij het huis niet in, of heb je hem verteld dat er onder de pot van de ficus een sleutel verstopt ligt?'

'Wat?' Ik schoot uit mijn stoel overeind.

'Zitten!' Ze richtte het pistool weer op me en lachte hees. 'Hoe denk je dat ik binnengekomen ben? Ik heb netjes gewacht tot je huishoudster weg was en toen ben ik naar binnen gegaan.' Ze zag mijn vragende blik.

'Iedereen denkt altijd dat vrouwen geen gevoel hebben voor techniek. Dat is een volkomen verkeerde inschatting van het vrouwelijke geslacht. Ik heb het hek onklaar gemaakt en de alarminstallatie uitgeschakeld. Karin heeft het niet eens gemerkt. Weet je inmiddels aan wie je je plotselinge dood over een paar minuten te danken hebt?' Ze stond op, staarde me aan en trok de sjaal van haar hoofd. Het bruine haar viel tot op haar schouders. Ze was een mooie vrouw die niet bijzonder groot was.

'Nou, valt het kwartje? Of ben je van pure angst niet meer in staat om na te denken?' Ze liep uitdagend op me af, keek even achter zich en zette het pistool plotseling tegen mijn voorhoofd.

'Angela?' vroeg ik aarzelend.

'Bingo!' Ze lachte gemeen. 'In elke willekeurige televisiequiz zou je nu een ronde verder zijn. Maar schatje, daar heb je vandaag helemaal niets aan.' Het klonk hatelijk. Ze ging weer zitten, zwaaide met het pistool en nam een slok water uit de fles die ze in haar hand had.

'Dat is mijn eigen fles,' verkondigde ze terwijl ze met haar hand over haar voorhoofd veegde. Ik kon niet zien of er zweetdruppeltjes op stonden. 'Leidingwater is smerig.' Ze leunde onverwacht achterover. 'Zo, dit was zeker Alex' lievelingsstoel? Ik moet zeggen dat hij heerlijk zit, maar die man wist altijd al wat kwaliteit was. Dat klopt toch, Anne?' Ze verwachtte blijkbaar geen antwoord, want ze praatte meteen weer verder. Bijna dromerig begon ze over haar tijd met Alex op Curaçao. Blijkbaar had hij haar altijd 'zijn sterretje' genoemd.

Ook na de scheiding was hij haar dus zo blijven noemen, realiseerde ik me, terwijl ik aan de sterretjes in zijn agenda dacht.

'De geboorte van Benjamin was een verschrikking,' ging Angela verder. Na zesendertig uur weeën werd het toch nog een keizersnede. Ik was uitgeput. Maar Alex was fantastisch, hij gaf de baby luiers, maakte kopjes thee voor me...' Plotseling veranderde haar gezichtsuitdrukking. 'Hij hoorde bij mij, is dat duidelijk? En nu heb ik zelfs zijn laatste druppel bloed!'

Ik keek haar niet-begrijpend aan.

'Ja,' antwoordde ze nadrukkelijk, 'ik heb dat stukje gazon uit je tuin waar Alex is gestorven meegenomen, het in een bloempot gedaan en mijn lievelingsbloemen erin geplant. Je weet wel, die met de geeloranje bloemen...'

Ze staarde een tijdje naar de houtblokken, krabde aan haar kin en ging telkens weer met haar hand door haar haar. Plotseling lachte ze. 'Zonder die stomme geit was het me nooit gelukt. Barbara is en blijft naïef. Er is niets veranderd sinds de periode dat ze een affaire met mijn ex had.' Angela boog zich naar voren en keek me recht in mijn ogen. Ze richtte de loop van het pistool op mijn borst en ging verder met haar verhaal. 'Weet je,' zei ze, 'ik heb me er prima mee vermaakt, want ik wist dat jullie haar vertrouwden en maakte schaamteloos misbruik van haar. Toen ik haar een paar maanden geleden belde, reageerde ze als een gehypnotiseerd konijntje. Ze was geschokt. Ik hoefde alleen de juiste woorden te gebruiken en toen had ik haar waar ik haar hebben wilde. Het ging zo gemakkelijk. Ze kocht braaf een telefoon met een prepaidkaart voor me, zodat ze dag en nacht tot mijn beschikking stond.'

Ze gooide een paar velletjes papier naar me toe. Ik staarde ernaar en probeerde ze te ontcijferen. Geschrokken legde ik ze weg.

'Verbaasd?' vroeg ze op onaangename toon.

Ik knikte zwijgend. Barbara had van alles voor haar opgeschreven. Ze wist wanneer en met wie Alex had afgesproken, had het adres van het restaurant waar hij die bewuste avond had gegeten, het adres van mijn appartement, het nummerbord van mijn auto, alle telefoonnummers en de code van de alarminstallatie.

Ik keek Angela vragend aan.

'Zie je, Barbara is heel druk geweest. Ze heeft haar best gedaan om de schade die ze heeft aangericht goed te maken en het was ongelofelijk simpel voor me om haar de schuld in de schoenen te schuiven.' Ze lachte zachtjes. 'Je gaat dit niet winnen, net zomin als je van die Franse slet hebt gewonnen,' snauwde ze ineens.

Dat deed pijn. Ik slikte en keek weg.

'Alex was een klootzak, een ellendige hond, vanbuiten mooi en vanbinnen lelijk. Hij heeft iedereen gemanipuleerd, net zo lang tot ze deden wat hij wilde. Rob heeft hij als kind al ingepalmd. Hij protesteerde zelfs niet toen Alex met zijn minnares naar bed ging. Geloof me, hij heeft het verdiend. Maar waarom moest jij je ermee bemoeien? De politie zou nooit achter de toedracht zijn gekomen en dan was ik veilig geweest. Maar nee, jij moest alles oprakelen, in het verleden wroeten en van alles naar boven halen. Ik heb mijn uiterste best gedaan om alles zo perfect mogelijk voor te bereiden. En nu moet je sterven. Dat is je straf, omdat je ervoor hebt gezorgd dat ze het onderzoek bijna heropend hebben. Ik heb het dossier van Patricks ongeluk op het laatste moment laten verdwijnen... ik heb zo mijn contacten.' Ze lachte weer hatelijk. Verbaasd keek ik haar aan. Bart en ik hadden dat dossier tenslotte gezien, we hadden er zelfs foto's van gemaakt. Ik keek snel weer naar beneden, deze informatie kon ik maar beter verzwijgen. Er werd gebeld.

'Hé, je privédetective wil naar binnen. En, is hij goed? Is hij beter dan Alex? Kan hij net zo goed neuken? Alex was mijn eerste. Hij heeft me ontmaagd. Alex was de enige man die ooit iets voor me heeft betekend. Die slapjanus van een Patrick maakte niets klaar. Geen idee hoe zijn sperma ooit zo ver is gekomen. Maar hij heeft geboet, en dat ga jij straks ook doen.' Haar stem sloeg over.

Er werd weer gebeld.

'Zorg ervoor dat die idioot stopt met bellen. Ik word er zenuwachtig van.' Angela sprong van de stoel en begon te ijsberen.

Ik kwam langzaam overeind. 'Zal ik opendoen?' vroeg ik zachtjes. Ik wilde haar niet zenuwachtiger maken dan ze al was.

Ze keek met een ruk op. 'Wat denk je wel niet?' snauwde ze. Ze duwde me met onverwacht veel kracht terug op de stoel. 'Ik ben niet gek. Je blijft hier, of je bent zo meteen een zeef!' Ze lachte, liep achterwaarts naar de deur van de hal terwijl ze me onder schot hield en drukte vervolgens het pistool tegen het kastje van de deurbel. Ze vuurde twee gedempte schoten af, waarop een doodse stilte volgde. Ik kromp in elkaar. Had Bart dit kunnen horen? Hopelijk wist hij wat hij moest doen.

'Je zou me alles vertellen,' zei ik. Ik moet tijd winnen, dacht ik.

Angela was bij het raam gaan staan. Ze trok de gordijnen helemaal dicht en draaide zich daarna verbazingwekkend kalm naar me om. 'Dat klopt, dat heb ik beloofd. En ik houd me altijd aan mijn beloftes. Maar eerst gaan we een glas wijn halen. Loop met me mee naar de keuken.'

Net zoals je in misdaadfilms ziet, hield ze het pistool tegen mijn hoofd en beschermde ze zich met mijn lichaam tegen eventuele aanvallen. Ze sleepte me de keuken in. Bart stond voor het raam. Hij deed instinctief een stap naar achteren.

'Jammer voor hem,' zei Angela zelfvoldaan. 'Zijn mobiel ligt hier.' Ze hield hem even omhoog en lachte schel. 'Je mag naar hem zwaaien als je dat wilt. En kijk maar goed naar hem, want het is de laatste keer.' Ze pakte de fles wijn en trok me terug naar de zitkamer.

‘Hiernaartoe,’ riep ze en ze duwde me op de stoel. ‘Ik heb geen zin de hele avond met jou door te brengen, dus laten we beginnen. Ik waarschuw je, probeer het niet te rekken.’ Ze staarde naar me met wijd opengesperde ogen.

‘Waarom, Angela? Waarom?’ vroeg ik zo rustig mogelijk.

‘Waarom? Dat weet je na al dat snuffelen in het verleden nog steeds niet? Alex was egoïstisch. Hij heeft Benjamin en mij in de steek gelaten omdat hij vrij wilde zijn. Hij wilde carrière maken en had geen zin om de hotels van mijn ouders te leiden. Hij wilde niet op het eiland blijven.’

‘Maar hij heeft toch voor je gezorgd?’ merkte ik zachtjes op.

‘Ja, natuurlijk,’ zei ze. ‘Zijn geweten heeft hem niet met rust gelaten. Hij wilde niet in een slecht blaadje komen te staan. Daarom heeft hij alle kosten voor mijn behandeling betaald en zich verwaardigd af en toe de oceaan over te vliegen. Trouwens, hij heeft me eigenlijk alleen betaald wat toch al van mij was. Ik weet allang dat er op de plantage in Belize harddrugs worden geproduceerd. Mijn vader heeft Alex’ vader met een aantal mensen uit Belize in contact gebracht. Het waren gasten in ons hotel. Het is alleen maar eerlijk dat ik een deel van de erfenis krijg. Nu hoeft dat niet meer, want zoals je inmiddels te weten bent gekomen, zijn mijn dagen geteld. De kanker is niet meer te stoppen.’ Ze keek me intens verdrietig aan. ‘Mijn jongens zullen zonder mij volwassen moeten worden.’

‘Misschien is er nog hoop,’ zei ik.

‘Nee, Anne, die is er niet.’ Angela klonk verbazingwekkend kalm en helemaal niet kwaadaardig meer.

Ik deed mijn uiterste best om meer tijd te winnen en haar aan de praat te houden door vragen te blijven stellen. ‘Ik begrijp niet hoe je Barbara zo voor je karretje hebt kunnen spannen.’

‘Barbara kwam als jong meisje bij ons werken als kindermeisje voor Benjamin. Ik werkte in die tijd heel veel. Ze zorgde voor mijn oogappel, speelde met hem en leerde hem zwemmen en duiken. Ze kon fantastische kinderfeestjes organiseren. Ik mocht haar heel graag en vertrouwde haar. Ik heb zelfs een paar keer mijn hart bij haar uitgestort... Maar dat was heel dom van me.’ Angela kreeg weer een harde uitdrukking op haar gezicht en een ijzige blik in haar ogen.

'Ze heeft er misbruik van gemaakt en op een bepaald moment vond ik haar in bed met Patrick. Ze had Benjamin voor de televisie gezet, terwijl zij de pik van mijn man in haar mond had. En dat is allemaal de schuld van Alex. Als hij niet weg was gegaan...'

'Ik begrijp dat je boos bent op Alex, maar waarom moest hij sterven?'

'Hij heeft mijn leven geruïneerd en toen ik een paar weken geleden in Miami was en de diagnose hoorde, wist ik dat ik me moest haasten. Als Alex destijds niet was weggegaan, was ik nooit met Patrick getrouwd en dan zou Benjamin nog leven.'

'Je kunt Alex toch niet overal de schuld van geven,' zei ik.

'Patrick heeft me gebruikt! Hij wilde mijn geld, mijn aanzien en de status die mijn familie hem op het eiland kon geven. Daar kwam ik helaas pas na de bruiloft achter. Maar toen hij het ook nog nodig vond om het kindermeisje in ons huis te neuken, was het genoeg. Ik wist dat mijn ouders nooit zouden toestemmen in een scheiding, dus heb ik Nick de Groot gebeld en die heeft me geholpen.'

'Nick?'

'Ja, we kennen elkaar al heel lang. Hij komt ook van Curaçao. Nick kende destijds al de juiste mensen en wist hoe je een ontrouwe echtgenoot definitief en spoorloos kon laten verdwijnen. Het was gewoon de perfecte moord. En als beloning bezorgde ik hem een relaxt baantje op de plantage.' Ze lachte koud, zweeg ineens en kreeg een ondefinieerbare glans in haar ogen.

Ik durfde niets te zeggen.

'Benjamin luisterde altijd naar me, maar die dag niet. Ik had hem streng verboden met Patrick mee de zee op te gaan, maar toen hij niet van school thuiskwam en de uren verstreken, wist ik wat ik had gedaan.' De tranen liepen over haar wangen en ze zocht in haar sporttas naar een zakdoek.

Dit is mijn kans, dacht ik. Ik stond op en wilde wegrennen toen ik een dof geluid hoorde. Ik voelde een stekende, brandende pijn in mijn dijbeen. Ik gilde en viel. Er liep een warme stroom tussen mijn huid en de spijkerbroek en toen ik naar mijn been keek, zag ik een donkere vlek die snel groter werd. Ik keek Angela geschokt aan.

'Denk je dat ik toelaat dat jij vertrekt? Ga verdomme zitten!' Ze ging voor me staan en richtte het pistool op mijn linkerborst.

'Ik kan niet lopen,' zei ik moeizaam.

'Dan kruip je maar naar die stoel,' zei ze koud. Ze gaf een trap tegen mijn gewonde been.

Ik onderdrukte een gil, ging op handen en knieën zitten en probeerde naar de stoel te kruipen.

'Als je denkt dat het me interesseert dat je sterk of zwak bent, dan vergis je je. Ik weet dat je zwak bent, heel zwak zelfs, want ik heb je de afgelopen weken goed bestudeerd. Er is niets voor me verborgen gebleven. Ik heb je overal gevolgd, via Barbara of zelf, met de auto. Wat ben jij dom geweest. Je hebt me zelfs gezien, in mijn blauwe Polo, maar nog had je niets in de gaten.' Ze lachte weer hatelijk en sloeg haar benen over elkaar. 'Eerst dacht ik dat je een intelligente vrouw was, maar zoals je je door Alex hebt laten wegsturen... En in plaats van blij te zijn dat die klootzak onder de grond ligt, speel je de detective. Maar niemand, hoor je dat, niemand zal ooit te horen krijgen wat ik heb gedaan.'

'Je zoons hebben je toch nodig,' stamelde ik. Ik trok mijn rechterbeen in. Het deed verdomd veel pijn. Waar was Bart en waarom deed hij niets?

'Die hebben me niet nodig. Ze hebben mijn ouders. Je bent er toch geweest? Je hebt alles gezien. Wil je een glas wijn?'

Ik staarde haar verbijsterd aan.

'Hier, drink, het is je laatste wijn op aarde. Heb je nog vragen? We moeten ons een beetje haasten, want je vriend heeft waarschijnlijk de politie gebeld. Ik hoor ze om het huis sluipen en ik wil ons kleine tête-à-tête niet laten verstoren voordat ik klaar met je ben.'

Dorstig dronk ik bijna het hele glas leeg. Angela grijnsde en schonk nog een keer in. Zelf nipte ze van haar glas.

'Heeft Nick je deze keer ook geholpen?'

'Nee, Nick heeft niets te maken met Alex' dood.' Ze lachte.

'Ja, maar hoe kan het dan...' Ik wreef over mijn been. Mijn spijkerbroek was al tot de knie met bloed doordrenkt. Hoe lang zou het duren voordat ik bewusteloos raakte?

'Mijn ziekte kwam me te hulp. Leukemie kan heel praktisch zijn.' Ze keek me aan. 'Snap je het niet? Je kunt blijkbaar niets anders dan televisieprogramma's verkopen,' zei ze uitdagend. 'Luister, toen er voor het eerst leukemie bij me werd vastgesteld, heb ik beenmerg van mijn vader gekregen. Daardoor heb ik mannelijk DNA in mijn bloed. Mijn geluk was dat de politie de hele tijd naar een man zocht. Ze hebben van de week een speekselproef bij me afgenomen, maar het DNA van mijn lichaamsvocht, zoals ze het zo mooi noemen, is nog steeds vrouwelijk. Ik was al bang dat ze me te pakken hadden, maar ik had geluk. Die idioten hebben daar waarschijnlijk nog nooit van gehoord.' Ze keek me aan. 'Het moet zo zijn, snap je? Ik heb gewoon een beschermengel en kom er ongestraft vanaf.' Ze lachte weer.

'Maar wat heeft dit met mij te maken? Waarom wil je mij per se vermoorden?' vroeg ik stotterend. Mijn been deed verschrikkelijk veel pijn en het bloed druppelde op de vloer. Ik had het liefst mijn ogen dichtgedaan, maar ik was me ervan bewust dat ik nog maar één kans had. Ik moest haar met vragen blijven bombarderen.

'Je bent gewoon te veel aan het wroeten geweest. Je hebt zo veel ontdekt dat je alleen een optelsom hoefde te maken. Ik heb geen andere keus, of denk je dat ik de laatste dagen van mijn leven in de gevangenis wil doorbrengen? Nee, morgenochtend vlieg ik naar huis en dan slaap ik in de warmte in, voor altijd.'

Ik nam haar verbaasd op. Het had totaal geen nut, of geloofde ze echt dat ze in alle vrijheid uit mijn huis kon vertrekken? Was dat een teken van krankzinnigheid?

'En nu is het afgelopen met vragen stellen,' snauwde ze terwijl ze naar me toe kwam lopen.

'Je hebt beloofd dat je antwoord zou geven op al mijn vragen en ik heb er nog een paar!' riep ik vertwijfeld.

Angela keek me heel even aan met een uitdrukkingsloos gezicht en bleef roerloos staan. Zou ze nu schieten?

'Eentje dan,' zei ze en ze deed een stap naar achteren. 'Daarna is het afgelopen.'

‘Waarom ben ik door een snelheidscontrole geflitst?’ Mijn stem haperde van angst.

‘Ha, dat ben je niet. Ze hebben Barbara geflitst. Jij was veel te dronken, wat me na twee flessen wijn ook niet verbaast. Toen Barbara je auto wilde lenen, zat je met hangende schouders op de stoel en hield je het stuur krampachtig vast. Barbara heeft je ervan weerhouden te rijden, maar het lukte haar niet je naar binnen te krijgen. Je wilde absoluut mee.’

‘Wat?’

‘Ja. Je hebt op straat zo’n kabaal gemaakt dat Barbara bang was dat de mensen je zouden horen. Daarom heeft ze je meegenomen. Eigenlijk moest ze er alleen voor zorgen dat de snelheidsovertreding werd geregistreerd, maar ze was nieuwsgierig. Ze is uitgestapt om door het raam naar binnen te kijken. Toen ze bij de auto terugkwam, was jij weg. We hebben je in de tuin voor het zitkamerraam gevonden. Je had gekotst en we hebben je samen naar de auto gesleept. Je was stomdronken. In je appartement hebben we je voor de zekerheid nog twee glazen wodka gegeven. Daarna zijn we vertrokken.’

‘Daarom had ik die droom dus,’ mompelde ik. Het werd me ineens allemaal duidelijk.

Er klonk een geluid van scherven, alsof iemand op het terras een plantenpot had omgegooid.

‘Sta op! Nu!’ riep Angela terwijl ze van haar stoel op sprong. Haar wijnglas viel op de grond.

‘Nee!’ riep ik in paniek.

‘Je tijd is gekomen, schatje,’ zei ze en ze richtte het pistool op me.

Ik hoorde een doffe knal van het schot en daarna werd alles zwart. Niets deed meer pijn.

Epiloog

Er waaide een ijskoude noordenwind over Zorgvlied, waardoor de sneeuwvlokken, die op de graven waren gaan liggen, opdwarrelden. Maar tussen de wolken scheen de zon. Ik wreef met mijn hand over mijn linkerschouder, raakte per ongeluk de wond en kromp in elkaar. Bart liep naast me heen en weer. Hij had zijn handen in de zakken van zijn leren jack gestopt en zijn schouders opgetrokken, wat hij altijd deed als hij het ergens niet mee eens was. Ik lachte gekweld en keek nog een moment naar het graf, waarin Angela lag.

Bart kon niet begrijpen dat ik absoluut hiernaartoe wilde, maar voor mij was het heel belangrijk. Ik wilde zien waar de vrouw lag die mijn leven overhoop had gehaald.

Het had niet veel gescheeld of ik was degene geweest die hier had gelegen. Toen Angela voor de tweede keer vuurde, richtte ze op mijn hart, maar de kogel sloeg een millimeter boven de long in en raakte alleen spierweefsel. De tumor in haar hoofd redde mijn leven. Haar zicht werd erdoor gehinderd.

Daarna had Angela een kogel door haar mond gejaagd. Ze was op slag dood. Seconden later stormde de politie het huis in. Ik lag bewusteloos op de grond.

Ik bleef een paar dagen in het ziekenhuis en ging daarna bij Bart logeren. Het schoonmaakbedrijf had deze keer veel werk in mijn zitkamer, want Angela had haar hersenen letterlijk uit haar hoofd geschoten. Het was een ontzettend smerig gezicht. Bart dacht er niet graag aan terug.

Het was nu twee weken later en ik was nog steeds niet thuis geweest. De beslissing om de villa te verkopen was vrij snel genomen. Twee lijken was er gewoon één te veel.

Barbara had geprobeerd naar Zuid-Amerika te vluchten, maar werd op Schiphol gearresteerd. Over een paar weken zou het proces tegen haar beginnen.

Ik draaide me om naar Bart, gaf hem een arm en vroeg hem met me mee te gaan naar het graf van Alex. Toen ik ervoor stond, vielen me ineens alle woorden in die ik nog tegen hem had willen zeggen. Terwijl ik zachtjes tegen hem praatte, liepen de tranen over mijn wangen. Bart had zich discreet teruggetrokken en was een paar meter verderop op een bank gaan zitten. Het duurde een tijdje voordat ik alles kwijt was, daarna draaide ik me om en deed een paar stappen in Barts richting. Hij liep snel naar me toe en gaf me zwijgend een zakdoek. Ik gaf hem weer een arm en strompelde naast hem naar de auto. Het sneeuwde weer. Ik keek naar de hemel en glimlachte. Over een week zouden we onder de palmen in de zon liggen.

Dankwoord

Het was ontzettend leuk om *Chimaera* te schrijven. Ik verslind allerlei soorten detectives en ben verslaafd aan *Tatort*, de klassieker van de Duitse televisie, dus het was een bijzondere uitdaging voor me om me aan dit genre te wagen. De beslissende opmerking kwam van Saskia Noort, toen we met een glas wijn bij een feestje ter gelegenheid van de verfilming van haar bestseller *Terug naar de kust* met elkaar praatten. 'Begin gewoon. Je kunt schrijven,' drong ze aan en dat deed ik een paar maanden later inderdaad. In de tussentijd verdiepte ik me in DNA. Ik was erdoor gefascineerd en mijn vingers jeukten om er iets mee te doen.

Ik wil de volgende mensen heel erg bedanken:

Mijn dochter Victoria, die niet alleen accepteerde dat ik weer eens wekenlang achter mijn computer zat en alleen deze moord nog in mijn hoofd had, maar ook alles grondig las en steeds vaker met een eigen inbreng kwam, waarop ik erg trots ben.

Udo Geschonke, die bij de recherche in Duitsland werkt, vertelde me over het fenomeen *Chimaera*. Hij beantwoordde al mijn vragen, verstrekte me de nodige achtergrondinformatie en zorgde ervoor dat het politietechnisch gezien allemaal klopt.

Charlotte Ebers, die me bij de andere boeken met engelengeduld heeft geholpen, heeft ook dit keer weer urenlang naar mijn ideeën geluisterd, voorstellen gedaan en natuurlijk alles in elke versie gelezen. Ze corrigeert en levert kritiek op een constructieve manier. Duizendmaal dank, Lotte.

Linda de Mol, Bridget Maasland en Yfke Sturm, die er telkens weer begrip voor hebben dat hun manager enkele weken per jaar in Spanje verblijft om aan een nieuw boek te werken.

Pieter Roodhorst en Zygia Jongbloed, die ervoor zorgen dat ik er op de foto's goed uitzie, en Roy Beusker, die er met de juiste belichting voor zorgt dat ik zo goed mogelijk tot mijn recht kom.

Zonder hun sympathie en steun was het me waarschijnlijk niet gelukt.

En, *last but not least*, erg veel dank aan het team van Mistral voor de fantastische en professionele hulp, de waardevolle input en de constructieve kritiek.